AMY BAXTER
King's Legacy
Nur mit dir

Weitere Titel der Autorin:

King's Legacy – Alles für dich

Never before you – Jake & Carrie
Forever next to you – Eric & Joyce
Hold on to you – Kyle & Peg
Someone like you – Scott & Olivia
Always with you – Riley & Tess

Über die Autorin:

Amy Baxter ist das Pseudonym der Autorin Andrea Bielfeldt. Mit der erfolgreichen Romance-Reihe »San Francisco Ink«, erschienen bei beHEARTBEAT, dem digitalen Label des Bastei Lübbe Verlags, eroberte sie eine große Fangemeinde. Heute widmet sie sich, dank ihres Erfolgs, ganz dem Schreiben. Zusammen mit ihrer Familie lebt und arbeitet sie in einem kleinen Ort in Schleswig-Holstein.

Amy Baxter

King's Legacy
Nur mit dir

lübbe

Dieser Titel ist auch als E-Book erschienen

Originalausgabe

Copyright © 2020 by Bastei Lübbe AG, Köln
Textredaktion: Clarissa Czöppan
Umschlaggestaltung: ZERO Werbeagentur, München
Unter Verwendung von Motiven von © shutterstock: g-stockstudio |
BcsChanyout | Vasya Kobelev und © James Whitaker / getty-images
Satz: Dörlemann Satz, Lemförde
Gesetzt aus der Minion
Druck und Verarbeitung: CPI books GmbH, Leck – Germany
ISBN 978-3-404-17960-2

2 4 5 3 1

Sie finden uns im Internet unter www.luebbe.de
Bitte beachten Sie auch: www.lesejury.de

Die Playlist zum Buch findet ihr bei Spotify.
Einfach King's Legacy in die Suche eingeben.

Was du liebst, lass frei.
Kommt es zurück, gehört es dir.
Für immer.
Konfuzius

Logan

»Ich hab Mist gebaut.«

»Logan … was …?« Chloe klang verschlafen. Kein Wunder. Es war drei Uhr in der Nacht, und ich hatte meine beste Freundin gerade mit meinem Anruf aus dem Schlaf gerissen.

»Ich habe Mist gebaut«, wiederholte ich. »Großen Mist. Eigentlich hab ich so richtig Scheiße gebaut.« Meine Stimme war brüchig. So, wie ich mich fühlte. Alles brach gerade zusammen.

Ich hörte sie am anderen Ende gähnen. »Jetzt mal ganz langsam, Lo. Ich kann dir gerade nicht folgen. Kannst du etwas konkreter werden?«

»Ich habe –«

»Mist gebaut, ja. Das sagtest du bereits. Ist das ein großer Mist? Dauert's länger? Sollte ich mir einen Kaffee machen?«

Nur zu gut konnte ich mir vorstellen, wie sie sich die Haare zurückstrich, so, als würde eine freie Stirn ihr beim Denken helfen. Obwohl ich verzweifelt war, musste ich grinsen.

Meine Hand schnellte nach oben, um ein Taxi anzuhalten. »Glaub mir, es ist ein verdammter Scheißhaufen. Machst du mir einen Kaffee mit?«

Wieder ein Gähnen. »Sicher. Bis gleich.«

Ich ließ mich auf die Rückbank des Taxis fallen und nannte dem Fahrer die Adresse von Chloes Appartement in Queens. Um diese Uhrzeit waren die Straßen zwar belebt, aber zumindest nicht verstopft, sodass der Wagen gute zwanzig Minuten später vor ihrer Wohnung hielt. Zwanzig Minuten Fahrt, die ich mit einem bleischweren Klumpen in meinem Magen zurücklegte. Mir war kotzübel.

Kaum hatte ich den Klingelknopf gedrückt, sprang die Eingangstür des mehrstöckigen Wohnhauses auf. Die Treppen ganz nach oben war ich schon unzählige Male hochgestiegen, aber noch nie hatte ich dabei das Gefühl gehabt, zu meiner eigenen Hinrichtung zu gehen. Chloe erwartete mich bereits an der Tür. In einem knallroten T-Shirt mit Popeye-Aufdruck, das ihr bis zu den Knien ging, und dicken, ebenfalls roten Socken. Der silbergraue Bob war verwuschelt, und natürlich trug sie kein Make-up, das die wenigen Sommersprossen auf ihrer Nase hätte verstecken können. Ich liebte diese kleinen Punkte, Chloe verabscheute sie.

Chloe reichte mir bis zur Nasenspitze – wenn sie Schuhe trug. Jetzt kitzelten ihre Haare mich am Kinn, als ich sie kurz umarmte und an mich drückte.

»Hey, Kleines. Du siehst sexy aus.«

»Du dagegen siehst aus, als hättest du die letzten Stunden unter der Kennedy Bridge verbracht«, entgegnete sie mit einem Stirnrunzeln und wischte über meine Wange. »Du hast da was. Ist das ... Lippenstift?«

Unwillig verzog ich mein Gesicht, woraufhin sich ihr müder Ausdruck in Erstaunen verwandelte. »Na los, komm rein.« Sie drehte sich um und schlurfte über die dunklen Holzdielen den Flur entlang, bevor sie links in das mit Möbeln im Industrie-Look eingerichtete Wohnzimmer abbog. Sich selbst hatte sie bereits einen Kaffee eingeschenkt, für mich standen ein Becher, Milch und Zucker und eine Kanne auf dem niedrigen Glastisch bereit.

Chloe wickelte sich in eine helle Wolldecke und setzte sich mit angezogenen Knien in die Ecke des Sofas, wo sie in unzähligen Kissen in allen Formen und Farben versank. Dann griff sie nach ihrem Hardrock-Café-Becher, den ich ihr mal aus einem Urlaub in Chicago mitgebracht hatte, und sah mich über den Rand hinweg forschend an. Um Zeit zu gewinnen, schenkte ich mir langsam einen Kaffee aus der Kanne ein und nahm eine Armlänge von ihr entfernt Platz.

Es tat gut, hier zu sein. Chloe war der erste Mensch gewesen, der mir eingefallen war. Ja, ich hätte auch mit meinen Freunden Jaxon oder Sawyer darüber reden können, aber das war nicht dasselbe. Chloe würde nicht auf die Idee kommen, dass die Sache mit einigen Bieren zu bereinigen war. Sie war meine beste Freundin, und ich wusste, dass sie mir zuhören, mich vielleicht sogar verstehen würde. Chloe anzusehen war für mich, wie in einem offenen Buch zu lesen, was sie vehement abstritt. Jetzt versuchte sie ebenfalls, sich nichts anmerken zu lassen, aber ich kannte sie zu gut, um es nicht besser zu wissen. Diese Frau platzte fast vor Neugier. Das hätte mich zum Lachen gebracht, wenn es mir nicht so beschissen gegangen wäre.

»Also? Was ist so schlimm, dass du mich mitten in der Nacht aus meinen heißen Träumen holst?«, hakte sie letztendlich nach, weil ich nicht von allein anfing zu sprechen.

Ich atmete tief ein und geräuschvoll wieder aus. »Ich habe Aubrey betrogen«, sagte ich, ohne sie anzusehen. Stattdessen fixierte ich die rote Stand-by-Leuchte des ausgeschalteten Flatscreens, der gegenüber an der grau gestrichenen Wand hing.

»Oh Mann, Logan ... echt jetzt?«, entgegnete sie mit einem leichten Seufzer. »Na ja, das musste ja mal so kommen«, hörte ich sie murmeln. Das war sicher nicht für meine Ohren bestimmt gewesen.

»Ist das alles?« Wie konnte sie so ruhig bleiben?

»Sicher. Aber was genau willst du jetzt von mir hören?« Wieder trank sie einen Schluck Kaffee, wobei sie mich schon fast gelangweilt ansah.

»Wie? Was ...?«

»Ist es ernst?«, unterbrach sie mich und zog die Stirn in Falten.

Ich schnaubte leise und zuckte mit den Schultern. »Ich weiß es nicht, Chloe.«

»Autsch …« Ein hörbares Seufzen, dann suchte sie sich eine andere Sitzposition, verknotete ihre schlanken Beine yogamäßig im Schneidersitz, deckte sich wieder zu. Wieder fühlte ich ihren Blick auf mir ruhen. »Wer ist sie?«

»Fay Lopez. Sie ist …« Ich hob den Kopf, atmete durch und sah dann Chloe an. »Sie arbeitet in der Bank, die Havering übernehmen will.«

»Aha«, sagte sie, als wäre damit alles klar, aber ihr Blick war voller Fragezeichen.

»Wir kennen uns schon eine Weile von unzähligen Besprechungen. Heute war sie wieder mit ein paar Anwälten und Kollegen ihrer Bank in unserem Haus. So eine Fusion ist ein langwieriges Thema, das –«

»Bitte, Lo! Keine langweiligen Texte über deinen Job, okay?«

»Sicher. Also, wir hatten einen Termin, danach ein Essen. Wir haben uns gut verstanden. Sie ist witzig, charmant, klug und sieht verdammt gut aus.«

»Aha.«

»Ich habe sie ins Hotel begleitet, und wir sind dann noch auf einen Drink an die Bar und …«

»Dabei blieb es nicht?«

»Nein.«

»Mann, Logan! Lass dir doch nicht immer alles aus der Nase ziehen.«

»Wir sind zusammen im Bett gelandet.«

»Du hast mit ihr geschlafen?« Jetzt rutschten ihre Augenbrauen Richtung Haaransatz, und ihre Augen wurden riesig. Stumm nickte ich. Sie pfiff leise durch die Zähne. »Respekt.«

»Nicht hilfreich, Chloe.«

»Scheiße. Logan! Bist du denn von allen guten Geistern verlassen? Was hast du dir dabei gedacht?«

Warum war sie so schockiert? Ich stellte den Becher auf den Glastisch und lehnte mich kraftlos in das Polster der Couch zurück. Dann nahm ich die Brille ab und rieb mir die Augen. »Ich weiß, dass das nicht besonders klug war, aber –«

»Klug? Mann, Logan!« Chloe verdrehte die Augen und lachte bitter auf. »Noch mal zum Mitschreiben: Du arbeitest für deinen zukünftigen Schwiegervater, sprich, die Bank, in der du zweiter Chef bist, gehört der Familie deiner Verlobten. Du kannst dir ja wohl vorstellen, was los ist, wenn das rauskommt.«

Sie hätte den Satz nicht beenden müssen, mir war auch so klar, was sie damit sagen wollte. Jacob Havering war nicht nur mein Schwiegervater in spe, sondern auch Gründer und Inhaber der Havering Group, der größten Bank an der Ostküste, und damit mein Chef.

»Er wird mir den Arsch aufreißen, wenn er davon erfährt.«

»Wenn er der knallharte Geschäftsmann und Vater ist, als den du ihn mir beschrieben hast, dann wird er das tun. Mit Sicherheit. Du hast seine Tochter betrogen, sein Ein und Alles. Du hast dich ganz schön in die Scheiße geritten, Lo. In Zukunft wirst du allenfalls noch einen Job bei der Müllabfuhr kriegen.«

Chloe hatte recht. Nicht nur meine Beziehung mit Aubrey hing an dem Ausrutscher, sondern meine gesamte Existenz. Ich hatte es echt auf ganzer Linie verbockt.

»Deswegen wird er es auch nicht erfahren«, sagte ich so überzeugend wie möglich.

»So was kommt *immer* raus, Logan. Immer. Du solltest ehrlich zu ihr sein. So was hat selbst Aubrey nicht verdient.«

»Ich dachte, du kannst sie nicht ausstehen?«

»Aubrey und ich werden keine Freundinnen, zumindest nicht in diesem Leben«, sagte sie, und ihr Blick wurde traurig. »Aber Betrug ist das Allerletzte. Es tut einfach nur weh und kann tiefe Narben hinterlassen. Und es passt doch auch gar nicht zu dir.«

Getroffen sah ich sie an. »Mir war nicht klar, dass du so empfindlich auf dieses Thema reagieren würdest.«

»Jeder reagiert auf dieses *Thema* empfindlich«, stieß sie aus. »Betrogen werden ist scheiße! Es ist, als würde dir plötzlich jemand den Boden unter den Füßen wegziehen. Du fällst, und die Hand, von der du dachtest, dass sie dich immer halten würde, ist nicht mehr da. Sie hat dich einfach freigegeben, ohne dich vorzuwarnen.« Sie hob den Blick, und es war, als würde sie durch mich hindurchsehen. »Das tut weh. Verdammt weh.«

Ich brauchte einen Moment, um zu verstehen. »Du sprichst von dir, oder?« Ich hatte nicht gewusst, dass sie betrogen worden war. Davon hatte sie mir nie erzählt.

Ein tiefer Atemzug, dann ein Kopfschütteln. »Es geht hier nicht um mich, Logan. Aber ihr beide ... Du solltest verdammt noch mal den Arsch in der Hose haben und ehrlich zu ihr sein. Sie hat nicht verdient, angelogen zu werden, und du würdest damit auch nicht glücklich werden. Just my two cents.«

»Es war nicht geplant, Chloe. Ich habe erst danach ...« Das war nichts weiter als eine lahme Ausrede, und deswegen brachte ich sie auch nicht zu Ende. »Das war ein Ausrutscher. Eine einmalige Sache. Nichts, was ich wiederholen werde«, setzte ich hinterher. Wobei ich gerade selbst nicht wusste, wie ernst ich diese Aussage nehmen sollte.

Chloe beugte sich vor, strich sich eine Haarsträhne hinter ihr Ohr und sah mich an. »Warum zum Teufel hast du Aubrey betrogen?«

»Warum? Warum wohl?«

Chloe zog abwartend die Stirn hoch.

»Fay hat mich irgendwie angezogen ...«

Ein raues Lachen erklang. »Und dann ausgezogen? So ein Mist, Logan. Sie wird ja wohl nicht von allein in dein Bett gefallen sein.«

»Es war ihr Bett«, stellte ich automatisch richtig, als wäre das wichtig.

»Weiß sie, dass du verlobt bist? Dass du und Aubrey …?«

»Jacob wird jedenfalls nicht müde zu betonen, wie sehr er sich auf unsere Hochzeit freut.«

»Ach? Habt ihr jetzt ein festes Datum?«

»Nein. Ich … weiß nicht mal mehr, ob ich sie noch heiraten will.«

»Wegen deines Ausrutschers?«

»Auch … und ich kann nicht aufhören, an Fay zu denken. Sie hat mir ganz schön den Kopf verdreht.«

Als ich aufsah, hatte sich irgendwas in Chloes Miene verändert. Ich wusste nicht, ob sie wütend auf mich war oder traurig. Oder beides. Aber sie wurde zumindest nicht müde, mir den Kopf zu waschen. »Jetzt mal ehrlich: Wenn deine Beziehung mit Aubrey intakt wäre, dann hätte diese Fay keine Chance gehabt. Aber offensichtlich hatte sie eine.«

»Ich werde sie nicht wiedersehen, Chloe«, beteuerte ich. »Wenn die Übernahme gelaufen ist, werde ich sie nicht wiedersehen.«

»Aber bis dahin dauert es noch, richtig?«

»Ja. Ein paar Wochen.«

Bewegungslos saß Chloe da und tackerte mich mit ihrem durchdringenden Blick ans Sofa. Und das machte mich nervös. »Was?«, herrschte ich los.

Sie schürzte die Lippen. »Warum bist du eigentlich hier, Logan?«

»Wie jetzt?« Verwundert sah ich sie an.

»Du weißt genau, dass du Mist gebaut hast, aber die Wahrheit hören willst du auch nicht. Was hast du denn erwartet? Dass ich dir eine Lösung deines Problems mit deinem Kaffee serviere? Nein. Nicht um diese Uhrzeit, mein Lieber.«

Ich schüttelte den Kopf, griff nach meinem Becher und

lehnte mich zurück. Fuck, ja! Tatsächlich spürte ich so was wie Enttäuschung in mir. Mit einer so heftigen Gegenwehr von meiner besten Freundin hatte ich nicht gerechnet. Vielleicht hätte ich damit doch lieber zu den Jungs gehen sollen. Dann wäre das Problem zwar nicht aus der Welt, aber ich wäre zumindest betrunken genug, um es für wenige Stunden zu vergessen.

»Ich hatte auf Verständnis gehofft, nicht auf so krassen Gegenwind«, gab ich zu, während mein Blick den Rest Kaffee in meinem Becher fixierte, als könnte ich darin tatsächlich die Lösung für mein Dilemma finden. »Wieso bist du eigentlich so sauer auf mich? Du bist doch sonst immer auf meiner Seite.« Das fragte ich mich schon die ganze Zeit.

Mit einem Kopfschütteln überging sie meine Frage. »Du weißt, wie ich darüber denke. Mach was draus.«

»Was soll das heißen?«

»Was wohl? Willst du einfach so weitermachen?«

»Natürlich nicht.«

»Gut.«

»Nichts ist gut. Scheiße! Ich kann so nicht weitermachen. Ich liebe Aubrey nicht mehr.«

Es dauerte zwei Atemzüge, bis sie etwas erwiderte. »Dann hoffe ich für dich nur, dass Aubrey nicht zu sehr nach ihrem Vater kommt.«

Chloe

»Und halten! Halten … Zieh durch, Katelyn. Komm schon! Denk an dein Ziel!«

Meine Hand drückte gegen Katelyns Beine, die sie einen halben Meter über dem Boden ausstreckte, um ihre Bauchmuskeln zu quälen. »Fünf … vier … drei …« Je lauter sie ächzte, desto mehr verstärkte ich den Gegendruck. Bei null fiel Katelyn wie ein nasser Sack ausgestreckt auf die Matte. »Super! Kurz verschnaufen, dann gleich noch mal. Und danach bist du erlöst.«

»Jawohl, Drill-Sergeant.« Als ich nur mit den Schultern zuckte, traf mich ihr eisiger Blick. »Gib's zu – das macht dir doch Spaß.«

»In mir schlummerte schon immer ein kleiner Sadist, Schätzchen«, gab ich mit einem breiten Lächeln zurück.

Als Personal Trainerin war es meine verdammte Pflicht, meine Kunden an ihre Grenzen zu bringen. Und darüber hinaus. Katelyn war das erste Mal bei mir und wünschte sich vermutlich schon jetzt, mich nie gebucht zu haben. Aber das war nicht mein Problem. Ich quälte alles und jeden, solange sie gut zahlten. Und heute vielleicht besonders intensiv, aber auch das würden meine Kunden überleben.

»Also, hoch die Beine«, trieb ich Katelyn ein letztes Mal an. Sie fluchte, aber machte ihre Sache ganz gut. Nachdem ich sie erlöst hatte, konnte sie auch wieder lächeln.

»Danke, Chloe. Das war hart, aber gut.«

»Jederzeit. Du weißt, wo du mich findest.«

Sie verabschiedete sich aufs Laufband, und ich bereitete mich mental auf die nächste Trainerstunde vor, die in gut fünfzehn Minuten beginnen sollte. Doch immer wieder ertappte ich mich dabei, wie ich an Logan und seine Beichte von letzter Nacht dachte.

Schon lange hatte ich gehofft, dass er Aubrey bald den Laufpass geben würde. Sie passten einfach nicht zusammen. Außerdem war sie eine falsche Schlange. Sie lächelt dir freundlich ins Gesicht, und kaum drehst du dich um, schießt sie dir in den Rücken. Anfangs hatte sie versucht, einen Keil zwischen Logan und mich zu treiben. Ich als seine beste Freundin war ihr ein Dorn im Auge. Es passte ihr nicht, dass wir – obwohl wir mal etwas miteinander gehabt hatten – noch Kontakt hatten, ja sogar Freunde waren. Aber die Rechnung hatte sie ohne Logan gemacht. Er würde sich für jemanden, der ihm wichtig war, von vielem trennen, aber nicht von mir. Seine Worte. Und ich war dankbar dafür. Logan war mir wichtig. Als Freund, als Mensch. Ich liebte ihn wie meinen Bruder und wollte nichts mehr, als dass er glücklich war. Und genau das würde er mit Aubrey nie werden. Und endlich fing er an, das zu begreifen.

Aber jetzt hatte er sie betrogen. Er hatte sich da wirklich in etwas reinmanövriert, was ihm das Genick brechen konnte. Vor allem aber passte das, was er da gerade abzog, überhaupt nicht zu dem Logan, den ich kannte. Und dass er nicht wusste, wie er aus der Sache rauskommen sollte, hilflos hin und her ruderte, das konnte ich schon gar nicht verstehen. Eigentlich war er ein Mann, der mit beiden Beinen fest im Leben stand und genau wusste, was er wollte, wie er es bekam und wie weit er dafür gehen konnte. Doch bei dieser Sache war meine Befürchtung, dass er es eben nicht wusste. Deswegen war ich auch so genervt gewesen. Sein Verhalten enttäuschte mich.

Aber mir war mittlerweile klar geworden, dass er sich noch viel mehr selbst enttäuscht hatte. Denn es war nicht nur seine Karriere, die einen Knick bekommen konnte, sondern auch sein Leben. Denn so, wie er es bisher geführt hatte, funktionierte es nicht mehr. Das dürfte ihm durch den Ausrutscher mit Fay deutlich geworden sein. Und dass diese Frau ihm den Kopf verdreht hatte, war auch nicht besonders förderlich. Denn wer konnte klar denken, wenn er mit dem Schwanz dachte?

Bevor mein nächster Kunde kam, holte ich mir noch einen Kaffee. Die Nacht war zu kurz gewesen, ich war hundemüde und zudem echt übel gelaunt. Ein bisschen taten mir meine Kunden heute schon leid.

Das Studio, in dem ich seit über einem Jahr als Personal Trainerin arbeitete, befand sich an der Upper West Side, hoch über den Dächern New Yorks. Vorher hatte ich vier Jahre in einem kleinen, familiären Studio in Queens gearbeitet und nebenbei einige Zusatzausbildungen abgeschlossen. Ich war ganz glücklich dort, bis der Laden wegen Insolvenz hatte schließen müssen. Die großen Ketten hatten die kleinen Läden gefressen. Aber die große Kette zahlte mir jetzt mein Gehalt.

Das Kettlebell war ziemlich exklusiv, die Kundschaft hatte Geld und wusste, wie man es unter die Leute brachte. Neben einer Outdoor-Strecke auf dem Dach, einem Box-Studio und einem Hallenschwimmbad gab es sogar eine kleine Basketballarena. In dem Mind-Body-Studio wurden Kurse wie Pilates und Yoga angeboten. Und im separaten Spa-Bereich konnte die betuchte Kundschaft sich in mehreren Saunen und Dampfkabinen entspannen. Massagen und Physiotherapien waren im Preis inbegriffen. Selbstverständlich gab es auch eine Kinderbetreuung, wenn die Karrierefrauen vor, während oder nach dem Job ihre Körper stählten. Und natürlich gab es für die arbeitende Bevölkerung extra Arbeitsbereiche, Ruhebereiche, Lounges und Cafés. Alles inklusive. Bis auf die Personal Trainer. Wir kosteten extra. Und das nicht wenig. Aber in der hippen Weltstadt-Metropole New York waren wir jeden Cent wert.

Das Studio lag zudem nur knappe zwanzig Minuten mit dem Rad vom *King's* entfernt. Das war praktisch, besonders an

Tagen, wo ich zwei Jobs bewältigen musste. In der Bar meines Bruders Jaxon half ich zwar nur noch gelegentlich aus, seitdem seine Freundin Hope meine Schichten übernommen hatte, aber wenn ich abends lange im Studio war, dann bevorzugte ich es, bei den beiden zu übernachten, bevor ich den weiten Weg von über einer Stunde nach Queens in meine Wohnung auf mich nahm. Jaxons Wohnung lag im selben Haus, direkt über dem *King's*. Der Job im Kettlebell gefiel mir, ich fühlte mich sehr wohl dort und überlegte nun schon seit meinem kleinen Unfall vor ein paar Monaten, ob ich nicht zurück nach Manhattan ziehen sollte. Doch Wohnraum war schwer zu finden, und irgendwie mochte ich meine kleine, schnuckelige Wohnung in Queens auch.

Aber diese Gedanken hatten hier jetzt keinen Platz, also schüttelte ich sie ab und ging im Kopf schon ein paar Anfängerübungen für meinen nächsten Kunden durch.

Nach wenigen Minuten Verschnaufpause kam mein Kollege Alex auch schon in meine Richtung. Ihm folgte ein großer, dunkelhaariger Kerl in einem verwaschenen Muskelshirt und Trainingshosen, mit tätowierten, muskulösen Armen und einem Dreitagebart, der in dieses Edelstudio genauso gut reinpasste wie löchrige Jeans in die Oper. Doch er strahlte eine Überlegenheit und Arroganz aus, dass sich niemand getraut hätte, ihn zurechtzuweisen. Die Köpfe der Frauen drehten sich einer nach dem anderen nach ihm um. Er hatte was von Jason Momoa, nur waren seine Haare nicht so lang. Eher trug er einen herausgewachsenen Kurzhaarschnitt, mit dem er immer noch unverschämt sexy rüberkam, und ich musste zugeben, dass er mir auf den ersten Blick verdammt gut gefiel.

»Kaden Jenkins«, stellte er sich mir vor und starrte mich mit belustigter Miene an, nachdem Alex mich als seine Trainerin vorgestellt hatte. Er maß bestimmt einen Meter neunzig und brachte sicher gute hundertzwanzig Kilo Muskelmasse auf die

Waage. Doch er sah nicht furchteinflößend aus, eher das Gegenteil. Die Arroganz blitzte aus seinen blauen Augen mit den dichten, dunklen Wimpern. »Ernsthaft? Die Kleine soll mich trainieren?« Mir war klar, dass er mit Alex sprach, obwohl er mich ansah. Herausfordernd, als wollte er testen, wie weit er bei mir gehen konnte. Der Typ gefiel mir wirklich.

Ich neigte den Kopf etwas und lächelte ebenfalls amüsiert. »Angst?«

Überrascht zuckten seine buschigen Augenbrauen hoch. »Sollte ich?« Der Blick, den er mir dabei zuwarf, ließ meinen Puls in die Höhe schnellen und meinen Unterleib zucken. *Scheiße, Chloe! Reiß dich zusammen.*

»Wäre angebracht«, entgegnete ich und trank einen Schluck Kaffee, weil mein Mund wie ausgedörrt war.

Aus dem Augenwinkel heraus vernahm ich das verstohlene Grinsen meines Kollegen, der sich mit einem »Viel Spaß euch« zurückzog.

»Also, dann erzähl mal: Welche Trainingsziele hast du dir gesteckt?«

»Ich will dir wirklich nicht zu nahetreten, Kleines, aber –«

»Niemand«, fiel ich ihm ins Wort und hob meinen Zeigefinger vor sein Gesicht, »niemand nennt mich Kleines. Also wirst du nicht damit anfangen, klar?« Der Einzige, der mich Kleines nennen durfte, war Logan. Aber das musste ich dem Aquaman hier ja nicht auf die Nase binden.

Sein Blick zuckte zur Klimmzugstange rechts neben uns. Das breite Lächeln zeigte seine weißen Zähne in seinem braun gebrannten Gesicht. »Wie viele schaffst du?«, wollte er wissen.

»Immer einen mehr als du«, antwortete ich und verfluchte mich im gleichen Atemzug für meine Großkotzigkeit. In Sekundenschnelle scannte ich ihn. Er war groß und muskulös, aber auch schwer. Die Chancen, dass er speziell Klimmzüge trainierte, lagen bei fünfzig Prozent. Ich baute darauf, dass er mehr

Wert auf Kraft legte als auf Ausdauer und seine Muskeln somit zwar eine extrem hohe Belastungsmöglichkeit besaßen – allerdings nur für einen relativ kurzen Zeitraum. Danach verpuffte die Kraft, der Muskel ermüdete und brauchte die dringende Erholungsphase. So weit die Theorie.

Aquaman grinste breiter, rieb sich die Hände, griff in den Kreidebehälter an der Wand und konzentrierte sich. Kaum legte er die kräftigen Hände um die Griffe, spannte sich sein ganzer Körper an. Die Muskeln an seinen Armen traten hervor, als er sich gekonnt hochzog und einen Klimmzug nach dem nächsten vollführte. Ich starrte gebannt auf das Muskelspiel seiner Rückseite, wobei mir ein bestimmtes Tattoo im Schulterbereich ins Auge stach: ein roter chinesischer Feuer spuckender Drache, der Kadens Bewegungen mitging und dadurch lebendig wirkte. Die Tattoos auf seinen Armen waren dagegen eher schlicht und in Grautönen gehalten. Ich bekam Gänsehaut, riss meinen Blick davon los und erinnerte mich daran, weswegen er eigentlich hier war. Also begutachtete ich das Gesamtpaket, notierte geistig seine einzige Schwachstelle: Die Beine, sie knickten ein. Ansonsten hatte ich nichts zu meckern, er machte das richtig gut, es war ein wahres Fest für meine Augen, ihm dabei zuzusehen. Nach elf Klimmzügen senkte er sich kontrolliert ab und wandte sich mir zu.

»Du bist dran.«

Ich wusste, es war bescheuert, sich auf ein so dämliches Battle mit einem Kunden einzulassen. Andererseits – er hatte danach verlangt. Und wenn es ihm gefiel, warum nicht? Schließlich bezahlte er dafür. Und irgendwie war mein Ehrgeiz jetzt auch geweckt.

Also stellte ich mich in Position, sprang nach oben, um die Griffe zu erreichen, und zog mich ebenso kontrolliert an den Griffen nach oben, wie er es noch wenige Sekunden vor mir getan hatte. In der Regel schaffte ich gut acht bis neun Klimmzüge am Stück ohne große Schwierigkeiten, zehn mit viel gutem Willen. Alles danach würde verdammt hart werden, und dass ich meiner großen Klappe gerecht werden und zwölf Stück schaffen würde, hielt ich fast für unmöglich. Aber nur fast. Also spannte ich meinen ganzen Körper an, brachte die Kraft gleichzeitig in meinen Rücken, den Bauch, die Schultern, in meine Arme. Langsam zog ich mich an der Stange hoch. Eins, zwei, drei … souverän hielt ich durch bis zum neunten Klimmzug. Nur noch drei, hämmerte es in meinem Kopf. Komm schon! Zieh durch! Ich biss die Zähne aufeinander, ignorierte das Brennen meiner Muskeln, zählte von drei rückwärts, und beim letzten wollten meine Muskeln sich ziehen wie Kaugummi. Aber den Gefallen tat ich ihnen nicht, sondern mobilisierte noch mal alle Reserven, zog mich hoch und setzte mich langsam und kontrolliert ab, wobei ich versuchte, das Zittern meiner Arme zu ignorieren. Mit rasendem Puls drehte ich mich dann zu Kaden um. Als ich in seine anerkennende Miene blickte, feierte mein Ego seinen Triumph. Die Schmerzen in den Armen würden morgen die Hölle sein.

»Respekt«, sagte er mit angenehm tiefer Stimme, während an seinen vor der Brust verschränkten Armen die Sehnen hervortraten.

»Danke. Du musst noch etwas an deiner Beinhaltung arbeiten, aber mit ein bisschen Training bekommen wir das hin«, gab ich mit einem Augenzwinkern zurück.

Er lächelte, und auf seiner rechten Wange erschien ein kleines Grübchen. *Shit!* Ich hatte eine Schwäche für Männer mit Grübchen. »Was du sagst, Chloe. Was du sagst …«

Und in dieser Sekunde ahnte ich, dass Kaden Jenkins mehr werden sollte als nur ein Kunde im Fitnessstudio.

Logan

»Happy Birthday, Aubrey!«

Aubreys Augen strahlten, als ich die Schmuckschatulle aufklappte und das diamantenbesetzte Armband zum Vorschein kam. Ein Geschenk, das ich schon vor Monaten besorgt hatte, weil es gut zu ihrem Ring passte. Und wie es aussah, hatte ich ihren Geschmack auch diesmal getroffen.

»O mein Gott, Logan! Das ist wunderschön!«

Schweigend nahm ich das Schmuckstück heraus und legte ihr Handgelenk frei, um es ihr festzumachen. Es fühlte sich fast an wie ein Friedensangebot. Schon länger kriselte es zwischen uns, seit geraumer Zeit zweifelte ich an uns, so sehr, dass ich sie sogar betrogen hatte. Vielleicht waren das Armband und die gemeinsame Zeit hier in Aspen mein Versuch, alles wieder geradezubiegen.

»Danke!« Meine Verlobte fiel mir um den Hals und presste ihre vollen Lippen überschwänglich auf meinen Mund. Ihre blonden Locken quollen unter der Mütze hervor wie gelbe Lava und kitzelten meine Wange, während das private Feuerwerk den Nachthimmel über Colorado erhellte.

»Bitte schön«, flüsterte ich in ihr Ohr und küsste sie sanft auf die Wange.

Sie löste sich von mir, betrachtete das Armband noch einmal und hielt dann ihren Arm hoch. »Seht mal, was ich bekommen habe!«, quiekte sie und wurde in der nächsten Sekunde auch schon von ihren Freunden in Beschlag genommen, die nun auf sie zustürmten, um mein Geschenk zu begutachten und ihr zu ihrem dreißigsten Geburtstag nur das Beste zu wünschen. Lächelnd trat ich beiseite und überließ sie ihrer Clique. Von meinen Leuten war keiner dabei, Aubrey mochte meine Freunde nicht. Aber das beruhte auf Gegenseitigkeit. Ich versuchte, mich damit zu arrangieren, und brachte beide Seiten so selten wie möglich zusammen. Und dies war ihre Feier, zu der sie natürlich nur Menschen eingeladen hatte, die sie mochte.

Seit zwei Tagen war das Haus in Aspen voll mit Leuten, die ich zum ersten Mal sah. Freunde aus Europa und weiten Teilen Amerikas hatten sich eingefunden und für ein paar Tage hier einquartiert. Seitdem waren wir nicht mehr allein oder ungestört gewesen. Bis auf die paar Stunden in der Nacht, in denen wir wirklich nichts anderes taten, als zu schlafen.

Während Aubrey jetzt Küsschen rechts, Küsschen links verteilte, unzählige Umarmungen erwiderte und kunstvoll eingepackte Geschenke öffnete, wobei jedes mit einem mehr oder minder lauten Freudenschrei quittiert wurde, atmete ich die vielen verschiedenen schweren Düfte ein und sehnte mich immer mehr nach meinen Freunden in New York. Waren Geburtstage in meinem Freundeskreis doch viel entspannter und unkomplizierter als in Aubreys erlauchtem Zirkel.

Ich erinnerte mich an die unzähligen Partys, die ich mit Jaxon und Sawyer, meinen zwei besten Freunden, schon gefeiert hatte. Partys, von denen Aubrey nicht im Geringsten etwas ahnte. Meine heiße Phase als Junggeselle musste ich ihr nicht auf die Nase binden, das waren Abschnitte in meinem Leben, die ich nicht mit ihr teilen wollte. Auch nicht im Nachhinein. Das machte mich sicher nicht zum Vorzeigeverlobten, aber es gab nun mal Dinge, die sie nichts angingen, vor allem, weil sie es nicht verstehen würde.

Ich griff nach meinem Bier, trat ein paar weitere Schritte zur Seite und überließ Aubrey gänzlich dem Rampenlicht, in dem sie sich nur zu gern sonnte. Während ich dabei zusah, wie sie hofiert wurde, verglich ich sie ungewollt mit Fay.

Sie kamen aus derselben Welt, hätten aber unterschiedlicher nicht sein können. Während Aubrey von Beruf Tochter war und das Geld ihres Vaters gerne mit vollen Händen ausgab, erklomm Fay die steile Karriereleiter in ihrem Job jeden Tag ein Stück höher. Aus eigener Kraft. Ihr traute ich durchaus eine Führungsposition zu. Sie war knallhart und hatte gute und überzeugende Argumente, wenn sie Stellung bezog. Das hatte ich bereits in mehreren Besprechungen und Verhandlungen erfahren dürfen. Zudem hatte sie einen ziemlich trockenen Humor, der mich mehr als einmal zum Lachen gebracht hatte. Und dabei war sie auch noch wahnsinnig charmant. Und wie ich bereits Chloe gegenüber erwähnt hatte, sah sie verdammt gut aus. Die dunklen Haare fielen ihr wie Seide über die Schultern, und in ihrem schmalen Gesicht mit der feinen, geraden Nase fesselten einen ihre braunen, wachsamen Augen. Ein leichtes Schmunzeln lag immer um die Mundwinkel ihrer vollen roten Lippen. Trotz Absätzen war sie gut einen halben Kopf kleiner als ich und wirkte in ihren Kostümen sehr schlank. Da ich selbst Krafttraining machte, wenn die Zeit es zuließ, wusste ich, wie trainierte Körper aussahen. Fay war durchtrainiert, das hatte ich in unserer gemeinsamen Nacht herausfinden dürfen.

Wie von allein liefen die Bilder des Abends vor meinem inneren Auge ab. Ungewollt hörte ich ihre Stimme, roch ihren verführerischen Duft und spürte ihre weiche, warme Haut. *Verdammt!* Ich musste mich zusammenreißen und aufhören, von einer Frau zu träumen, die ich nicht haben durfte. Das war eine einmalige Sache gewesen und würde sich nicht wiederholen. Nein! Sobald die Übernahme im Kasten war, würde ich sie nicht wiedersehen. Und bis dahin musste ich versuchen, der Lage oder besser meiner Gefühle Herr zu werden.

Trotzdem konnte ich mich nicht so richtig auf die Party konzentrieren. Ich hatte Mist gebaut. Und zwar richtig. Sollte ich zulassen, dass diese eine Nacht alles zerstörte, was ich mir aufgebaut hatte? Allerdings hatte Chloe schon ganz richtig erkannt: Wäre die Beziehung zwischen Aubrey und mir intakt gewesen, hätte eine Fay keine Chance gehabt. So oder so würde ich heute nicht mit Aubrey darüber sprechen. Es war ihr Geburtstag, an diesem Abend sollte sie die wichtigste Person sein.

Während ich mit meinen zwiespältigen Gefühlen kämpfte, badete Aubrey augenscheinlich zufrieden im Pulk von Menschen, die zwei Dinge gemeinsam hatten: Sie waren oberflächlich und lebten in einem Luxus, den sie sich nicht selbst erarbeitet hatten, sondern in den sie hineingeboren worden waren.

Aubreys Familie besaß neben unzähligen Filialen der Havering Group noch einige Immobilien, verstreut in ganz Amerika. Unter anderem auch das Haus hier in Aspen, Colorado. Wobei man besser von einem Anwesen sprach, das aus einem Haupt- und zwei Nebengebäuden sowie mehreren Stallungen bestand, die allein schon den Luxus meiner Penthousewohnung besaßen, in der Aubrey und ich mittlerweile gemeinsam wohnten. Aber was wollte man erwarten vom Inhaber der größten Bank in den Vereinigten Staaten?

Als ich nach meinem verhassten Jurastudium in dem Unternehmen angefangen hatte, hätte ich nie geglaubt, dass ich so lange dortbleiben würde. Doch ich durchlief einzelne Abteilungen, wobei mir dabei der Umgang mit Zahlen in dem bis dahin so verhassten Controlling im Grunde am besten gefallen und ich ausgerechnet in dem Bereich Karriere gemacht hatte. Ich bildete mich laufend fort und arbeitete hart für meine Zusatzqualifikation als Wirtschaftsprüfer. Und letztlich jagte eine Beförderung die nächste. Mittlerweile war ich der Chief Executive Officer, das geschäftsführende Vorstandsmitglied der Bank. Über mir stand nur noch Jacob Havering selbst, aber ich hatte die Leitung über die einzelnen Abteilungen. Wer hätte das gedacht, nachdem mein Studium alles andere als grandios angelaufen war. Ich wollte nicht bezweifeln, dass auch die Verlobung mit Aubrey vor zwei Jahren mir den Job gesichert hatte. Aber nur gesichert. Hochgearbeitet hatte ich mich von allein. Etwas, das ich nie müde wurde richtigzustellen und das mir auch verdammt viel bedeutete.

Nachdem auch der letzte von Aubreys Freunden ihr ein Geschenk überreicht und ihr gratuliert hatte, blickte sie suchend in die Menge. Ich lächelte ihr zu, als ihr Blick meinen fand, und kurz darauf stand sie wieder bei mir. Der Stoff unserer dicken Skijacken raschelte, als sie sich an mich presste und ihre kalten Hände unter den Bund meiner Jacke bis auf meine Haut schob.

»Wie wäre es ... gehen wir rein und ...« Ihre Stimme klang belegt, und ihre Finger suchten sich den Weg zu meinem Hosenbund. Ich stoppte sie, bevor ihre kalten Finger in meiner schwarzen Skihose verschwinden konnten.

»Aubrey, nicht«, sagte ich und schob sie ein Stück von mir. Sie hatte schon seit Stunden mit ihren Freunden einen Champagner nach dem anderen in sich hineingeschüttet und sich damit ziemlich betrunken. Wieso war mir nie aufgefallen, wie laut und schrill sie war? Ich konnte sie kaum ertragen. Der Alkohol machte sie hemmungslos. Es war ihr egal, was sie tat und wer sie dabei beobachtete. Aber mir nicht. Denn ich hatte wenig Lust, ihre Fehltritte vor ihrem Vater rechtfertigen zu müssen. Und das Lachen ihrer feiernden High-Society-Freunde um uns herum erinnerte mich daran, dass ich auf sie aufpassen musste – ob ich wollte oder nicht. Und das war gar nicht so einfach. Nur unter Protest ließ sie von mir ab und schnappte sich ihr Champagnerglas, das auf dem mit weißem Stoff verkleideten Stehtisch stand.

»Spielverderber«, murmelte sie und verzog schmollend den Mund, aber nach einem Schluck Champagner strahlte sie mich wieder an. Ihr Blick war mittlerweile glasig geworden. Wieso fielen mir eigentlich immer mehr schlechte Angewohnheiten an ihr auf? Wieso störte mich das jetzt so plötzlich?

»Ich bin ja so froh, das Dad uns Havering House über meinen Geburtstag überlassen hat.« Auch in den ersten Minuten in ihrem neuen Lebensjahr ließ Aubrey keinen Zweifel daran, wem wir den Aufenthalt in dieser Villa eigentlich zu verdanken hatten. Ihren Eltern, die allerdings aus zeitlichen Gründen nicht dabei sein konnten. Ich war es leid, mir die Ausreden anzuhören. »Wollen wir nach der Spendengala nicht noch ein paar Tage dranhängen und endlich unsere Hochzeit im Detail planen?« Aubreys Augenaufschlag war filmreif, und noch vor ein paar Tagen hätte sie mich damit sicher überzeugt. Aber etwas hatte sich geändert. Ich hatte mich geändert.

»Ich würde, wenn ich könnte. Aber durch unseren Besuch auf der Spendengala fehlen mir schon wieder zwei Tage im Büro. Dein Dad hat mich wirklich mit Arbeit zugeschüttet, und ich möchte alles erledigt haben, bevor er zurückkommt.« Es war am einfachsten, sie mit ihrem Dad zu kriegen. Der ging ihr nämlich über alles.

Ihre rot geschminkten Lippen, die ich so gut wie nie ohne Lippenstift zu sehen bekam, verzogen sich schon wieder zu einem Schmollmund. »Warum kannst du das nicht an deine …«, sie wedelte mit den Fingern, als würde sie eine lästige Fliege wegscheuchen wollen, »Angestellten weitergeben? Sollen die das doch machen.«

»Nein, Aubrey. Das sind meine Aufgaben, und abgesehen davon haben die Angestellten sich ihren Urlaub verdient. Sie arbeiten hart genug für deinen Vater.« *Damit du das Geld ausgeben kannst. Mit vollen Händen.*

»Ich weiß nicht, ob es mir so gut gefällt, dass du für meinen Daddy arbeitest.«

Überrascht zog ich meine Augenbrauen nach oben, sodass meine Brille ein Stück auf meiner Nase nach unten rutschte. »Ich werde nicht kündigen, falls du das sagen willst.« Obwohl ich seit der Nacht mit Fay schon mit der Option spielte, mir einen anderen Job zu suchen. Sollte mein Ausrutscher publik werden, würde ich eine Alternative brauchen.

»Das würde mein Dad wohl auch nicht zulassen.« Sie kicherte, nahm einen Schluck Schampus, biss sich kokett in die Unterlippe und platzierte ihren Augenaufschlag punktgenau. »Und was ist mit der Planung für unsere Hochzeit? Wir müssen uns endgültig für ein Datum entscheiden. Wir müssen darüber sprechen, ob wir *unseren* Tag jetzt auch zu unserem *Hochzeitstag* machen wollen oder einen anderen x-beliebigen Tag dafür wählen wollen!«, brachte sie die Sprache wieder auf ihr Lieblingsthema.

Mit *unserem Tag* meinte sie unseren Kennenlerntag im September, das hatte sie schon mehrmals angesprochen. Bis dahin war es nur noch ein gutes halbes Jahr. Ich stöhnte innerlich, aber legte meinen Arm um sie und zog sie an mich.

»Das Datum wäre perfekt, aber Aubrey ... Wir haben doch noch Zeit, lass es uns nicht überstürzen«, leistete ich meinen Beitrag zur Planung und hoffte, dass sie es ebenso sah. Denn wenn ich eines nicht so schnell vorhatte, dann war es zu heiraten.

***

»Schatz? Welches soll ich anziehen?«

Zwei Tage nach Aubreys Geburtstag fiel mein Blick stirnrunzelnd auf meine Armbanduhr. Nur noch wenige Minuten, bis der Wagen vorfahren würde, um uns zur Spendengala von Havering Group in Colorado zu bringen. Einer der Gründe, warum Aubreys Dad seiner Tochter angeraten hatte, ihren runden Geburtstag in Aspen zu feiern, war, dass wir zwei Tage später dann zur großen Gala anwesend sein konnten. Ein Pflichtbesuch für die ganze Familie. Er war so berechnend.

Seit zehn Minuten wartete ich nun bereits in dem dunklen

Anzug auf meine Verlobte, die wie immer mehr Zeit benötigte, als zur Verfügung stand. Aber gut – sie war die Tochter des Unternehmenschefs, und würde sie später als alle anderen Gäste kommen, wäre der große Auftritt ihr gewiss. Ich kannte das Spiel schon, musste mich diesmal aber sehr zusammenreißen, um gelassen zu bleiben. Zwei Stufen auf einmal nehmend ging ich die Treppe nach oben und trat ins Schlafzimmer, in dem Aubrey nur in einem weißen BH und dem passenden Slip vor dem Spiegel stand.

»Was meinst du? Das hier ...«, abschätzend hielt sie sich ein roséfarbenes, langes Abendkleid vor ihren halb nackten Körper, »oder das hier?« Das Kleid wurde von einem hellblauen Kleid abgelöst, das sich in meinen Augen nur in der Farbe vom ersten unterschied. Aber Aubrey würde mich eines Besseren belehren, wenn ich das anmerkte.

»Das erste«, gab ich zur Antwort, was mir einen erbosten Blick einbrachte.

»Das hatte ich im letzten Jahr bereits zur Benefizveranstaltung der Chambers in den Hamptons an.«

»Es ist trotzdem eine gute Wahl«, betonte ich und zwang mich zu einem Lächeln.

»Aber ich kann doch nicht zweimal –«

»Dann nimm das blaue.«

»Das ist türkis!«

Ich warf den Kopf in den Nacken. »Meinetwegen auch das. Egal was du trägst, Aubrey – du wirst wie immer bezaubernd darin aussehen.«

Aubrey verharrte, und das Runzeln ihrer Stirn war die einzige Bewegung inmitten ihres glatten und faltenfreien Gesichts. »Es ist dir also egal.«

»Was ist mir egal?« So ganz folgen konnte ich ihr gerade nicht.

»Was ich anziehe. Es ist dir egal, wie ich aussehe.«

»Nein, es ist –«

»Du hast gesagt, egal was ich anziehe …«

»Ja, aber doch nur, weil –«

»Wundervoll. Es ist meinem Verlobten also egal, was ich anziehe. Vielleicht sollte ich einen Kartoffelsack anziehen. Wäre es dir dann auch noch egal?«

»Aubrey, ich –«, versuchte ich, dazwischenzugrätschen, doch sie hatte sich bereits in Rage geredet.

»Das fällt mir schon länger auf. Du siehst mich gar nicht mehr richtig an, Logan. Es ist dir nicht nur egal, was ich trage, sondern … Ich bin dir egal …«

»Bullshit!«, platzte es aus mir raus, weil sie nun diesen jämmerlichen Ton anschlug, den ich nicht ausstehen konnte. Wenn einer nichts zu jammern hatte, dann war es Aubrey Havering. Doch sie jammerte, wann immer sie konnte. Hatte ich bisher gut darüber hinwegsehen können, so brachte es jetzt das Fass zum Überlaufen.

»Hör auf zu fluchen!«, konterte sie sogleich im selben scharfen Ton.

Ich atmete einmal tief durch. »Du hast mir die Kleider gezeigt, Aubrey. Es ist mir nicht egal, was du trägst, aber es ist egal, *was ich sage* – du hast immer etwas zu meckern.« Mir verging langsam die Lust an diesen ewigen und immer gleichen Diskussionen. War es anfangs ein Fishing for Compliments gewesen, ging es mittlerweile um mehr. Audrey ging es nicht mehr um Komplimente – es war ein Spiel daraus geworden, und ich war ihre Spielfigur. Doch damit war jetzt Schluss. So konnte ich einfach nicht mehr weitermachen. »Und *das* ist *mir* schon länger aufgefallen, du bist nicht mehr zufriedenzustellen. Egal, worum es geht – in deinen Augen sind immer die anderen schuld. Und in diesem speziellen Fall mal wieder ich. Ist ja auch kein anderer da.«

Ihre Miene wurde aalglatt, ich sah, wie sie schluckte. Sie ließ die Kleider sinken, sodass sie auf dem Boden aufsetzten, und stemmte die Hände in ihre unbekleideten Hüften.

»So? Na, dann geh doch, wenn es dir nicht passt, dass ich meine Meinung äußere. Vielleicht wäre es sogar besser, wenn du gehst. Dann musst du dir kein Gemecker über rosa- oder türkisfarbene Kleider anhören!« Die letzten Worte fauchte sie wie eine angriffslustige Katze. Herausforderung lag in ihrem Blick. Die Frage, wie weit ich gehen würde. Und kurz war ich tatsächlich davor nachzugeben. Wie ich es immer getan hatte. Aber dann machte es Klick in meinem Kopf.

Langsam hob ich die Hände, so als hielte sie mir eine Pistole auf die Brust. Was sie imaginär in genau dieser Sekunde auch tat. Dann trat ich einen Schritt zurück und nickte. »Ja. Ja, du hast recht, Aubrey. Ich sollte gehen. Ich denke, das ist das Beste. Lass uns das hier und jetzt beenden.« Endlich war es raus. Schon länger war ich unglücklich gewesen, aber hatte es einfach nicht fertiggebracht, mich zu trennen. Doch dieser Streit war eine Vorlage. Keine Ahnung, wie ich diese Worte über die Lippen gebracht hatte, aber es war das Beste, was mir passieren konnte. Ich hatte die Gelegenheit, die sie mir gegeben hatte, genutzt. Und jetzt gab es kein Zurück.

Wie in Zeitlupe veränderte sich ihr Gesichtsausdruck. Die Angriffslust wich Überraschung. Ihre Augenbrauen zuckten irritiert, mehrmals blinzelte sie, als würde sie dadurch besser verstehen, was ich gesagt hatte. Ihr Mund öffnete sich, ich sah, wie sie Luft holte, aber dann schloss sie den Mund wieder, atmete aus, atmete ein und begann dann, langsam und beständig zu nicken. So lange, bis ihre blonden Locken, die sie etwas früher am Abend sorgsam frisiert hatte, zu wippen begannen. »So ist das also. Du willst gehen? Du liebst mich also nicht mehr? Fein! Und wenn du jetzt gehst, werde ich dich nicht zurücknehmen, Logan. Also überlege dir gut, was du tust.«

Ich sah an ihrem Blick, dass sie mich nicht ernst nahm. Dass sie mir nicht zutraute, sie zu verlassen. Aber da hatte sie sich getäuscht.

»Nein, das brauche ich nicht mehr, Aubrey. Ich fliege noch heute nach Hause. Es ist besser so.« Als ich mich umdrehte und den Rückzug aus dem Schlafzimmer antrat, schrie sie mir hinterher.

»Ja, geh, geh ruhig. Du wirst schon sehen, was du davon hast!«

Ja, das glaubte ich ihr aufs Wort.

Chloe

»Popcorn?«

»Unbedingt!«, verlangte ich und zwinkerte Kaden zu.

Er griff nach hinten auf die Rückbank und drückte mir kurz darauf einen riesigen Eimer Popcorn in die Hand. Die zwei Dosen Cola stellte er in die dafür vorgesehenen Halterungen in der Mitte seines SUV. Nachdem er im Radio die Frequenz für die Tonspur des Films eingestellt hatte, stellte er noch die Standheizung höher.

Kaden hatte sich für unser erstes Date das Midway Drive-in Theatre, das mittlerweile älteste Autokino, welches noch in Betrieb war, ausgesucht. Normalerweise war Saison nur von Mai bis Oktober, aber irgendein Freund von ihm leitete dieses Kino, und der konnte Kaden anscheinend nichts abschlagen. Also saßen wir als einzige Zuschauer auf dem verlassenen Gelände vor der großen Leinwand. Das war irgendwie total creepy.

»Das Kino ist echt cool. Das würde Logan auch gefallen.«

»Wer ist Logan?«

»Ein Freund.«

Kaden runzelte leicht die Stirn. »So?«

»Der beste Freund meines Bruders. Wir kennen uns schon ewig«, winkte ich ab und grinste innerlich. Konnte es sein, dass Kaden das nicht passte?

»Na dann …«, meinte er nur, aber schon im nächsten Moment warf er mir dieses umwerfende Lächeln zu, mit dem er mich schon gestern bei unserer ersten Begegnung umgehauen hatte.

»Auch wenn wir den falschen Film gucken«, gab ich mit

einem Zwinkern zurück. »*Aquaman* würde viel besser passen.«

»Ja, ich habe schon läuten hören, dass eine gewisse Ähnlichkeit bestehen soll zu diesem ... Wie heißt er noch gleich?«

»Jason Momoa«, half ich aus.

»Genau.« Gespielt genervt rollte er mit den Augen, aber das kleine Schmunzeln um seine Mundwinkel herum verriet ihn.

»Ach komm, das ist doch ein Riesenkompliment«, sagte ich daher ebenfalls mit einem Schmunzeln. »Der einzige Unterschied sind eure Haarlängen.«

»Findest du?«

»Absolut.«

Kaden sah mich an. Sein Blick wurde intensiver und tauchte in meinen, zudem kam sein Gesicht mir so nahe, dass das Kribbeln in meinem Bauch wieder Fahrt aufnahm.

»*Deadpool* wirst du auch lieben«, raunte er schließlich und zog sich mit diesem sexy Aquaman-Lächeln wieder zurück. Meine Nerven! In meinen Ohren rauschte mein Blut, und das Pochen meines Herzens konnte man wahrscheinlich auch noch außerhalb des Geländes hören.

»Ich lasse mich gerne eines Besseren belehren«, sagte ich, nachdem ich meine Stimmbänder mit einem Räuspern wieder freigeschaltet hatte. »Obwohl ich nicht ernsthaft daran glaube, dass ein Marvel-Film mich begeistern kann«, setzte ich noch hinterher.

»Du magst keine Comic-Verfilmungen?« Skeptisch sah er zu mir rüber.

»Doch! Unbedingt. Aber ich stehe mehr auf die anderen Superhelden. Logan ist seit Urzeiten Fan von DC. Damit hat er mich angesteckt.«

»Logan. Klar.« Ich sah, wie er die Zähne aufeinanderbiss, und zuckte entschuldigend mit den Schultern. »Okay, und jetzt noch mal zum Mitschreiben«, sagte Kaden. »Wer oder was ist DC?«

Offensichtlich hatte er keine Ahnung, dass außer den Marvel Comics noch andere Universen existierten, also sah ich mich gezwungen, ihn aufzuklären. »Ich stehe auf Superman, Batman und all die anderen Comic-Helden aus dem DC Verlag.« Wieder sah er mich etwas befremdet an, also setzte ich noch einen drauf. Es war grandios, endlich mal mit meinem Wissen glänzen zu können. »DC ist 1934 von Malcolm Wheeler-Nicholson gegründet worden, ist aber mittlerweile eine Tochtergesellschaft von Warner. Die Helden von DC leben in ihren eigenen Universen und haben so gar nichts mit Marvel gemein.«

»Ah ... okay.« Kaden hatte nichts von dem wirklich verstanden, ich sah es ihm an. Vermutlich interessierte es ihn nicht mal, aber ich war gerade so in Fahrt, dass ich mich nicht mehr bremsen konnte. »Die Helden von Marvel sind eigentlich auch nicht so mein Fall. Und *Deadpool* ... na ja, bei dem bekommt Einhornliebe ja eine ganz neue Bedeutung«, sagte ich lachend. Und dann biss ich mir auf die Lippen. *Mist!* Kaden hatte sich so viel Mühe gegeben, ich sollte das honorieren und ihn nicht auslachen. Ich war so ein Trampel! »Aber der Film ist ziemlich cool«, setzte ich kleinlaut hinterher. Ich hatte ein schlechtes Gewissen. Endlich hatte ich mal wieder ein Date mit einem echt heißen Typen, und dann versaute ich es, noch bevor es anfing, weil ich mit ihm über Comics diskutierte. Logan hatte wirklich einen verdammt schlechten Einfluss auf mich.

Kurz darauf lachte Kaden aber laut auf. Ich runzelte die Stirn. Ja, es war nur fair, dass er jetzt *mich* auslachte.

»Ganz ehrlich? Du hast recht. Ich habe absolut keine Ahnung«, gab er zu, und wieder fiel mir sein Grübchen auf, als er lächelte. Ich stand total drauf. »Weder von Marvel noch von DC. Ich habe einfach einen Film gegriffen, der im Regal stand, und das war zufällig dieser einhornliebende Deadpool. Ich hoffe, ich sinke in deiner Achtung jetzt nicht ins Bodenlose?«

»Ernsthaft?«

»Ja, ernsthaft. Schau mich an. Sehe ich aus wie jemand, der auf Comics steht?«

Ich neigte den Kopf etwas und unterzog ihn einer übertrieben gründlichen Musterung, bevor ich nickte. »Nicht nur das. Du siehst sogar aus wie die Reinkarnation eines Comic-Helden.«

»Aquaman«, fiel er ein und zeigte seine weißen Zähne. Doch dann runzelte er die Stirn. »Ist *Aquaman* DC oder Marvel?«

»Dreimal darfst du raten.«

»Marvel?«, versuchte er es vorsichtig.

»Falsch. *Aquaman* kommt tatsächlich aus dem DC-Universum. Er gehört zur Justice League und …« Ich merkte, dass ich schon wieder ausschweifen wollte, also schluckte ich den Rest der Fakten runter, die in meinem Gehirn fest verankert waren, grinste verlegen und kürzte den Satz einfach ab. »Und ich liebe ihn.«

Kaden stieß übertrieben erleichtert die Luft aus. »Da habe ich ja richtig Glück gehabt, oder?« Sein Blick ging mir wieder durch und durch, und die Härchen auf meinen Armen stellten sich augenblicklich auf.

»Ich glaube schon«, erwiderte ich, und meine Stimme hörte sich nicht ansatzweise so abgeklärt an wie seine. Wenn er weiter so mit mir flirtete, konnte ich für nichts mehr garantieren. Doch irgendwie würde das den Zauber des ersten Dates zerstören. Ich hatte nicht vor, gleich beim ersten Treffen mit ihm zu schlafen. Irgendwie hatte ich den Eindruck, dass mehr aus diesem einen Date werden konnte, und ich wollte es nicht versauen. Kaden war interessant, ich wollte ihn näher kennenlernen.

Also krallte ich ungesehen von ihm meine Nägel in meinen Handballen und lehnte mich ein Stück in meinem Sitz zurück.

»Aber jetzt bin ich echt neugierig auf *Deadpool*«, unterbrach ich seinen Annäherungsversuch und klopfte mir insgeheim auf die Schulter, dass ich standhaft geblieben war.

Kaden zog sich ebenfalls zurück. Aber um seine Lippen lag wieder dieses fast unsichtbare Schmunzeln. Dasselbe wie eben und wie gestern, als ich ihm gesagt hatte, ich würde immer einen Klimmzug mehr als er schaffen. Schon da hatte er mich belächelt. Tat es das jetzt etwa wieder?

Kaden lehnte sich in den Sitz, nahm sein Smartphone in die Hand und tippte darauf herum. »Okay, dann wollen wir mal sehen, was es mit der Einhornliebe auf sich hat«, murmelte er und sah auf die Leinwand in wenigen Metern Entfernung.

Ich machte es mir in dem breiten Sitz gemütlich, zog die Schuhe aus und nahm die Beine hoch. So saß ich am liebsten. Mit den Armen auf den Knien sah ich durch die Windschutzscheibe und griff in den Eimer mit Popcorn. Das und Kino gehörten unumstößlich zusammen. Wie Yin und Yang, oben und unten, hell und dunkel. Logan und Chloe. Verdammt! Warum musste ich schon wieder an Logan denken?

»Alles okay?«

Stumm nickte ich.

»Gut.«

»Ist dir warm genug?«, fragte er, ohne den Blick von der Leinwand zu lösen, als der Film begann.

»Ja, alles bestens«, erwiderte ich. Süß, wie fürsorglich er war. Zufrieden griff ich mir eine Handvoll Popcorn. Und wie in einem kitschigen Film tat er in dieser Sekunde dasselbe. Unsere Finger berührten sich, und wäre Strom sichtbar gewesen, so hätte sich das Auto mit blauen und weißen Blitzen gefüllt. Ich erzitterte und hatte Mühe, mich aufs Atmen, geschweige denn auf den Film zu konzentrieren. Gut, dass ich den Teil schon kannte. Aber wieso war es plötzlich so heiß im Auto? Tatsächlich fühlte ich mich in diesem Moment ein wenig befangen, das Knistern zwischen uns war nicht zu leugnen und füllte das komplette Wageninnere aus.

Als Deadpool auf der Leinwand in Slowmotion aus einem im Flug befindlichen Auto sprang und sich den Mutanten Francis schnappte, konnte ich nicht umhin, Kaden immer wieder verstohlen von der Seite zu beobachten. Sein markantes Profil verlieh ihm etwas sehr Männliches, der Dreitagebart war in meinen Augen das Erotischste, was der Bart-Markt zu bieten hatte. Damit hatte er bei mir voll ins Schwarze getroffen. Seine Frisur schrie förmlich danach, von meinen Fingern in Ordnung oder auch in noch mehr Unordnung gebracht zu werden. Um seine blaugrauen Augen herum lagen verdammt lange Wimpern, die so voll und dicht waren, dass jede Frau einschließlich mir neidisch sein musste. Seine Lippen waren leicht geöffnet, er lächelte ein wenig, und ich erkannte selbst von der Seite diesen verdammt sinnlichen Schwung darin. Es war mir fast unmöglich, meinen Blick von seinem Mund abzuwenden, er klebte wie fasziniert an ihm, und meine Fantasie wünschte sich nichts mehr, als dass ich ihn mit meinem berühren dürfte. *Wie er sich wohl anfühlt?*

»Wer?«

»Was?«

Kaden riss seinen Blick von der Leinwand los und sah mich an. Das Blau seiner Augen machte einem stählernen Grau Platz, das mich durchbohrte. »Wie sich wer anfühlt?«

Ach du Scheiße! Hatte ich laut gedacht? Die Hitze schoss in meine Wangen, und auch wenn ich sonst nicht auf den Mund gefallen war, blieb mir in dieser Sekunde die Spucke weg. Denn ich konnte nicht anders, als auf Kadens Lippen zu starren, die während der Film unbeachtet weiterlief, immer näher zu kommen schienen. In meinem Unterleib zuckte es verräterisch, und ich drückte mich tiefer in den Sitz, doch das nützte nichts. Das Verlangen, das meine unbedachte Aussprache wachgerufen hatte, ließ sich nicht mehr verleugnen. Gott, ich war scharf auf diesen Kerl!

»Scheiß auf den Zauber«, murmelte ich, griff in Kadens Nacken, zog seinen Kopf zu mir und presste ungestüm meinen Mund auf seinen. *Endlich!* In diesem Moment war es mir scheißegal, ob aus uns mehr werden oder es bei einem One-Night-Stand bleiben würde. Geahnt hatte ich es schon seit dem ersten Moment, aber jetzt wusste ich es aus erster Hand: Kaden Jenkins konnte *verdammt gut küssen*!

Seine Lippen waren warm und weich, seine Zunge schaffte es, mich innerhalb von Sekunden in den Wahnsinn zu treiben. Und nach wenigen Minuten fand ich mich schon in liegender Position ohne Jeans und Slip auf dem Beifahrersitz wieder, während Kaden den Sitz ganz nach hinten schob, sich vor mir in den Fußraum kniete und seinen Kopf zwischen meine Beine brachte.

»Gott, ich wollte schon deine Muschi lecken, als ich dich gestern das erste Mal gesehen habe«, murmelte er und ließ seine Zunge um meine Klit kreisen. Die reine Vorstellung, dass er mich im Studio auf die Matte gelegt und dasselbe dort mit mir getan hätte, reichte, um mich zur Höchstform auflaufen zu lassen. Ich zog die Knie an, um ihm mehr Raum zu geben, stellte die Füße auf das Armaturenbrett und krallte meine Finger in das Sitzpolster. Seine Zunge probierte alle möglichen Winkel und Richtungen aus, seine Lippen saugten an meiner Klit und seine Finger … Große Güte, sie drangen in mich ein und … Keuchend rang ich nach Atem, als er von mir abließ, nur winzig kurz, bevor ich explodieren wollte.

»Warte …« Er griff neben mich in die Mittelkonsole, klappte eine Abdeckung hoch und zog ein Päckchen Kondome hervor.

»Stets vorbereitet, was?«, scherzte ich atemlos. Ich gierte danach, dass er mich zum Orgasmus trieb, scheißegal, auf welche Art. Es war schon viel zu lange her, dass ich gevögelt worden war. Und sollte es doch eine einmalige Sache bleiben, dann war es jedenfalls jede Sekunde davon wert.

»Aber ja.« Seine Stimme klang ebenfalls belegt, und seine Augen waren dunkel vor Lust. Ich hörte, wie er sich die Jeans von den Hüften schob und das Gummi über seinen Schwanz zog. »Komm her, Babe.« Er legte meine Beine über seine Schultern, sodass meine Füße die Windschutzscheibe berührten. Dann packte er meine Hüften und zog mich so weit zu sich, dass mein Hintern über den Sitz rutschte. Und dann drang er mit einer Langsamkeit, die mich überraschte, tief in mich ein.

Verdammt, war das gut!

Ich stöhnte im Takt mit seinen Bewegungen. Erst langsam, dann immer schneller. Der Wagen stand sicher, trotzdem wackelte er mit uns im Rhythmus, und jeder, der das sehen würde, würde wissen, was darin vorging. Aber erstens waren wir allein auf dem Platz und zweitens: Das war mir in diesem Moment so was von egal. Kaden vögelte mir gerade das Hirn raus, und ich genoss jede Sekunde davon.

Meine Finger krallten sich in Kadens Hüften, spürten nichts als Muskeln, was mich noch mehr anmachte. »Gott, ja ...«

Kaden hatte seinen Takt gefunden, von allein passte ich mich ihm an und kostete es aus, geführt zu werden. Genoss es, mich vögeln zu lassen, so heftig, als wäre es das letzte Mal. Kaden war wild und zügellos, stieß so heftig in mich, dass es fast wehtat, aber genau das brachte mein Blut zum Überkochen. Er war besitzergreifend, nahm sich, was er wollte, ohne Rücksicht. Aber ebendas war es, was ich jetzt brauchte.

Ich kam und stöhnte die Erlösung laut heraus. Kaden kam nur kurz nach mir mit einem letzten Stoß und einem lauten Keuchen.

»Oh Babe, du bist der Hammer«, murmelte er, als er sich aus mir herauszog. Vorsichtig nahm ich meine Beine von seinen Schultern und machte ihm Platz, damit er seine Jeans wieder hochziehen konnte. Danach suchte er meine und half mir, sie über meine Beine zu streifen. Auf der Leinwand jagte Deadpool gerade seinen Widersacher.

»Und? Wie findest du den Film?«, fragte Kaden, als er wieder auf dem Fahrersitz saß, den Blick auf mich gerichtet, und griff sich ein Popcorn aus meinem Haar.

Ich verzog die Lippen und zuckte abgebrüht mit den Schultern. »Ich sagte ja, dass ich nicht so auf Marvel stehe.«

»Kann ich verstehen. Das eben war so viel besser als alle Superhelden zusammen, Babe. Vielleicht sollten wir das mal wiederholen.«

»Bittest du mich gerade um ein Date?«

Frech grinste er mich an. »Wenn du gutes Vögeln einem schlechten Kinofilm vorziehst, dann ja.«

Keck lächelte ich zurück. »Jederzeit«, sagte ich, dankbar, dass es nicht bei einem One-Night-Stand mit diesem Prachtexemplar bleiben würde.

Logan

Die Tür fiel hinter mir ins Schloss und eine paradiesische Stille umfing mich. Ich schloss die Augen und lehnte mich mit dem Rücken an die Eingangstür. Dann atmete ich ein paarmal tief durch. Aber irgendwie wollte sich das Gefühl der Ruhe nicht einstellen. Ja, ich war wieder zu Hause, aber irgendwie auch nicht.

Nach dem Streit mit Aubrey in Colorado war ich in derselben Nacht noch fast vier Stunden bis zum Flughafen in Denver gefahren. Allerdings hatte ich erst am nächsten Abend einen Linienflug zurück nach New York bekommen und mich daher kurzfristig für die eine Nacht in einem Hotel einquartiert. Aubrey hatte sich nicht gemeldet. Mit Sicherheit rechnete sie fest damit, dass ich zurück und zu Kreuze kriechen würde. Aber wenn ich eins nicht verloren hatte, dann war es mein Stolz. Es war aus. Unwiderruflich vorbei.

Nach fünf Stunden Flug war ich dann kurz vor Mitternacht in New York gelandet und gleich in meine Wohnung in der Upper East Side gefahren, um für die nächsten Tage ein paar Klamotten zu packen. Mir war klar, dass Aubrey irgendwann zurückkommen würde, und sei es nur, um die Wohnung zu räumen. Und ich hatte keine Lust darauf, ihr zu begegnen. Ich hatte die Nase voll von ihren Launen und war froh, dass ich diese nicht mehr ertragen musste.

Ich tastete nach dem Lichtschalter, und nach und nach flammten in den Ecken überall versteckte Lichter auf, die das Loft beleuchteten. Zeitgleich setzte Musik von Three Days Grace ein und *I Hate Everything About You* erfüllte die Räume. Wie passend.

Ich ließ die Tasche fallen, wo ich stand, und schmiss den Stapel Umschläge, den ich unten im Flur aus dem Briefkasten geholt hatte, achtlos auf den Esstisch. Dann öffnete ich den Kühlschrank, um mir ein Bier rauszuholen. Ich musste eine Menge Smoothies und Kräuterdrinks beiseiteschieben, die Aubrey mit Vorliebe trank. Mit einer gekühlten Flasche trat ich auf den Balkon raus und sah von der fünften Etage des alten Fabrikgebäudes auf die Straßen Manhattans, auf denen der Verkehr nie einschlief. Ich lehnte mich mit den Unterarmen auf das Geländer und sah hinab. Die Geräusche der Straße unter mir, die Musik im Hintergrund und das kalte Bier, das mir die trockene Kehle hinunterlief, entspannten mich langsam. Ich ließ die Halswirbel knacken und atmete den Mief der Stadt ein. Nach vier Tagen kalter Landluft war ich froh, wieder hier zu sein. Manhattan war mein Zuhause, hier gehörte ich her, und niemand würde mich je von hier wegbekommen.

Das Loft hatte ich mir vor einigen Jahren gekauft, als mein Aufstieg in der Firma von Aubreys Vater noch unabhängig von unserer Beziehung gelaufen war. Den Kauf sah ich als Investition in meine Zukunft und hatte das Angebot meiner Mom abgelehnt, mir einen Zuschuss dafür zu geben. Das war mein Ding, ich wollte es alleine schaffen. Und das hatte ich. Drei Jahre nach dem Kauf war das Loft bezahlt und ich der alleinige Eigentümer. Kurz nachdem Aubrey und ich ein Paar geworden waren, war sie zu mir gezogen. Seitdem hatte das Loft einen weiblichen Touch. Nun wohl nicht mehr lange. Das, was in Colorado zwischen uns kaputtgegangen war, würde nicht wieder heilen. Im Grunde war unsere Beziehung schon vorher kaputt gewesen, ich hatte es nur nicht wahrhaben wollen. Aber wenn ich jetzt zurückblickte, konnte es deutlicher nicht sein: die unzähligen Überstunden im Büro. Die vielen Abende, die ich lieber im *King's* als zu Hause verbracht hatte. Und Fay, die mir immer noch im Kopf herumgeisterte und die ich einfach nicht vergessen konnte, sosehr ich mich auch bemühte. Fay, die nur eine Chance gehabt hatte, weil zwischen Aubrey und mir längst nicht mehr alles in Ordnung gewesen war. Weil wir uns einfach nicht umeinander bemüht hatten und jeder seinen eigenen Weg gegangen war, wir schon längst am Ende gewesen waren. Und vielleicht auch, weil ich mich von Aubreys Hochzeitsplänen unter Druck gesetzt fühlte und immer mehr merkte, dass ich noch überhaupt nicht bereit war, Ehemann und vielleicht irgendwann Vater zu sein.

Ja, ich hatte gelogen, als ich Chloe versichert hatte, mit Fay sei es nur ein Ausrutscher gewesen. Denn so fühlte es sich nicht an. Es fühlte sich nach mehr an. Sie hatte mir den Kopf verdreht, und meine Gedanken kreisten seitdem darum, ob und wann und wo ich sie wiedersehen konnte. Doch so ein Arsch war ich nicht, dass ich zweigleisig fuhr, zumindest nicht außerhalb meines Kopfes. Obwohl es nichts an dem Betrug an sich ändern würde – erst wollte ich Aubrey die Wahrheit sagen. Das hätte ich in Colorado schon tun sollen, aber erstens hatte ich ihr nicht den Geburtstag versauen wollen, und zweitens war es anders gekommen als gedacht. Vielleicht war Offenheit gar nicht mehr nötig, vielleicht reichte es einfach, sich zu trennen.

Nachdenklich starrte ich auf die Lichter unter mir, die sich durch die Nacht bewegten, alle auf dem Weg zu einem bestimmten Ziel. Alle unterwegs mit einem Plan. Mein Plan fürs Leben, fürs Herz, für die Liebe war komplett über den Haufen geworfen worden. Hatte vor einem Jahr noch der Plan gestanden, Aubrey zu heiraten, Kinder zu bekommen und vermutlich irgendwann Havering Group zu übernehmen, so stand ich jetzt vor einem großen Scherbenhaufen. Statt einer Hochzeit gab es eine Trennung. Anstatt einer Gehaltserhöhung höchstwahrscheinlich eine Kündigung. Anstelle eines guten Plans hatte ich nun ein Chaos vor mir, das ich im Moment keine Lust hatte aufzuräumen. Alles, was ich wollte, war ein bisschen Ruhe und Zeit, um meine Gedanken einfach ziehen zu lassen. Ich wollte nicht über Aubrey nachdenken oder über meine Karriere. Das würde ich noch früh genug müssen. Das Einzige, was ich jetzt wollte, war abzuschalten.

Wie gerne hätte ich Chloe angerufen, mich von ihr auf andere Gedanken bringen lassen. Bei ihr konnte ich ich sein, musste mich nicht verstellen. Normalerweise schätzte ich ihre Ehrlichkeit, dass sie sagte, was sie dachte, und nicht mit ihrer Meinung hinter dem Berg hielt. Und sie schaffte es immer, dass ich mich besser fühlte. Diesmal nicht. Seit meiner Beichte hatte ich das Gefühl, dass sich etwas verändert hatte. Zwischen uns oder nur was unsere Ansichten betraf, das konnte ich nicht genau sagen, aber ich hatte kein gutes Gefühl dabei, mich bei ihr zu melden.

Ich leerte das Bier und steuerte dann direkt zur Bar, wo ich mir einen Whiskey einschenkte. Mit dem Glas in der einen Hand und der Flasche in der anderen fiel ich dann auf das Sofa, das vor der großen Fensterfront stand, und sog die kühle Nachtluft ein, die durch die offene Balkontür hereinwehte. Mit geschlossenen Augen legte ich den Kopf gegen die Lehne und nippte an dem Whiskey, den ich im letzten Jahr von Jaxon zum Geburtstag bekommen hatte. Die bernsteinfarbene Flüssigkeit brannte, als sie meinen Hals hinunterlief. Ein gutes Brennen. Mit großem Durst leerte ich das Glas und schenkte mir nach. Langsam vernebelte der Alkohol meinen Verstand und ließ meine Muskeln schwerer und müder werden.

Draußen frischte der Wind auf, und in der Ferne hörte ich ein leises Donnergrollen. Kurz darauf setzte der Regen ein. Das stete Plätschern auf dem Beton des Balkons machte mich schläfrig. Nachdem ich die Nacht im Hotel kaum und im Flieger gar nicht geschlafen hatte, litt ich unter Schlafmangel. Mein Spiegelbild bestätigte das. Die letzte Rasur war über dreißig Stunden her, und die Schatten unter meinen Augen waren so schwarz wie die Gewitterwolken am Horizont.

Doch als ein Windzug mich streifte und an dem Stapel ungeöffneter Post zerrte, schreckte ich wieder hoch. Ein hochwertig aussehender Umschlag war heruntergerutscht und auf dem Boden zu meinen Füßen gelandet. Der Glanz und die kleinen Herzen in der obersten Ecke darauf erregten meine Aufmerksamkeit. Neugierig nahm ich ihn auf. Er war an ein Paar mit den Namen Stephen und Lydia Wentford adressiert, aber die Empfänger schienen unbekannt zu sein, denn der Brief war ein Rückläufer. Ich kannte diese Leute auch nicht. Wer zur Hölle war das? Mit einem Stirnrunzeln drehte ich ihn um und las den Absender: Aubrey Havering & Logan Hill. Darunter die Adresse meines Lofts.

»What the fuck?« Ich schüttelte kurz den Kopf, um klarer zu sehen, aber die Buchstaben blieben an Ort und Stelle. Kurzerhand stellte ich den Whiskey weg und riss den Umschlag auf. Entgegen fiel mir eine hochwertig gestaltete Einladungskarte mit einem Bild von Aubrey und mir. Es war ein Foto aus früheren Tagen, da war das Lächeln noch echt gewesen, und ich glaubte sogar, dass wir damals glücklich zusammen gewesen waren. Als ich den Text las, war ich mit einem Schlag wieder klar im Kopf.

*Um den vollen Wert des Glücks zu erfahren,
brauchen wir jemanden, um es mit ihm zu teilen.
Mark Twain*

*Wir haben uns gefunden und teilen jetzt unser Glück mit euch.
Am 07. September um 11:00 Uhr trauen sich Aubrey Havering
und Logan Hill in der St. Michael's Church ...*

»Das ist … das gibt's … Verdammte Scheiße! Was zum Teufel ist das?« Natürlich war mir klar, was das sein sollte. Das war unübersehbar die Einladung zu unserer Hochzeit. Und zwar in fast genau sechs Monaten. Im September. Am siebten September. An dem Datum, an dem wir zusammengekommen waren. Das Datum, von dem sie bereits in Colorado gesprochen hatte. Wie hatte sie diese Entscheidung ohne meine Zustimmung treffen können? Ich traute Aubrey tatsächlich vieles zu, aber ich hätte sie nicht für so abgebrüht gehalten.

Das Datum war aber auch nicht mehr das einzige Problem. Es gab noch ein ganz anderes.

Warum verdammt hatte keiner meiner Freunde ein Wort über die Einladung verlauten lassen? Mit scharfem Auge scannte ich das Datum des Poststempels. Abgestempelt am Montag. Das war vor fünf Tagen gewesen. Drei Tage nachdem ich Chloe die Sache mit Fay erzählt hatte. Zwei Tage nachdem ich mit Jaxon eine Runde durch den High Line Park gedreht hatte und mit Sawyer in der Halle bouldern gewesen war. Einen Tag nachdem Aubrey und ich angefangen hatten, für unsere kleine Reise zu packen. An exakt dem Tag, an dem Aubrey und ich von New York nach Colorado geflogen waren. Somit waren die Einladungen vermutlich erst Mittwoch, frühestens Dienstag bei den Gästen eingegangen. Aber warum hatte mich niemand angerufen oder mir geschrieben? Wenigstens Chloe hätte doch … gerade wegen der Sache mit Fay … *Verdammt! Kann das wahr sein? Ist Aubrey wirklich so durchtrieben?*

Ich sprang auf und durchsuchte meine Tasche, die an der Wohnungstür lag. Mein Handy befand sich noch immer ausgeschaltet unter allen Klamotten, die ich auf die Schnelle gepackt hatte, ganz unten. Seitdem ich in Denver in den Flieger gestiegen war, hatte ich es nicht mehr in der Hand gehabt. Jetzt startete ich es, und als das System hochgefahren war, rief ich Jaxon an. Doch er nahm nicht ab. Ein Blick auf die Uhr zeigte mir, dass er noch in der Bar sein musste. Verdammt. Dann wählte ich Sawyers Nummer.

»Logan?« Er klang wach, vermutlich saß er noch in seinem Büro und brütete über einem Fall. Nichts Ungewöhnliches.

»Sawyer, eine Frage«, fiel ich mit der Tür ins Haus. »Hast du eine Einladung zu unserer Hochzeit erhalten?« Ich musste es wissen. Ich brauchte Klarheit, bevor ich etwas tat, was ich womöglich irgendwann bereuen würde.

»Was?« Er konnte mir nicht folgen, und ich ahnte, dass er gerade genervt die Stirn runzelte und sich fragte, warum er überhaupt rangegangen war.

»Eine Einladung. Zu unserer Hochzeit. Irgendwann in den letzten vier oder fünf Tagen«, wiederholte ich.

»Ich denke, ihr seid noch nicht so weit.«

»Sind wir auch nicht. Ich habe mich getrennt.«

»Du hast was?«

»Warum so schockiert? Das war es doch, was ihr alle wolltet.« Es war nicht fair, meine Wut an meinem Freund auszulassen, aber wenn Sawyer es persönlich nahm, ließ er es sich zumindest nicht anmerken.

»Wann?«

»Gestern. Es gab Streit in Aspen. Ich bin gerade erst zurück. Allein«, fasste ich die letzten Ereignisse kurz zusammen.

»Wie geht es dir damit?«, fragte er ruhig.

Ich atmete einmal tief durch. »Gut. Es geht mir wirklich verdammt gut damit.«

»Okay.«

»Also, hast du eine Einladung erhalten?«, kam ich auf den eigentlichen Grund meines Anrufs zurück, bevor er anfangen konnte, die Trennung zum Thema zu machen.

»Nein, habe ich nicht. Logan, was ist los?«

Ich holte Luft. »Bist du ganz sicher? Es ist ein heller Umschlag und –«

»Logan! Wenn ich eine Einladung zur Hochzeit meines besten Freundes erhalten hätte, dann wüsste ich das. Glaub mir.«

Nichts anderes hatte ich erwartet. »Vermutlich.«

»Nicht nur vermutlich, sondern ganz sicher. Aber jetzt mal raus mit der Sprache«, er ließ ganz den Anwalt raushängen. »Was zum Teufel ist los, dass du mich um halb zwei nachts anrufst und mich so was fragst. Oder fragen musst?«, hakte er nach.

Nachdem ich einmal tief Luft geholt hatte, erklärte ich es ihm. »Ich habe gerade eben eine Einladung gefunden«, begann ich und beschrieb ihm, was ich hier in den Händen hielt. »Ich habe mich nur gefragt, warum keiner von euch etwas gesagt hat.«

»Mit Recht. Aber habe ich das richtig verstanden? Du wusstest überhaupt nichts von den Einladungen?«

»Darüber denke ich schon die ganze Zeit nach. Aubrey hat in Colorado mit mir darüber reden wollen, aber ich habe sie abgeblockt. Eigentlich war ich nicht davon ausgegangen, einfach übergangen zu werden, aber ... sie hat Einladungen für eine Hochzeit verschickt, die nicht stattfinden wird«, sagte ich jetzt. Diese Worte auszusprechen fühlte sich an wie ein Befreiungsschlag. »Abgesehen davon, dass wir kein Paar mehr sind und sie die Hochzeit hinter meinem Rücken geplant hat, hat sie auch noch vergessen, die wichtigsten Personen in meinem Leben einzuladen.«

Es dauerte eine Weile, bis Sawyer antwortete. »Logan ... bist du sicher, dass wir nur vergessen wurden?« Er nahm kein Blatt vor den Mund, das schätzte ich normalerweise sehr an ihm. Jetzt jedoch hielt es mir nur vor Augen, was ich die ganze Zeit nicht hatte sehen wollen.

»Nein. Das war Absicht. Und genau das kann und werde ich ihr nicht verzeihen. Niemals.«

Chloe

»Bist du sicher, dass du das noch nie gemacht hast?« Stella warf mir einen skeptischen Blick zu und strich anerkennend über die Einstichstelle meines Pfeils.

»Großes Indianerehrenwort«, gab ich mit einem glücklichen sowie stolzen Grinsen zurück.

Zum ersten Mal war ich zum Bogenschießen gefahren. In den letzten Jahren hatte ich wirklich viele Sportarten ausprobiert. Mein Job brachte es mit sich, sich fit halten zu müssen. Außerdem war ich immer neugierig und wollte mich stets messen. Eine blöde Macke von mir, aber schließlich war ich mit einem Bruder gesegnet, der mich nie hatte gewinnen lassen. Jeder Sieg, den ich bisher über ihn errungen hatte, war hart erkämpft. Schon im Sandkasten hatte er mir den Eimer nie freiwillig überlassen. Seine Sandburgen am Strand der Hamptons mussten immer größer und höher sein als meine, und später beim Schwimmen war er auch meistens Erster an der Boje. War ich schneller, dann konnte ich mir sicher sein, dass er einen Krampf gehabt hatte und nur deswegen zurückgefallen war. Aber auch als wir älter wurden, war es immer schwer gewesen, gegen ihn zu bestehen. Wir gingen gemeinsam mit Sawyer und Logan zum Tennis, spielten im Sommer Beachvolleyball, probierten uns beim Fechten aus, gingen bouldern. Und bevor ich den Sport so richtig für mich entdeckt hatte, war Jaxon mir immer eine Nasenlänge voraus gewesen. Jetzt konnte ich ihn ohne Weiteres im Sprint oder an der Klimmzugstange hinter mir lassen. Ein gutes Gefühl. Auch wenn ich wusste, dass er es nie böse gemeint hatte. Er hatte nur meinen Ehrgeiz rauskitzeln wollen.

Und das hatte er geschafft. Wenn ich eines war, dann zielstrebig und ehrgeizig.

Bogenschießen allerdings hatte ich tatsächlich noch nie versucht. Und das obwohl meine Freundin Stella das schon vor einigen Jahren für sich entdeckt hatte.

»Dann bist du ein Naturtalent«, sagte sie schließlich und nickte anerkennend. »Sicher, dass ich dich nicht gleich hier und jetzt vom Fleck weg fürs Team einkaufen soll?«

Kichernd schüttelte ich meinen Bob. »Ehre, wem Ehre gebührt, aber das hier war reines Anfängerglück.«

»Dreimal Mitte?« Spöttisch zog sie den Mundwinkel hoch. »Ist klar, King, ist klar.« Aber dann lachte sie auch und zog ihr Handy aus der Seitentasche ihrer Sporthose. »Das müssen wir für die Nachwelt festhalten. Das glaubt dir sonst kein Mensch.« Mit Begeisterung knipste sie einige Bilder von meinen Pfeilen, die mittig in der Zielscheibe steckten. Mittiger als mittig ging es nicht, kein Wunder also, dass sie so aus dem Häuschen war. Mir ging es nicht anders. »Ich schicke sie dir später. Was ist? Noch Kraft für eine weitere Runde?«

»Na klar«, sagte ich und zog meine drei Pfeile aus der Zielscheibe.

Wir gingen zurück zur Startlinie, und ich verstaute die Pfeile wieder in meinem Köcher, den ich mit einem Gürtel um meine Hüften gebunden hatte. Der einfache Recurvebogen, den sie mir ausgesucht hatte, wog nicht viel und lag gut in der Hand. Im Gegensatz zu dem Compoundbogen. Der war viel komplizierter zu handhaben, da er mit einem flaschenzugähnlichen Mechanismus ausgestattet war und der Kraftaufwand beim Abschuss viel größer war. Stella nutzte so einen, sie machte das ja auch schon ein paar Monde länger als ich. Aber als ich den Pfeil in meinen Bogen legte und anhob, anlegte, die Sehne mit zwei Fingern zurückzog und durch das Zielrohr die Scheibe in dreißig Metern Entfernung anvisierte, war ich mir sicher, dass ich das nicht zum letzten Mal machen würde. Ich ließ los, der Pfeil schoss in einer Wahnsinnsgeschwindigkeit durch die Luft, um kurz darauf erneut die Mitte der Zielauflage zu treffen.

»Du bist unglaublich«, rief Stella. »Ich habe dafür Monate gebraucht!«

»Wer kann, der kann«, sagte ich lachend und schnappte mir den nächsten Pfeil. Der allerdings eierte mehr durch die Luft, als dass er zischte, und traf die Zielscheibe nicht mal annähernd. Der dritte landete im äußeren Kreis. Dann war Stella dran, und natürlich landeten ihre alle in der Mitte. Es hätte mich nicht gewundert, wenn sie meinen noch geteilt hätte.

»Okay, Robin Hood«, sagte ich nach einer dritten Runde. »Wie wäre es mit einem Bier auf den Sieger?«

»Total gerne«, erwiderte sie, aber schüttelte bedauernd den Kopf. »Nur, ich kann nicht, ich bin verabredet.«

»Ah, ein Date?«

Ihre Achseln zuckten leicht, sie sah mich nicht an, als sie sich mit beiden Händen ihre dunkelblonden Haare zurückstrich, um sich den Pferdeschwanz neu zu binden. »Vielleicht.«

»Wer ist es?«, wollte ich wissen.

»Du kennst ihn nicht«, winkte sie ab. »Er heißt Zach und kommt aus Brooklyn. Er war ein paarmal hier zum Schießen, und wir sind ins Gespräch gekommen. Und letzte Woche hat er mich zum Essen eingeladen. Für heute Abend. Ich freu mich total drauf.« Ihre Augen glitzerten wie die eines verknallten Teenies.

»Stella, das ist großartig!«, freute ich mich und umarmte sie. Noch vor wenigen Monaten hatte sie ein Auge auf meinen Bruder geworfen, der allerdings hatte sie gnadenlos abblitzen lassen. Das tat mir total leid für sie, zumal ich ihr den Floh mit Jaxon ins Ohr gesetzt hatte. Die beiden hätten meiner Meinung nach total super zusammengepasst, aber mit dieser Meinung hatte ich ziemlich alleine dagestanden. Kurz danach war Hope gekommen, die Jaxon dann umgehauen hatte. Und jetzt traf Stella sich mit Mr Unbekannt. Ich freute mich wirklich für meine Freundin.

»Dann frage ich Kaden, ob er mit mir mein außergewöhnliches Talent feiert«, sagte ich und baute nach Stellas Anleitung den Bogen auseinander, um ihn in der dazugehörigen Tasche zu verstauen.

»Wer ist Kaden?«

»Hab ich dir noch nicht von ihm erzählt?«, fragte ich scheinheilig.

»Nein ...«, erwiderte sie und zog das Wort dabei ziemlich in die Länge.

Ich sah auf, und ein vorwurfsvoller Blick traf mich.

»Hey, du hast mir auch erst jetzt von Zach erzählt«, wehrte ich mich.

Kurz überlegte sie. »Okay. Eins zu eins. Aber jetzt will ich alles wissen.«

»Alles? Niemals«, sagte ich und grinste.

»Okay, aber alles außer der schmutzigen Details.«

»Damit kann ich leben. Kaden ist ...« Mir fiel ein, dass ich keine Ahnung hatte, wie alt er war. »Er ist ein Kunde von mir«, schwenkte ich um. »Und die Reinkarnation von Aquaman.« Und dann beschrieb ich ihn ihr in allen Einzelheiten.

»Hört sich an, als wärst du mächtig verknallt«, meinte Stella.

»Hm, kann sein«, wich ich aus. Ich war mir nicht sicher, was das mit uns war. Zumindest kein One-Night-Stand, so viel stand fest. »Ich werde es herausfinden, und du wirst es dann erfahren«, versprach ich.

»Mach das. Und? Kommst du wieder zum Schießen?«

»Darauf kannst du dich verlassen. Das hat echt Spaß gemacht.«

Wir verabschiedeten uns wenige Minuten später vor der Tür der Bogenschießanlage in der Lower East Side, und ich sah ihrem wippenden Pferdeschwanz nach, bis sie um die Ecke gebogen war. Es war ein toller Nachmittag mit ihr gewesen, wir sollten das dringend öfter machen. Ich beschloss, gleich nächste Woche wieder mit ihr hierherzufahren. Also zog ich mein Handy aus der Tasche und trug es in meinen Terminkalender ein. Ohne den war ich verloren. Dann wählte ich Kadens Nummer.

»Hey, Babe«, meldete er sich nach wenigen Sekunden.

»Hey, Kaden. Was machst du?«

»An dich denken, wie immer«, erwiderte er.

»Lügner.«

»Niemals.« Sein Lachen war warm und dunkel. Gänsehautverdächtig.

»Wie wäre es mit einer Pause?«

»Unglaublich gern. Wo bist du?«

»Ich komme gerade aus der Gotham Archery, falls dir das was sagt.« Die Bogenschießhalle lag nahe der Grand Street Station. »Wo bist du?«

»Zweiundzwanzigste, in der Nähe vom Flatiron Building.«

Ich überschlug den Weg im Kopf. »Mit der Bahn sind es bis dahin nur zehn Minuten«, meinte ich.

»Hört sich gut an. Ich brauche hier allerdings noch eine gute halbe Stunde, denke ich. Wie wäre es, wenn wir uns in der Refinery treffen?« Die Refinery war eine Rooftopbar in der Nähe des Bryant Parks, der ein Stück weiter als das Flatiron lag, aber mit der Sub ebenfalls super zu erreichen war. Ich kannte die Bar, weil ich dort schon ein paarmal mit Logan gewesen war. Sein Büro lag in der Nähe, und die Bar war prädestiniert für After-Work-Partys.

»Ich bin schon unterwegs. Ich freu mich!«

»Ich mich auch, Babe.«

Zu Fuß machte ich mich auf Richtung Subway, eine Viertelstunde später stand ich vor dem Eingang zur Refinery Rooftopbar in der Achtunddreißigsten, weitere zehn Minuten später hatte ich einen schönen Platz am Tresen auf der überdachten Dachterrasse ergattert, von der aus man einen fantastischen Blick auf das Empire State Building hatte. Es war noch relativ früh am Abend und die Bar somit noch nicht voll besetzt.

Ich hatte mir gerade einen Weißwein bestellt, als Kaden sich neben mir auf den Barhocker fallen ließ.

»Hey, Schöne«, begrüßte er mich. Alleine der Klang seiner Stimme sorgte für einen Schauder, der mir vom Nacken runter zu den Zehen floss. Dann legte er seine Hand in meinen Nacken und zog mein Gesicht nahe an seines. »Heute schon geküsst worden?«

»Leider nicht«, flüsterte ich ihm entgegen. Mein Puls beschleunigte sich.

»Dann wird es ja Zeit …« *Oh ja!* Sein Mund legte sich auf meinen, und selbst diese viel zu kurze Berührung unserer Lippen brachte meinen Hormonhaushalt durcheinander. Hitze schoss durch meine Adern bis in meine Wangen, und als er mich langsam losließ und sich kurz darauf einen Drink bestellte, war ich immer noch ganz benommen. Verdammt, dieser Kerl war noch mein Untergang, denn wenn alleine Berührungen für einen Fast-Orgasmus sorgten, dann musste er entweder ein absoluter Sexgott sein oder ich war tatsächlich bis über beide Ohren verknallt. Ich hatte Stella ja versprochen, das herauszufinden. Und bei allem, das mir heilig war – das würde ich!

Logan

»Das ist jetzt nicht dein Ernst?«

»Und ob das mein Ernst ist, Aubrey. Mein voller Ernst.«

Zwei Tage nach meinem Abflug aus Colorado stand Aubrey in unserem Schlafzimmer und sah mich fassungslos an. Ich hatte ihr klargemacht, dass unsere Beziehung für mich endgültig beendet war. Sie war aufgebracht. Und das, obwohl sie eigentlich zu Kreuze kriechen sollte. Aber das war unter ihrer Würde. Sie war sich keiner Schuld bewusst. Noch ein Zeichen dafür, dass ich das Richtige tat.

»Wieso?« Sie schüttelte den Kopf, als wüsste sie es wirklich nicht. Die Frau war eine verdammt gute Schauspielerin. Warum bemerkte ich das erst jetzt?

Ich lachte rau. »Muss ich dir das wirklich noch erklären? Über meinen Kopf hinweg die Hochzeit zu planen ist eine Sache, aber meine Freunde zu ignorieren und außen vor zu lassen … das hättest du nicht tun sollen.«

»Aber sie passen einfach nicht –«

»Wag es nicht!«, fuhr ich ihr über den Mund. »Wage es nicht noch einmal, meine Freunde zu kritisieren. Jeder Einzelne von ihnen hat mehr Manieren, Warmherzigkeit und Liebe in sich als du. Und keiner von ihnen würde sich zu einer solchen Aktion herablassen. Sie alle haben Rückgrat. Sie haben Charakter, Aubrey. Etwas, das du mit Daddys Geld nicht kaufen kannst.« Immer mehr redete ich mich in Rage, aber es tat verdammt gut, die angestaute Wut nach zwei Tagen endlich rauslassen zu können.

Aubreys Miene verzerrte sich für einen Moment zu einer bizarren Fratze, als ich mit meinem bereits gepackten Koffer in der Hand das Schlafzimmer unserer Wohnung in Manhattan verlassen wollte.

Nachdem ich mir bei Sawyer Luft gemacht und begriffen hatte, was Aubrey für eine falsche Schlange war, hatte ich es kaum erwarten können, es ihr ins Gesicht zu sagen. Dass noch einiges andere an die Oberfläche kam, was in den letzten Tagen in mir gebrodelt hatte, war nicht geplant gewesen. Aber es fühlte sich wunderbar befreiend an, sich zu lösen.

»Aber wir wollten doch heiraten!«, beharrte sie in diesem weinerlichen Tonfall, den ich nicht leiden konnte. Immer mehr fiel mir auf, was ich an ihr nicht mochte. Ich war so blind gewesen.

»Ich weiß gar nicht mehr, wer du wirklich bist«, sagte ich. »Die Aubrey, in die ich mich verliebt habe, die ist nicht mehr da. Und das schon lange nicht mehr. Ich wollte es nur nicht wahrhaben, aber jetzt ... Ich habe mich getäuscht, Aubrey. Es funktioniert nicht. Das mit uns funktioniert nicht.«

»Du willst mich wirklich verlassen? Aber die Einladungen ... Das kannst du mir nicht antun! Was sollen die Leute denn von uns denken?«

Ich drehte mich zu ihr herum. »Und das ist dein Problem, Aubrey: dass dir nur wichtig ist, was die Leute von dir denken. Aber weißt du was? Das ist mir scheißegal! Und was sie von mir denken sowieso. Ich habe nie in deine verschissene Gesellschaft gepasst. Es ist vorbei. Diese Hochzeit wird nicht stattfinden. Ja, ich verlasse dich, Aubrey. Und es ist mir egal, was du deinen Freunden erzählst.«

Jetzt schluchzte sie auf, und große Krokodilstränen tropften aus ihren Schlangenaugen. »Aber den Antrag ... du hast ihn mir gemacht. Du liebst mich doch ...«, jammerte sie theatralisch. Aber das zog bei mir nicht mehr.

»Ich habe dich mal geliebt, Aubrey. Zumindest dachte ich das.«

»Du dachtest …?«

»Ein Fehler. Das weiß ich jetzt. Jetzt weiß ich nicht mal mehr, ob es die Aubrey, die ich mal geliebt habe, überhaupt je gab …«

»Was? Ich –« Der Tränenfluss versiegte urplötzlich.

»Aubrey! Warum wohl habe ich das immer wieder aufgeschoben? Weil ich mir nicht sicher war, ob wir das Richtige tun«, versuchte ich ein allerletztes Mal, an ihren Verstand zu appellieren.

»Aber jetzt bist du dir sicher, das Richtige zu tun? Indem du mich verlässt?« Ihre Stimme nahm eine gefährlich hohe Tonlage an. Sie war kurz davor auszurasten. Aber auch das ging mir am Arsch vorbei. Ich war durch mit ihr.

»Ja.«

Sie zeigte mir ihre Hand, an deren Finger der Verlobungsring steckte, so als wäre nichts gewesen. »Aber ich trage deinen Ring.«

Sie wollte es nicht begreifen. »Das ändert nichts, Aubrey. Es ist aus. Ich werde für ein paar Tage ins Hotel ziehen. Damit hast du genügend Zeit, die Wohnung zu verlassen und –«

»Ich soll hier ausziehen?«, keifte sie und stemmte erbost ihre Hände in die Hüften. Und dann fand ihr Zeigefinger den Weg in die Luft für eine erbärmliche Drohgebärde. »Du ziehst aus, mein Freund. Und zwar sofort!«

Das Lachen kitzelte meine Kehle. Ich blieb stehen und zog die Augenbrauen hoch. »Du weißt schon, dass das hier meine Wohnung ist?« Auf eine Antwort wartete ich vergebens, also nahm ich den Koffer auf und setzte meinen Weg fort. Anstandslos ließ sie mich passieren. »Eine Woche, Aubrey. Dann komme ich zurück. Und dann bist du weg.« Ein letztes Zugeständnis, dann blickte ich mich nicht mehr um.

Es fühlte sich verdammt gut an, die Wohnungstür hinter mir zufallen zu hören, wusste ich doch, dass das Loft in einer Woche wieder mir ganz allein gehören würde. Und in der Zeit würde ich mir ein paar Tage Urlaub in einem guten Hotel gönnen.

Zwanzig Minuten später stand ich in der pompösen Lobby des Marriott Hotels nur wenige Blocks von meiner Wohnung entfernt und diskutierte mit der Empfangsdame.

»Wir haben nur noch die Master-Suite frei, Mr Hill.«

»Aber ich brauche keine ganze Suite für mich. Ich habe ja nicht mal viel Gepäck dabei. Ich brauche nur ein Zimmer.«

Weiterhin lächelnd nickte sie verständnisvoll. »Ich verstehe, Mr Hill, jedoch stehen der Saint Patrick's Day und die große Parade vor der Tür. Wir sind wirklich ausgebucht.«

Ach, Mist! Diesen Feiertag hatte ich total vergessen. Der 17. März war Ende der Woche, und gefühlt wurde es Tag für Tag schwieriger, sich durch die verstopften Straßen New Yorks zu kämpfen. Jedes Jahr wurden bis zu siebenhunderttausend Menschen zum Patronatsfest des heiligen Patrick erwartet. Schön und gut, aber konnten die sich kein anderes Hotel suchen?

»Die Suite befindet sich im obersten Stockwerk, und von der umlaufenden Dachterrasse können Sie einen Rundumblick über Manhattan genießen. Wäre das in Ihrem Sinne?« Die braunen Augen der Rezeptionistin sahen mich aus einem perfekt geschminkten Gesicht weiterhin freundlich an. Abwartend lächelte sie, die manikürten und lackierten Fingernägel in Bereitschaft, um die Suite auf einem der Computer hinter dem marmorierten Tresen für mich zu buchen.

Ich zögerte, als ich nach meiner Brieftasche griff. Musste es wirklich eine Suite sein? Andererseits hatte ich jetzt wenig Lust, mich noch auf die Suche nach einem anderen freien Zimmer in einem Hotel zu machen. Finden würde ich vermutlich sowieso nichts, wie die Dame vor mir schon angemerkt hatte. Ob das so war, konnte ich morgen immer noch in Erfahrung bringen. Zurück in die Wohnung? Auf keinen Fall! Natürlich hätte ich auch im Büro übernachten können, die Couch war sehr bequem. Aber zumindest wollte ich es komfortabel haben für die nächsten Tage und es zudem vermeiden, dass man sich dort das Maul über mich und Aubrey zerriss. Das würde noch früh genug geschehen, da war ich mir sicher. Und wo sollte ich sonst hin? Jaxon war gerade verloved, den beiden wollte ich nicht im Weg sein. Und Sawyer steckte mitten in einem Fall, ihn wollte ich jetzt nicht noch einmal mitten in der Nacht behelligen. Somit würde ich genau hier bleiben. Zumindest für heute Nacht. Vielleicht würde ich Sawyer morgen um den Schlüssel für das Strandhaus bitten. Und wenn ich mal darüber nachdachte, hatte ich jetzt auch ein bisschen Komfort verdient. Schließlich war ich ein freier Mann, und wo konnte man das besser feiern als in einer Hotelsuite?

Still grinste ich in mich hinein und nickte schließlich.

Die brünette Rezeptionistin nahm meine Kreditkarte entgegen und checkte mich ein. »Um Ihr Gepäck kümmert Jonathan sich sofort, Mr Hill.«

»Nicht nötig. Wie gesagt habe ich kaum etwas dabei«, wiederholte ich und zeigte auf die Reisetasche zu meinen Füßen.

»Wie Sie wünschen.« Sie überreichte mir meine Zimmerkarte. »Einen angenehmen Aufenthalt, Mr Hill.« Wenige Sekunden später fand ich mich in einem der Aufzüge wieder, der mich in wenigen Sekunden ins oberste Stockwerk brachte. In der Suite angekommen, ließ ich die Tasche auf den Fußboden fallen, streifte mir die Schuhe ab und zog die Jacke aus.

Achtlos, aber mit dem guten Gefühl, tun und lassen zu können, was ich wollte, schmiss ich sie aufs Sofa und begutachtete dann den Inhalt der Minibar. Whiskey war gut, der eignete sich perfekt zum Anstoßen auf meine neu gewonnene Freiheit. Also öffnete ich eine der kleinen Flaschen, kippte erst Eiswürfel und dann den Whiskey in ein Glas und trat dann durch die Glastür auf die angepriesene Dachterrasse der Suite. Und die Dame an der Rezeption hatte nicht übertrieben: Die Aussicht war atemberaubend. Und für einen kleinen Moment konnte ich ihn sogar richtig genießen, den wunderbaren Blick auf Manhattan. Das Funkeln der vielen Lichter, der allabendliche Lärm und die frische Luft, die meinen vernebelten Verstand langsam befreite und mir klarmachte, in welchem Dilemma ich eigentlich steckte.

Ich war Single. Und vermutlich ab morgen arbeitslos. Aber ich fühlte mich das erste Mal seit langem wieder richtig frei.

* * *

»Du hast was?«, fragte Jaxon, als er sich gesetzt hatte. Nachdem er mich angerufen und ich nur zusammenhanglose Sätze von mir gegeben hatte, war er sofort vorbeigekommen. Ich war froh, ihn zu sehen, aber wusste nicht recht, wie ich den fassungslosen Blick meines Freundes deuten sollte. Freude oder wirklich Fassungslosigkeit über meine Aktion.

»Ich habe eigentlich nichts gemacht«, entgegnete ich. »Sie allerdings auch nicht«, setzte ich hinterher und merkte, wie die Wut über Aubreys Alleingang in mir hochkommen wollte.

»Was meinst du damit?«

»Sie hat die Hochzeitseinladungen verschickt, aber meine Freunde nicht bedacht«, gab ich ihm die Kurzversion der Geschichte, die das Fass im Nachhinein zum Überlaufen gebracht hatte. »War ich wirklich so blind?«

»Diese Frage war hoffentlich rein rhetorisch gemeint, oder?«

Ich schnaubte. »Weißt du, mir ist klar geworden, dass ich so nicht weitermachen will. Ich liebe Aubrey nicht mehr. Vielleicht habe ich sie sogar nie geliebt, keine Ahnung. Auf jeden Fall war ich die letzten Wochen nur noch genervt, wenn sie in meiner Nähe war. Ich wollte es nicht wahrhaben, aber ihre Stimme, ihr Lachen, ihr Aussehen …« Ich öffnete die Flasche Whiskey, die Jaxon in weiser Voraussicht mitgebracht hatte. »Alles an ihr hat mich genervt, verstehst du?«

»Du warst fast täglich im *King's*, hast viel zu oft mit Chloe rumgehangen … Mir brauchst du nichts erklären.«

Chloes Name versetzte mir einen Schlag in den Magen. Bisher hatte ich ihr noch nichts von meiner neuen Situation erzählt. Seit der Nacht mit Fay hatten wir überhaupt kaum richtig miteinander gesprochen, ich ging ihr so gut es ging aus dem Weg.

»Ich weiß …«, sagte ich nur. Ich füllte zwei Tumbler mit etwas Eis, schenkte uns ein und reichte meinem Freund einen davon.

»Und wie lange kannst du dir die Hütte hier noch leisten?«, fragte er und sah sich in der Suite des Fünfsternehotels um.

Wir standen im Wohnraum, in dem sich eine kleine Sofalandschaft über Eck vor den Fenstern zur Terrasse befand, die mit vielen Kissen bestückt war. Daneben befand sich ein Esstisch mit Platz für acht Personen, wobei ich mich ernsthaft fragte, ob den jemals jemand zum Essen nutzte. Von dem Raum ging es ins Schlafzimmer, in dem das Kingsize-Bett ebenfalls mit mehreren Kissen und einer grünen Tagesdecke bestückt war. Davor stand eine mit Samt bezogene Fußbank, gegenüber dem Bett hing ein Flatscreen an der Wand, an der anderen befand sich ein Schreibtisch mit Anschlüssen für alle möglichen Geräte. Vom Schlafzimmer ging man ins Bad, das über einen Waschtisch mit zwei Becken und eine geräumige Duschanlage verfügte. Locker hätte hier noch ein Whirlpool reingepasst.

Alle Wände der Suite waren in einem warmen Beigeton gehalten, die Möbel allesamt aus dunklem Nussholz gefertigt, der helle Teppichboden war so flauschig, dass die Sohlen der Schuhe einsanken, und die schweren Gardinen fielen in gleichmäßigen Falten auf den Boden. »Hier ist doch sicher sogar das Klopapier personalisiert«, schlussfolgerte Jaxon, als er seinen Rundgang beendet hatte.

Ich lachte. »Nicht ganz, aber für ein paar Nächte ganz okay.«

»Du kannst jederzeit bei uns unterkommen. Oder bei Chloe, sie hat genug Platz in Queens.«

»Queens ist mir zu weit«, wich ich aus.

»Für was? Um zum Job zu gelangen? Wenn du morgen noch einen hast«, sprach er meine Gedanken aus. Jaxon schüttelte nachdenklich den Kopf. »Hast du dir das wirklich gut überlegt?«

»Was soll das, Jax? Fällst du mir jetzt in den Rücken? Jetzt, wo ich deine Unterstützung am meisten brauche?«

Mit zwei großen Schritten war er bei mir und packte meine Schulter. Sein Blick war ernst, als er mich leicht schüttelte. »Sag das nie wieder, verstanden! Ich bin da, wann immer du mich brauchst. Und wenn deine Entscheidung gefallen ist, dann stehe ich hinter dir. Das solltest du eigentlich wissen.«

Ich atmete einmal tief durch, dann nickte ich. »Sorry, Jax. Ich … Ich bin echt durch den Wind, und ich habe verdammten Respekt vor dem, was jetzt kommt.«

Jaxon ließ mich los, nickte ebenfalls und trat einen Schritt zurück. »Bist du dir sicher? Willst du die Trennung wirklich? Mit allen fucking Konsequenzen?«

Ich hörte in mich hinein, wartete auf Zweifel, die an meinen Magenwänden kratzten, das schlechte Gewissen, das in meiner Brust anklopfte, oder auf die Suche nach dem Weg zurück. Aber nichts. Nichts von dem meldete sich. Ja, es war ein blödes Gefühl, sich nach über zwei Jahren zu trennen. Auch, dass mein Job davon abhing, ging nicht spurlos an mir vorüber. Aber das Einzige, was ich so richtig wahrnahm, spürte und was mir das Gefühl gab, das Richtige zu tun, war eine Leichtigkeit, wie ich sie schon lange nicht mehr gespürt hatte.

»Ja. Ich bin mir verdammt sicher.«

Chloe

»Feierabend! Uff ...« Hope pfefferte den Lappen ins Spülbecken, sackte übertrieben auf dem Barhocker im *King's* zusammen und legte theatralisch eine Hand gegen die Stirn.

»Ja, ich bin auch froh, dass der Abend geschafft ist«, gab ich zu. Auch wenn ich mich nach meiner langen Pause wegen eines Bänderrisses freute, endlich wieder in der Bar meines Bruders mitarbeiten zu können. Ich hatte mein Reich hinter dem langen, jetzt auf Hochglanz polierten Tresen, bestückt mit Alkohol, so weit das Auge reichte, wirklich vermisst. Aber ich hatte verdammten Muskelkater. Gestern war ich mit Stella wieder beim Bogenschießen gewesen, und meine Arme fühlten sich heute echt malträtiert an. Ich war diese Haltung einfach nicht gewohnt.

Das *King's* war eine Speakeasy-Bar mit einer langen Tradition, und Jaxon, mein vier Jahre älterer Bruder, hatte sie vor einigen Jahren von unserem Großvater nach dessen Tod übernommen. Diese Location war eine wahre Goldgrube, und neben meinem Job im Fitnesscenter half ich am Wochenende gerne hinter dem Tresen aus. Wobei ich mir den Bereich mit Brian teilte. Und Hope, der Freundin meines Bruders, mit der ich mich bestens verstand.

»Noch Lust auf einen Drink?«, fragte ich und schwenkte die Tequila-Flasche vor ihrer Nase.

»Lieber ein Bier«, gab sie zurück.

Ich schloss die Kasse, holte uns zwei Bier aus der Kühlschublade und setzte mich dann neben Hope an den Tresen.

»Hm, das tut gut«, murmelte ich, nachdem ich ein paar Schlucke getrunken hatte, und setzte die Flasche auf dem glatten Holz des Tresens ab. Hope trank immer noch, als sie schließlich die Flasche absetzte, war sie fast leer. Das überraschte mich, denn eigentlich trank Hope wenig Alkohol. »Alles klar?«, fühlte ich ihr auf den Zahn.

»Ja, klar.« Meinem fragenden Blick wich sie gekonnt aus.

»Also, wenn ich so schnell ein Bier exe, dann stimmt irgendwas nicht. Entweder habe ich Liebeskummer, Stress, Streit oder Ähnliches«, gab ich ihr eine Vorlage.

»Mhm ...«

»Hope?«

Hope sah mich an, und ich erkannte, dass sie traurig war. »Meine Eltern ...«, sagte sie leise.

Ich nickte wissend, sprang vom Hocker und holte noch zwei Bier aus der Kühlung. Dann goss ich uns noch zwei Tequila ein, stellte sicherheitshalber die Flasche dazu und setzte mich wieder zu ihr. Ohne ein Wort kippten wir den Schnaps weg, ich schenkte nach, und auch den leerten wir in einem Zug.

»Willst du drüber reden?«, fragte ich dann und wartete geduldig, bis sie das Wort ergriff.

»Mein Dad ... Auf der einen Seite freue ich mich ja, dass wir wieder etwas Kontakt haben, aber auf der anderen frage ich mich: Kann er nicht endlich mal aufhören, mein Leben regeln zu wollen?«

»Was genau will er denn regeln?« Bis zu ihrem Unfall vor fast vier Monaten hatte Hope keinerlei Kontakt mit ihren Eltern gehabt. Aber nachdem sie wegen ihres Ex-Manns im Koma gelegen hatte und ihr Leben eine Zeit lang auf der Kippe stand, hatte mein Bruder nicht anders gekonnt, als sie zu benachrichtigen. Was ich ebenfalls für wichtig und richtig gehalten hatte. Allerdings hatte ihr Vater, ein millionenschwerer Filmproduzent aus L.A., ein Problem mit der Partnerwahl seiner Tochter, besser gesagt also mit meinem Bruder.

»Gib ihm Zeit, Hope. Es ist für ihn sicher nicht einfach, dich wieder in einer Beziehung zu sehen, nach allem, was du durchgemacht hast«, versuchte ich, ein gutes Wort für Mr Vanderwall einzulegen. Doch Hope verdrehte nur die Augen und schnappte sich die Flasche, um uns erneut einzuschenken.

»Wenn du in dem Tempo weitertrinkst, dann kann ich dich spätestens in einer halben Stunde vom Boden kratzen«, scherzte ich halbherzig. »Und das würde ich lieber meinem Bruder überlassen.«

»Der betrinkt sich aber gerade mit deinem Freund.«

Fragend zog ich die Augenbrauen nach oben. »Mein Freund?« Von Kaden konnte sie nichts wissen und außerdem – Freund? Ich war mir noch immer nicht sicher, was das zwischen uns war.

»Logan …«, gab sie scheinheilig zurück.

»Was haben die beiden zu feiern?«

»Seine Freiheit«, gab sie zurück.

Das ließ mich aufhorchen. »Wessen Freiheit?«

»Na, Logans«, antwortete sie, als müsste ich das doch wissen. Dann hickste sie und grinste entschuldigend.

»Was meinst du damit?«

Sie seufzte, kippte ihren Schnaps runter, schüttelte sich und drehte sich dann mir zu. Ihr Blick wurde langsam glasig, was bei der Menge an Alkohol in der kurzen Zeit ja kein Wunder war. »Sag mir eins: Liebst du Logan?«

Ich zuckte irritiert mit den Schultern. »Ja, natürlich liebe ich ihn. Er ist mein bester Freund, aber was –«

Jetzt verdrehte sie die Augen. »Nein, nein, nein! Ich meine nicht auf die Art. Sondern auf die andere«, fiel sie mir ins Wort.

Sie war echt niedlich dabei, was mich auflachen ließ. »Hope, du solltest damit aufhören.« Ob ich das Trinken oder die Unterstellungen meinte, wusste ich selbst nicht. Hope anscheinend schon.

»Und du solltest aufhören, deine Gefühle zu verdrängen,

Chloe. Du und Logan, ihr gehört zusammen. Punkt.« Dabei nickte sie sich selbst zu und griff nach ihrem Glas. »Oh, leer.« Sie goss sich ein und kleckerte, als sie mir ebenfalls einschenkte. Mein Glas war noch voll. »Ups.«

Eigentlich wäre es das Beste gewesen, ihr die Flasche wegzunehmen und sie ein Stockwerk höher ins Bett zu bringen. Aber erstens war Hope alt genug für einen Brand und würde morgen höchstens Kopfschmerzen haben, während ich mich die ganze Zeit fragen würde, wie sie darauf kam, dass Logan und ich ...

»Wie kommst du darauf? Logan ist mit Aubrey zusammen. Verlobt sogar. Das mit uns ist schon ewig her, und es hat schon damals nicht gepasst. Warum sollte es jetzt funktionieren?« Ihre Meinung interessierte mich wirklich. Das würde ich dann Logan erzählen, und wir würden darüber lachen. Denn wenn eines klar war – klar für uns beide –, dann ja wohl, dass wir niemals wieder etwas miteinander anfangen würden.

Hope kicherte. Ein eindeutiges Zeichen, dass sie betrunken war. Hope kicherte nie. »Aubrey ist Geschichte«, sagte sie, wobei es schon fast mehr ein Lallen war.

»Was?« Hatte ich richtig gehört?

»Aubrey ist Geschichte«, wiederholte sie.

»Ja, das habe ich verstanden. Aber wieso? Und seit wann?«

»Na, wenn du das nicht weißt ...«

»Hope!«, entfuhr es mir.

»Ja, schon gut. Logan rief Jaxon an. Vor ein paar Tagen. Montag, glaube ich, war das. Ich habe nur Bruchstücke gehört, weiß auch nix Genaues. Außer, dass Logan seitdem in irgendeinem Hotel wohnt.«

Ich runzelte die Stirn. »Montag?« Das war vor zwei Tagen gewesen. Wieso wusste ich nichts davon? Warum ist er ins Hotel gegangen, wenn er doch bei seinen Freunden, bei Jaxon, Sawyer oder auch bei mir wohnen konnte? Warum fühlte sich mein Magen an, als würde ich gerade in einer Achterbahn sitzen? »Ach, wer weiß, was du da gehört hast«, winkte ich ab. Ich glaubte nicht daran. Wenn Hope richtiglag, war die Trennung schon einige Tage her. Hätte er mir nicht sofort davon erzählt? Noch vor Jaxon? Das hatte er bei seinem Ausrutscher mit Fay schließlich auch getan. Und da fiel es mir wieder ein: Fay. Hatte er wegen einer Nacht mit einer heißen Bankersbraut die Verlobung mit einer millionenschweren Bankerbin gelöst? Sollte ich lachen oder weinen? War Logan wirklich so verrückt, seine Existenz aufs Spiel zu setzen für …? Aber wenn er das tat, dann hieß das … »Er liebt sie …«

»Wer? Wen? Aubrey? Quatsch!« Hope kicherte – schon wieder – und schüttelte übertrieben den Kopf. »Niemals liebt er diese Showpuppe.«

Es war nicht meine Aufgabe, ihr zu erklären, dass es da noch eine andere Frau in Logans Leben gab. Das sollte er schön selbst machen. Doch in meiner Brust spürte ich ein Stechen bei dem Gedanken daran, und ich ärgerte mich darüber, dass mir diese Neuigkeit die Laune verhagelte. Auch wenn wir befreundet waren, ging es mich doch im Grunde nichts an, wen Logan vögelte. Warum regte mich das dann so auf?

»Komm, Süße. Ich bring dich ins Bett«, beschloss ich, rutschte vom Barhocker und griff Hopes Arm, um ihr zu helfen. »Du hast genug für heute.«

»Pfff …«, machte sie nur und schnappte sich die Flasche, die sich in den letzten zwanzig Minuten ordentlich geleert hatte. »Aber die kommt mit.«

»Meinetwegen.« Mir war es lieber, sie trank oben in der Wohnung noch den Rest als hier unten in der Bar. Dann würde sie nämlich am Tresen übernachten.

Hope rutschte vom Hocker, und ich griff unter ihren Arm. Dann dirigierte ich sie durch die Bar, durch den Flur zum Fahrstuhl und brachte sie mit dem rumpelnden Ding nach oben in die Wohnung meines Bruders, die er und Hope sich seit einigen Monaten teilten. In diesem Moment beneidete ich die beiden um ihre Beziehung. Sie waren so innig miteinander, verstanden sich blind und harmonierten auf allen Ebenen perfekt. Keine Frage – ich gönnte es ihnen beiden von Herzen. Besonders meinem Bruder, von dem ich jahrelang gedacht hatte, er würde irgendwann einsam sterben, weil er seit Jules keine Frau mehr an sich herangelassen hatte. Aber Hope hatte geschafft, was keine andere geschafft hatte: Sie hatte sein versteinertes Herz berührt und es behutsam geöffnet. Und dennoch führte es mir mein eigenes einsames Leben vor Augen. Es war nicht so, dass ich wirklich unglücklich war. Eigentlich war ich sogar gerne allein. Zumindest war das mein tägliches Mantra. Denn so konnte ich tun und lassen, was ich wollte, und musste niemandem Rechenschaft ablegen, auf niemanden Rücksicht nehmen. Wenn ich wollte, konnte ich jede Nacht einen anderen Mann in mein Bett lassen. Das war in meinen Augen ein sehr bequemes Leben. Bis Hope meinen Bruder eingefangen hatte, war ich auch wirklich überzeugt davon gewesen, es besser gar nicht haben zu können. Doch jetzt, wo ich das Glück der beiden so direkt vor Augen hatte, merkte ich immer mehr, dass mir im Grunde etwas Entscheidendes in meinem Leben fehlte: eine Schulter zum Anlehnen, eine Hand, die meine hielt, und ein Herz, das im Takt von meinem schlug. Und ich wusste nicht, wie ich damit umgehen sollte …

Mit einem Ruck stieß ich die Tür zu Jaxons Wohnung auf. »Bruderherz?«, rief ich.

»Er ist nicht da …« Mittlerweile lallte Hope ein wenig mehr.

Ich schmunzelte. »Ja, das sagtest du.«

»Trinkst du noch einen mit mir, Chloe?« Fragend sah sie mich aus ihren zwei verschiedenfarbigen Augen an. Eines war blau, das andere grün, den Fachausdruck dafür konnte ich mir einfach nicht merken. Aber es war total faszinierend.

»Ich denke, es ist besser, wenn du –«

»Ach, hör schon auf, Chloe. Sei kein Spielverderber. Ich mag heute trinken, und als eine gute Freundin solltest du wenigstens noch einen kleinen«, sie zeigte die Größe mit Zeigefinger und Daumen an, »mit mir trinken.« Ihre Lippen verzogen sich zu einem Schmollmund, und ich prustete los.

»Okay. Einen noch. Aber dann ist Schluss.«

»Ja, Mom.« Kichernd salutierte sie, was ihr Gleichgewicht aus dem Ruder brachte, und sie plumpste auf die Couch. Ich holte zwei frische Gläser aus dem Schrank und setzte mich dann zu ihr. Nachdem ich eingeschenkt hatte, versuchte sie es noch einmal. »Aber jetzt hör doch mal … Wenn Aubrey aus dem Rennen ist … hast du ja freie Bahn.«

»Wie oft denn noch?« Streng sah ich sie an. »Zwischen Logan und mir läuft nichts. Wir. Sind. Nur. Freunde. Punkt.«

Wieder kicherte Hope, doch anscheinend war es meiner Miene eindeutig anzusehen, dass es mir jetzt reichte. Sie nickte und hob ihr Glas. Wir kippten den Tequila runter, und ich erhob mich.

»Ich mache unten noch alles aus.«

Wieder nickte sie, stand mit wackeligen Beinen auf und ging zur Treppe, um in ihr Schlafzimmer hochzusteigen. Ich half ihr, blieb auf den Stufen hinter ihr und verließ die Wohnung erst, als sie sicher in ihrem Bett lag, um die Lichter der Bar auszuschalten und die Alarmanlage einzuschalten. Ich räumte unsere Gläser weg, wischte noch einmal alles sauber und lehnte mich dann gegen den Tresen. Die Sache ließ mir einfach keine Ruhe. Also zog ich mein Handy aus der Jeans und rief Logan an. Doch er nahm nicht ab. Flink tippte ich eine Nachricht.

Wo zum Teufel steckst du? Und was ist mit dir und Aubrey los?? Warum hast du mich nicht angerufen? Melde dich, egal wie spät es wird.

Eine Stunde lang wartete ich, dann schickte ich die nächste Nachricht. Aber nicht, ohne mir vorher ein paar Tequila gegönnt zu haben. Aber auch darauf antwortete er nicht. Nachdem ich viel zu viel getrunken hatte, tat ich das, was keine Frau tun sollte, wenn sie über eine Flasche Schnaps intus hat: Ich rief Logan an, um ihn gehörig zur Schnecke zu machen. Was fiel ihm ein, mich so hängenzulassen? Aber der Anruf lief erneut ins Leere. Kurzerhand öffnete ich die App *Find me*, die wir beide auf unseren Handys installiert hatten, um im Notfall den Standort des anderen ausfindig zu machen. Und das hier war ein Notfall!

Logan hatte offensichtlich im Marriott eingecheckt. Ich wählte die Nummer und fragte an der Rezeption nach ihm.

»Einen Moment bitte«, säuselte eine weibliche Stimme ins Telefon, dann hörte ich gediegene Hintergrundmusik aus dem Hörer dringen. Und tatsächlich – nach wenigen Sekunden knackte die Leitung.

»Ja? Hallo?« Das war nicht Logan …

»Äh … Aubrey?«, fragte ich. Stille. »Hallo?«

Ein leichtes Räuspern. »Wer ist da bitte?«

»Hey, ich hab zuerst gefragt«, konterte ich. Das war nicht Aubrey. Die Stimme war anders, das Gestelzte fehlte. »Also? Wer bist du, dass du dich in dem Zimmer von meinem Freund aufhalten darfst?«

»Deinem … was?«

»Mein Freund. Logan Hill«, setzte ich hinterher. »Oder bin ich womöglich falsch verbunden?«

»Was? Nein, er … Wie war noch gleich dein Name?«, versuchte sie es noch mal.

»Oh, haha, sorry. Wusstest du etwa nicht, dass es mich gibt? Überraschung!« Ich wusste, diese Tour war ziemlich mies, absolut kindisch und normalerweise auch überhaupt nicht mein Stil. Aber ich war sauer. Sauer auf diese Tussi, dass sie einfach an das Telefon in Logans Zimmer ging, und stinksauer auf Logan, dass er das zuließ.

Und mich nicht zurückrief.

Und mir nichts von alledem erzählte, mich aufs Abstellgleis schob, nur weil es da jemand anderen gab, der ihm gerade den Kopf verdrehte. Ich war seine beste Freundin. Ich hatte ein Recht darauf! Und außerdem war ich betrunken.

Nebenbei schenkte ich noch einen Tequila in das Glas und kippte ihn in einem Zug runter, während die Unbekannte am anderen Ende scheinbar umgefallen war, denn sie sagte nichts mehr. Nicht mal mehr ein Atmen drang durch den Lautsprecher. Aber kurz darauf raschelte es, und dann war Logan dran.

»Hallo?«

»Logan! Endlich! Mann, du bist ja schwerer zu erreichen als der Papst.«

»Ach, Kleines ...« Dass er mich in Anwesenheit seiner neuen Flamme so nannte, beruhigte mich. »Woher wusstest du, wo ich bin?«

»Privatdetektiv.«

»Was?«

»Hope. *Sie* wusste, wo du steckst. *Ich* nicht. Bis ich in die App geguckt habe.«

Logan seufzte. »Ich brauchte mal eine Auszeit.«

»Aber doch nicht von mir! Was ist denn los mit dir? Wieso redest du nicht mit mir?«

»Chloe, bitte ... Nicht jetzt, okay?«

»Wann dann?«, blaffte ich. »Verdammt, Logan, ich versuche schon seit Stunden, dich zu erreichen. Warum weiß Hope, wo du bist, aber ich nicht? Du sagst mir doch sonst alles. Erinnere dich an den Abend, an dem du mir von Fay –«

»Chloe? Hast du getrunken?«, unterbrach er mich. Ich presste meine Lippen zusammen. »Chloe?«

»Ein bisschen«, gab ich kleinlaut zu und hörte das leise Schnauben am anderen Ende.

»Ich glaube, das war schon mehr als nur ein bisschen, richtig? Kleines, lass uns morgen weitersprechen. Geh ins Bett und –«

»Was? Ach ... Ja klar ... Das eben, das war Fay, richtig? Sie ist bei dir, diese Geschäftstante. Ach nee, warte. Bankerin, richtig?«, unterbrach ich ihn und erschrak im selben Moment über meinen Tonfall.

»Du hast zu viel getrunken, Chloe. Geh ins Bett, ich werde das jetzt nicht mit dir ausdiskutieren. Es ist alles gut. Mir geht es gut. Und jetzt gehst du besser schlafen, okay?«

Noch nie zuvor hatte Logan mich so abgeblockt. Seine Ablehnung traf mich wie ein Fausthieb in den Magen.

»Aber ich will doch nur, dass du zu mir kommst, wenn ...« Ich schaffte gerade so ein raues Flüstern. Es musste am Alkohol liegen, Logan hatte recht. Aber ich konnte nichts dagegen tun, dass mir in diesem Moment die Tränen in die Augen traten.

»Chloe, du weißt genau –«

»Was weiß ich genau? Ich muss von Hope erfahren, dass du dich von Aubrey getrennt hast. Von Hope! Die du gerade mal ein halbes Jahr kennst. Wie lange kennst du mich, Logan? Was haben wir schon alles miteinander durchgemacht? Welche Geheimnisse haben wir schon geteilt? Wir sind uns doch wichtiger, oder? Also, ich bin doch eigentlich die Person, zu der du kommst. Warum hast du mich denn nicht angerufen? Wir halten doch zusammen.« Ich wusste, dass das total daneben war, ihm solche Vorhaltungen zu machen, ihn so an die Wand zu nageln, und ich völlig hysterisch rüberkam. Aber die Worte waren raus, bevor ich darüber nachdenken konnte.

»Kleines ...«

»Nein, lass es«, flüsterte ich, schenkte mir neu ein und kippte das Glas meine ausgedörrte Kehle runter. »Vögel deine Fay und werde glücklich.«

»Was soll das?« Jetzt wurde seine Stimme gefährlich leise. Ich schluckte.

»Nichts. Einfach nichts. Weißt du was, Logan? Du hast recht. Ich wünsche dir viel Spaß, und wenn du willst, ruf mich morgen an und erzähl mir, wie es war.« Ich lachte ein klägliches Lachen. Aber ich lachte. »Gute Nacht, Logan.« Dann legte ich auf.

Noch vor einer Sekunde hatte ich mich stark, unbesiegbar und absolut im Recht gefühlt. Jetzt fühlte ich mich zwar noch im Recht, aber ziemlich schwach. Denn Logan hatte mich abserviert. Wie es aussah, war unsere Freundschaft gerade ersetzt worden. Und dabei hatte ich immer gedacht, wir hätten etwas Besonderes miteinander. Etwas, das niemand kaputtmachen konnte, egal wer es auch war. Ein Band, das uns zusammenhielt. Für immer.

Ich merkte, dass ich weinte. »Scheiße!« Das war doch das Allerletzte! Jetzt saß ich hier und heulte diesem Arsch auch noch hinterher? Wer war ich, dass ich das nötig hatte? Er war es, der hätte heulen müssen! Er war es, der sich entschuldigen müsste. Er war es, der hier auf der Matte stehen sollte, um mich in den Arm zu nehmen und all die Angst um unsere Freundschaft, die sich wie Säure in meinen Magen gegraben hatte, fortzuwischen.

Während ich mich erst meiner Wut hingab und dann in mein Selbstmitleid hineinsteigerte, leerte ich die Flasche Tequila. Glas für Glas kippte ich in mich rein. Trank auf Logan, auf Freundschaft, auf die Freiheit, aufs Vögeln ... Gründe, sich zu betrinken, gab es ja genug. Irgendwann im Morgengrauen stolperte ich hoch ins Loft und schlief kurz danach auf dem Sofa ein. Logan stand nicht auf der Matte. Weder am Abend noch irgendwann in der Nacht. Auch das Telefon blieb ruhig.

Das mulmige Gefühl in meinem Bauch konnte ich der Sorge um uns zuschreiben. Oder meinen widersprüchlichen Gefühlen, was uns betraf. Und je mehr ich darüber nachdachte, umso weniger wollte ich wissen, was es wirklich war. Aber egal, was es war – das beschissene Gefühl, damit unsere Freundschaft aufs Spiel gesetzt zu haben, blieb.

Logan

»Alles in Ordnung?«

Meine Finger fuhren wie automatisch durch Fays dunkelbraunes Haar, während ich mit meinen Gedanken ganz woanders war.

»Ja, sicher«, antwortete ich daher nur, aber das war gelogen, wir wussten es beide. Fay war so taktvoll, mir noch ein paar Minuten zu geben, um mich zu sammeln.

Ich konnte noch immer nicht verstehen, was mit Chloe los war, dass sie so reagiert hatte. Ja, gut, sie hatte getrunken, aber noch nie hatte ich sie so zickig erlebt. Sie hatte fast eifersüchtig geklungen, aber das war natürlich Quatsch. Seit ein paar chaotischen One-Night-Stands vor einigen Jahren war nichts mehr zwischen uns gelaufen. Wir führten seitdem eine rein platonische Beziehung und waren beste Freunde. Es war nie ein Problem gewesen, wenn einer von uns mit jemand anderem zusammen gewesen war. Vielleicht war ich deshalb so empfindlich? Lag es gar nicht an Chloe, sondern an mir? Ja, Chloe hatte recht gehabt, als sie gesagt hatte, dass ich sonst alles mit ihr besprach. Das hätte ich auch schon noch getan, aber eben nicht sofort. Und das schien der Knackpunkt zu sein. Aber es war müßig, sich jetzt darüber Gedanken zu machen.

»Es ist alles gut«, wiederholte ich, diesmal mit fester Stimme, und wandte meine Aufmerksamkeit wieder voll und ganz der Schönheit zu, die neben mir lag.

»War das wirklich deine Freundin?«

»Nein. Ja. Sie ist meine beste Freundin, seit Jahren schon«, gab ich zurück.

»Erklär es mir.« Aus Fays dunkelbraunen Augen blitzte Neugier. »Was läuft da zwischen dir und Chloe? Ich meine, versteh mich nicht falsch, Logan, aber – ich mag dich. Und bevor ich mich auf etwas einlasse, möchte ich auch gerne wissen, woran ich bin.«

»Fay, ich …« Vorsichtig räusperte ich mich und nahm ihre Hand in meine. »Ich mag dich auch, wirklich. Und ich bin auch niemand, der leichtfertig Beziehungen eingeht. Oder auflöst. Ich bin gerade frisch getrennt. Ich glaube, ich bin im Moment nicht die beste Partie. Aber das ändert nichts daran, dass ich … dass ich dich sehr mag.«

Ich weiß nicht, mit was ich gerechnet hatte, aber auf jeden Fall nicht mit einer solchen Reaktion.

Sie lächelte leise. »Ich habe einige Telefonnummern in meiner Anruferliste und müsste auch nicht zwingend allein sein. Und eigentlich habe ich überhaupt keine Zeit für eine Beziehung«, sagte sie mit einem Augenzwinkern. »Außerdem … bin ich geschieden. Also – wer von uns ist nun die bessere Partie?«

»Du warst verheiratet?« Damit hatte ich nicht gerechnet.

»Du warst mit deiner besten Freundin zusammen?«, konterte sie mit einem fast schon geschäftlichen Lächeln.

Ich stutzte. »Wie kommst du darauf?«

»Wäre sie sonst eifersüchtig?«

»Quatsch. Chloe ist doch nicht eifersüchtig. Wir sind nur Freunde.« Fays skeptischer Blick ruhte auf mir. »Wirklich«, beharrte ich.

»Wenn du das sagst. Aber wie dem auch sei – ich habe kein Problem damit, solange du keines damit hast.« Prüfend sah sie mich an. Ich sparte mir eine Wiederholung von dem, was ich ihr bereits erklärt hatte, und drückte stattdessen ihre Hand.

»Danke, Fay.«

Wieder lächelte sie. »Keine Ursache. Lass es uns langsam angehen und dann sehen, wohin uns das führt, okay?«

Ich nickte. Dann beugte ich mich zu ihr rüber und gab ihr einen leichten Kuss auf ihre vollen Lippen. Ich wollte jetzt nicht mehr an Chloe denken. Stumm bat ich Fay darum, mich abzulenken und auf einen anderen Trip mitzunehmen. Und sie verstand.

»Das ist nicht langsam«, flüsterte sie heiser.

»Ich kann aufhören, wenn du möchtest«, log ich. Aufhören war jetzt keine Option mehr.

»Untersteh dich!« Ein kratziges Aufstöhnen drang aus ihrem Mund, als der Kuss intensiver und stürmischer wurde. Ich brauchte sie jetzt. Ich gierte danach, mich in ihr zu versenken und mir alle Gedanken aus dem Kopf zu vögeln. Ich wünschte mir, einfach nicht mehr nachdenken zu müssen, und konzentrierte mich einfach nur auf ihre Berührungen. Ihre Fingernägel krallten sich in meinen Oberarm, als ich ihre Nippel drehte, fuhren über meine Brust bis hin zu dem Handtuch um meine Hüften, das sie mit einer Bewegung öffnete. Und als sie meinen Schwanz berührte, in die Hand nahm, waren alle Gedanken wie weggeblasen. Ich stöhnte auf und lehnte mich zurück, während sie sich runterbeugte, um ihn in den Mund zu nehmen. Ihre vollen Lippen glitten rauf und runter, während ihre Finger sanft meinen Schaft drückten. Ich war im Himmel und vergaß alles um mich herum.

Dann klingelte das Handy.

»Fuck!«, fluchte ich und war versucht, Fays Kopf runterzudrücken, damit sie ja nicht aufhörte. Aber sie hatte schon aufgehört und warf nun einen genervten Blick zum Tisch, auf dem mein Handy so penetrant störte. »Ich kann mich so nicht auf das hier konzentrieren …«, sagte sie und lockerte ihren Griff um meinen Schwanz, bis sie ihn ganz losließ und sich zurückzog.

»Okay, okay.« Ich stand auf, nahm mein Smartphone und stellte es aus, ohne einen Blick auf das Display zu werfen.

Fay hatte sich jetzt auf das Sofa gesetzt und sah mich an. Mit der Zungenspitze leckte sie aufreizend wie eine Lolita über ihre Lippen, ihre Fingerspitzen fuhren über ihre schlanken Schenkel, die gebräunt und durchtrainiert waren. Dieser Anblick reichte, um meinen Schwanz erneut zum Stehen zu bringen.

»Komm her«, flüsterte sie und lehnte sich zurück. Nichts tat ich lieber. Ich kniete mich vor sie und spreizte ihre Beine. Der Anblick ihrer glatten Pussy brachte meinen Puls zum Rasen.

»Ich will dich schmecken.«

Mit einem koketten Augenaufschlag spreizte sie die Beine weiter und strich sich lasziv über die Innenseiten der Schenkel. In mir brodelte es, ich war heiß. Heiß auf sie, heiß auf Sex, heiß auf die Abwechslung, die mir diese Frau bot.

Ich packte ihre Handgelenke und hielt sie fest, dann senkte ich meinen Kopf zwischen ihre Beine. Und als mein Mund sich auf ihre heiße Klit drückte, war es wie ein Rausch. Ihr Stöhnen und ihr Aufbäumen heizten mich noch mehr an, und erst, als sie kurz davor war zu kommen, ließ ich von ihr ab.

»Hör nicht auf«, wimmerte sie. Ihre Augen waren geschlossen und ihre Haut verschwitzt.

»Ich fange gerade erst an«, keuchte ich. Rasch holte ich ein Kondom aus meiner Hose, die auf dem Boden lag, streifte es mir über und versank dann mit einem Stoß tief und heftig in ihr. Sie war nass und heiß und bereit. Für mich. Nur für mich. Ihr schlanker Oberkörper lag auf dem Sofa, ihre langen Beine über meinen Schultern, und ihre festen Brüste wippten, während ich immer wieder in sie stieß. Ihre Hüften bewegten sich dabei, und ihre rot lackierten Nägel krallten sich in die Sofakissen. Immer wieder stöhnte sie auf, ihre Augenlider flatterten, und ihre Atmung wurde schneller und schneller.

»Ja, ja ... jaaaaaa!«

Ich hörte es nicht nur, ich spürte auch, wie sie kam. Nahm das Zucken ihrer Vagina um meinen Schwanz wahr, ließ zu, dass sie mich so in Sekundenschnelle ebenfalls zum Höhepunkt trieb. Keuchend rammte ich mich noch tiefer in sie, explodierte mit einem lauten Schrei und brach schließlich erschöpft über ihr zusammen.

Ihr Herz schlug ebenso schnell wie meins, und als ich nach einer Weile ermattet den Kopf hob, hatte sie ihre Augen noch immer geschlossen. Aber ein Lächeln lag auf ihrem Gesicht.

»Du bist eine Maschine«, flüsterte sie.

»Und du bist mein Antrieb«, gab ich mit rauer Stimme zurück.

Ihre Augen öffneten sich, und das Braun ihrer Iris wirkte fast schwarz, so dunkel war ihr Blick. »Dann passen wir ja gut zusammen.«

Ich grinste, beugte mich etwas über sie und küsste ihre Nippel, einen nach dem anderen. »Das finde ich auch.«

Chloe

»Aua …« Prompt schloss ich die Augen wieder, als ein stechender Schmerz durch meinen Kopf schoss. Sie öffnen zu wollen war keine gute Idee gewesen.

Ich brachte kaum mehr raus als ein Flüstern. Die Augen aufzumachen und dem grellen Sonnenlicht zu trotzen, das durch die unzähligen Fenster des Lofts fiel, schaffte ich schon mal gar nicht. In meinem Kopf hämmerten ein Presslufthammer, eine Bohrmaschine und eine Rüttelmaschine um die Wette. Und die Planierraupe fuhr von meinem Kopf bis zu meinen Füßen, wobei sie in meinem Magen noch ein paar Extrarunden drehte. Verdammt, war mir übel!

Ich schwor mir in diesem Moment: nie wieder Alkohol.

Wieder klirrte irgendwo Glas, die Schmerzen zischten wie ein Blitz durch meinen Kopf. Als ein kalter Lappen meine Stirn berührte, zuckte ich zusammen, zu kraftlos, mich zu wehren.

»Komm, trink das hier in kleinen Schlucken, dann geht's dir gleich besser.« Jaxon. Seine Hand legte sich in meinen Nacken, zog sanft meinen Kopf etwas hoch und setzte mir ein Glas an die Lippen. Ich bemühte mich wirklich, aber selbst das Trinken fiel mir unglaublich schwer. Und das, obwohl ich einen fürchterlichen Durst hatte. Meine Eingeweide lechzten nach Wasser, mein ganzer Körper schrie förmlich danach, aber bei mir behalten konnte ich es nicht.

»Mir ist kalt. Und schwindelig«, jammerte ich leise, nachdem ich in den Eimer gespuckt hatte, den Jaxon wohlweislich bereitgestellt hatte, und fühlte mich im selben Moment noch schlechter, wenn das überhaupt noch möglich war. Ich jammerte eigentlich nie. Eher biss ich mir die Zunge ab, statt rumzuheulen. Schließlich war Chloe King kein Weichei. Aber heute war ich eins. Und was für eins.

Jaxons Hand legte meinen Kopf wieder vorsichtig auf dem Kissen ab und drückte den nassen Lappen noch mal auf meiner Stirn fest.

»Ich fürchte, du hast einen richtigen, ausgeprägten Kater, kleine Schwester. Da geht's einem schon mal schlecht.« Das Grinsen in seiner Stimme war nicht zu überhören. Auch wenn ich die Augen geschlossen hatte, konnte ich mir vorstellen, wie er belustigt auf mich runterblickte. Er klang sehr amüsiert.

»Vielen Dank für deine Anteilnahme.« Wem gehörte diese Stimme? Das konnte auf keinen Fall meine sein.

»Wer eine Flasche Tequila trinkt, hat keine Anteilnahme verdient, mein Herzblatt. Aber wenn dein Magen sich beruhigt hat, bringe ich dich ins Bett.«

Jetzt wusste ich auch, warum mir die Knochen so wehtaten. Ich hatte die ganze Nacht auf dem Sofa verbracht. Hope hatte ich noch in ihr Schlafzimmer bringen können, aber nachdem ich mir selbst die Birne dichtgeschüttet hatte, war an den Weg zu meinem Bett nicht mehr zu denken gewesen. Und dabei hätte ich dafür nicht mal Treppensteigen müssen.

»Wo ist Hope?« Ich konnte nur hoffen, dass es ihr ebenso beschissen ging wie mir. Geteiltes Leid war halbes Leid. Hieß es nicht so? Obwohl es schon ziemlich unfair war, ihr das zu wünschen.

»In ihrem Bett. Es geht ihr ... ähnlich.« Das beruhigte mich, und ich fegte das schlechte Gewissen deswegen mit einer imaginären Handbewegung fort. Nur nicht bewegen. Das würde mein Magen mir übel nehmen.

»Ich trinke nie wieder«, krächzte ich und kreuzte vorsichtig die Finger zum Schwur. Allein das fiel mir schon unglaublich schwer. Ich war eine echte Mimose.

»Natürlich nicht.« Wieder dieser amüsierte Tonfall. Wenn ich gekonnt hätte … »Ich geh eben runter in die Bar, einer der Lieferanten kommt gleich. Aber ich bin in ein paar Minuten wieder da.«

»Scheiße, wie spät ist es?« Erschrocken öffnete ich die Augen und wollte hochkommen, aber der Schuss ging nach hinten los. Alles drehte sich um mich, und in meinem Kopf brach ein Finale des Baggerkonzerts aus. Ich wollte sterben.

»Gleich Mittag. Du hast geschlafen wie ein Stein. Also, ich bin gleich wieder da. Rühr dich ja nicht vom Fleck.«

»Selten so gelacht.«

Jetzt lachte Jaxon tatsächlich – leise zwar, aber in meinem Kopf kam es höllisch laut an –, und ich merkte, wie er vom Sofa aufstand. Dann hörte ich Schritte, und erst, als sich um mich rum nichts mehr drehte und das Stakkato in meinem Kopf zu einer leisen Sinfonie verblasste, versuchte ich vorsichtig, noch mal ein Auge zu öffnen. Aber es war sinnlos. Die Helligkeit war unbarmherzig, und so schloss ich es wieder, zog mir die Decke über den Kopf und suhlte mich in meinem Selbstmitleid. Wie war das nur passiert? Alles hatte damit angefangen, dass ich mich mit Hope zusammen über ihre Eltern aufgeregt hatte. Und dann über Logan.

Logan! Verdammt!

Ich wollte hochschnellen, mein Handy greifen und nachsehen, ob ich ihn gestern wirklich angerufen und zur Schnecke gemacht oder das hoffentlich nur geträumt hatte. Aber weder mein Kopf noch mein Körper und schon gar nicht mein rebellierender Magen ließen irgendwas in der Art zu. Das Letzte, was ich wollte, war, mich erneut übergeben zu müssen und dann von meinem Bruder gefunden zu werden. Also konzentrierte ich mich auf meine Atmung.

Ein.

Aus.

Ein.

Aus.

Es wirkte. Langsam wurde der Drang, die Kloschüssel zu umarmen, schwächer. Bis er schließlich ganz nachließ. Wunderbar. Jetzt bloß nicht mehr bewegen.

Echt super. In meiner Jugend hatte Tequila mich dazu gebracht, die Nächte durchzutanzen. Jetzt schaffte er es, mich ans Bett zu fesseln. Der Vergleich hinkte, das merkte ich sogar mit meinem dicken Kopf, aber irgendwas musste ich doch die Schuld an meinem Zustand geben.

Über diese Gedanken hinweg musste ich eingeschlafen sein, denn als ich wieder aufwachte, war es angenehm dunkel, und ich lag in frisch duftender Bettwäsche. Jaxon musste mich ins Gästezimmer gebracht haben, in dem ich immer schlief, wenn ich im *King's* arbeitete. Ich versuchte zu rekonstruieren, welchen Tag wir hatten und ob ich eventuell meinen Job im Kettlebell verpasste. Oder meine Schicht im *King's*. Aber als ich mich bewegte, um im Dunkeln nach meinem Handy zu tasten, das eigentlich immer neben dem Bett lag, stach der Schmerz erneut wie spitze Nadeln durch meinen Kopf, und ich beschloss, Arbeit Arbeit sein zu lassen und einfach weiterzuschlafen.

***

»Ausgeschlafen?«

»Abgebrochen.«

Jaxon grinste vielsagend, als ich irgendwann am frühen Abend verschlafen in die Küche stolperte, auf der Suche nach einem guten, starken Kaffee, der aus mir wieder einen halbwegs verständigen Menschen machen würde. Gerochen hatte ich so was in der Art schon, jetzt musste ich es nur noch finden und inhalieren. Oder am besten intravenös aufnehmen.

»Halt einfach die Klappe«, kam ich ihm zuvor, als er den

Mund öffnete. Unverrichteter Dinge schloss er ihn wieder und zeigte stumm zur Küchenzeile, auf der eine Kanne frisch gebrühten Kaffees stand. Dankbar schenkte ich mir einen Becher ein und trank ihn gleich im Stehen. Er war heiß und stark, und mit jedem Schluck krochen ein paar Lebensgeister mehr in meinen müden Körper zurück. Zudem knurrte jetzt mein Magen, aber ans Essen war noch nicht zu denken, ohne dass mir übel wurde. Also verschob ich das besser auf später.

»Besser?« Jaxons Hand legte sich auf meine Schulter, und mitfühlend sah er mich an.

»Ja, danke. Und danke für deine –«

»Anteilnahme?«

Mit einem gezwungenen Lächeln auf den Lippen schüttelte ich vorsichtig den Kopf. Gut, nichts tat mehr weh, es fühlte sich darin nur wie Watte an. »Wer den Schaden hat, braucht für den Spott nicht zu sorgen, ich weiß. Nein, ich meine für deine Hilfe. Ich hab's echt übertrieben.« Und das hatte ich wirklich. Schließlich hatte ich mich damit einen kompletten Tag ausgeknockt. In meinem Sport würde mich dieser Aussetzer um mindestens zwei Wochen zurückwerfen. Alkohol verzieh kein Sportlerkörper. Und schon gar nicht so viel. Die Quittung würde ich beim nächsten Training bekommen, so viel war sicher.

»Nicht nur du«, antwortete mein Bruder.

Ich verzog mitleidsvoll das Gesicht. »Hope?«

»Frag nicht. So habe ich sie noch nie gesehen.«

Ich erinnerte mich vage daran, dass ich gehofft hatte, es würde ihr ebenso schlecht gehen wie mir. Was war ich nur für eine schlechte Freundin.

»Oje …«

Mein Bruder nahm mich eingehend unter die Lupe. »Sie ist immer noch neben der Spur. Die Schicht heute Abend werde ich wohl ohne euch durchziehen müssen. Warum habt ihr euch so die Lampen ausgeschossen?«

»Hat sie nichts erzählt?«

»Sie sagt, sie kann sich nicht erinnern.«

Kurz grub ich meine Zähne in die Lippe, um das Lachen zu unterdrücken. »Kein Wunder. Sie hat die erste Flasche fast allein getrunken. Es ging um ihre Eltern ...«

Er nickte. »Ihr Vater ... Er hat was gegen mich, und das belastet sie.«

»Und das belastet dich. Schon klar.«

Jaxon runzelte die Stirn.

»Das ist nicht zu übersehen, Jax.«

Stumm nickte er. Ich wusste, dass er darüber nicht reden würde. Zumindest nicht mit mir. Hope hatte aus meinem Bruder zwar einen ziemlich umgänglichen Menschen gemacht, aber auch sie würde es nicht schaffen, ihn komplett auf links zu drehen. Dinge, die ihn beschäftigen, so richtig beschäftigen, hatte er schon immer mit sich selbst ausgemacht. Ich konnte nur hoffen, dass er sich wenigstens in dieser Sache nicht vor Hope verschloss.

»Okay, das war *ihr* Grund, sich zu betrinken. Was war *deiner*?« Prüfend fixierten seine blauen Augen mich.

»Ich ... kann mich nicht erinnern.« Eine Augenbraue zog sich zeitlupenartig nach oben. Ich kannte niemanden, der seine Augenbrauen so unter Kontrolle hatte wie mein Bruder. Je länger ich schwieg, umso eindringlicher wurde sein Blick. Unentwegt starrte er mich an, bis ich es nicht mehr aushielt. So kriegte er mich immer!

»Na schön! Ich habe mich mit Logan gestritten. Wegen seiner ... neuen Freundin«, gab ich kleinlaut zu.

»Wegen Fay?«

»Du kennst sie?« Jetzt war ich es, die ihn anstarrte. Wie konnte es sein, dass Logan meinen Bruder nicht nur vor mir informiert, sondern auch noch mit seiner Neuen bekannt gemacht hatte? Das schlug dem Fass doch den Boden aus!

»Nein. Aber er hat mir von ihr erzählt«, gab Jaxon zurück. Die Luft, die ich instinktiv angehalten hatte, presste sich jetzt erleichtert aus meinen Lungen. »Aber wieso habt ihr wegen ihr gestritten? Was hast du ihm gesagt, dass er sauer geworden ist?« Jaxon wusste genau wie ich, dass Logan einer der ausgeglichensten Menschen in dieser Galaxie war. Es dauerte ewig, bis ihn jemand so weit hatte, dass er ausrastete. Zwar war er am Telefon nicht ausgerastet, aber seine Tonlage zu senken und ganz ruhig zu bleiben, das war definitiv die Vorstufe davon. Mir wurde jetzt noch schlecht, wenn ich daran dachte.

So winkte ich nur lahm ab. »Das möchte ich lieber gerne vergessen, okay?«

Zweifelnd bohrte sein Blick sich in meine Stirn, um die Informationen, die ich ihm offensichtlich vorenthielt, direkt anzuzapfen. Aber das funktionierte vielleicht im Comic, nur sicher nicht unter Geschwistern.

»Logan ist bestimmt stinksauer auf mich und wird vermutlich in diesem Leben kein Wort mehr mit mir reden«, erklärte ich meine Sicht der Dinge.

Nun zogen sich beide Augenbrauen in die Höhe. Jaxon war nun nicht mehr skeptisch, sondern bereit, den großen Bruder rauszukehren. Ich verdrehte die Augen, noch bevor die Standpauke auf mich niederprasselte.

»Und wie hast du das angestellt? Was hast du zu ihm gesagt? Logan ist der letzte Mensch, der nachtragend ist, das weißt du.«

Jetzt kam ich aus der Nummer nicht mehr raus, es sei denn, ich würde wie ein bockiges Kind türenknallend verschwinden. Aber selbst dann wäre es nur aufgeschoben und nicht aufgehoben. Also ergab ich mich meinem Schicksal.

»Die lange oder die kurze Fassung?«

»Wie lang ist kurz?«

»Hope hat mir gesteckt, er hat wegen seiner neuen Flamme Aubrey abgeschossen. Ich aber wusste nichts davon. Bei mir hat er sich nicht gemeldet, mit dir aber anscheinend darüber gesprochen. Das hat mich gekränkt. Wir erzählen uns sonst alles, aber jetzt hält er es nicht für nötig. Also habe ich ihn angerufen, aber nicht erreicht. Ich hab mir echt Sorgen gemacht ... und mich dabei ordentlich betrunken. Irgendwann hatte ich dann *sie* am Telefon. Und dann bin ich wohl ... irgendwie ausgetickt ...«

»Ausgetickt?«

»Ich habe mich als seine Freundin ausgegeben, glaube ich ...« Jaxons ernste Miene ignorierte ich. »Logan ging ran und hat versucht, mit mir zu reden, aber ich war so verletzt ... Weil er mir nichts von der Trennung erzählt hat. Und weil er mich einfach abgeblockt hat, als ich nachgefragt habe.« Jaxon schüttelte den Kopf. »Ja, ich war betrunken, aber gibt ihm das das Recht, mich so zu ...«, versuchte ich einen Hauch von Verteidigung, aber das Jammern in meiner Stimme fiel sogar mir auf. Ich räusperte mich und straffte die Schultern. »Er hat mich einfach ausgeschlossen«, schob ich schmollend hinterher. Das alles noch mal durchzukauen brachte dieses flaue Gefühl in meinem Bauch zurück. Natürlich wusste ich, dass ich mich falsch verhalten hatte, aber Logan war zuerst am Zug gewesen. Er hatte nicht gesetzt, sondern mich auflaufen lassen. Immer mehr merkte ich, dass ich mich betrogen, nein, sogar hintergangen fühlte. Natürlich war das übertrieben, ich hatte ja kein Anrecht auf ihn. Aber was war das für eine Freundschaft, wenn er mir so wichtige Dinge wie eine Trennung und eine neue Frau nicht erzählte?

»Chloe, das wird schon wieder. Du und Logan, ihr seid wie Arsch auf Eimer, wie Hand auf Hintern, wie ... Tequila und Zitrone.« Er grinste, und mir drehte sich bei dieser Anspielung der Magen um. »Ihr könnt es normalerweise keine zwei Tage ohneeinander aushalten. Du liebst ihn, er liebt dich. Ihr seid –«

Ich hob abwehrend die Hände. »Ja, schon gut, schon gut. Ich hab's ja verstanden ...« Das hatte ich wirklich. Und das war es, was mir Angst machte.

»Und nun?«

»Keine Ahnung ... ich muss erst mal richtig klar im Kopf werden, dann mache ich mir darüber Gedanken. Aber hey, ich wollte mich noch entschuldigen. Dafür, dass ich meine Schicht verpasse. Das tut mir echt leid. Aber ich fühle mich wirklich krank ...«

Jaxon seufzte, strich sich über sein unrasiertes Kinn und schmunzelte versteckt hinter seiner Hand. Aber ich sah es trotzdem. »Nicht nur du. Hope hat auch bis vorhin noch im Bett gelegen. Ihr geht es immer noch nicht viel besser. Wir werden den Laden auch ohne euch schmeißen, also mach dir keinen Kopf darüber. Denk lieber darüber nach, wie du die Sache mit Logan wieder hinbiegst. Ich werde deine schlechte Laune deswegen nicht ewig tolerieren.«

Ein paarmal atmete ich tief durch, um das flaue Gefühl in meinem Magen zu vertreiben, aber es nützte nichts. Das Magendrücken blieb, und das sagte mir, dass Jaxon recht hatte. Ich musste das in Ordnung bringen, und zwar so schnell wie möglich. »Ja, ich kümmere mich drum«, gab ich halbherzig zurück, denn ich wusste genau, ich würde das trotzdem noch ein paar Stunden auf die lange Bank schieben. Vorher würde ich mein schlechtes Gewissen in einigen Litern Kaffee ertränken und mein Handy checken. Vielleicht hatte Kaden sich gemeldet. Oder Logan.

Mit einem weiteren Becher voll Kaffee schlurfte ich zurück in mein Zimmer, checkte mein Handy und registrierte enttäuscht, dass weder der eine noch der andere sich gemeldet hatte. Mit angezogenen Knien setzte ich mich aufs Bett, lehnte mich gegen die Wand und trank meinen Kaffee. Jaxon hatte ja recht. Ich musste das mit Logan klären. Er war mein bester Freund, war nicht nachtragend und würde mich vermutlich eher auslachen, als böse mit mir zu sein.

»Aber erst nach einer ausgedehnten Dusche«, murmelte ich vor mich hin.

Als ich zehn Minuten später in meine ausgeleierte Jogginghose und mein ältestes Sweatshirt schlüpfte, war es bereits dunkel draußen. Dann starrte ich geschlagene fünf Minuten auf mein Handy, bevor ich es wieder aus der Hand legte. Nein, ich war noch nicht so weit. Das war feige, aber ich konnte das jetzt einfach noch nicht.

Also machte ich es mir auf dem Bett mit einem neuen Buch gemütlich. Letzte Woche hatte ich mir im Buchladen neben dem Fitnessstudio einen neuen Liebesroman gekauft. Die Verkäuferin hatte mir dazu noch eine Packung Taschentücher in die Hand gedrückt und mir eine gute Zeit mit dem Buch gewünscht. Das hatte meine Neugier noch mehr geschürt, und ich freute mich schon seit Tagen darauf, endlich in die Geschichte abzutauchen und mit den Figuren zu leiden und zu lieben. Herzschmerz war jetzt genau das Richtige für mich, litt ich doch gerade selbst wie ein Hund.

Was, wenn Fay die Frau war, mit der Logan Sachen teilte, die er vorher mit mir geteilt hatte? War ich wirklich ersetzbar? Morgen würde ich das vielleicht herausfinden. Aber nicht heute. Heute wollte ich mich einfach nur noch in meinem Schmerz suhlen.

Doch es war nicht nur das, was mich nervte. Kaden hatte sich seit unserem Treffen in der Rooftopbar auch nicht mehr gemeldet. Außerdem war er in der Woche nicht im Studio gewesen, obwohl wir eine Verabredung zum Training gehabt hatten. Ich war wohl doch zu einem Haken auf seiner Liste geworden. Selbst schuld, King. Ich war seinem Aquaman-Charme erlegen, und er hatte einen weiteren Treffer verbucht. C'est la vie.

Ich blätterte die Seiten um, ohne wirklich zu lesen. Schließlich stand ich auf, ging in die Küche und holte mir einen großen Becher Eis aus dem Gefrierfach. Und einen Löffel.

»Frustessen?«

Ich hob den Blick und sah Hope durch die Tür hereinkommen. »Na, du siehst ja aus, wie ich mich fühle«, sagte ich. Meine Saufkumpanin war ziemlich blass, und die Ringe unter ihren Augen sprachen Bände. Normalerweise hatte sie eine ziemlich aufrechte Körperhaltung, jetzt allerdings wirkte sie immer noch wie ein nasser Sack. Alles an ihr zog sich gen Boden, einschließlich ihrer Augenringe, die sie nicht verbergen konnte.

»Wenn du dich so mies fühlst, wie ich aussehe, dann passt es wohl«, antwortete sie und gähnte hinter vorgehaltener Hand.

»Supermies«, gab ich zurück und zeigte auf das Eis. »Und du? Auch mies genug für ein Eis?«

»Auf jeden Fall.«

Ich holte einen zweiten Löffel aus der Besteckschublade. Wir ließen uns aufs Sofa fallen, und ich registrierte, dass es schon später Abend war. Doch ich war kein Stück müde, kein Wunder, nachdem ich den heutigen Tag komplett verschlafen hatte.

Hope schnappte sich einen der Löffel und grub ihn tief in die Eiscreme. »Ich bin im Himmel. Ich liebe Karamell.«

»Mir wäre Schoko lieber, aber im Moment ist mir alles recht, was die Nerven beruhigt«, nuschelte ich mit dem Löffel Eis im Mund. Die Übelkeit hatte sich Gott sei Dank endgültig gelegt.

»Das hört sich nicht nach Nachwehen eines Katers an«, vermutete sie. »Was ist passiert, nachdem ich bewusstlos geworden bin? Übrigens danke fürs Insbettbringen. Ich war ja total dicht. Keine Ahnung, was mich geritten hat.«

»Kein Ding. Und ja, du warst ordentlich gefüllt«, sagte ich und grinste. Aber nur ein bisschen, schließlich war ich selbst nicht besser gewesen. Wovon Hope allerdings bisher nichts wusste, es sei denn, Jaxon hatte gepetzt. Zuzutrauen wäre es ihm.

»Du aber auch, wie ich gehört habe …«

Danke, Bruderherz. »Richtig gehört. Und jetzt habe ich Stress mit Logan«, gab ich dann zu.

»Oh-oh, warum das?«

»Wegen seiner Trennung von Aubrey«, sagte ich und fasste kurz zusammen, was passiert war, nachdem Hope ins Bett gegangen war.

»Ruf ihn an, klär das. Ihr seid Freunde.«

»Ich weiß.«

»Ihr liebt euch.«

»Ich weiß.«

»Ihr geht kaputt, wenn –«

»Ich weiß!«, rief ich aus. »Sorry, aber ich weiß das alles, Hope.«

»Also? Worauf wartest du noch?«

»Ich mach das morgen, wenn ich wieder klar im Kopf bin«, gab ich brummig zurück. Mann, das nervte. Das hatte ich doch alles schon für mich selbst durchgekaut.

»Vernünftig. Und ist sonst alles in Ordnung?« Skeptisch nahm sie mich unter die Lupe.

»Sorry.«

»Kein Problem.« Ihre Schulter stupste gegen meine und entlockte mir damit ein Lächeln.

»Also? Gibt es noch was, was dich zum Ausrasten bringt?«

»Ach, ich weiß nicht …«, antwortete ich lahm und schob mir den nächsten Löffel Eis in den Mund. So schlecht war Karamell tatsächlich nicht.

»Nun lass dir nicht alles aus der Nase ziehen.«

Ich leckte meinen Löffel ab und sah sie an. »Es gibt da einen Typen, mit dem ich aus war. Ich war so blöd zu glauben, dass es mehr als ein One-Night-Stand wäre, aber …« *War es ja. Es war ein Two-Night-Stand.*

»Aber?«

»Er meldet sich nicht mehr. Wir haben letzten Samstag eine

echt heiße Nacht miteinander verbracht, uns Sonntag auch noch mal getroffen und sind dann im Bett gelandet, und seitdem ist Funkstille.«

»Warum rufst du ihn nicht an?«

Irritiert sah ich zu ihr rüber. »Ich?«

Hope nickte mit dem Löffel im Mund, dann zog sie ihn raus und erklärte mir mit vollem Mund den Grund dafür: »Ja, wieso nicht? Du bist eine erwachsene, selbstbewusste, wunderschöne Frau, die taff genug für einen Anruf bei dem Kerl ist, der ihr gefällt. Ihr wart zweimal in der Kiste, also war es kein One-Night-Stand.«

»Äh ... nein. Es war ein Two-Night-Stand.«

Hope rollte mit den Augen. »Du bist manchmal echt nicht witzig, weißt du das?«

»Das sagt Logan mir ständig«, platzte ich raus, ohne zu überlegen, und hätte mich im nächsten Moment dafür ohrfeigen können. Er war wirklich allgegenwärtig.

Hope dagegen hielt ihre Klappe, aber ihr Blick sprach Bände. »Ruf ihn an«, sagte sie nach einer Weile und schob sich den nächsten Löffel Eis in den Mund.

»Ich hab irgendwie Schiss«, gab ich zu und stopfte mir auch noch einen riesigen Löffel Eis in den Mund. »Uhhhh, Gehirnfrost ...«

Hope kicherte. Dann wurde sie wieder ernst. »Wovor?«

»Vermutlich davor, dass er mich abblitzen lässt.«

»Aber dann hast du Gewissheit, Süße.«

Gerade hatte ich absolut keine Ahnung, von welchem Mann wir eigentlich sprachen. Meinte sie Kaden oder meinte sie Logan? Letztlich tat das nichts zur Sache, denn ich konnte das locker auf beide beziehen.

»Mann, Chloe«, nörgelte sie, als ich schweigend mein Eis löffelte und ihre Worte ignorierte. »Du bist keine zwölf mehr. Teenager spielen dieses Katz-und-Maus-Spiel. Aber du doch nicht. Guck dich an«, sagte sie und schüttelte im selben Moment den Kopf. »Nein, tu es besser nicht ...« Wir sahen uns an und fingen in derselben Sekunde an zu lachen. Schließlich wussten wir beide, dass wir an diesem Abend nicht mal mehr einen Blumentopf mit unserem Aussehen gewonnen hätten. Wir würden draufzahlen müssen, damit uns heute noch jemand mit nach Hause nahm.

»Ja, vielleicht hast du recht«, meinte ich nach einer Weile. Mein Löffel kratzte schon am Boden des Eisbechers.

»Gib dir einen Ruck. Bei beiden.« Hope stupste mir gegen die Schulter, dann stand sie auf. »Ich geh wieder ins Bett. Und du«, sie hielt mir den Löffel wie eine Pistole vor den Kopf, »du rufst jetzt diesen Kaden an. Er hat bestimmt nur deine Nummer verlegt.« Mit einem Augenzwinkern verabschiedete sie sich, brachte ihren Löffel in die Spülmaschine und stieg die Treppen zu Jaxons Schlafzimmer hoch. »Und vergiss nicht, morgen Logan anzurufen.« Sie konnte es nicht lassen. Kurz darauf war sie in ihrem Schlafzimmer verschwunden.

Zwar war mir schon schlecht von dem ganzen Eis, aber den letzten Löffel wollte ich auch nicht verkommen lassen. Danach warf ich die leere Packung in den Müll und schlurfte zurück in mein Zimmer. Ohne weiter nachzudenken, griff ich nach meinem Handy und wählte Kadens Nummer.

Chloe

Es dauerte keine halbe Stunde, da stand Kadens Wagen im Hinterhof. In der Zeit hatte ich mich blitzartig von der Sofaqueen in die Königin der Nacht verwandelt. Mein Outfit war von der Unterwäsche bis zur Jacke auf ein heißes Date ausgerichtet, und nach dem zu urteilen, was Kaden mir am Telefon gesagt hatte, würde es heißer als heiß werden. Eigentlich hatten wir gar nicht viel gesprochen, und außer, dass er mich jetzt abholen und ich die Nacht bei ihm verbringen würde, wusste ich gar nichts. Keine Ahnung, warum er nicht beim Training gewesen war, und schon gar nicht, warum er sich fünf Tage nicht bei mir gemeldet hatte. Aber dass er mich sehen wollte, ließ alle Fragen diesbezüglich in den Hintergrund treten.

Kaum, dass ich in seinen SUV eingestiegen war und mir sein Lächeln entgegenstrahlte, war es um mich geschehen. Mein Körper verlangte danach, von ihm berührt zu werden, obwohl mein Verstand mich dazu verdonnern wollte, es ihm ja nicht zu leicht zu machen. Aber als ich in seine graublauen Augen sah, versank ich in einer Welle von Verlangen und wollte nichts mehr, als dass er mich irgendwo hinbrachte, wo wir alleine waren und wieder diese Dinge miteinander anstellen konnten, die mich seinen Namen schreien ließen. Dinge, die die Leere in mir füllten und mich die Sache mit Logan vergessen ließen.

Ununterbrochen lächelnd griff er mir in den Nacken und zog mich zu sich rüber.

»Ich habe dich vermisst, meine Schöne«, raunte er und presste seine warmen Lippen auf meine. Mein Gehirn war überfordert von der Schnelligkeit, mit der er mich küsste, sodass ich mich nur hilflos an ihm festkrallen konnte. Atemlos fiel ich in den Sitz zurück, als er von mir abließ.

»Ja«, keuchte ich. »Ich dich auch.«

Er startete den Motor und legte den Rückwärtsgang ein. »Tut mir übrigens echt leid, dass ich Dienstag den Termin im Studio nicht wahrgenommen habe«, sagte er und warf mir einen kurzen Blick zu. »Ich wollte absagen, hab es dann aber vergessen.«

»Was kam dazwischen?«, wollte ich wissen und schnallte mich an.

»Ein Job.« Ich wusste gar nicht, was er beruflich machte, also fragte ich ihn. »Ich bin Personenschützer, habe mir aber mittlerweile eine gut laufende Security-Firma aufgebaut. Manchmal gehe ich noch selbst mit raus, für einige spezielle Kunden. Sonntag, kurz nachdem du weg warst, bekam ich einen Anruf, und bald darauf war ich schon auf dem Weg nach San Francisco. Dann hatte ich keine Zeit mehr.«

»Oh, wow. Wer war denn der spezielle Kunde, den du beschützt hast?«

Kaden lächelte. »Jason Momoa.«

»Quatsch!«

»Nein, ernsthaft. Ich habe Fotos, die kann ich dir gerne zeigen.«

»Verdammt! Du hast Jason Momoa getroffen?« Ich kriegte mich kaum mehr ein. »Wie ist er so? Ist er genauso groß wie im Film? Und so breit? Und so sexy?«

»Sexy?« Kaden warf mir jetzt einen durchdringenden Blick zu. »Nein. Du bist sexy.«

Was sollte ich sagen? Darauf fiel mir nichts ein, also schwieg ich und grinste in mich hinein.

Kaden fuhr uns quer durch den nächtlichen Dschungel von Manhattan. Erst nach über einer halben Stunde hielt er in der Upper East Side vor einem großen Gebäude mit mehreren Wohneinheiten, irgendwo zwischen der 5th und der Park

Avenue, nahe am Central Park. Kaden stieg aus und kam zügig um den Wagen herum, hielt mir die Tür auf und half mir beim Aussteigen.

»Jason Momoa?« Wieder schüttelte ich den Kopf, während ich meine Beine aus dem Auto schwang und mich von dem hohen Sitz hinuntergleiten ließ. Das Auto war für meine knapp über eins sechzig einfach viel zu hoch.

Spitzbübisch grinste Kaden, dann, als ich endlich stand, zog er mich an seine harte Brust und strich mit den Lippen über mein Ohr. »War Spaß, Babe. Ich habe gelogen. Verzeihst du mir?«

Ich schnurrte. Etwas anderes kam mir bei der Berührung gar nicht in den Sinn. Jason Momoa war mir in diesem Moment so was von egal. »Sicher«, hauchte ich und merkte, wie meine Knie weich wurden. Kadens Griff hielt mich, sodass ich nicht fallen würde.

»Danke.« Sein Lächeln wurde breiter, als er sein Gesicht von meinem zurückzog.

»Und wen hast du nun beschützt?«, wollte ich wissen. Eigentlich war mir auch das völlig egal, aber wenn er das Thema wechselte, konnte ich das auch. Auf keinen Fall wollte ich offen zugeben, dass ich unter seinen Berührungen wie Wachs in seinen Händen war.

»Einen wichtigen Kunden aus der Finanzwelt«, wich Kaden mit einem Schulterzucken aus. Es war offensichtlich, dass er nicht darüber reden wollte. Oder durfte. Wie auch immer – es interessierte mich eigentlich ja auch nicht.

Seine Hand legte sich auf meinen unteren Rücken, und er zog mich ein Stück vom Auto fort. »Wollen wir gehen, meine Schöne?«

Ein zögerliches Lächeln huschte über mein Gesicht. »Männer wie du sind seltene Exemplare«, sagte ich.

»Frauen wie du sind ungeschliffene Diamanten«, antwortete

er und küsste meinen Hals. »Ich würde das gerne tun.« Gänsehaut überzog meinen kompletten Körper, und als seine Hand über meinen Hintern strich und er mich an sich zog, spürte ich seine Erektion an meinem Bauch. »Lass uns reingehen«, flüsterte er in mein Ohr und nahm meine Hand. Er verriegelte den SUV und führte mich einen kleinen Weg vom Parkplatz zum Hauseingang entlang. Als wir eintraten, ruckte der Kopf des Nachtportiers hoch, der hinter einer Glaswand saß.

»Guten Abend, Mr Jenkins. Mrs ...« Er nickte mir freundlich zu, und ich erwiderte seinen Gruß. Kaden zog mich zum Fahrstuhl. Wenige Sekunden, nachdem er auf den Knopf gedrückt hatte, öffneten sich die Türen. Das komplette Ding war verspiegelt, und mir sahen mehrere Versionen von uns entgegen. Kaden grinste, und als der Aufzug sich in Bewegung setzte, drückte er mich gegen die Wand des Aufzugs. So schnell konnte ich gar nicht reagieren, da hatte er schon meinen Rock hochgeschoben und seine Finger in meinem Slip.

»Ich werde in dieser Nacht nichts tun, was du nicht willst, Chloe. Aber glaub mir, alles, was ich dir anbiete, wirst du wollen.« Begleitet von diesen Worten drang er mit den Fingern in meine Vagina ein. So war ich überhaupt nicht in der Lage, seine Worte zu verdauen, denn ich war schon seit dem ersten Kuss total erregt, und seine Bewegungen in mir brachten mich nun an den Rand des Orgasmus. Ich schloss die Augen und legte den Kopf in den Nacken, während ich Kadens Fingerspiel genoss. Er hatte die Finger der einen Hand in mir, wo er mich massierte und damit schier wahnsinnig machte. Mit der anderen Hand knetete er unablässig meine Brust. Das brachte mich fast um den Verstand. Meine Beine spreizten sich wie von alleine weiter, ich ging unweigerlich in die Knie, als Kadens Daumen anfing, meine Klit zu massieren, und als der Fahrstuhl mit einem kleinen Ruck zum Stehen kam, zog Kaden seine Finger aus mir und meinen Rock wieder in die richtige Position. Dann nahm er meine Hand und führte mich über den Flur zu seiner Wohnung. Zwischen meinen Beinen pochte es schmerzhaft, und ich spürte die Sehnsucht nach der Erlösung in meinem Unterleib. Gott, ich wollte nichts mehr, als diesem Mann die Kleider vom Leib zu reißen und ihn zu vögeln, bis wir beide vor Erschöpfung zusammenbrachen.

Kaum fiel die Wohnungstür hinter uns ins Schloss, riss er mir die Jacke runter. Meine Bluse folgte, dann meine hohen Schuhe, mein Rock und meine Unterwäsche verstreuten sich auf dem Weg zum Schlafzimmer. Ich hatte keine Ahnung, wie seine Wohnung aussah, und die Einrichtung war gerade auch das Letzte, das mich interessierte. Ich hatte einzig und allein Augen für diesen Mann, dessen Hände so geschickt waren, dass mir ganz schwindelig wurde. Er warf mich aufs Bett, und als ich nackt vor ihm lag, stellte er sich vor mich und sah auf mich hinunter. Hinter ihm erkannte ich schemenhaft einen Flatscreen an der dunklen Wand.

»Spreiz deine Beine.« Während er das sagte, ließ er mich nicht aus den Augen, ich fühlte seinen Blick auf jedem einzelnen Quadratzentimeter meiner Haut, ein Schauer jagte den nächsten. »Spreiz deine Beine«, wiederholte er, als ich mich nicht rührte. Nach einem erneuten durchdringenden Blick öffnete ich meine Beine, sodass ich schutzlos vor ihm lag. Das machte mich unglaublich an. Ich spürte, wie nass ich mittlerweile war. Als er begann, sich das Hemd und das T-Shirt auszuziehen, war ich kurz davor durchzudrehen. Ich wollte nur noch, dass er mich berührte, aber den Gefallen tat er mir nicht. Gott, was für ein Anblick. Für einen Moment vergaß ich, dass ich nackt und geöffnet vor ihm lag, und fuhr jeden seiner unglaublichen Muskeln auf seinem Oberkörper mit meinem Blick nach, während meine Finger sich in das Laken krallten.

»Gefällt dir, was du siehst?«, wollte er wissen.

Ich konnte nur stumm nicken. Und als er seine dunkle,

enge Jeans aufknöpfte, langsam, Knopf für Knopf, pochte es so schmerzhaft zwischen meinen Beinen, dass ich glaubte, es kaum noch aushalten zu können. Mein Mund war trocken, Blut rauschte durch meine Adern, sammelte sich in meinem Unterleib. Mein Blick klebte an Kadens Schritt, und als er die Jeans endlich über seine Hüften schob, hielt ich die Luft an. Er trug enge Shorts, und sein praller Schwanz stellte sich auf, als könnte er es kaum erwarten, zum Einsatz zu kommen.

»Kaden …« Ich wollte nur noch, dass er zu mir kam und mich nahm.

»Pscht …«, unterbrach er mich. Ich verstummte. Er kam zu mir und kniete sich zwischen meine Beine. Ohne ein weiteres Wort senkte er seinen Kopf und fuhr mit seiner Zunge durch meine Schamlippen. »Du schmeckst echt geil«, murmelte er, bevor er seine Zunge in mich schob. Ich keuchte und wollte mich aufbäumen, aber seine Hände hielten meine Schenkel nach unten gedrückt. Fast unbeweglich lag ich vor ihm und ließ zu, dass er mich zum zweiten Mal innerhalb von Minuten zum Wahnsinn trieb. Als ich kaum mehr atmen konnte vor Erregung, ließ seine Zunge von mir ab, und ich spürte seine Finger über meinen Anus streichen. Dann wieder in meiner Vagina, dann wieder über meinen After. Seine Zunge umkreiste meine Klit immer schneller, und ich krallte meine Finger in das Laken, als ich den Druck in meinem After spürte. Kadens Finger drang hinein, und ich versteifte mich kurzzeitig. Doch als er ihn langsam in mir bewegte, dabei weiter mit der Zunge meine Klit massierte und ich merkte, wie sehr mir das gefiel, entspannte ich mich.

»Gott, ich werde gleich verrückt«, keuchte ich. Weit war ich nicht mehr von einem gigantischen Orgasmus entfernt.

»Warte damit noch eine Sekunde«, hörte ich ihn sagen. Er zog sich von mir zurück, ich wimmerte. Dann hörte ich das Ratschen von Folie, und als ich die Augen öffnete, sah ich, wie Kaden sich ein Gummi überzog.

»Ich will dich von hinten ficken«, sagte er. Dann drehte er mich auf den Bauch, und noch bevor ich etwas einwenden konnte, zog er meine Hüften hoch, sodass ich auf die Knie kam und ihm den Hintern entgegenstreckte. Und dann drang er langsam in meine Vagina ein. Hart und prall füllte er mich aus. Ich stöhnte auf, als er fest in mich stieß.

»Gefällt dir das?«, wollte er wissen.

»Oh ja«, murmelte ich.

»Ich verstehe dich nicht.« Und dann klatschte seine Hand auf meinen Hintern. Der Klaps war leicht, aber ich war so erschrocken darüber, dass ich nach vorne zuckte und er aus mir rausrutschte.

»Keine Angst, Babe«, sagte er und umarmte mich sofort von hinten. »Ich habe dir gesagt, ich mache nichts, was du nicht willst.« Sein Glied rieb an meinem Hintern. Ich stöhnte vor Erregung und öffnete mich für ihn. Ohne Zögern glitt er wieder in mich hinein.

»Schon okay«, sagte ich.

»Macht es dich nicht an?«

»Ich ... weiß nicht. Ich war nur überrascht«, gab ich zurück.

»Soll ich dich noch mal überraschen?« Jetzt biss er mir leicht in die Schulter und kniff mich in den Po. Ich stöhnte auf, denn das erregte mich tatsächlich.

»Ja, überrasch mich«, bat ich ihn nun.

»Braves Mädchen.«

Seine Hände legten sich auf meinen Hintern. Und als er wieder und wieder in mich stieß, gab er mir immer wieder einen Klaps auf den Po. Ich fand das tatsächlich ziemlich stimulierend, sodass ich jedes Mal laut keuchte, wenn seine Hand auf meinen Hintern schlug.

»Dein Hintern ist so geil, Babe.«

»Alles ... gutes ... Training«, brachte ich zwischen seinen Stößen heraus.

»Kannst du auch reiten?«

Er packte mich fester, und mit einer schwungvollen Drehung lag er plötzlich auf dem Rücken, und ich saß verkehrt herum auf ihm.

»Dann gib mir die Sporen«, hörte ich ihn, und schon spürte ich einen leichten Klaps auf meinem Hintern. »Zeig mir, wie hart du reiten kannst.«

Ich hatte schon einige Typen im Bett gehabt, aber bisher war Dirty Talk ein Gebiet, auf dem ich mich nicht besonders gut auskannte. Aber meine Vagina zuckte bei Kadens Worten, und ich musste gestehen, dass es mir tatsächlich gefiel, ihn unter mir zu haben und von ihm angespornt zu werden. Also bewegte ich mich mehr und ritt ihn, so als hätte ich ein wildes Pferd zwischen meinen Schenkeln. Seine Hände hielten meine Hüften fest umklammert und führten mich, so, wie er mich brauchte.

»Gott, ja, Babe. Bring mich ins Ziel, schneller, komm schon, ja!!«

Ich bewegte mich auf und ab, rieb mich an ihm und brachte uns beide so auf Touren, dass ich überhaupt nicht merkte, wie er kam. Denn ich war so in meiner eigenen Lust gefangen, dass ich nur noch eins wollte: über die Klippen springen, ganz egal wie hoch es war und wie tief ich fallen würde.

Logan

Ich hatte nicht gedacht, dass ich Chloe so vermissen würde. Aber nachdem wir seit drei Tagen keinen Kontakt hatten und auch mein achter Anruf heute ins Leere gelaufen war, hatte ich beschlossen, zu ihr zu fahren. Es konnte doch nicht sein, dass ein beschissenes Telefonat unsere Freundschaft zerstörte.

Allerdings war das einfacher gedacht als getan, denn ganz Manhattan hatte sich über Nacht in eine riesige Partymeile verwandelt, auf der alles in Grün gehalten war.

Grünes Bier.

Grüne Bagels.

Grüne Donuts.

Grüne Kleider, Hosen, Schuhe, Hüte … Grün, so weit das Auge reichte. Der St. Patrick's Day war ein Riesenspektakel. Auch wenn es kein offizieller Feiertag war, feierten nicht nur die Iren oder Einheimische mit irischen Wurzeln diesen Tag. Zwar hatten die Geschäfte alle geöffnet, und auch die U-Bahnen fuhren ganz normal, aber trotzdem herrschte Ausnahmezustand. Die größte Parade der Welt fand nämlich nicht in Irland, sondern hier in New York statt. In der Regel immer am 17. März, aber da das in diesem Jahr ein Sonntag war, fand sie bereits heute, am Samstag, statt. Auch das Empire State Building war von der Welle der Euphorie ergriffen worden und leuchtete am Abend des St. Patrick's Day in strahlendem Grün.

Die Parade war schon längst vorbei, aber die Straßen noch immer mit Feiernden gefüllt. Ganz Manhattan war auf den Beinen, tanzte auf den Straßen und feierte in den Clubs und Bars dieser Stadt. Deshalb schnappte ich mir mein Rennrad, umfuhr die 2nd Avenue großzügig und bog eine halbe Stunde später auf den Hof des *King's* ein. Genau hier hatte Hope vor wenigen Monaten Chloe umgefahren und für einen Bänderriss und damit für einen Ausfall in der Bar gesorgt. Seitdem war Hope ein fester Bestandteil in Jaxons Leben.

Ich schloss mein Rad ab, und als ich die Tür zum *King's* öffnete, die zur Feier des Tages mit grünem Stoff verhüllt worden war, blickte mir Preston mit gewohnt grimmiger Miene entgegen. Nur das fast unmerkliche Zucken eines Mundwinkels und ein kaum sichtbares Nicken in meine Richtung ließen erahnen, dass er mich erkannte. Ich grüßte ebenso überschwänglich und schob mich durch die gut gefüllte Bar zum Tresen. Wie immer an einem Samstagabend war der Lärmpegel durch die laute Musik in die Höhe geschnellt und eine Unterhaltung in normaler Lautstärke nicht mehr möglich. Aber wenn ich Chloe hier erwischte, würde ich alles, was es zwischen uns zu klären gab, auch sicher nicht hier besprechen. Durch den St. Patrick's Day war es voller als sonst, und viele Fremde hatten sich in der sonst als Geheimtipp geltenden Speakeasy-Bar eingefunden.

Jaxon hielt in der Regel nichts vom Umgestalten seiner Bar, selbst zu Weihnachten waren Eiswürfel in den Gläsern die einzige winterliche Deko. Aber heute hatte er zumindest die Beleuchtung angepasst, die den Raum in grünes Licht tauchte. Was wohl an seinen eigenen irischen Wurzeln lag.

»Hey, Logan!« Brittany, eine der Kellnerinnen des *King's*, begrüßte mich mit einem Küsschen auf die Wange. Ihre sonst blonden Haare schimmerten heute ebenfalls in einem kräftigen Grün und waren zu einem hohen Pferdeschwanz gebunden, der hin und her wippte, wenn sie den Kopf bewegte. »Dahinten ist noch ein Tisch frei, wenn du magst.«

»Britt ... habe ich hier jemals an einem Tisch gesessen?« Ein Blick über den Rand meiner Brille genügte, um sie zum Lachen zu bringen.

»Alles klar, Logan. Jaxon ist hinterm Tresen. Da wirst du sicher irgendwo einen Platz finden. Vielleicht in einer der Kühltruhen. Warm genug für eine Abkühlung wäre es ...« Sie grinste, hob entschuldigend die Schultern und verschwand mit dem voll beladenen Tablett voller grüner Flüssigkeiten irgendwo in der Menge.

Jaxon sah ich schon von Weitem. Durch seine Größe war er nicht zu übersehen, er schüttelte gerade einen der Cocktailshaker im Takt der Musik. Es legte mal wieder irgendein DJ auf, dessen Name mir sowieso nichts sagen würde, weil ich diese Lounge-Musik nicht besonders gerne hörte. Eher stand ich auf alternativen Rock der letzten Jahrzehnte. Eine Vorliebe, die ich mit Jaxon teilte, der privat auch nichts anderes hörte. Ebenso Chloe. Bei der gedanklichen Erwähnung ihres Namens wurde der Klumpen in meinem Magen noch schwerer. Ich konnte nicht sagen, wann ich das letzte Mal so durch den Wind gewesen war, weil ich zu ihr wollte. Genau genommen noch nie. Aber bisher hatten wir auch noch nie einen solch bescheuerten Streit gehabt. Bisher war sie mir auch noch nicht so lange aus dem Weg gegangen. Und auch hatte ich vorher noch nie so ein blödes Gefühl wegen ihr im Magen gehabt.

Suchend schweifte mein Blick über den Tresen, und außer Jaxon konnte ich noch Brian und Hope ausmachen. Die drei waren ein eingespieltes Team hinter der Bar und arbeiteten Hand in Hand. Man erkannte, wie viel Spaß sie an ihrem Job hatten. Und man sah auch ab und an, wie viel Spaß speziell Jaxon und Hope miteinander hatten, denn die verstohlenen Küsse der beiden waren einfach nicht zu übersehen. Sweet.

Mit weiter suchendem Blick kämpfte ich mich durch die Feiernden, konnte Chloe aber nirgends entdecken.

»Hey, Logan!« Hope erspähte mich als Erste und warf mir ihr strahlendes Lächeln zu. Nachdem sie im letzten Herbst von ihrem Ex verfolgt worden war, hatte sie sich die langen Haare abschneiden und dunkel färben lassen. Mittlerweile waren ihre Haare wieder so rot wie am Anfang und unterstrichen ihren hellen Teint.

Ich begrüßte sie ebenfalls und hob die Hand in Jaxons Richtung, der am anderen Ende des Tresens mit einer Gruppe Iren beschäftigt war, die lautstark ein irisches Lied zum Besten gab. Es dauerte eine Weile, bis er Zeit fand und zu mir rüberkam. Ohne zu fragen, stellte er mir ein Glas mit grüner Flüssigkeit vor die Nase. Ich ignorierte es.

»Ist Chloe nicht hier?«

»Sie kommt später. Hat noch ein Date oder so.« Er sah auf die Uhr. »Mann, sie hätte schon längst hier sein sollen«, sagte er genervt.

»Braucht ihr Hilfe?«

»Ja!« Ich folgte seinem finsteren Blick, den er auf die ungespülten Gläser warf.

Ich zögerte nicht, sondern zog meine Jacke aus und begab mich hinter den Tresen. Schnell krempelte ich die Ärmel meines Hemds hoch und machte mich an die Arbeit. Ein Job hinter dem Tresen war nicht unbedingt das, was ich täglich machte. Eigentlich kümmerte ich mich nebenbei nur um die Finanzen des *King's*, aber was konnte man beim Gläserspülen schon falsch machen? So verging die nächste Stunde. Die Kellnerinnen brachten Gläser über Gläser, und ich spülte sie, bis ich Schwimmflossen zwischen den Fingern hatte.

»Endlich! Verdammt, wo hast du gesteckt?« Jaxons Tonfall war alles andere als freundlich. Ich drehte mich um und erkannte Chloe, die abgehetzt wirkte.

»Sorry, ging nicht schneller«, stammelte sie und griff sich eine Schürze vom Haken. Als ihr Kopf sich in meine Richtung drehte und sie mich erkannte, ruckten ihre Augenbrauen nach oben. Zögernd kam sie auf mich zu, und auch ich verlangsamte meine Arbeit.

»Was machst du denn hier?«, fragte sie mich wenig geistreich, während sie sich ihre silbernen Haare nach hinten klemmte.

»Deinen Job«, gab ich zurück. Es sollte sich spaßig anhören, aber warum auch immer glich mein Tonfall dem ihres Bruders.

»Wieso machst du mich an? Ich hab dich nicht darum gebeten«, ging sie gleich in eine Verteidigungshaltung. Ihre blauen Augen verengten sich, und ich sah, dass sie mehr Make-up trug als normalerweise. Der Lippenstift, ohne den sie eigentlich nie das Haus verließ, fehlte allerdings. Überhaupt sah sie anders aus als sonst. Ihre schlanken Beine steckten in schwarzen Skinnyjeans wie immer, aber anstatt ihrer Boots trug sie Stiefel mit halsbrecherischem Absatz, womit sie jetzt fast so groß war wie ich. Ihr Top war schulterfrei und glitzerte, der Ausschnitt war ziemlich tief.

»Keine Zeit mehr gehabt, dich umzuziehen?« Jaxon kam von hinten auf sie zu und warf ihr einen kurzen, wütenden Blick zu. Er schien wirklich sauer zu sein. Kein Wunder. Die Hütte brannte, und seine Schwester hatte ein Date ihrem Job vorgezogen. Da wäre ich auch sauer gewesen. Das war ihr noch nie passiert. Was war nur los mit ihr?

»Warum hackt heute eigentlich jeder auf mir rum?«, fuhr sie ihn an, und unsichtbare Blitze trafen Jaxon und mich.

Jaxon biss die Zähne zusammen und schüttelte nur stumm den Kopf, bevor er sich abwandte und den nächsten Drink mixte.

Chloe drängte sich an mir vorbei und schnappte sich ein frisches Handtuch. Ich hielt die Luft an, als ich plötzlich einen intensiven Duft in meiner Nase hatte, den ich nicht kannte. Sie trug seit Jahren immer dasselbe Parfüm. Blumig, aber nicht aufdringlich. Dieses hier fand ich aufdringlich. Es sprang einen an und heftete sich unangenehm tief in die Geruchsnerven.

»Neues Parfüm?«, fragte ich, ohne sie anzusehen.

»Ja«, gab sie ebenso knapp zurück.

»Das andere mochte ich lieber.«

»Ich hab's nicht für dich gekauft.«

Ich stutzte und ließ das Glas los, das ich gerade über die Spülbürste gestülpt hatte. »Warum so zickig?«

»Ich bin nicht zickig.« Sie stoppte mitten in der Bewegung, sah erst mich an, dann das Glas im Wasser. »Das macht man nicht. Der Nächste, der ein Glas abspülen will, haut da drauf und hat die Hand voll Scherben.«

»Ich bin der Nächste. Also, wo ist das Problem?«

Chloe verstand die unterschwellige Frage sofort. »Ich bin sauer. Stinksauer sogar. Das ist das Problem, Logan!«

»Wer hat dich geärgert?«

»Du!«

»Und deswegen gehst du mir aus dem Weg und nicht ans Telefon?«

»Jetzt weißt du mal, wie das ist«, entgegnete sie sofort.

»Ach, daher weht der Wind ...«

Ich sah an ihr vorbei und fing Hopes Blick auf. Sie stand am anderen Ende der Bar und kümmerte sich mit Jaxon um den Teil des meterlangen Tresens, während ich hinten in der Ecke stand, Gläser spülte und mich von Chloe anmachen ließ. Mit einem Schulterzucken wandte sie sich wieder ab.

»Gott, Logan Hill! Du bist so ein Idiot!«, herrschte Chloe mich an.

Erstaunt sah ich sie an. »Was zum Teufel ist *dein* Problem, Chloe?«

Chloe baute sich vor mir auf und runzelte die Stirn. Aber sie sagte nichts.

»Du bist sauer wegen der Sache mit Aubrey?«

Sie schwieg weiter beharrlich.

»Ach, Kleines ... Es tut mir leid, dass ich dir nichts davon gesagt habe, aber ... Ich hatte, nachdem ich wegen Fay bei dir war, nicht das Gefühl, als würdest du mehr davon wissen wollen, und –«

Jetzt pikste sie ihren Zeigefinger in meine Brust. »Und warum? Weil –«

»Könnt ihr euren Rosenkrieg vielleicht woanders austragen?« Wie aus dem Nichts war Jaxon da und packte Chloe und auch mich fest an der Schulter. »Wir haben Gäste, verdammt«, zischte er. »Egal, was das zwischen euch ist – das hat hier verdammt noch mal nichts zu suchen. Ist das klar?«

Ich verweilte einen kleinen Moment in einer Art Schockstarre. Dann aber besann ich mich, holte tief Luft und atmete geräuschvoll aus. »Klar, Chef.«

Chloe schwieg, funkelte mich böse an, schluckte und nickte stumm. Auch sie wusste, wann es besser war, ihn nicht weiter zu reizen. Jaxon ließ uns los, griff das Tablett und verschwand in der Menge. Seine Schultern waren gestrafft, Anspannung lag in seiner ganzen Haltung. Das *King's* war voll, und mit jedem weiteren betrunkenen Gast stieg seine Verantwortung. Und wie es aussah, gab es hier nicht einen einzigen Gast mehr, der seine Muttersprache ohne zu holpern beherrschte. Ich konnte ihn gut verstehen.

Also widmete ich mich wieder dem Glas, das ich auf der Spülbürste zurückgelassen hatte, und spülte im Akkord weiter, während Chloe mir den Rücken zudrehte und begann, die Bons der Kellnerinnen abzuarbeiten und die Gäste mit Getränken zu versorgen. Den Gästen gegenüber ließ sie wie gewohnt ihren Charme spielen. Ihr Lächeln war breit, ihr Lachen laut und ihre Witze schmutzig. Aber das traf genau den Nerv der Feiernden, die einen Drink nach dem anderen bestellten. Die Kasse füllte sich kontinuierlich.

Aus den Augenwinkeln vernahm ich ihre geschmeidigen Bewegungen, die der von Catwoman glichen. Sie bewegte sich im Takt der Musik, wippte mit den Füßen mit dem Bass und legte mehr als einmal eine kleine Tanzeinlage mit Brian hinter dem Tresen hin, was die Meute schier ausrasten ließ. Chloe war der geborene Entertainer und hatte es wirklich drauf, ihr Publikum zu unterhalten. In diesem Moment spürte ich schmerzlich, wie sehr ich es vermisste, mit ihr herumzualbern. Wie sehr ich *sie* vermisste. Meine beste Freundin, einen der wichtigsten Menschen in meinem Leben.

Ab und an trafen sich unsere Blicke, und wenn sie mich anfangs noch ansah, als würde sie mir den Hals umdrehen wollen, so wurde die Abwehr in ihrer Miene und in ihrer gesamten Körperhaltung auch mir gegenüber merklich weniger, je weiter die Zeit fortschritt.

Der Club platzte fast aus allen Nähten, und es waren alle Hände voll zu tun, sodass ich blieb und auch die nächsten Stunden Glas für Glas spülte, Eis auffüllte, Zitronen schnitt oder auch mal einfache Getränke wie Wasser oder Cola einschenkte. Und als es etwas ruhiger wurde, zeigte Brian mir, wie ich Bier zapfen musste.

»Dann kannst du das in Zukunft selbst machen«, meinte er nicht ganz uneigennützig.

»Solange ich nicht auf Brian Flanagan machen muss«, erwiderte ich. Vom Cocktailmixen verstand ich in etwa so viel wie ein Hund vom Häkeln.

»Wer auch immer das ist.«

Ich warf gespielt verzweifelt die Hände in die Luft. »Der Mann ist Barkeeper und kennt Brian Flanagan nicht. Ich werd nicht mehr. Hast du nie den Film *Cocktail* mit Tom Cruise gesehen?«

Wieder zuckte er mit den Schultern. »Scheint, als wäre ich raus aus der Nummer.«

»Scheint, als wärst du zu jung für die Nummer«, konterte ich. Diesen und unzählige andere Filme aus den Achtzigern hatte ich mehr als einmal gesehen. Meistens zusammen mit Chloe, denn sie stand ebenso wie ich auf die alten Schinken. Und da schlug er wieder kraftvoll zu, der dicke Klumpen in meinem Magen. Sobald ich an Chloe dachte, war er wieder mit von der Partie.

»Oder so. Aber es ist gut, dass du aushilfst. Wir arbeiten zwar mit voller Besetzung, aber heute ist echt Ausnahmezustand«, lenkte Brian mich ab.

»Es ist St. Patrick's Day. Ich helfe gern. Solange ich nicht im Weg stehe …«

Es wurde halb vier, und die Sperrstunde rückte in greifbare Nähe. Allmählich merkte ich die Müdigkeit in meinen Knochen. Für das Nachtleben war ich nicht geschaffen, zumindest nicht für diese Seite des Tresens. Ich war froh, als die Feiernden nach und nach die Bar verließen. Etwa eine Dreiviertelstunde später schloss Jaxon hinter dem letzten Gast die Tür ab.

Chloe und ich hatten die letzten Stunden kein privates Wort mehr gewechselt. Zwar war die Stimmung zwischen uns nicht mehr ganz so mies, aber das Wissen, dass sie sauer auf mich war, lag mir schwer im Magen. Und ich wollte wissen, mit wem zum Teufel sie ein Date gehabt hatte.

Brian säuberte gemeinsam mit den drei Kellnerinnen den Gastraum, räumte Gläser und Müll ab, wischte die Tische sauber und fegte einmal durch. Die Putzfrau würde in der Früh den Rest erledigen.

Jaxon kümmerte sich um die Kasse, Chloe zählte die Bestände im Tresen und füllte anschließend alles wieder auf. Ich hielt mich im Hintergrund, polierte die Gläser und versuchte anschließend, die Edelstahlflächen zu säubern, was wegen der vielen Flecken und Ränder, die sich im Laufe der Nacht darauf gebildet hatten, gar nicht so einfach war. Das war ja eigentlich auch nicht mein Job.

»Nimm Zitrone dafür.« Chloe stand neben mir und hielt mir eine aufgeschnittene Frucht hin. Verständnislos sah ich sie an.

Sie verdrehte die Augen, grinste und rieb dann mit der aufgeschnittenen Seite über die Flächen. »Kurz einwirken lassen, mit Wasser nachspülen, trocken wischen, voilà.«

Ich nickte, nahm die Zitrone und zuckte fast zurück, als unsere Finger sich dabei berührten. Wir sahen uns an. Trotzdem sie die letzten Stunden zügig gearbeitet hatte und es verdammt warm im Club war, sah sie taufrisch aus. Ihre blauen Augen strahlten, ihre Wangen hatten einen leichten rosigen Schatten und ihr Mund ... Fast ließ ich die Zitrone fallen.

»Es tut mir leid«, sagte ich, ohne zu überlegen.

»Mir auch«, gab sie, ohne zu zögern, zurück. Und bevor ich reagieren konnte, fühlte ich nicht nur ihre Fingerspitzen, sondern ihren ganzen Körper. Denn eine Sekunde später schmiegte sie sich auch schon in meinen Arm, wie sie es schon Tausende Male zuvor getan hatte. Vorsichtig legte ich meine Arme um sie und drückte sie an mich. Und es fühlte sich verdammt gut an.

»Ich will mich nicht mit dir streiten, Lo«, flüsterte sie an meiner Brust.

»Ich auch nicht, Kleines«, antwortete ich und gab ihr einen Kuss auf ihr Haar.

»Hey, nehmt euch ein Zimmer.«

Perfektes Timing, Jaxon.

Chloe kicherte leise und zog sich von mir zurück. In ihrer Miene spiegelte sich Erleichterung. Mir ging es genauso. Das Gefühl, dass mit Chloe alles wieder in Ordnung war, war gut. Richtig gut.

»Ich würde viel lieber an die Luft«, erwiderte Chloe und sah mich fragend an.

»Luft ist prima«, antwortete ich.

»Wie wäre es mit der Terrasse?« Unschuldiger hätte ihr Blick nicht sein können, den sie in dieser Sekunde ihrem Bruder zuwarf.

»Ernsthaft, Chloe?«

»Ach, komm schon, Bruderherz. Du kannst uns diesen Platz nicht ewig vorenthalten. Ich würde dir das Gießen der Pflanzen abnehmen«, versprach sie. »Das vergisst du doch eh ständig.« Ihre langen Wimpern klimperten, als sie ihrem Bruder einen filmreifen Augenaufschlag zuwarf.

»Und du vergisst, dass die Terrasse mein einziger Rückzugsort ist«, erwiderte er.

»Wovor willst du dich zurückziehen?« Hope war dazugekommen und legte betont langsam die Stirn in Falten, während sie Jaxon musterte.

»Die wollen meine Dachterrasse belagern.« Es klang fast schon hilflos.

»Kann ich verstehen«, stimmte Hope zu.

»Danke«, flüsterte Chloe in ihre Richtung, worauf Hope ihr nur hinter Jaxons Rücken zuzwinkerte. Die beiden waren mittlerweile ein eingeschworenes Team. Hopes Einstieg hier hatte mit einer Verschwörung gegen Jaxon begonnen. Und seitdem waren sie sehr gut befreundet.

Jaxon verdrehte letztendlich nur die Augen, zuckte resigniert mit den Achseln und nickte dann schließlich. »Also gut ...«

Sie trat auf ihren Bruder zu, stellte sich auf die Zehenspitzen und gab ihm einen Kuss auf die Wange. »Danke, Bruderherz.« Dann schnappte sie sich eine Flasche Weißwein aus der Kühlung und zwei Gläser aus dem Regal. »Feierabend. Los, komm schon, Logan, oder willst du hier festwachsen?«

Chloe

»Schön hier«, murmelte ich und schloss für einen Moment die Augen, um den Moment in mich aufzusaugen. Wir saßen auf Jaxons Dachterrasse, oder besser gesagt, Logan saß und ich lag in eine Decke gewickelt in der gegenüberliegenden Ecke des Sofas. Die Luft war kalt, es roch nach Schnee, und von ganz unten hörte man gedämpft den Lärm der Stadt, die niemals schlief. Ich war froh, dass wir hier oben über den Dächern einen Rückzugsort hatten, und dankbar, dass Jaxon ihn jetzt endlich mit uns teilte. Vor Hope hatte dieser Ort nicht ganz so heimelig ausgesehen, wie mir mein Bruder erzählt hatte. Jaxon hatte die Terrasse mit Möbeln, dem Pavillon, den Heizstrahlern und einigen Decken zweckmäßig eingerichtet, aber es hatte einfach an Gemütlichkeit gefehlt. Aber wie es aussah, hatte Hope diesen Part mittlerweile erfolgreich übernommen. Lichterketten hingen am Pavillon, der über der Sitzecke stand und die Feuchtigkeit von oben ein wenig abhielt. Windlichter in verschiedenen Formen und Größen sowie Petroleumlaternen standen überall auf dem Fußboden und dem Tisch verteilt und spendeten warmes, gemütliches Licht. Bunt bestickte Kissen zierten die Sofas, bunte, dazu passende Decken lagen ebenfalls griffbereit. Der alte Kühlschrank hatte einen neuen Anstrich bekommen und glänzte nun rot im schwachen Schein der Laternen. Hope hatte diesem Ort Leben eingehaucht. Tief atmete ich den Geruch von Schnee in der Luft ein und dankte ihr stumm dafür, dass unsere Wege sich gekreuzt hatten.

»Ich bin froh, dass unser Streit vorbei ist«, sagte ich leise, während ich die Augen geschlossen hatte, meinen Kopf am Sofa anlehnte und das Weinglas in meiner Hand balancierte. Es war so gut, dass alles wieder in Ordnung war. Vor allem tat es gut zu hören, dass ihm unser Streit ebenso zugesetzt hatte wie mir, das war Balsam für meine Seele. Ja, ich hätte das ganze Chaos längst beenden können, wenn ich nur früher mit ihm geredet hätte. Aber es war ja noch mal gut gegangen.

Als ich zu Logan rübersah, bemerkte ich, dass er die Stirn runzelte, sodass seine Brille auf der Nase wackelte. Das sah witzig aus, aber ich lachte nicht, denn sein Gesichtsausdruck war ernst. »Vorbei? Wir haben doch gar nicht darüber gesprochen«, wandte er ein.

»Müssen wir das denn?« Innerlich krümmte ich mich.

Jetzt sah er mich unverwandt an. »Ich finde schon.«

Mir wurde für eine Sekunde flau, weil meine eigene Blödheit mich einholte, doch dann besann ich mich. Er hatte ja recht. Also setzte ich mich auf, richtete den Blick auf die Brüstung der Dachterrasse, hinter der einige Meter freier Fall nach unten warteten, konzentrierte mich darauf, ein- und auszuatmen, ruhig zu bleiben. Nach einem Schluck Weißwein drehte ich mich zu ihm und sah ihn ebenso ernst an wie er mich.

»Ich war sauer. Eigentlich mehr als das. Ich war verletzt, weil die halbe Welt von deiner Trennung wusste, nur ich hatte keinen Schimmer. Da habe ich mich einfach überflüssig gefühlt.«

»Du wirst niemals überflüssig sein«, warf er sofort ein.

Ich grinste halbherzig. »Mag sein, aber in dem Moment war ich einfach nur enttäuscht und fühlte mich …« Es fiel mir schwer, das zuzugeben, denn letztlich wusste ich ja, dass mein Verhalten albern und absolut unnötig gewesen war. Aber wenn ich *ihm* nicht alles sagen konnte, wem dann? Schließlich ging es diesmal um uns. Es war intimer als alles, was wir sonst besprachen. Denn diesmal waren *wir* das Thema. Und das machte mich unsicher.

Also wich ich seinem Blick aus, starrte jetzt auf die Lichtpunkte am Nachthimmel, die noch höher lagen als wir hier oben. Es war einfacher, sich dabei nicht dem Blick seiner grünen Augen aussetzen zu müssen.

»Ich fühlte mich wie auf dem Abstellgleis. Da war plötzlich eine neue Frau bei dir, und ich hatte das Gefühl, du würdest mich einfach ersetzen. Dass ich nicht mehr zählen würde und du mich alleine lassen würdest ...«, gab ich zu, allerdings ohne ihn anzusehen. Denn ich kämpfte damit, die Tränen wegzublinzeln, die in meinen Augen kitzelten. Es kam mir albern vor, aber noch immer tat der Gedanke an diesen Moment weh.

Logan war nicht blöd, er kannte mich. Besser als ich mich selbst. Sofort rückte er zu mir, legte seine starken Arme um mich und zog mich an seine Brust.

»Ach, Kleines ... Ich wollte dir damit nicht wehtun. Ich habe einfach eine Pause gebraucht. Von allem, nicht zwingend von dir. Ich habe nicht darüber nachgedacht, dich damit zu verletzen, glaub mir.« Behutsam schob er mich ein Stück von sich und sah mich ernst und eindringlich an. »Niemals würde ich dich auf irgendein Abstellgleis stellen. Du bist und bleibst einer der wichtigsten Menschen in meinem Leben. Merk dir das.«

Logan hatte nicht mehr viele Menschen um sich, die ihm wichtig waren. Sein Vater hatte die Familie verlassen, als er noch klein gewesen war, an ihn hatte er kaum Erinnerungen. Zu seiner Mom hatte er ein gutes Verhältnis, aufgrund seiner Arbeit sahen sie sich aber auch nur selten. Sie lebte in einem kleinen Ort bei Bangor, Maine. Dort, wo sich Fuchs und Hase Gute Nacht sagten. Einer der Gründe, warum Logan nach der Highschool unbedingt in eine Großstadt gewollt hatte. Nach dem Studium in Harvard hatte es ihn dann hierher, nach Manhattan, verschlagen. Ich war Gott immer noch dankbar dafür, auch wenn ich nicht unbedingt gläubig war. Geschwister gab es nicht, weitere Familie hatte er ebenfalls nicht, soweit ich wusste. Mit den Jahren waren wir immer bessere Freunde geworden – beste

Freunde sogar –, und so gehörte ich zu dem kleinen Kreis der Menschen, die ihm wichtig waren. Seine Mom, Jaxon, Sawyer und ich. Und wir alle liebten diesen Kerl abgöttisch. Weil er ehrlich war. Weil er loyal war. Und weil er jederzeit für jeden von uns da war.

Und obwohl ich all das tief in meinem Herzen wusste und auch immer gewusst hatte, tat es gut, diese Worte von ihm zu hören. Sie kitteten mein angeknackstes Selbstvertrauen und gaben mir die Sicherheit zurück, die ich in der Nacht des Telefonats verloren hatte. Die Sicherheit, dass – egal was passierte – Logan mich immer lieben würde. Und ich ihn.

»Mache ich«, antwortete ich und drückte ihn noch einmal, bevor er sich dann wieder von mir zurückzog und auf seinen Platz zurückrutschte.

Jaxon hatte mal gesagt, Logan und ich seien so was wie siamesische Zwillinge. Zusammengewachsen und ohne einander nicht lebensfähig. Das war als Witz gemeint gewesen, aber wie wahr diese Worte eigentlich waren, wurde mir in diesem Moment bewusst. Ohne Logan hatten sich die letzten Tage ziemlich einsam angefühlt. So, als würde mir etwas Bedeutsames fehlen: meine bessere Hälfte.

»Und was ist nun mit dir und Aubrey?«, fragte ich, nachdem wir eine gefühlte Ewigkeit unbeweglich dagesessen hatten. Ich konnte meine Neugierde nun nicht mehr verbergen.

Logan trank einen Schluck Wein und sah mich dann an. »Wir haben uns getrennt.«

»Ihr oder sie? Oder du?« Ich runzelte die Stirn, griff mein Weinglas und nippte daran. Dann zog ich die Decke fester um mich und wickelte mich darin ein. Wir hatten erst März, es war noch ziemlich kalt. Gerade hier oben auf dem Dach, wo wir den schneegefüllten Wolken noch näher waren. Der Heizstrahler lief und feuerte seine Wärme auf uns ab, das Dach des Pavillons schützte uns vor der feuchten Luft, aber das reichte mir nicht mehr aus. Wenn mich nicht alles täuschte, war der Winter noch nicht vorbei. Die ersten beiden Monate des Jahres waren normalerweise die kältesten, aber irgendwie roch die Luft nach Schnee, und ich hätte meine Hand dafür ins Feuer gelegt, dass wir die weiße Pracht noch einmal zu Gesicht kriegen würden.

Logan trank erneut einen Schluck Wein, dann goss er uns beiden nach, lehnte sich zurück und begann, mir die Geschichte zu erzählen.

»Bisher hält sie die Füße still, was mich ehrlich gesagt sehr wundert«, schloss er.

»Das ist unglaublich! Wie konnte sie das tun? Ich meine, ja, dass wir nicht die dicksten Freunde sind ... okay. Natürlich wäre ich trotzdem zu deiner Hochzeit gekommen, auch wenn ich nicht unbedingt vor Freude geweint hätte«, sagte ich offen. Logan wusste ja, wie ich über Aubrey dachte. »Aber wie konnte sie *dich* einfach so hintergehen?«

»Tja, so ist sie eben. Du kennst sie. Du und Jaxon und Sawyer ... ihr habt alle gewusst, dass diese Frau mir nicht guttut. Sogar meine Mom mag sie nicht.«

»Hat sie das gesagt?« Ich kannte Logans Mom nicht gut. Wir hatten uns nur einmal getroffen, und das war auf ihrem sechzigsten Geburtstag gewesen, zu dem Logan nicht alleine hatte fahren wollen. Also hatte ich ihn auf das Wochenende begleitet. Sie war sehr nett gewesen, hatte mich mit offenen Armen empfangen, und ich hatte sie sofort gemocht. Ihren Sohn vergötterte sie. Nur schwer konnte ich mir vorstellen, dass sie ihm seine Verlobte ausreden wollte. Doch Logan grinste schief und nickte.

»Ja, das hat sie. Nicht so direkt wie ihr, aber aus ihren Worten war unmissverständlich rauszuhören, dass sie sich jemand anderen, weniger oberflächlichen für mich wünschen würde.«

»Deine Mom ist toll«, sagte ich nur und grinste verhalten.

»Das ist sie.«

»Und wie geht es nun mit Aubrey weiter? Was, denkst du,

könnte im schlimmsten Fall passieren? Ihr Dad ist dein Chef. Hat er noch nichts dazu gesagt?« Ich hoffte nicht, dass meine Prognose eintreten und Logan keinen Fuß mehr in der Branche fassen würde.

»Nein. Ich weiß nicht, ob und was sie ihm erzählt hat. Wie ich von Jacobs Sekretärin gehört habe, ist er vor zwei Tagen mit seiner ganzen Familie nach Europa aufgebrochen. Aubrey eingeschlossen. Angeblich ein lang geplanter Familienurlaub, von dem ich allerdings bis jetzt nichts wusste«, sagte er und verzog kurzzeitig das Gesicht. »Aber dass ich meinen Job verliere, ist doch nur noch eine Frage der Zeit.«

»Ins Büro gehst du aber noch?«

»Natürlich. Meinst du, ich will mir was nachsagen lassen?«, empörte Logan sich fast.

»Nein, quatsch. Natürlich nicht«, entschuldigte ich mich gleich. Ich wusste, wie gewissenhaft Logan war. Und auch, wie wichtig es ihm war, dass man ihn und seine Arbeit unabhängig von Aubrey und ihrer Familie beurteilte. Er wäre der Letzte, der jetzt den Schwanz einkneifen würde. Selbst, wenn der Alte ihn rauswerfen würde, würde Logan noch bleiben, bis er all seine Arbeit erledigt hätte. Logan ließ niemanden im Stich.

»Mich wundert es nur, dass bisher noch niemand auch nur ein Wort hat fallen lassen. Kein Flurfunk. Nichts. Dabei sind die Büroflure normalerweise die Schaltzentrale für Klatsch und Tratsch.«

»Hm, vielleicht hat Aubrey nichts gesagt? Weil sie glaubt, dass du ... wieder zurückkommst«, setzte ich vorsichtig hinterher.

Logans Miene versteinerte sich. »Never ever. Der Drops ist gelutscht. Sie sieht mich nicht wieder, glaub mir. Durch die Sache mit den Einladungen, dass sie euch *vergessen* hat, ist mir noch mal bewusst geworden, wie wenig wir zueinander passen.« Er schüttelte langsam den Kopf und untermalte damit seine Entschlossenheit. »Das werde ich ihr nie verzeihen. Das hat alles, was da vielleicht noch gewesen ist, zerstört.« Daraufhin stürzte er den guten Weißwein in seinem Glas in einem Zug hinunter.

»Aber wenn sie das nicht getan hätte … Was dann? Ich meine, wärst du dann noch mit ihr zusammen? Oder hast du einfach begriffen, dass sie dir nicht guttut?«, wagte ich es zu hinterfragen.

Es dauerte ein paar Sekunden, bis er darauf antwortete. Ich glaube, er musste sich seine Worte erst überlegen. »Ich habe schon länger gemerkt, dass ich nicht mehr glücklich war, Chloe. Aber ich habe nicht gewusst, woran es lag. Ich kann gewisse Dinge gut ausblenden, und vielleicht hätte es tatsächlich noch weiter so geklappt, wenn … Ja, vielleicht wäre es dann nicht zum Knall gekommen. Vermutlich hätten wir dann geheiratet und einfach so weitergemacht, bis …« Wieder schüttelte er den Kopf. »Es ist gut, dass mir vorher klar geworden ist, dass wir einfach nicht füreinander bestimmt sind. Jedenfalls nicht für ein ganzes Leben. Das erspart uns beiden eine Menge Ärger.«

Er klang traurig. Ich beugte mich vor und drückte seine Hand. Mir war es wichtig, ihm zu zeigen, dass ich für ihn da war. Jederzeit. Immer. Egal, worum es ging, egal, was für Mist er vielleicht gebaut hatte oder mit wem er die Nächte verbrachte.

»Sie und ich … wir passen einfach nicht zusammen. Sie lacht über Dinge, die ich nicht ansatzweise witzig finde, meinen Humor versteht sie nicht. Sie hält *Green Lantern* für eine Gartenlaterne und *Wonder Woman* für den weiblichen Weihnachtsmann.«

Es fiel mir verdammt schwer, mir ein Kichern zu verkneifen.

»Ihr sind Statussymbole wichtig, mir meine Lieblingsjeans und die Erstausgabe von Flash Comics von 1940.« Logan sah mich an, und ich wusste genau, wovon er redete. »Wir leben in verschiedenen Welten«, setzte er hinterher.

»In Paralleluniversen wie damals Batman und Superman.«

»Eher wie DC und Marvel. Es wäre ein stetiger Kampf, Chloe. Ich weiß nicht, was für ein Problem Aubrey hat, aber ihr Bedürfnis nach Aufmerksamkeit ist schon krankhaft. Nur habe ich es jetzt erst begriffen.«

»Besser spät …«

»… als nie, ja, kleiner Klugscheißer«, unterbrach er mich und lächelte. Mein Herz setzte einen Schlag aus, und kurz überzog ein wohliges Prickeln meine Haut. Unsere Blicke trafen sich, und ich erkannte die Leere in seinem Blick.

Gott, Chloe! Reiß dich zusammen! Logan ist völlig neben der Spur, und du bekommst Frühlingsgefühle. Schäm dich!

Ich wandte den Blick ab und schluckte.

»Und jetzt? Wie geht's weiter?«, wollte ich wissen.

»Das Hotel ist nett, aber ich würde schon gerne wieder in meinem eigenen Bett schlafen.«

»Du kannst auch gerne bei mir einziehen solange«, bot ich an, ohne zu überlegen. Meine Wohnung besaß ein kleines Gästezimmer, in dem Logan schon des Öfteren übernachtet hatte, wenn wir uns verquatscht hatten. Was gab es Besseres, ihm meine Verbundenheit zu zeigen?

»Aubrey ist anscheinend in Europa, die Wohnung ist zumindest leer«, wandte er ein.

»Aber wenn nicht, dann …«

»Danke für das Angebot, aber …« Er zögerte.

»Was?«

»Ich … das wäre nicht so gut, glaube ich.«

»Wieso nicht?« Hatte er bemerkt, wie ich eben kurzzeitig nervös geworden war? Zog er etwa falsche Schlüsse daraus? Oh nein! Bitte nicht! Ich musste das sofort richtigstellen. Doch bevor ich zu Wort kam, stellte er es klar.

»Was soll Fay denken, wenn ich bei dir wohne?«

Meine Augenbrauen rutschten nach oben, mein Mund

klappte auf und mein Gehirn ließ den Satz fallen, den ich eben noch aussprechen wollte. Gott sei Dank hatte ich das nicht! Ich schloss meinen Mund wieder, schluckte und sah ihn unverhohlen neugierig an. »Fay?« Bis zu diesem Moment hatte ich erfolgreich ausgeblendet, dass die beiden sich noch immer sahen.

»Ja, Fay.«

»Ich dachte, das war eine einmalige Sache.« *Blödsinn! Sie war doch in seinem Hotel!* Oje, ich hörte mich an wie eine eifersüchtige Freundin. Das musste ich wohl dem Überraschungsmoment zuschreiben. Damit hatte er mich wirklich eiskalt erwischt.

Er senkte den Blick. »Das dachte ich auch, aber ... Nachdem mit Aubrey Schluss war, habe ich ... Ach, Chloe! Guck mich nicht so an.«

»Wie gucke ich denn?« Betont unschuldig lehnte ich mich an die Rückenlehne der Lounge, ohne ihn aus den Augen zu lassen. Ich fühlte die Zerrissenheit in mir. Einerseits freute ich mich, dass er Aubrey los war und endlich klarsah. Andererseits fand ich es nicht gut, dass er sich gleich in das nächste Abenteuer stürzte. Und dabei fragte ich mich: *Warum nicht?*

Ganz klar: *Ich machte mir Sorgen.*

»Du starrst mich an, als wäre ich Woody Allen persönlich. Ich habe Aubrey nicht betrogen.«

»Hast du wohl«, stellte ich richtig.

»Ja, gut, ein Mal und dass ich das zutiefst bereue, weil es einfach nicht meine Art ist, das weißt du. Und ich habe meine Konsequenzen gezogen.«

»Aber ich verstehe nicht, warum ihr euch noch trefft. Ist sie so heiß?«, versuchte ich zu witzeln, aber das ging nach hinten los.

Logan warf mir einen eingeschnappten Blick zu. »Das hat doch damit nichts zu tun.«

»Doch, genau damit hat es zu tun«, widersprach ich und merkte leider, dass ich schon wieder kurz davor war, ungerecht zu werden. Also atmete ich einmal tief durch, aber auch das hielt mich nicht davon ab, weiterzustichein. »Kennst du das Märchen von Dornröschen? Du hast die letzten zwei Jahre geschlafen. Sie ist die Prinzessin, die dich wachgeküsst hat. Und jetzt glaubst du, du schuldest ihr etwas. Weil sie dich aus deinem Albtraum befreit hat.«

Logan knallte das Weinglas auf den Holztisch. »Bullshit! Das mit Fay ist was ganz anderes. Ich weiß nicht, warum dich das überhaupt so genau interessiert.«

Ich überging seine Frage. Die war sowieso nur rhetorisch. »So? Was ist es denn, wenn ich fragen darf? Was ist *so* verdammt anders an ihr als an Aubrey?«, wollte ich stattdessen wissen und erschrak erneut über meinen Tonfall. Verdammt, ich hörte mich nicht nur an wie eine eifersüchtige Freundin, ich benahm mich auch so.

Logan sah mich an. Seine Brille hob seine Augen ganz minimal hervor, und das Grün seiner Pupillen kam dadurch besonders zur Geltung, weil er so aufgebracht war. Seine Nasenflügel bebten und er fuhr sich mit der Zunge über die Lippen, als wüsste er nicht, ob er es mir sagen sollte oder nicht.

»Na? Spuck's schon aus«, triezte ich ihn. »Was ist so besonders an deiner Fay, dass du –«

»Ich glaube, ich habe mich in sie verliebt«, fuhr er mir ins Wort. »Das ist das Besondere an ihr.«

Mir blieben alle Worte, die ich noch hätte sagen wollen, im Hals stecken. Plötzlich war meine Kehle trocken, und ich schluckte mehrmals. »Du hast was?«, krächzte ich. Hatte ich das wirklich richtig verstanden?

Logan sah mich an, als wüsste er nicht, wie weit er mir vertrauen konnte. Was er mir erzählen durfte. Was davon ich verstehen würde, ohne ihn wieder anzuprangern. Aber schließlich brachte er eine Antwort zustande.

»Ich habe mich verliebt, Chloe. Ganz einfach.« Ein seliges

Lächeln umspielte seinen Mund, als er an mir vorbeiblickte und an sie dachte. Jetzt, wo er es ausgesprochen hatte, fiel es mir auch auf. Logan hatte sich verändert. Seit der Nacht, in der er mich wegen seines Ausrutschers mit ebendieser Fay aus dem Bett geklingelt hatte, sah er glücklicher aus. Auch wenn diese Frau es geschafft hatte, sein ganzes Leben auf den Kopf zu stellen, hatte sie ihn glücklich gemacht.

»Ach du Scheiße«, kommentierte ich, als ich mich wieder im Griff hatte.

»Was?« Sein glückseliger Blick wurde misstrauisch. Oder strafend.

»Nichts. Vergiss es. Ich bin nur überrascht, dass es so schnell geht. Das ist alles. Aber … das ist toll. Herzlichen Glückwunsch, Mann. Schön zu sehen, dass du glücklich bist.« Ich vermied es, Logan anzusehen, denn er würde merken, dass ich es nicht zu hundert Prozent ehrlich meinte. Dafür war ich einfach zu überrascht. In meinen Augen ging das alles viel zu schnell. Wie lange kannte er diese Fay? Verliebt? Nein, niemals. Verknallt vielleicht, aber doch nicht verliebt! Ich hätte gewettet, dass das in spätestens vier Wochen wieder vorbei sein würde. Aber da würde er wohl gegenhalten wollen. Also schwieg ich einfach und dachte mir meinen Teil. Das war wohl das Beste, das ich machen konnte. Und das Einzige, das ich machen durfte.

»Ja, dann ist es in der Tat nicht so gut, wenn du bei mir wohnst. So ein Hotel ist auch viel anonymer. Wann seht ihr euch wieder?« Warum fragte ich das? Interessierte es mich wirklich? Nein!

»Morgen«, antwortete er, aber nicht, ohne dabei die Stirn zu runzeln. »Chloe – was genau gefällt dir nicht?« Er hatte Lunte gerochen.

»Ich –«

»Hör auf, ich kenne dich. Was passt dir nicht? Hast du irgendwas gegen Fay?«

»Nein! Ich kenne sie ja nicht mal. Wie sollte ich also?«

»Dann findest du es also nicht gut, dass ich mit ihr zusammen bin?«, bohrte er weiter.

»Ihr seid ... zusammen?«

»Na ja ... zu sagen, dass ich sie ficke, hört sich nicht sehr nett an, oder?«

Innerlich zuckte ich zusammen, äußerlich blieb ich cool. »Nein. Nicht sehr. Und trotzdem habe ich auch dagegen nichts. Ich meine, du bist alt genug und solltest wissen, was du tust. Und wen du fickst.«

»Du hast also was dagegen«, schlussfolgerte er. Ich verdrehte die Augen. Warum konnte er es nicht einfach dabei belassen. »Chloe, was soll das? Warum gönnst du mir –«

»Ich gönne dir alles, Logan! Von Herzen, das solltest du wissen«, schnitt ich ihm das Wort ab. »Ich habe nichts dagegen. Ich weiß ja selber, wie gut es sich anfühlt, verliebt zu sein, deshalb kann ich dich gut verstehen. Ich ... habe auch jemanden kennengelernt«, erklärte ich nervös. Denn schließlich hatte ich genau das Logan vorgeworfen: Dass er mir nichts erzählt hatte. Und jetzt hatte ich dasselbe getan. Das schlechte Gewissen wuchs.

»Ach ...« Logan schien es die Sprache verschlagen zu haben, was mir wiederum entgegenkam.

»Er heißt Kaden und ich trainiere ihn im Center.«

»Ein Kunde also«, stellte er knapp fest und rückte seine Brille zurecht. Er schaute mich an wie mein Bruder, wenn er mich vor einer Dummheit bewahren wollte. Ich seufzte stumm. Das hatte ich mir wohl selbst eingebrockt.

»Warum so vorwurfsvoll?«

»Warst du es nicht, die immer Regel Nummer eins propagiert hat: Fange nie was mit einem Kunden an?«

Schuldbewusst senkte ich den Blick. »Ja, das war ich.« Ich sah wieder auf, direkt in seine smaragdgrünen Augen. Er hatte die Brille abgesetzt. »Aber Regeln sind da, um gebrochen zu werden.«

Ein raues, leises Lachen kam aus seiner Kehle, es hörte sich an, als hätte er sich verschluckt. »Was du sagst, Prinzessin. Aber dann mach mir keine Vorhaltungen, weil ich mit einer Kollegin schlafe.«

Ich zwang mich zu einem Grinsen. »Touché.«

»Wer ist er?«

»Er ist erst seit Kurzem im Studio. Groß, breit, das Übliche halt. Aber ich schaffe einen Klimmzug mehr als er«, gab ich an.

Logan grinste. »Was für ein Weichei.«

Ich hob die Faust zu einer spielerischen Drohung. »Pass auf, was du sagst. Oder soll das eine Herausforderung sein?«, lenkte ich ab. Ich hatte genug von den Themen, die uns voneinander entfernten. Jetzt brauchte ich Nähe, ich wollte den Logan zurück, den ich liebte. Mit dem ich lachen, Spaß haben oder auch einfach einvernehmlich schweigen konnte.

»Gerne. Ich war wirklich schon lange nicht mehr im Studio. Arbeitest du morgen?«, nahm er den schnellen Wechsel an. Es ging ihm nicht anders als mir.

»Nein, morgen habe ich frei. Aber wie wäre es, wenn wir zusammen hinfahren und mal wieder so richtig die Sau rauslassen? Danach vielleicht noch in die Sauna?«

Logan hob die Hand zum High five. »Ich bin dabei.«

Ich schlug ein, und das Abklatschen kam einem Versprechen gleich. Dem Versprechen, einfach Stillschweigen über unsere Partner zu bewahren und zu warten, wohin uns das als Freunde führen würde.

Logan

»Den Central Park haben wir jetzt gefühlt zweimal umrundet, oder?« Ich trabte auf dem Laufband neben Chloes, und meine Beine waren mittlerweile bleischwer. Mein letztes Training war einfach schon zu lange her, als dass ich locker mit ihr hätte mithalten können. Normalerweise spielte ich zweimal die Woche Eishockey bei den Fight Huskies, einem kleinen Regionalteam, und mein Laufpensum bestand zudem aus zehn Kilometern zwei Mal die Woche, aber diese Regelmäßigkeit hatte ich in den letzten Wochen wegen meines Jobs nicht aufrechterhalten können. Jetzt fühlte ich mich wie ein Rookie.

»Keine Ahnung, wie lange kannst du noch?«, fragte Chloe kein Stück atemlos und warf mir ein verschmitztes Grinsen zu. Trotzdem sie ein schnelles Tempo hinlegte, sah es nicht so aus, als würde es sie anstrengen. Und das, obwohl sie über den Winter wegen ihres Bänderrisses hatte pausieren müssen.

»Keine Minute länger«, gab ich zurück, betätigte den Touchscreen und verlangsamte mein Tempo, bis ich nach einem kurzen Auslaufen schließlich ganz stehen blieb. Dann überprüfte ich die Pulsanzeige auf meiner Uhr. »Ich bin eindeutig aus der Form«, bestätigte ich und zeigte sie ihr.

»Hundertsechzig? Logan! Du solltest dringend mehr tun.«

»Wem sagst du das …«, murmelte ich und griff nach dem Handtuch, das über den Handgriffen am Laufband hing. Dabei beobachtete ich Chloe, die mit einem glücklichen Lachen auf dem Gesicht weiterlief. So war sie. Sport war ihr Leben, und das machte sie glücklich. Ich bewunderte ihre zierliche, aber stark durchtrainierte Figur, die in langen Leggins und einem bauchfreien Sport-Top steckte. Ja, sie war nicht nur verdammt sexy, sie hatte auch noch ordentlich Biss. Mir war klar, dass unser Training heute kein Zuckerschlecken werden würde. Es würde ihr ein höllisches Vergnügen bereiten, mich zu quälen. Nicht umsonst war sie eine gefürchtete, aber auch gut bezahlte Personal-Trainerin in diesem Studio. Das wusste ich so genau, weil sich ihre Abrechnungen zwischen die Steuerunterlagen des *King's* verirrt hatten.

Chloe kam ebenfalls zum Ende, stieg ab und zwinkerte mir zu. »Du bist wirklich außer Form. Ich finde, wir sollten wieder regelmäßig zusammen trainieren. So wie früher.«

Früher. Unser letztes gemeinsames Training war doch erst wenige Wochen her. Mindestens zweimal die Woche hatte ich Chloe nach Feierabend im Center besucht, entweder nach dem Eishockey-Training oder an den trainingsfreien Tagen. Wenn sie Zeit gehabt hatte, hatten wir zusammen Gewichte gestemmt. Es hatte immer viel Spaß gemacht, und der ganze Sport war eine willkommene Abwechslung zu meinem Büroalltag, in dem ich stundenlang nur saß und mich kaum bewegte. Aber seit Aubreys Vater mir die Leitung aller Abteilungen übertragen hatte, fehlte mir einfach die Zeit für privates Vergnügen dieser Art. Anfangs hatte ich es mir noch fest in den Kalender eingetragen, aber das war immer weniger geworden, bis es schließlich ganz eingeschlafen war. Und jetzt merkte ich das fehlende Training an meiner Ausdauer.

»Ja, das wäre gut. Bald habe ich sicher wieder mehr Zeit.«

»Du fürchtest wirklich um deinen Job, oder?«

»Fürchten ist vielleicht das falsche Wort. Eine Kündigung würde mich einfach nicht überraschen. Vielleicht würde ich sie sogar begrüßen. Das Ungewisse ist es, was mich nervt.«

»Du solltest die Flucht nach vorne wagen«, meinte Chloe. »Geh zu deinem Chef, rede mit ihm. Dann hast du es hinter dir und weißt Bescheid. Vergiss nicht – es ist *dein* Leben, Lo.

Deins. Nicht Aubreys. Nicht das ihres Vaters. *Deins*. Und jetzt komm«, lenkte sie ab. »Tun wir was für deine Muskeln, du kleiner Schreibtischhengst.« Spielerisch boxte sie mir auf den Oberarm, den ich ebenso spielerisch mit schmerzverzerrtem Gesicht rieb.

»Jawohl, Drill-Sergeant«, gab ich mit einem Augenzwinkern zurück.

Chloe stöhnte. »Fang du nicht auch noch damit an. Es reicht schon, dass ich das von meinen Kunden ständig hören muss.«

»Das kommt wohl nicht von ungefähr.«

Als Antwort streckte sie mir die Zunge raus.

Es machte Spaß, mit Chloe herumzualbern. Und deshalb beschloss ich, jetzt endlich mein Gehirn abzuschalten, alles Belastende auszublenden und diesen Tag mit ihr einfach zu genießen.

Ich folgte ihr zu den Geräten, und kurz darauf fand ich mich mit einem Paar Hanteln auf der Bank wieder. Chloe hatte mehr freie Übungen als das Training an den Geräten im Repertoire. Obwohl sie heute frei hatte, ließ sie den Trainer raushängen.

»Und jetzt Bauch anspannen, leicht in die Knie und langsam hoch die Dinger … Ja, gut so …« Sie führte die gleiche Übung direkt neben mir aus, beobachtete mich aber dabei über den Spiegel, korrigierte mich, wenn ich Fehler machte, und pushte mich, wenn ich einknicken wollte.

»Los, komm schon, Logan! Du Tier! Noch drei … zwei …« Chloe und das hohe Gewicht brachten mich ziemlich schnell an meine Grenzen, aber ließen mich auch darüber hinauswachsen. Es dauerte nicht lange und meine Muskeln brannten, aber das spornte mich nur noch mehr an. Immer mehr verblassten die Gedanken an Aubrey, die Trennung und meinen vermutlich bald bevorstehenden Rausschmiss aus der Firma ihres Vaters. Chloe hatte auch in dieser Hinsicht recht – ich musste das regeln, bevor ein anderer es für mich regelte.

Ich dachte an Fay und daran, dass uns alle Türen offenstanden, sobald ich nicht mehr Mitglied der Geschäftsführung von Havering Group wäre. Noch war es besser, wenn niemand von unserem Zusammensein erfuhr, aber der Drang, es allen zu erzählen, wurde stärker. Ich war geradlinig und ehrlich, kein Geheimniskrämer. Sobald die Haverings aus Europa zurück wären, würde ich das Gespräch suchen. Zuerst mit der Tochter, das war ich ihr schuldig. Ich wollte einen sauberen Schnitt für uns beide. Und dann auch mit dem Vater. Ich zog ein letztes Mal mit aller Kraft meine Muskeln zusammen und stemmte eine Hantel in die Luft. Wie ein Sieger.

»Hey, Babe. Ich dachte, du hast heute frei?«

Ein tätowierter Adonis, zwei Meter im Quadrat, mit dunklen Haaren stand wie aus dem Nichts an Chloes Seite. Mich bedachte er mit einem kalten Blick aus grauen Augen, während er Chloe den Arm um die Schulter legte und sie an sich zog. Dann presste er nicht nur seinen Mund auf ihren, sondern legte auch seine großen Hände auf ihren kleinen Hintern. Er ließ keinen Zweifel daran, dass sie zu ihm gehörte. Ich wusste nicht, wie ich *das* finden sollte.

Das war also Kaden.

Sie hatte nicht gelogen – er war groß, breit und das *Übliche* vermutlich auch. Aber vor allem war er in meinen Augen sehr einnehmend. Und sehr von sich überzeugt. Allein seine Körperhaltung strahlte eine Arroganz aus, die seinesgleichen suchte. Ganz automatisch ging ich in Abwehrhaltung, als Chloe sich etwas aus seiner Umarmung löste und mir zuwandte. Allerdings, ohne ihn dabei loszulassen. Sie wirkte an seiner Seite wie Robin neben Batman. Aber ihre Augen strahlten, als hätte sie gerade ein besonders großes Kompliment bekommen.

»Logan, das ist Kaden. Kaden, das ist Logan, ein alter Freund.« Sie sah nicht ihn an, während sie mich ihm vorstellte, sondern fixierte meinen Blick mit ihrem. Und ich erkannte die

Unsicherheit in ihrer Miene. Und eine stumme Bitte. In mir brodelte es. Ein alter Freund? Das hatte gesessen. Aber ich hielt die Klappe. Das war ihre Baustelle, nicht meine. Also bemühte ich mich um ein Lächeln, trat einen Schritt auf Kaden zu und reichte ihm die Hand.

»Freut mich.«

Es dauerte einen Moment, bis er sie ergriff, und ich wette, er hätte sie ignoriert, wenn Chloe nicht dabei gewesen wäre. Oder zerquetscht.

»Sicher«, war sein einziger Kommentar in meine Richtung, wobei er mich einer unverhohlenen Musterung unterzog. Doch Sympathie konnte ich nicht in seiner Miene erkennen. Eher das Gegenteil. Das beruhte auf Gegenseitigkeit. Ich hatte keine drei Worte mit diesem Kerl gewechselt, aber bereits beschlossen, dass er keine weiteren wert war. Ich würde mit Chloe ein ernstes Wort reden müssen. Der Kerl war absolut nichts für sie!

Kaden ließ meine Hand wieder los und drehte sich so, dass er Chloe von mir weglenkte und beide mir den Rücken zuwandten. Unhöflich war er also auch noch. Nichts anderes hatte ich von ihm erwartet. Von Chloe dagegen schon. Doch ihr schien sein Auftreten zu gefallen, anderes konnte ich mir das Funkeln in ihren Augen nicht erklären, das sich sofort eingestellt hatte, als dieser Typ auf der Bildfläche erschienen war. Gruselig war das. Das war nicht die Chloe, die ich kannte.

Ich konnte zwar nicht hören, was er ihr ins Ohr flüsterte, aber sie kicherte wie ein Teenager und strahlte dabei weiter über das ganze Gesicht, soweit ich das erkennen konnte. Kurzzeitig überlegte ich, den beiden vor die Füße zu kotzen, aber das ließ meine gute Kinderstube nicht zu. Die ich – im Gegensatz zu ihm – sehr wohl genossen hatte. Also griff ich nach den Hanteln, ging zur Bank rüber und wiederholte die Übungen, die Chloe für mich vorgesehen hatte.

Dabei konnte ich aber nicht aufhören, sie zu beobachten. Sie tuschelten, Chloe kicherte, während er sich nur ein Bad-Boy-Grinsen abrang und ständig an ihr rumfummelte. Mir schwoll der Kamm, als ich sah, wie seine Hand wie zufällig ihre Brust berührte, als sie schließlich in einem ziemlich aufreizenden Kuss versanken. Was war verdammt noch mal mit ihr los? Dieses alberne Kichern, diese Fummelei hier vor allen Leuten ... Ich erkannte sie nicht wieder. Was hatte der Kerl mit ihr gemacht? Wo war meine Chloe hin?

»Ich freu mich auf unsere Dusche. Bis später, meine Schöne«, verabschiedete Kaden sich von ihr. Laut genug, dass ich es ja mitbekam. Ich unterdrückte ein Würgen. Kaden gab ihr noch einen Klaps auf den Hintern, den sie albern giggelnd zur Kenntnis nahm, und nickte mir einmal gnädig zu, bevor er sich umdrehte und zu den Laufbändern rüberging, die sich am anderen Ende der Halle befanden. Sein Gang federte beim Laufen, als würde er sich auf einem Trampolin befinden. Er sollte besser aufpassen, dass ihm die Rasierklingen unter seinen Armen nicht irgendwann zum Verhängnis wurden.

»Ist der immer so drauf?«, fragte ich Chloe, die zu mir rübergekommen war und ihre Hanteln wieder aufgenommen hatte.

Sie sah Kaden hinterher, zuckte mit den Schultern und lächelte entschuldigend. »Er kann ja nichts dafür, dass er so heiß ist.«

Ich zog nur die Augenbrauen in die Höhe.

Kurz darauf sah ich ihn auf dem Laufband, und es dauerte nicht lange, bis zwei durchgestylte Fitnessgirls mit stark trainiertem Boody und Sixpacks auftauchten und rechts und links neben ihm die Bänder besetzten. Kaden schien das zu gefallen, er sonnte sich unverhohlen in ihrer Aufmerksamkeit wie ein Hahn in einer Legebatterie. Ich konnte nur den Kopf schütteln über so viel Dreistigkeit.

»Heiß? Eher unterkühlt. Entschuldige meine Offenheit, Chloe, aber der Kerl geht gar nicht«, platzte es aus mir raus.

Ihr Blick wurde starr, ihre Miene verbissen. Das Lächeln war von ihrem Gesicht gewischt. Zwar gefiel es mir nicht, wenn sie so ernst guckte, aber es war allemal besser als dieses alberne Dauergrinsen. Davon wurde mir nur übel.

»Wow, krasses Urteil, Logan. Du kennst ihn doch gar nicht. Und im Ernst, du musst ihn auch nicht mögen. Wäre nur schön gewesen. Aber ich brauche nicht deinen Segen, um mit ihm zusammen zu sein.«

»Ach? Ihr seid zusammen?«, wiederholte ich betont zuckersüß genau den Wortlaut, den sie mir nur wenige Stunden zuvor an den Kopf geknallt hatte. Wie würde sie darauf wohl reagieren? Sie streckte mir die Zunge raus. »Wahnsinnig erwachsen, Chloe.«

»Ja, wir sind zusammen. Beantwortet das deine Frage?« Da war er wieder, der Verteidigungsmodus.

»Ich dachte, das hätten wir hinter uns. Ich möchte mich nicht schon wieder mit dir streiten.«

»Ich mich auch nicht mit dir«, sagte sie, sah mich aber nicht an, sondern hob und senkte die Hanteln weiter ganz routiniert, bis sie ihren Satz beendet hatte. Dann legte sie die Gewichte in die dafür vorgesehene Halterung zurück, und erst *dann* sah sie mich an. »Ich mag ihn, Lo. Er ist nicht nur heiß, sondern auch witzig, charmant und gut im Bett.«

»To much information!«, sagte ich, hob die Hanteln vor mein Gesicht, als müsste ich mich dahinter verstecken, und trat einen Schritt zurück. »So genau will ich es dann auch wieder nicht wissen.«

»Ach, komm schon, Lo! Wir hatten nie Geheimnisse voreinander.«

Ich hielt inne, dann ließ ich die Hanteln sinken. Nachdenklich sah ich sie an. Ganz genau. So, als wäre es das erste Mal.

Mir fiel die perfekte Form ihrer Augenbrauen auf, deren dunkle Farbe sich von ihrem hellen Hautton abhob. Sie hatte die gleiche Augenpartie wie Jaxon. Ihre Augen waren nur blau, aber es war eine Mischung aus Meeres- und Nachtblau. Tief und weit wie das Meer, dunkel und unendlich wie die Nacht. Ihre Wimpern schmiegten sich dunkel und lang darum, ich glaubte nicht, dass sie jetzt geschminkt waren, aber vielleicht irrte ich mich auch. Chloes Nase war klein, schmal und gerade, ihre Wangenknochen traten ein wenig hervor, gerade so viel, dass es ihr Gesicht formte, aber nicht knochig aussehen ließ, und die Kontur bis zum kleinen Kinn betonte. Und ihr Mund … Wenn ihre Lippen sich kräuselten, war sie sauer. Wenn der rechte Mundwinkel sich nach oben hob, nur ganz leicht, dann hatte sie irgendwas amüsiert. Pressten sich die Lippen zusammen, war sie traurig. Wenn sie sich nach unten verzogen, war es zu spät. Dann sollte man ihr besser aus dem Weg gehen. Aber wenn ihre Lippen küssten, waren es die sanftesten auf der ganzen Welt. Ja, das war Chloe King. Sie war wie ein Wirbelsturm im Wasserglas. Unberechenbar. Und doch konnte man sich ihrem Sog nicht entziehen. Und als ich das begriff, wusste ich, was zu tun war.

Ich trat einen Schritt zurück und räusperte mich.

»Chloe, ich glaube, wir tun uns beiden nicht gut gerade.« Meine Stimme klang fremd in meinen Ohren.

»Wie meinst du das?« Ihr Blick wurde dunkel. Dunkel wie die Nacht, die alles verschluckte. Vielleicht auch uns. Und fast unmerklich trat sie wiederum einen Schritt zurück.

»Du hast was gegen Fay, ich kann Kaden nicht ausstehen. Wobei er mich auch nicht mag, das ist nicht zu übersehen. Daher denke ich, es wäre besser, diese beiden Themen nicht mehr als nötig auszuschlachten. Ich will mich nicht ständig mit dir streiten, nur weil wir nicht einer Meinung sind.«

Ein nachdenklicher Blick traf mich. »Wir waren sonst auch

nicht immer einer Meinung. Aber gestritten haben wir uns deswegen nie.«

»Aber da ging es auch nicht um Gefühle, Kleines. Vielleicht haben wir uns einfach zu sehr aneinander gewöhnt.«

»Was meinst du damit?«, fragte sie und beäugte mich misstrauisch. Oder war es schon Panik in ihren Augen? Wie auch immer, ich hatte mich entschieden.

»Dass wir uns zurzeit nicht guttun.«

»Geht's noch?«, zischte sie. Wut loderte in dem Meer ihrer Augen auf. Doch diese Wut wandelte sich in Verständnislosigkeit, schließlich in Traurigkeit.

Ich legte die Hanteln ab und stellte mich vor sie. »Ich glaube, für den Moment wäre es das Beste, wenn wir uns eine Zeit lang nicht sehen würden. Diese unterschwelligen Vorwürfe machen uns kaputt. Wir sollten beide erst mal versuchen, unsere Leben auf die Kette zu kriegen. Unabhängig voneinander.«

Chloes Lider senkten sich, sie starrte auf ihre Füße, die in roséfarbenen Sportschuhen steckten. Nach einer gefühlten Ewigkeit, in der ich geduldig gewartet hatte, hob sie den Kopf und sah mir direkt in die Augen. In ihren Augen glitzerte es. Ich wünschte mir, ich würde ihr nicht so wehtun müssen.

»Ja, vielleicht hast du recht. Vielleicht würde uns das guttun.«

Sie war verletzt. Ich hatte sie verletzt. Und ich verabscheute mich dafür.

»Aber – zu meinem Geburtstag kommst du noch, oder?«
»Was? Natürlich!«

Chloes Geburtstag war in fast einer Woche.

Sie nickte, lächelte, aber es erreichte ihre Augen nicht. Ihre Lippen pressten sich zusammen. Es brach mir das Herz, sie so zu sehen. »Es wird doch eine größere Party, ich feiere im *King's*. Also ... bring Fay ruhig mit. Es wäre schön, sie kennenzulernen.«

Das war ihr Zeichen einzulenken, meinen Vorschlag anzunehmen, und ich widersprach nicht.

Chloe sah zu Kaden rüber, ich folgte ihrem Blick, und in genau diesem Augenblick drehte er den Kopf in unsere Richtung. Er lächelte, aber selbst ein Blinder mit Krückstock hätte die unverhohlene Abneigung erkannt, die er mir entgegenbrachte.

Chloe

»Nicht von schlechten Eltern. Gratuliere, Süße. Ich bin froh, dass du über deinen Schatten gesprungen bist und ihn angerufen hast.« Hope stupste mir mit dem Ellenbogen in die Seite.

»Pssst«, zischte ich leise, aber konnte mir ein breites Grinsen nicht verkneifen. Glücklicherweise standen wir mit dem Rücken zu den Gästen, die an diesem Abend am Tresen saßen. Unter ihnen auch Kaden. »Ja, ich auch«, sagte ich und seufzte glücklich.

Ja, er war schon ein Augenschmaus, und es war offensichtlich, dass er verdammt scharf war. Die dunkle Jeans saß wie maßgeschneidert und betonte seine trainierten Oberschenkel. Und seinen knackigen Hintern. Die obersten zwei Knöpfe seines weißen Hemds waren offen, sodass seine Brusthaare zu sehen waren. Ich stand eigentlich gar nicht auf Körperbehaarung, aber zu ihm passte es. Es war sexy und männlich. Seine Tattoos an den Armen waren gut zu sehen, da er die Ärmel seines Hemds bis zum Ellenbogen aufgekrempelt hatte. Allein seine große und kräftige Statur sorgte für Aufmerksamkeit, wenn er den Raum betrat. Dazu sein einnehmendes Lächeln und dieser Blick, unter dem man sich nackt und verletzlich fühlte. Aber auch begehrt. Es wunderte mich nicht, dass die Frauen sich die Hälse nach ihm verrenkten. Das war mir schon im Kettlebell aufgefallen, und ich nahm es so hin. Was konnte er dafür, dass er so attraktiv war?

»Und ihr seid jetzt offiziell ein Paar?«, wollte Hope wissen. Sie goss gerade den O'Donnell High Proof in ein paar Kupfertassen, um ihn dann mit Limettensaft und Spicy Ingwer aufzufüllen. Fertig war der Moonshine Mule, der Renner unter unseren Drinks.

Ich zuckte mit den Schultern und schnitt die nächste Orange auf. »Wenn ich ehrlich bin, weiß ich gar nicht genau, was das mit uns ist«, gab ich leise zu. Und das war die Wahrheit. Ich hatte keinen Plan, ob wir nur eine Affäre hatten oder bereits in eine Beziehung gerutscht waren. Und das Schlimmste an dieser Unwissenheit war, dass ich selbst nicht wusste, was ich eigentlich wollte.

Hope lehnte ihre Schulter gegen meine und klimperte mit den Wimpern. »Ist er gut im Bett?«

»Gigantisch gut.« Da musste ich nicht überlegen. Ich hatte noch keinen Mann getroffen, der es so draufhatte, mich zu befriedigen. Auch wenn er das auf eine andere Art und Weise tat, als ich es gewohnt war. Mal war er schnell, dann langsam. Mal zärtlich, mal grob. Und er hatte eine Vorliebe für Dirty Talk, was mir zunehmend gefiel. Aber das war nichts, was ich Hope auf die Nase binden würde. Also lächelte ich nur vielsagend.

»Uuuuuuhhhhh ... Eine Lady genießt und schweigt. Alles klar ...« Sie zog sich etwas zurück und schnappte sich das Tablett mit den Mules. »Genieße es, solange es anhält.«

»Das werde ich«, versprach ich.

Hope zog mit dem Tablett ab, um es an das andere Ende des Tresens zu bringen, wo die Kellnerinnen sich ihre Bestellungen abholten. Ich beobachtete, wie Jaxon sie heimlich küsste, als sie sich an ihm vorbeischob. Die beiden waren einfach zu süß miteinander, sie strahlten ein unheimliches Glück aus, und ich freute mich so sehr für meinen Bruder, dass er endlich aus seinem dunklen Loch gekrochen war, die Vergangenheit abgeschüttelt und eine so tolle Frau wie Hope gefunden hatte. Na ja, eigentlich hatte ich sie ja für ihn gefunden, schließlich war ich ihr ins Fahrrad gelaufen. Ohne diesen Unfall stünde sie jetzt nicht hinter dem Tresen des *King's*.

»Gut gemacht, Chloe«, murmelte ich, nur für meine Ohren bestimmt. »Regelt immer schön den Scheiß der anderen, nur ihr eigenes Leben kriegt sie nicht gebacken. Klar, oder?«

Ich war fertig mit den Orangen, also drehte ich mich um und ging zur Spüle, um Brett und Messer zu reinigen.

Aus dem Augenwinkel beobachtete ich Kaden, der auf der kurzen Seite des Tresens saß und sich an einem Bier festhielt. Als unsere Blicke sich begegneten, warf er mir dieses Lächeln zu, das meine Knie weich werden und meinen Puls hochschnellen ließ. Verdammt, dieser Kerl war noch mein Tod.

»Hey, Babe«, sagte er und zwinkerte mir zu.

»Hey ...« Ich hatte keinen Kosenamen für ihn, mir war partout nichts eingefallen, was ihm gerecht geworden wäre. Außerdem fand ich, dass Kaden ein toller Name war. Männlich und kraftvoll, so wie er eben war.

Er streckte seine Hand über den Tresen aus in meine Richtung, ich ging näher und ergriff sie. Unsere Finger verschränkten sich ineinander auf dem blank polierten Holz. »Ich kann's kaum erwarten, bis wir hier verschwinden können«, raunte er und zwinkerte mir dabei vielsagend zu. »Willst du wissen, was ich dann mit dir anstellen werde?« Mein Unterleib kitzelte, und als er seine Lippen auf meine Handfläche drückte und mit den Zähnen die Haut zupfte, drohte er schier zu explodieren.

»Besser nicht«, krächzte ich und sah mich um. »Sonst komme ich gleich hier«, setzte ich noch leiser hinterher.

Sein Griff um meine Hand wurde fester. »Mich stört es nicht.«

Ich biss mir auf die Lippe und musste ihm meine Finger entziehen. »Aber mich. Ich ...« Ich räusperte mich und sah auf die Uhr. »Ich habe noch eine Stunde.«

»Ich zähle die Sekunden, Babe.«

»Dann komm nicht durcheinander.« Ich lächelte, dann trat ich einen Schritt zurück und widmete mich endlich dem Messer und dem Brett, um es abzuwaschen. Mit ein bisschen Abstand zwischen uns beruhigte sich mein Unterleib auch wieder. Langsam zwar, aber das heiße Prickeln verebbte und mein Puls normalisierte sich.

Kaden zwinkerte mir zu, dann trank er einen Schluck von seinem Bier und drehte sich auf dem Hocker um in den Raum hinein.

Das *King's* war wie jeden Abend gut besucht. Unter der Woche hatten wir allerdings nur bis Mitternacht geöffnet und nicht, wie am Wochenende, bis vier Uhr in der Früh. An den Tagen war es ruhiger, eher eine Art After-Work-Party, weil die Gäste in der Regel aus den umliegenden Büros noch auf einen Drink und ein paar nette Gespräche bei uns einkehrten. Die meisten von ihnen trugen Businesskleidung und hatten ihr Handy in der Hand, um auch nach Feierabend noch wichtige Geschäfte zu tätigen. So wie Logan es oft genug getan hatte, wenn er abends hier am Tresen gesessen hatte, weil er nicht nach Hause wollte. Zu Aubrey. Seit er Fay getroffen hatte, waren seine Besuche im *King's* weniger geworden. In der letzten Woche war er gar nicht hier gewesen. Aber das hatte er ja angekündigt. Gott, vermisste ich ihn. Aber ich würde den Teufel tun und ihn anrufen. Er hatte eine neue Freundin, ich hatte Kaden.

Kaden konnte das, was Logan und ich miteinander hatten, nicht ersetzen. Kaden und ich hatten guten Sex und eine Menge Spaß. Aber Logan und ich hatten mehr als das gehabt. Viel mehr. Und das über Jahre hinweg. An diese Beziehung würde das mit Kaden – was auch immer es war – niemals heranreichen. Tief in meinem Inneren war mir das bewusst. Kaden gefiel mir, keine Frage. Logan gegenüber hatte ich behauptet, ich hätte mich in ihn verliebt. Aber stimmte das auch?

Während ich weiter Drinks mixte und mich um die Gäste am Tresen kümmerte, beobachtete ich Kaden verstohlen.

Er war sehr beliebt bei den Frauen, hier in der Bar und

überall anders, wo er auftauchte, stand er sofort im Mittelpunkt weiblicher Aufmerksamkeit. Die Männer standen ihm eher kritisch gegenüber. Mir entging nicht, wie er flirtete. *Nicht nett, Kaden, gar nicht nett.* Aber irgendwie machte es mich auch stolz, dass dieser heiße Typ so begehrt wurde. Weil ich es war, mit der er heute Nacht die Bar verlassen würde.

»Chloe, gehört der Typ da zu dir?« Mein Bruder gesellte sich zu mir und nickte fast unmerklich in Kadens Richtung.

»Ja, wieso?«

»Wer ist er?«

Ich sah ihn an und erkannte Neugierde, aber auch Besorgnis in dem Blick meines Bruders. »Mein Freund«, antwortete ich kühn und verkniff mir ein Lachen, als Jaxon Luft holte.

»Dein Freund? Seit wann?« Jetzt musterte er Kaden unverhohlen. Und zwar auf die Art, wie ein Vater den Auserwählten seiner Tochter gemustert hätte. Kritisch und mit unverhüllter Skepsis. Ich sah, wie sein Blick auf Kadens breiten Rücken fiel und an seinen kräftigen Armen mit den Tattoos hängen blieb.

»Und seit wann stehst du auf diese Art von Mann?«, fragte er, ohne seinen Blick von Kadens Rücken zu lösen. Mich hätte es nicht gewundert, wenn Kaden dieses Bohren im Rücken gespürt und sich im selben Moment umgedreht hätte. Aber er unterhielt sich weiter mit einer brünetten Barbie im Spießerkostüm. Ich schluckte und sah dann Jaxon an.

»Diese Art von Mann? Seit wann bist du so spießig? Nur weil er tätowiert ist und mehr Muskeln hat als du?«

»Quatsch. Du weißt, dass ich nichts auf Klischees gebe und mir meine eigene Meinung bilde.«

»Deswegen frag ich ja.«

»Er flirtet die ganze Zeit«, bemerkte Jaxon.

Ich verdrehte die Augen. »Du flirtest auch jeden Abend mit Hunderten von Frauen. Und trotzdem liebst du Hope«, entgegnete ich.

»Das ist ja wohl kaum zu vergleichen.«

»Was? Du meinst, er liebt mich nicht?«

»Liebe? Du redest jetzt schon von Liebe? Wie lange kennst du den Kerl?« Ich wusste, wann ich verloren hatte, also zuckte ich nur wie unbeteiligt mit den Schultern, was Jaxon mit einem Nicken quittierte. »Ich flirte, um Umsatz zu machen. Er flirtet entweder, weil er dich eifersüchtig machen will, oder weil du ihm egal bist. Liebe ist da nicht im Spiel, Chloe. Denn sonst würde er sabbernd an *deinen* Lippen kleben statt an denen anderer.«

Ich schüttelte den Kopf und sah ihn fassungslos an. »Das ist so unfair. Nur weil du endlich aus deinem Loch gekrochen bist, brauchst du mir keine Hobbypsychologen-Ratschläge zu geben. Das ist echt unter aller Sau!« Ich stemmte die Hände in die Hüften. »Kaden ist total süß. Er trägt mich auf Händen, und wenn er flirtet, dann nicht, um mir wehzutun, sondern weil er einfach charmant ist. Im Gegensatz zu dir. Warum gönnst du mir nicht, dass ich glücklich bin? Und Liebe? Ja, die muss sich entwickeln, das geht nicht immer so schnell, wie du vielleicht selber weißt. Oder hast du schon vergessen, wie es bei dir war?«

Wie vor den Kopf geschlagen starrte Jaxon mich an. »Ich gönne es dir von Herzen, Chloe, das weißt du. Aber ...«

»Aber was, Jaxon? Aber was?«

Seine Hände legten sich sanft auf meine Schultern. Am liebsten hätte ich sie weggewischt, weil ich das jetzt nicht ertrug, aber Jaxon war mein Bruder. Das hätte er mir nicht durchgehen lassen, also hielt ich einfach still.

»Ich habe Angst um dich, mein Herz. Hey, ich bin dein großer Bruder, ich darf das«, setzte er hinterher, bevor ich ihn unterbrechen konnte. An seinem Mundwinkel war der Ansatz eines Lächelns zu erkennen, bevor er wieder ernst wurde. »Ich will dich doch nur beschützen, nichts anderes.«

Ich sah in seine Augen. Dort stand das geschrieben, was er

ausgesprochen hatte. Jaxon zog mich an sich und küsste mich auf die Stirn. »Ich liebe dich, Schwesterherz. Und wenn er dich auf Händen trägt, dann pass wenigstens auf, dass du nicht runterfällst, okay?«

Ich nickte mit der Wange an seiner Brust. Der Kloß in meinem Hals hielt sich hartnäckig. »Versprochen.«

Wie ich schon zu Hope gesagt hatte, wusste ich wirklich nicht, was das mit Kaden und mir war oder wohin es uns führen würde. Der Sex war bombastisch, aber wie wäre der Alltag mit ihm? Vielleicht wurde es Zeit, das herauszufinden? Ich löste mich aus Jaxons Umarmung und trat einen Schritt zurück, um ihn anzusehen.

»Wie wäre es, wenn wir nachher alle noch ein bisschen feiern gehen? Mal wieder abtanzen? Im Second Floor vielleicht? Du könntest Kaden besser kennenlernen.« Dieser Vorschlag war schneller ausgesprochen als überlegt, aber jetzt war es zu spät.

»Was sagt Kaden dazu?« Sein Blick schwenkte rüber zum Tresen, ich folgte ihm und fing gerade noch auf, wie Kaden einer Dunkelhaarigen etwas scheinbar sehr Witziges ins Ohr flüsterte, denn sie lachte laut auf und legte ihre Hand auf seine Schulter, als wären sie enge Freunde. Ich hätte kotzen können, dass Jaxon ausgerechnet *das* mitbekommen musste. Aber ich machte gute Miene zum bösen Spiel. Was blieb mir auch anderes übrig?

»Er trägt mich auf Händen, schon vergessen?«

Jaxon nickte leicht und sah mit verbissener Miene zu Kaden rüber, der immer noch in das Gespräch mit der Brünetten vertieft war. »Ich trommele die anderen zusammen.«

Ich konnte nur ahnen, was in ihm vorging, aber ich war mir sicher, dass Kaden bei ihm gerade komplett durchgefallen war. Entweder würde Jaxon ihn heute Abend links liegen lassen, oder er würde ihn sich greifen. Ich wusste nicht, vor welcher

Option ich mehr Angst hatte. Denn das eben, das war nicht gut gewesen.

Hope, die am anderen Ende des Tresens stand und ein paar Drinks mixte, nickte mir zu, nachdem sie mit Jaxon gesprochen hatte, und hob den Daumen. Auch Brian nickte zustimmend, Brittany ebenso. Gut. Zumindest hätten die Männer dann genügend Zuschauer, falls es zu einem Schwanzvergleich kommen würde. Und das würde es, da war ich mir sicher. Nur die Wahl der Waffen stand noch aus.

»Hey, kennst du das Second Floor?«, fragte ich Kaden, als er sein Gespräch mit der Barbie beendet und sich wieder mir zugewandt hatte. Dass er dieser Tussi fast eine halbe Stunde seiner Zeit geschenkt hatte – ja, ich hatte tatsächlich auf die Uhr gesehen –, schluckte ich. Schließlich war das nicht verboten, ich hatte ohnehin viel zu tun und wollte mich nicht aufführen, als wäre ich eifersüchtig. Denn das war ich nicht. Ich war enttäuscht. Das, was Jaxon gesagt hatte, hatte sich in meinen Kopf gebrannt. *Liebe ist da nicht im Spiel, Chloe. Denn sonst würde er sabbernd an deinen Lippen kleben, statt an denen anderer.*

»Ja. Cooler Laden.«

»Das stimmt.« Das Second Floor war ein Club hier im Viertel, in dem unsere Musik gespielt, gute Drinks ausgeschenkt und die Nächte am längsten wurden. Und da war es egal ob am Wochenende oder unter der Woche, im Second Floor wurde immer gefeiert. Ich war gerne dort und kannte auch dementsprechend viele Leute. Früher war ich gemeinsam mit Logan da gewesen. Entweder nach dem Training, um noch mal auf der Tanzfläche Gas zu geben, oder nach seinem stressigen Büroalltag, weil er nicht nach Hause zu Aubrey gewollt hatte. Hastig wischte ich den Schmerz beiseite, der sich in meinen Magen graben wollte wie ein Schaufelbagger. Ob nun mit oder ohne Logan, es wurde mal wieder Zeit, denn ich war wirklich schon viel zu lange nicht mehr da gewesen.

»Wir wollen später noch auf einen Drink dorthin«, erklärte ich und freute mich jetzt richtig darauf.

Kadens Stirn legte sich in Falten. »Wer ist *wir*?« Seine Unlust war nicht zu überhören, aber davon ließ ich mir jetzt nicht meine Laune verhageln.

»Jaxon, Hope, Brian ... Die Crew. Und wir zwei«, sagte ich mit einem Zwinkern. Doch seine Begeisterung hielt sich in Grenzen.

»Ich dachte, ich hätte klargemacht, was wir vorhaben, Babe?« Sein Blick verengte sich, und um die Winkel seiner Lippen legte sich ein verärgerter Zug.

So nicht, mein Freund. Ich setzte zu einem verheißungsvollen Lächeln an und wackelte kurz mit den Augenbrauen. »Die Nacht ist jung, lass uns das Vorspiel genießen.«

Kaden neigte den Kopf etwas zur Seite, als würde er scharf nachdenken, doch dann verzogen sich die Lippen endlich zu einem breiten Grinsen. »Das ist schon eher nach meinem Geschmack. Okay, ich bin dabei.«

Erleichterung durchströmte mich. Es wäre nervig gewesen, deswegen diskutieren, ihn überreden zu müssen. Klein beigegeben hätte ich sicher nicht so schnell, obwohl es durchaus seinen Reiz gehabt hätte, sofort mit Kaden ins Bett zu verschwinden. »Prima«, sagte ich also und ignorierte das flaue Gefühl in meinem Magen, das sich kurzzeitig eingestellt hatte.

Die letzte halbe Stunde verging wie im Flug. Als Jaxon kurz nach Mitternacht hinter dem letzten Gast die Tür geschlossen hatte, begannen wir routiniert damit, den Club aufzuräumen und für den nächsten Abend vorzubereiten.

Kaden stand etwas verloren im Raum und warf mir einen fragenden Blick zu.

»Du kannst mit mir die Bierfässer aus dem Lager holen«, grätschte Jaxon dazwischen, bevor ich mich um ihn kümmern konnte.

Kaden nickte und folgte meinem Bruder ins Lager. Ich betete, dass Jaxon keine blöden Sprüche vom Stapel lassen würde, nur weil er mich beschützen wollte.

Gemeinsam mit Brian füllte ich die Getränke in den Kühlschubladen im Tresen auf, polierte die letzten Gläser, verschraubte die Mason Jars mit dem Moonshine und polierte zum Abschluss den Edelstahl auf Hochglanz. Brittany und Chris hatten sich um den Clubraum gekümmert, alle Tische abgeräumt und saubergewischt, mit frischen Getränkekarten und Kerzen bestückt sowie den Boden gefegt. Dann zogen wir uns schnell um, denn in Uniform wollte keiner tanzen gehen.

Es war kurz vor eins, als Jaxon, Hope, Kaden und ich letztlich das *King's* verließen und uns auf den Weg ins Second Floor machten, das nur einen Block entfernt lag. Dort trafen wir den Rest der Crew wieder, die sich ebenfalls in andere Klamotten geschmissen hatten.

»Willkommen, *King's*!« Paddy, der Türsteher des Clubs, begrüßte Jaxon und Brian mit Handschlag und Hope und Chris mit einer Umarmung und ließ sie eintreten. Im Nachtleben kannte man sich untereinander. Kaden nickte er kurz zu, er kannte ihn nicht, mich umarmte er wieder. »Viel Spaß, Leute.« Er öffnete das Absperrseil und ließ uns nacheinander eintreten. Mir fiel auf, wie er Kaden musterte. Wahrscheinlich vermutete er aufgrund Kadens Statur und Ausstrahlung, dass es Ärger im Club geben könnte.

»Keine Bange, Paddy. Wir sind brav«, raunte ich ihm zu. Er lächelte und winkte uns durch, bevor er wieder seinen miesen Türsteherblick aufsetzte.

Kaden schob mich durch die Absperrung, und kaum waren wir in dem Flur, der einem Tunnel glich, um die Ecke gebogen, schallte uns Musik und Stimmengewirr entgegen. Es war jetzt halb zwei, und das Second Floor platzte fast aus allen Nähten. Wir hatten Glück, Jaxon hatte schon einen Tisch in einer der

Nischen für uns ergattert und bereits eine Runde Manhattans bestellt, als wir dazustießen.

Der DJ spielte gerade *Sweet but Psycho* von Ava Max an, und begleitet von einem spitzen Aufschrei wurde ich von Hope und Chris auf die Tanzfläche gezogen. Es tat richtig gut, nach einem harten Abend im *King's* hier noch mal die Sau rauszulassen, und deswegen kümmerte ich mich auch nicht darum, was die anderen um mich rum wegen meiner Tanzeinlage dachten, sondern bewegte mich so im Takt, wie ich gerade Lust hatte. Im Anschluss folgte *Ain't Nobody* von Felix Jaehn – ft. Jasmine Thompson und danach Ed Sheerans Remix von *Shape of You*. Der DJ schien sich in meinen Kopf gehackt zu haben, denn nach und nach spielte er meine komplette Playlist. Ich war im Himmel, bewegte mich mit geschlossenen Augen zur Musik und kam erst wieder so richtig zu mir, als jemand plötzlich meine Schulter drückte.

»Lo!« Logan grinste verhalten, vermutlich weil ich ihn anstarrte wie ein hypnotisiertes Kaninchen. Es war echt strange, ihn wiederzusehen. Und noch heftiger war es, was sein plötzliches Auftauchen mit mir anstellte. Es traf mich völlig unvorbereitet, boxte mir mit voller Wucht in den Magen und ließ meinen Puls kurzzeitig hochschnellen.

»In Lebensgröße«, erwiderte er. Er hatte eine dunkle Jeans an mit verwaschenen Stellen auf den Oberschenkeln, dazu ein helles T-Shirt, das ziemlich eng an seiner trainierten Brust anlag. Er trug den typischen Out-of-bed-Look und einen gepflegten Dreitagebart. Ich mochte es, wenn er nicht frisch rasiert war, das gab ihm immer etwas Verwegenes, und man sah ihm den Banker dann nicht mehr an.

Seine Augen blickten mich durch die Gläser seiner Brille eindringlich an. Mir entging aber das Zögern in seiner Miene nicht, als er die Arme ausbreitete, als wüsste er nicht, ob es das Richtige war. Ich zögerte nicht, sondern umarmte ihn aus tiefstem Herzen. Gott, fühlte sich das gut an! Ich schluckte und verdrängte den dicken Klumpen, der sich in meinem Hals festsetzen wollte. Als seine Hände kurz über meinen Rücken strichen, fühlte ich die Berührungen mehr als deutlich durch das dünne Trägertop. Ich erschauderte, weil es mich glücklich machte.

»Mit dir habe ich ja gar nicht gerechnet«, rief ich gegen die Musik an.

»Das hier war mal unser Stammclub, schon vergessen?« Sein Mund war nahe an meinem Ohr, als er sprach, wofür er mich immer noch im Arm hielt. Anders war bei der Lautstärke auch keine Kommunikation möglich.

Ich lachte. »Nein, ich habe vorhin sogar noch daran gedacht«, gab ich zu.

»Ich auch«, entgegnete er und sah mich an. Sein Blick war glücklich und schwermütig zugleich. Ich glaubte zu wissen, warum das so war. Mir ging es doch ähnlich. Es war eine ganz beschissene Idee gewesen, dass jeder erst mal allein klarkommen sollte. Ganz beschissen.

»Ich habe dich vermisst«, sagte ich leise. Ich wusste nicht, ob er mich wegen der lauten Musik verstanden hatte, aber er zog mich noch ein bisschen enger an sich, bevor er seine Arme um mich legte und mich kurz, aber fest umarmte. Das war mir Antwort genug.

Nachdem er sich von mir zurückgezogen hatte, fühlte es sich für eine Sekunde kalt an, doch als er mich anstupste und sich dann zur Musik bewegte, verflüchtigte sich dieser Moment schnell wieder. Logan stieg in unsere Tanzrunde ein, und ausgelassen wirbelten wir zu *Beggin'* von Madcon über die Tanzfläche. Zwar stand Logan in erster Linie auf Comics, aber den Tanzfilm *Step up* hatte er sich auch schon mal mit mir ansehen müssen. Aufgrund einer verlorenen Wette.

Wir hatten eine Menge Spaß und tanzten noch einige Lieder weiter, bevor die Musik wechselte und die ersten Töne von Alessia Caras *River of Tears* erklangen. Das war eines meiner Lieblingslieder, ein langsamer, sehr emotionaler Song. Ein Song, der nicht besser auf das hätte passen können, was ich gerade durchmachte, was ich fühlte. Ich sah auf, direkt in Logans grüne Augen, in denen sich das Licht der Strahler über der Tanzfläche brach.

»Still got the flowers that you sent, and the note you wrote that said that we were meant …«

Keine Ahnung, warum dieses Lied in diesem Moment laufen musste, aber es war, als würde es mich in eine Zeit zurückkatapultieren, in der zwischen Logan und mir noch mehr gewesen war als Freundschaft. Logan zog mich zu sich, legte seine Arme um mich und hielt mich fest, während wir uns gemeinsam langsam zur Musik bewegten.

Die Sekunden verrannen, Alessias Stimme strich sanft über uns hinweg, während wir uns dabei in die Augen sahen, so tief, als würden wir ineinanderfallen wollen. Ich spürte Logans Körper so nahe an meinem. Spürte seine Brust, die sich hob und senkte, seinen Herzschlag, der sich meinem angepasst hatte, und seine Hände auf meinem Rücken. Ich fühlte mich in diesem Moment so sicher. Und das tat so gut.

Logan

Vorsichtig hielt ich Chloe an mich gedrückt, während wir uns zu einem Lied wiegten, das von dem Leid und den Tränen der Liebe handelte, von Vergangenem und Verlorenem, wie es besser nicht zu uns passen konnte. Sie in meinen Armen, ihr unverfälschter Geruch in meiner Nase, ihr Kopf an meiner Schulter ... Das fühlte sich gut an. Aber es war falsch. *Das war so was von falsch!*

»Hier steckst du!« Bevor ich mich von Chloe lösen konnte, legte sich eine Hand auf meine Schulter und ein amüsierter Tonfall nahe meinem Ohr ließ mich aufschrecken. Ich hatte gar nicht bemerkt, dass Fay auf die Tanzfläche gekommen war, und schon gar nicht, dass sie plötzlich direkt neben uns stand. Wie ertappt ließ ich Chloe los und fand mich jäh in der Realität wieder.

»Oh, Fay, hey ...«, stammelte ich ziemlich einfallslos.

Chloe löste sich in der gleichen Sekunde aus meiner Umarmung und trat hastig einen Schritt zurück. Ich sah den Schreck in ihrer Miene. Mir ging es da nicht anders. Verdammt! Was war das nur gewesen? Ein Fehler, hämmerte es erneut in meinem Kopf.

»Hey.« Erwartungsvoll sah sie zwischen Chloe und mir hin und her.

»Fay, das ist Chloe, meine ... Jaxons Schwester. Chloe ... das ist Fay ...«

Im selben Moment, in dem ich verstummte, versteinerte sich Chloes Miene. Sie lächelte, aber es war offensichtlich, dass die Freundlichkeit nur aufgesetzt war.

»Ich wollte langsam die Segel streichen. Aber nicht, ohne mich von dir zu verabschieden«, erklärte Fay dann. Die Musik war ziemlich laut, und ich bedeutete ihr, mir von der Tanzfläche zu folgen.

»Chloe, ich ...«

»Ja. Ja, kein Problem. Wir ... sehen uns. Schönen Abend noch!« Ihre Miene wirkte eher gequält als fröhlich.

»Ja, machen wir ...« Ich hob noch einmal die Hand in ihre Richtung, aber da hatte sie sich schon umgedreht. In der nächsten Sekunde war sie im Gewühl der Tanzenden verschwunden, und ich folgte Fay aus dem Gedränge raus in den Barbereich.

Fay wartete bereits auf mich. Sie hielt schon ihren Mantel in der Hand. Dann neigte sie den Kopf ein wenig und sah mich an. »Sie ist hübsch.«

»Du bist hübsch«, sagte ich und legte meine Hände auf ihre Hüften. Ich wollte sie jetzt küssen. Ich musste sie jetzt küssen, mich wieder in die Realität zurückholen. Also senkte ich meinen Kopf zu ihr hinab und legte meine Lippen auf ihre. Meine Hände zogen sie enger an mich, aber es war nicht so, wie ich es erwartet hatte. Das Feuerwerk blieb aus. Fay bemerkte das.

»Ich denke, es ist besser, wenn ich heute bei mir schlafe«, raunte sie und verschloss mir den Mund mit einem Kuss, bevor ich dagegen protestieren konnte. »Ich muss früh raus und brauche meinen Schönheitsschlaf.« Sie drückte noch einmal meine Hand, dann war sie genauso schnell in der Menge verschwunden wie Chloe wenige Minuten zuvor. Und ließ mich nachdenklich zurück.

Ein Blick auf die Uhr sagte mir, dass es schon halb drei war. Trotzdem war der Club noch gut gefüllt, die Stimmung schien auf dem Höhepunkt zu sein, auf der Tanzfläche sah man tanzende Körper, die sich unter zuckenden Lichtern im Takt der Beats aneinanderrieben, während in den Gängen vereinzelte Pärchen knutschten und am Tresen Gespräche stattfanden. Die abgestandene Luft aber war nicht mehr zu leugnen, der Abend hatte seine besten Stunden hinter sich, und es wurde auch für mich Zeit, den Heimweg anzutreten. Kurz überlegte ich, Chloe zu suchen und mich von ihr zu verabschieden, aber ich wusste nicht, ob das so eine gute Idee war. Diese Nähe eben zwischen uns war so intensiv gewesen, und ich wollte gar nicht wissen, was vielleicht passiert wäre, wenn Fay uns nicht gestört hätte. Trotzdem konnte mein Kopf nicht umhin, die Gedanken darum kreisen zu lassen.

»Logan!« Ein Schlag auf die Schulter holte mich aus meinen Gedanken.

»Jaxon, hey.« Wir umarmten uns kurz, dann lud er mich auf einen Drink ein. »Einer geht noch«, sagte ich und drängte mich hinter ihm zum Tresen durch.

»Bist du allein hier?«, wollte er wissen, nachdem er uns zwei Bier geordert und mir eines davon in die Hand gedrückt hatte.

»Fay ist gerade nach Hause«, antwortete ich.

»Ihr seht euch noch?«

»Ja, tun wir.«

»Was Ernstes also.«

Ich zuckte leicht mit den Achseln und trank einen Schluck Bier. »Ich weiß es nicht.«

Jaxon sah mich stirnrunzelnd an. »Was ist los, Logan?«

»Nichts, alles okay. Ich bin nur ein bisschen gestresst vom Job ...« Ich brachte es nicht fertig, mit ihm über meine chaotischen Gefühle für seine Schwester zu diskutieren. Er hatte mir schon einmal aufs Maul hauen wollen, weil ich sie angemacht hatte. Gut, das war über zehn Jahre her, aber ich glaubte nicht, dass sich an seinem Beschützerinstinkt etwas geändert hatte.

»Gut. Es reicht schon, dass Chloe total durch den Wind ist.«

Das ließ mich aufhorchen. »Wieso? Was ist mit ihr?«, fragte ich ahnungslos.

Jaxon runzelte die Stirn, als er mich ansah. »Euer Streit tut ihr nicht gut.«

»Wir haben keinen Streit«, widersprach ich.

»Und wieso hängt ihr dann nicht mehr pausenlos miteinander rum?«

»Wie gesagt, ich treffe mich oft mit Fay und –«

»Ach, stimmt. Klar. Und sie trifft sich mit diesem Kaden«, presste er heraus.

»Ist der Kerl immer noch aktuell?« Ich hatte gehofft, dass sie diesen aufgeblasenen Pumper schon längst in den Wind geschossen hatte.

Erstaunt sah er mich an. »Du kennst ihn schon?«

»Hab ihn einmal gesehen, im Fitnesscenter. Ein aufgeblasener Herkules. Ich hoffe, er hat seine Muskeln unter Kontrolle.«

Jaxon runzelte die Stirn. »Das hoffe ich auch. Glaubst du, sie liebt ihn?«

Ich zögerte. So wie sie mich noch vor wenigen Minuten angesehen, sich an mich geschmiegt hatte … oder hatte ich mir das nur eingebildet? »Nein. Nein, das glaube ich nicht.«

Erneut runzelte Jaxon die Stirn. »Angeblich trägt er sie auf Händen, aber ich glaube ihr kein Wort. Der Typ ist mir suspekt.«

»Mir auch.« Ich lehnte mich an den Tresen und sah zur Tanzfläche rüber, die fast aus den Nähten platzte. Der DJ spielte Musik der Neunziger. Nine Inch Nails und Stone Temple Pilots hatte ich schon ewig nicht mehr gehört, und wie es aussah, kam diese Musik bei den Gästen noch gut an.

»Seit wir hier sind, habe ich ihn noch kein einziges Mal wiedergesehen.«

»Er ist hier?« Das erstaunte mich nun doch. Was hatte Chloe dann geritten, so eng mit mir zu tanzen? Nicht, dass Kadens Abwesenheit mein Verhalten entschuldigt hätte. Ich wusste ja nicht mal, ob diese Situation für sie ebenso emotional gewesen war wie für mich. Ich wusste nur, dass ich daran zu knabbern hatte. Und allmählich dämmerte mir auch, warum.

»Er hat den ganzen Abend im *King's* gesessen und dabei keine Gelegenheit verstreichen lassen, andere Frauen anzubaggern. Aber auf dem Auge ist Chloe blind, das will sie weder sehen noch hören.«

»Chloe ist nicht blöd. Früher oder später wird sie merken, dass der Kerl nicht das Konfetti in ihrem Leben ist. Auch wenn jetzt vielleicht noch alles schön bunt aussieht.«

»Dein Wort in Gottes Gehörgang. Ich weiß nicht, warum, aber ich habe ein ganz beschissenes Gefühl, was diesen Kerl angeht.«

Mein Magen verkrampfte sich. Wenn Jaxon ein schlechtes Gefühl hatte, dann war in der Regel auch was dran. »Hast du ihn schon überprüft?«

»Nur gegoogelt. Aber da komme ich über Facebook und Instagram nicht hinaus. Außer Fotos von seinem Body ist da nichts zu sehen.«

»Ein Poser also.«

»Und ein Blender. Du hättest sehen sollen, wie er im *King's* die Frauen angemacht hat. Vor Chloes Augen.«

»Was für ein Wichser.«

»Ich muss ihn mir mal für ein Gespräch unter vier Augen greifen.«

»Alter, ist das nicht ein bisschen übertrieben? Ich meine, Chloe ist alt genug, um –«

»Sie ist meine Schwester«, fiel er mir ins Wort. »Und ich höre auf mein Bauchgefühl.« Mit einer hochgezogenen Augenbraue musterte er mich, bis ich schließlich zustimmend nickte. Jaxon entspannte sich, und schweigend tranken wir unser Bier. Bis er mich auf meine fast vergessenen Probleme ansprach.

»Und was läuft in der Firma? Hat der Alte dich noch immer nicht rausgeschmissen?«

»Nein. Ich vermute, dass er noch gar nichts von unserer Trennung weiß. Ich will darüber erst mit Aubrey sprechen. Aber ich war in meiner Wohnung, wollte sehen, ob sie das Feld geräumt hat, bevor sie abgereist ist.«

»Und?«

»Das Loft war leer – bis auf den Fernseher, meine Comicsammlung und die Küche hat sie alles mitgenommen.«

»Ernsthaft?«

Ich zuckte mit den Schultern. »Verletztes Ego, ganz klar. Aubrey hat genug Geld und es nicht nötig, Sachen zu klauen, die ihr nicht gehören. Wenigstens hat sie meine Comics nicht angefasst. Die sind mir heilig, und das weiß sie.«

»Und du glaubst, sie hat es Daddy noch nicht erzählt?«

»Kann ich dir nicht sagen. Entweder behält sie es für sich, weil sie glaubt, es renkt sich wieder ein. Was ich nach der Wohnungsräumaktion eigentlich nicht mehr glaube. Oder sie erzählt es ihm – natürlich in ihrer Version – in ihrem Urlaub, und ich habe gleich darauf meine Kündigung vorliegen. Aber wie es auch kommt, ich strecke meine Fühler gerade nach anderen Jobs aus. Weg will ich auf jeden Fall vom Havering-Clan.«

»Kann ich verstehen«, sagte Jaxon. »Ich würde auch so viel Abstand nehmen wie nur irgendwie möglich.«

»Ich kann einfach nicht verstehen, wie ich mich so in einem Menschen irren konnte«, grübelte ich. »Ich muss mich eigentlich bei dir entschuldigen.«

»Wieso das?«

»Du hast immer gesagt, dass ich sie abschießen soll, weil sie mir nicht guttut.«

»Bullshit. Du hast sie geliebt, also hatte ich überhaupt kein Mitspracherecht.«

»Ich weiß nicht, ob ich sie je geliebt habe. Aber wenn … wenn ich eines weiß, dann, dass ich sie jetzt nicht mehr liebe. Aber egal, lass uns das Thema wechseln«, bat ich.

»Was ist mit dir und Chloe? Alles wieder gut?«

»Ja, sicher.«

»Hey, King! Ich hab dich gesucht. Hey, Logan.« Hopes Stimme drang an mein Ohr, sie stand plötzlich vor uns, ohne dass ich sie hatte kommen sehen. Wir begrüßten uns mit einer Umarmung, dann schnappte sie sich Jaxons Arm. »Ich bin müde. Was ist mit dir? Willst du noch bleiben?«

Jaxon schüttelte den Kopf. »Nein, ich komme mit dir. Der Tag war lang genug.« Er exte sein Bier, dann klopfte er mir auf die Schulter und verabschiedete sich. Ich sah den beiden nach, wie sie Arm in Arm Richtung Ausgang schwebten.

Jaxon war glücklich, das war gut. Er hatte es mehr als verdient. Wenn nicht sogar am meisten von uns dreien.

Ich beschloss, mich jetzt auch endgültig auf den Heimweg zu machen. Die Nacht würde nicht länger werden, wenn ich blieb. Ich trank das Bier aus und stellte es auf dem Tresen ab, dann drehte ich mich um und drängte mich durch die Feiernden, die trotz der Uhrzeit noch lange nicht zum Ende kamen. Kurz vor dem Ausgang hörte ich eine mir bekannte Stimme.

»Echt jetzt?« Das war doch Chloe. Ich wandte mich um und erkannte ihre silbernen Haare im Gewühl. Es hörte sich an, als wäre sie in Schwierigkeiten, also trat ich etwas näher, blieb aber mit genügend Abstand im Hintergrund, dass sie mich nicht bemerkte. Da es hier am Ausgang nicht mehr so laut war wie im Club selbst, konnte ich jedes Wort verstehen.

»Was willst du, Babe? Ich habe nichts getan.« Kaden. Er stand vor ihr, hatte die Hände wie zur Abwehr vor der Brust verschränkt und sah mit verschlossener Miene auf sie runter. Sie war einen guten Kopf kleiner als er, aber ziemlich wütend, wie es mir schien.

»Du hast mit der aufgepolsterten Barbie rumgemacht, als würde niemand zusehen. Schon gar nicht ich«, spuckte sie ihm entgegen.

Kaden grinste selbstsicher. »Ach, komm schon, ich wusste nicht, dass wir so ein monogames Ding miteinander haben.«

Ich erkannte selbst in der Lichtershow des Clubs, wie rot ihre Wangen in dieser Sekunde wurden.

»Und ich wusste nicht, dass dein aufgeblasenes Ego so was nötig hat.« Ihr Blick spiegelte all ihre Emotionen wider. Gott, war sie sauer. Der Kerl sollte sich warm anziehen, besonders sollte er auf seine Eier aufpassen, denn die würde sie ihm gleich abreißen.

»Pass auf, was du sagst«, erwiderte er und kam ihr mit zwei Schritten näher. Zu schnell, zu bedrohlich und zu nahe für meinen Geschmack. Doch bevor er etwas tun konnte, wofür ich ihn umgebracht hätte, sprang ich zwischen die beiden und schob Chloe hinter mich. Seine Hand griff an mir vorbei ins Leere.

»Hast du nicht gehört? Die Lady sagt, du sollst sie in Ruhe lassen.« Mit eiserner Miene fixierte ich ihn.

Kaden zog die Augenbrauen hoch und musterte mich von oben bis unten. Dann verzog sein Mund sich zu einem spöttischen Lächeln. »Ach, sieh an, der edle Retter. Logan, richtig?« Ich hielt stumm seinem Blick stand. »Wusste ich doch gleich, dass da was zwischen euch läuft.«

Chloe wollte sich an mir vorbeischieben, aber ich schüttelte fast unmerklich den Kopf und hielt sie hinter mir fest. Kaden wartete darauf, dass ich reagierte, mich rechtfertigte oder ausflippte, aber den Gefallen tat ich ihm nicht. Für eine Prügelei hatte ich heute wirklich keine Nerven. Und solange er Chloe in Ruhe ließ, würde ich mich nicht auf dieses Niveau herablassen.

»Ich seh dich noch, Arschloch«, spie er mir schließlich entgegen. Dann setzte er seinen massigen Körper in Bewegung und schob sich an mir vorbei, natürlich nicht, ohne mich ordentlich an der Schulter anzurempeln. »Du kannst von Glück sagen, dass ich keine Brillenträger schlage«, zischte er mir dabei zu. Ich biss die Zähne zusammen, denn ich war so kurz davor, ihm die Faust unter die Nase zu rammen. Vielleicht war ich nicht so muskelbepackt wie er, aber für das Überraschungsmoment war ich immer gut. Ich hatte eine solide Kampfsportausbildung.

Chloe kam hinter meinem Rücken hervor, stellte sich vor mich und stemmte wütend ihre Hände in die Hüften, starrte mich an, als wäre ich wie Batman aus dem Nichts aufgetaucht und hätte ihr, Robin, die Chance auf die endgültige Vernichtung des Jokers genommen. »Mann, wieso mischst du dich da ein? Ich hätte das auch alleine geregelt. Ich hätte ihm die Eier abgerissen!«

Ich nahm die Brille ab und rieb mir kurz über die Augen. Dann grinste ich. *Mein Mädchen.* Ich war so stolz auf sie. »Ja, das hättest du bestimmt. Ich habe das Ganze nur etwas beschleunigt.« Dann atmete ich einmal durch und setzte die Brille wieder auf. »Soll ich dich nach Hause bringen?«

Chloe starrte mich wortlos an. Dann nickte sie. Und dann kamen die Tränen.

»Ja, Lo. Bitte.«

Ich legte meinen Arm um ihre Schultern, zog sie so dicht wie möglich an mich und dirigierte uns zum Ausgang. Dann setzte ich sie in meinen Jeep und brachte sie nach Hause.

Chloe

Meine Beine waren schwer wie Blei, als ich mich die letzten Treppenstufen nach oben schleppte. Warum musste auch ausgerechnet heute der Fahrstuhl defekt sein?

»Gleich geschafft«, hörte ich Logan hinter mir sagen. Logan. Ich war so froh, dass er bei mir war.

»Hoffnungsloser Optimist, was?«

»Du kennst mich doch.«

Ja, das tue ich. Ich nickte stumm, und endlich konnte ich die Tür zu meiner Wohnung sehen. Es waren nur noch zehn Stufen, die ich mit meinen müden Beinen bewältigen musste.

Nachdem ich aufgeschlossen hatte und wir eingetreten waren, ging ich in die Küche und holte eine Flasche Tequila aus dem Schrank.

»Hast du die Nachwirkungen deines letzten Ausrutschers schon vergessen?«

»Nein. Aber mein Leben ist doch echt betrinkenswert, oder etwa nicht?«, kommentierte ich seinen Blick. »Was ist? Trinkst du einen mit?«, fragte ich und hielt die Flasche hoch. »Ich habe nicht vor, mich schon wieder aus dem Leben zu schießen. Aber ich brauche jetzt einen Schnaps, der mir die Bilder von Kaden und der Barbie aus dem Kopf spült. Und … einen Freund …«

Mir entging das winzige Zögern nicht, aber dann nickte er. »Sicher.« Er zog sich die Jacke aus und ging direkt zum Sofa. Ich folgte ihm, holte noch zwei Gläser aus der Vitrine und setzte mich dazu. Meine Füße dankten es mir. Die Nacht war verdammt lang und anstrengend gewesen. Und hatte beschissen geendet.

»Komm her, ich mach das.« Logan griff nach der Flasche und schenkte uns ein. Ich lehnte mich zurück, zog die Beine hoch und legte die Arme auf meine Knie. Als Logan mir das gefüllte Glas in die Hand drückte, sah ich ihn an. Lange und intensiv betrachtete ich sein Gesicht. Angefangen bei seinem vollen Haar, das die Farbe von Vollmilchschokolade hatte und so herrlich zum Verwuscheln einlud. Die Augenbrauen, die immer ein bisschen schief aussahen, wenn er die Brille trug. Seine grünen Augen, die wie Smaragde funkeln konnten oder wie Laserstrahlen, je nach Laune. Ich betrachtete seine Nase, die gerade war, aber unten ein bisschen breiter wurde, dort mit einem schönen Schwung endete und dann ... sein Mund. Dieser Mund, der so wahnsinnig sinnlich geformt war, dass ich mich fragte: Warum war mir das nicht schon viel früher aufgefallen?

Ich sah diesen Kerl an und prägte mir jede noch so klitzekleine Kleinigkeit ein. Ich hatte keine Ahnung, wie es weitergehen würde, ob wir uns weiterhin nicht sehen, er mir aus dem Weg gehen oder keine Zeit mehr für mich haben würde wegen Fay ... Was mit unserer Freundschaft war. Deshalb wollte ich wenigstens seinen Anblick in meinem Gedächtnis abspeichern und jederzeit abrufen können.

»Danke.«

»Gern.«

»Ich meine nicht für den Tequila. Ich meine für deine Hilfe vorhin im Club. Und fürs Nachhausebringen. Und dafür, dass du für mich da bist. Und ...« Wieder traten mir die Tränen in die Augen. Ich war verdammt nah am Wasser gebaut in dieser Nacht.

»Ach, Kleines ...« Er nahm mir das Glas wieder ab und stellte es zu seinem auf den Tisch vor uns. Dann rutschte er zu mir und zog mich in seinen Arm. Ich ließ es geschehen und lehnte mich schniefend an seine Brust. Einige Tränen verließen meine Augen, obwohl ich versuchte, sie zurückzuhalten. Aber es fühlte sich nicht falsch an, an Logans Brust zu weinen. Er war mein Freund, mein Lieblingsmensch. Bei ihm musste ich mich nicht zusammenreißen oder verstellen.

»Ich verstehe nicht, wie ich mich so in Kaden täuschen konnte«, nuschelte ich an seiner Brust.

»Ich verstehe dich besser, als du vielleicht denkst.«

Ich blickte auf. »Aubrey, richtig ...«

»Irgendwie scheint bei uns gerade alles aus dem Ruder zu laufen, was?« Ein gequältes Lächeln legte sich auf sein Gesicht.

Und die Leere, die ich eben noch wegen Kaden gefühlt hatte, verschwand mit jedem Atemzug ein bisschen mehr. Bis sie schließlich ganz verschwunden war. Logan hatte sie gefüllt.

Er ließ mich los, griff nach unseren Gläsern und drückte mir meines in die Hand. »Trinken wir auf bessere Zeiten.«

Ich hob mein Glas und stieß mit ihm an. »Hinfallen. Aufstehen. Krone richten. Weitergehen. Wir kriegen das schon wieder hin.«

»Willst du mir erzählen, was eigentlich genau passiert ist?«, fragte Logan nach einer Weile. Eigentlich hatte ich wenig Lust, den Abend, oder besser gesagt die Szene mit Kaden, noch einmal zu durchlaufen, aber vielleicht tat es gut, es loszuwerden, bevor es mich innerlich zerfraß. Also sammelte ich mich und setzte mich aufrecht hin.

»Ich habe da wohl mehr reininterpretiert als er«, gestand ich mir selbst ein. »Jedenfalls haben wir seiner Ansicht nach nicht so ein ... ›monogames Ding‹. Aber sich aufregen, dass wir uns gut verstehen«, setzte ich hinterher.

Logan presste kurz die Lippen aufeinander, dann setzte er seine Brille ab und rieb sich die Nasenwurzel, bevor er mich wieder ansah. »Oh Mann. Aber ... er weiß doch, dass wir nur Freunde sind, oder? Dass da nichts läuft?«

Ich lächelte schwach. »Klar. Freundschaft. Sonst nichts ...«

»Sonst nichts ...«

Ich nickte nachdenklich. »Genau.«

Logan wollte etwas erwidern, doch es kam kein Ton aus seinem Mund. Also schloss er ihn wieder und nickte ebenfalls.

»Er hat vor meiner Nase mit einer anderen rumgemacht. Deswegen gab es Streit«, erklärte ich dann. »Ich war hin- und hergerissen zwischen ›Der breche ich jetzt die Nase‹ und ›Ihm reiße ich die Eier ab‹. Aber ich habe weder das eine noch das andere geschafft. Ich war einfach fassungslos und bin ausgerastet. Den Rest kennst du.«

»Ich fasse es nicht. Warum macht er so was?«

»Die Frage ist doch – will ich das einfach so hinnehmen?«

Logan neigte seinen Kopf ein wenig und runzelte die Stirn. »Was meinst du damit?«

»Lass ich ihm das durchgehen oder war's das mit uns?«

»Das ist doch nicht dein Ernst«, empörte er sich.

»Warum? Du hast Aubrey doch auch betrogen.«

»Aber das kannst du doch nicht vergleichen. Ja, ich war auch ein Arsch, es war absolut nicht in Ordnung, Aubrey zu betrügen. Aber … Unsere Beziehung war am Ende, es hat mir die Augen geöffnet, und ich habe mich direkt getrennt. Ihr steht am Anfang einer … Beziehung, und er hat mit einer anderen rumgemacht. Und das direkt vor deinen Augen. Ich schwöre dir – er wird es immer wieder tun, wenn du ihm das durchgehen lässt.«

»Woher willst du das wissen?«

»Weil du ihm keine Grenze zeigst. Er wird es wieder und wieder und wieder tun. Und du wirst ihm wieder und wieder und wieder verzeihen. Das kann nicht gutgehen, Kleines. Das kann es nicht. Du wirst daran zerbrechen. Auch wenn es wehtut: Beende die Sache.« Logans Stimme brach.

»Aber ändert das was an den Gefühlen? Ich weiß nicht, was passiert, wenn die erste Wut verraucht ist. Ich weiß es wirklich nicht.«

Logan sagte daraufhin nichts. Er schluckte nur, dann lehnte

er sich zurück und sah ins Leere. Ich lehnte mich ebenfalls zurück, und jeder von uns hing einfach seinen eigenen Gedanken nach. Wir schwiegen eine ganze Weile, aber es war ein angenehmes Schweigen. Ein einträchtiges Schweigen, eines von der Sorte, das einem zeigte, was für ein Glück man hatte, einen solchen Menschen an seiner Seite zu haben. Einen Menschen, mit dem man über alles reden, aber auch gemeinsam schweigen konnte.

Klar war ich verletzt gewesen, als ich Kaden mit Barbiegirl habe knutschen sehen. Vor meiner Nase. So, als wäre es völlig normal, dass er sich nimmt, was er will. Das war es für ihn anscheinend auch. Schließlich war das mit uns nichts Exklusives. Ich hatte mir nur was vorgemacht. Die Quittung hatte ich heute auf dem Silbertablett bekommen. Und Logan hatte recht – ich musste mich lösen. Denn im Grunde war ich viel zu stolz, so weiterzumachen, ihm das durchgehen zu lassen. Ich war Chloe King – mich betrog man nicht einfach so. Und schon gar nicht auf diese verlogene Art und Weise.

»Es ist spät, ich sollte mich langsam auf den Weg machen«, sagte Logan.

»Du hast getrunken, du solltest nicht mehr fahren.«

»Taxi?«

»Bleib hier.«

»Chloe, ich –«

»Bitte.« Ich wollte jetzt nicht allein sein.

Logans Brust hob und senkte sich, er atmete tief durch, dann sah er mich an. »Okay.«

Wir standen auf, und ich merkte, wie kühl es in der Wohnung war. Vielleicht lag das auch einfach an meiner Müdigkeit. Im Schlafzimmer griff ich in den Wäscheschrank und holte frisches Bettzeug heraus, das ich ins Gästezimmer brachte.

»Danke«, sagte er und legte seine Brille auf den Tisch, bevor er sich das T-Shirt auszog.

Ich ging ins Bad, während Logan sein Bett im Gästezimmer bezog. Im Schrank griff ich nach einer frischen Zahnbürste und legte sie ihm zusammen mit einem Handtuch auf das Waschbecken.

Als ich mich abgeschminkt und schnell geduscht hatte, schlüpfte ich in mein übergroßes T-Shirt, das ich zum Schlafen gerne anhatte. Im Anschluss besuchte ich Logan im Gästezimmer, um ihm Gute Nacht zu sagen. Er trug nur noch seine engen Shorts, und als das wenige Licht der kleinen Nachttischlampe auf seine Haut schien, fiel mir auf, wie definiert sein Oberkörper war. Und bei näherer Betrachtung war es nicht nur der Oberkörper. Trotz Trainingspausen hatte er seinen Körper gut im Griff. Es war schon eine Weile her, dass ich mit meinen Fingern die Muskeln nachgefahren war, die mein Blick jetzt abtastete. Als ich ein Räuspern vernahm, ruckte mein Kopf hoch. Was war schlimmer, als erwischt zu werden? Verlegen wandte ich den Blick ab.

»Gute Nacht, Lo.«

»Schlaf gut, Kleines«, sagte er, und ich spürte das Zögern, als er auf mich zukam. Und das war der Moment, der alles veränderte. Schlagartig war alles anders.

Sein Blick war eindringlicher als sonst, und das Smaragdgrün seiner Pupillen schien sich zu einem dunklen Tannengrün zu verändern, je länger wir uns ansahen. Unmerklich kam er näher, Millimeter für Millimeter näherten unsere Gesichter sich einander an. Es war wie Magie, die uns umhüllte. Eine magische Anziehungskraft, die uns unaufhaltsam zueinander zog. Seine Hände berührten meine Schultern, brannten sich tief in meine Haut. Meine Fingerspitzen fuhren über seine Arme, Blitze schossen durch meine Adern. Ich sah auf seine Lippen, wusste, wie weich sie waren, ich konnte mich ganz genau daran erinnern, spürte sie auf meinen, erinnerte mich, wie sie mich geküsst und liebkost hatten. Aber dann trafen sie wirklich auf meine Wange, hauchten mir einen leichten, fast unwirklichen Kuss auf meine Haut, bescherten mir Gänsehaut. Und plötzlich überkam mich eine ungeahnte Sehnsucht. Ich hörte das leise Aufstöhnen, noch bevor es aus meinem Mund gekommen war.

Sein Atem streifte meinen Hals, und wie von selbst näherten sich unsere Körper einander an. Ich spürte seine Hitze, und die Kälte, die mich die letzte Stunde ausgefüllt hatte, verschwand endlich. Es fühlte sich an, wie nach Hause zu kommen. Vertraut und richtig. Ja, das war es. Es fühlte sich richtig an.

In den letzten Tagen hatte ich ununterbrochen an Logan denken müssen. An ihn, an uns, an das, was uns verband. Und dennoch war ich zu keinem Schluss gekommen. Jetzt war es Zeit zu handeln. Ich konnte nicht anders, das Verlangen, von ihm geküsst, angefasst, liebkost, gestreichelt – begehrt zu werden, übermannte mich völlig. Langsam fuhr ich über seinen Rücken und hob mein Gesicht an, sein Atem strich über meine Wange, dann waren unsere Lippen sich so nahe, dass sie sich fast berührten. Logan sog scharf die Luft ein.

»Kleines ... das ist nicht fair, was du da tust.«

»Was tu ich denn?« Ich war nicht mutig, ich war feige. Denn damit zwang ich ihn zu einer Entscheidung. Einer Entscheidung, die ich mir selbst nicht zutraute. Auch wenn ich schon die Hälfte des Weges gegangen war, war ich zu feige, um auch den Rest allein zu gehen. Er musste mir entgegenkommen. Diese Bestätigung brauchte ich einfach.

»Bist du dir sicher?«

Bist du dir sicher, dass du das Richtige tust?

Nein, war ich nicht. Ganz und gar nicht.

Ich wartete zwei Atemzüge, bis ich ihm antwortete. »Ich weiß es nicht, Lo. Aber ich will es herausfinden.«

Er schwieg. Er schwieg eine ganze Weile, und ich dachte wirklich, ich wäre zu weit gegangen. Vielleicht sollte ich lachen, das Ganze als Scherz abtun. Ich schloss meine Augen und sammelte mich, doch dann spürte ich seine Hand auf meiner Wange. Vorsichtig wie ein Windhauch berührte sie meine Haut, aber das reichte aus, um mich erzittern zu lassen. Ich öffnete die Augen wieder und sah zu ihm auf. Eine Spur Unsicherheit lag nicht nur in seinen Worten.

»Bist du dir sicher?«, stellte ich die Gegenfrage.

»Müssen wir uns sicher sein?« Seine Hand verharrte auf meiner Wange, wartete meine Antwort ab.

Vorsichtig hob ich den Kopf noch etwas höher, sah ihm in die Augen. Das Grün seiner Iris schimmerte wie immer, aber ich glaubte, die Zerrissenheit mit den Händen greifen zu können. »Ich finde nicht«, flüsterte ich. Dabei legte ich meine Hand auf seine Wange. Sie war warm und leicht stoppelig. Das mochte ich. Langsam ließ ich meine Finger darüberstreichen und griff schließlich in seinen Nacken. Ob um ihn zu mir zu ziehen oder mich einfach an ihm festzuhalten wusste ich nicht, aber als unsere Lippen sich berührten, erst zaghaft und unentschlossen, schien es mir unmöglich, ihn jemals wieder loszulassen. Ich schlang meine Arme um seinen Hals und er seine um meinen Körper. Wir klammerten uns aneinander wie zwei Menschen, die sich aus den Augen verloren und nach einer gefühlten Unendlichkeit wiedergefunden hatten. So fühlte ich mich. Ich hatte Logan verloren – und wiedergefunden. In ebendieser Nacht. Und mir hätte nichts Besseres passieren können, denn jetzt fühlte ich mich wieder vollständig.

Unsere Zungenspitzen berührten einander. Vorsichtig, neckend, so, als wäre es das allererste Mal. Tief in mir wusste ich, dass es ein Neuanfang sein konnte. Wenn wir es zuließen. Aber das war etwas, worüber ich mir jetzt keine Gedanken machen wollte. Das Einzige, was ich jetzt wollte, war zu genießen. Und zu vergessen.

»Ich habe dich vermisst«, murmelte Logan zwischen zwei Küssen und umfasste mit beiden Händen mein Gesicht. Das war eine so intime Geste, dass mir die Tränen in die Augen traten. Dankbar, dass es halbdunkel war, blinzelte ich sie fort und hob mein Kinn, um ihn zu küssen.

»Ich dich auch, Lo«, erwiderte ich dann, und kurz darauf versanken wir in einem Kuss, der süßer nicht schmecken und schmerzhafter nicht sein konnte …

Logan

Chloes Lippen waren noch genauso weich, wie ich sie in Erinnerung hatte. Die Berührung war erlösend und schmerzhaft zugleich. Als ich sie nach Hause gebracht hatte, war mir nicht im Entferntesten der Gedanke gekommen, dass wir miteinander im Bett landen könnten. Das war das Letzte, woran ich gedacht hatte. Doch als ich sie jetzt in meinem Arm hielt, ihren Duft in mich aufsog und sie schmeckte, da wurde mir augenblicklich klar, dass es genau das war, was ich schon immer gewollt hatte. Chloe. Und als mir das bewusst wurde, schob ich alle Gewissensbisse und Zweifel beiseite und ließ mich ganz und gar auf uns ein.

Unsere Zungen neckten einander, und ein leises Aufstöhnen drang aus ihrem Mund. Ich biss zärtlich in ihre Unterlippe, forderte sie heraus, während meine Hände über ihren Rücken fuhren und schließlich unter ihr T-Shirt glitten. Wie warm und weich ihre Haut war. Vorsichtig krochen meine Finger ihre Wirbelsäule entlang, ertasteten jeden Quadratzentimeter rechts und links davon und ließen ihren Körper erschaudern.

»Ich will dich so sehr, Kleines. So sehr …«, flüsterte ich in ihren Mund. Und ich merkte, wie wahr meine Worte waren. Es gab nichts, wonach ich in diesem Moment mehr verlangte, mehr Sehnsucht hatte, was ich mehr wollte.

»Dann nimm mich, Logan«, bat sie heiser und stöhnte auf, als meine Finger den Saum ihres Shirts griffen und es unendlich langsam und vorsichtig nach oben zogen, ihre glatte Haut entblößten. Bereitwillig ließ sie es sich von mir über den Kopf ziehen. Ich ließ den Stoff achtlos auf den Fußboden fallen und schob Chloe sanft in Richtung des Betts. Behutsam legte ich sie auf den Rücken und mich neben sie. Mit den Fingern zeichnete ich kleine Kreise auf ihrer Haut. Angefangen an ihrem Schlüsselbein arbeitete ich mich Zentimeter für Zentimeter weiter zu ihren kleinen, festen Brüsten hinunter. Nur eine kleine Lampe am Bett spendete etwas Licht, ermöglichte mir, ihren Anblick in mich aufzunehmen, um mich immer wieder daran zurückerinnern zu können. Langsam beugte ich mich über sie, verteilte hauchzarte Küsse auf ihren Brüsten, saugte an ihren aufgestellten Nippeln, was ihr ein weiteres kehliges Stöhnen entlockte. Chloe bäumte sich auf, drückte den Rücken durch und krallte ihre Finger in meine Schultern.

»Du fühlst dich so gut an«, flüsterte ich, während ich ihre Brustwarzen mit der Zunge umkreiste. Erst jetzt merkte ich, wie fremd und gleichzeitig vertraut ihr Körper sich für mich anfühlte. Es war wie ein Neuanfang, aber auch wie ein Nachhausekommen. Und mit jeder zarten Berührung, mit jedem zarten Kuss kam ich ihr näher.

Es fiel mir nicht schwer, mich zu beherrschen, als mein Mund weiter hinunterwanderte, denn ich wollte jeden Moment, jedes noch so leise Aufkeuchen aus ihrem Mund und jeden Schauer jedes Quadratmillimeters ihrer Haut genießen. Mit hauchzarten Küssen bedeckte ich ihre Rippen, jede einzelne von ihnen, zog eine Spur von Seite zu Seite und runter zu ihrem flachen Bauch, umkreiste ihren Bauchnabel, merkte dabei, wie sie die Luft anhielt, wenn ich sie berührte, und wieder ausatmete, als ich von ihr abließ. Sie versteifte sich kurz, als ich am Rand ihres knappen Slips angelangt war.

Ich verharrte. War ich zu weit gegangen? »Alles okay? Soll ich …« Meine Finger zogen sich zurück.

»Nein! Nein, alles wunderbar«, wisperte sie hörbar erregt. Lächelnd legte ich meine Finger wieder zurück und fuhr mit der Erkundung ihres Körpers fort, knabberte an ihrer erhitzten

Haut und zog das winzige Stück Stoff mit meinen Zähnen etwas beiseite. Zischend sog sie die Luft ein, als ich mit der Zunge darunterfuhr.

»Was ... oh mein Gott ...«

»Entspann dich, Kleines«, raunte ich, setzte mich auf und schob ihre Beine auseinander. Dann kniete ich mich dazwischen. Mein Schwanz drängte sich gegen den Stoff meiner Shorts, er stand und schmerzte, weil er nach Erlösung verlangte. Aber so weit waren wir noch nicht. Erst sollte Chloe jede Sekunde unseres Zusammenseins genießen und ihr Feuerwerk erleben. Aber ich musste wissen, ob das, was wir hier taten, auch für sie vollkommen in Ordnung war. Dafür brauchte ich sie bei mir.

Ich griff unter Chloes Rücken und zog sie mit einer fließenden Bewegung auf meinen Schoß. Sofort umklammerte sie meinen Hals, lehnte ihren Oberkörper an mich und ihre Stirn gegen meine.

»Hey«, raunte ich.

»Hey«, gab sie mit belegter Stimme zurück, und als sie die Augen öffnete, ihre wasserblauen Augen mich ansahen, drang ihr Blick durch alle Schichten meines Körpers bis in mein Herz.

Ihre Wange schmiegte sich in meine Hand, mit der ich über ihr Gesicht strich, unsere Blicke hielten einander fest, und ich erkannte weder Unsicherheit noch Angst in ihrem. Als ich meine Lippen sanft auf ihre legte und sie den Kuss leidenschaftlich erwiderte, war auch der letzte Zweifel fortgewischt.

Während wir uns küssten, legte ich sie wieder auf den Rücken und rutschte ein Stück runter. Mit sanftem Druck strich ich von den Fesseln die Waden hoch, über die Innenseiten ihrer Schenkel zu ihren Hüften, wo meine Finger die schmalen Ränder ihres Slips griffen und ihn vorsichtig abstreiften. Chloe hob ihre Beine an, und ich schmiss das winzige Stück Stoff achtlos auf den Boden. Das schmerzhafte Pochen in meinem Schwanz versuchte ich zu ignorieren. Wobei mir klar war, dass das nicht mehr lange möglich sein würde. Chloe machte mich scharf, und ihr verhaltenes Stöhnen und leichtes, fast unschuldiges Aufbäumen machten es mir nicht leichter, mich noch länger zusammenzureißen. Sie war einfach zu heiß. Ihr durchtrainierter Körper wand sich, und immer wieder hob sie ihr Becken, keuchte vor Erregung und flüsterte meinen Namen. Wenn unsere Blicke sich trafen, durchfuhren mich heiße Schauer, die mir wieder und wieder bewusst machten, was wir hier taten. Und dass es sich richtig anfühlte.

»Logan … bitte …«

Unendlich langsam übersäte ich ihr Bein mit Küssen, arbeitete mich wieder vom Knöchel nach oben. Sie roch so gut, sie schmeckte noch viel besser. Ihre Haut war weich und erschauderte unter meinen Berührungen. Ich war wie berauscht, dass ich ihr so nahe sein durfte. Jede Sekunde, jede Berührung kostete ich aus. Chloes Finger krallten sich in das Laken, als ich an ihrem glatten Hügel haltmachte. Neckend leckte ich darüber, sie stöhnte laut auf. Sanft fuhr ich mit den Fingerspitzen über ihre Schamlippen und öffnete sie vorsichtig. Als ich mit der Zunge über ihren Kitzler strich, spürte ich ihre volle Erregung. Chloe war nass und ihre Klit hart und geschwollen. Ich spielte mit ihr, leckte sie, zog mich zurück, saugte an ihr, zog mich zurück. Chloe schämte sich nicht, aufzuschreien und ihrer Erregung freien Lauf zu lassen. Sie zeigte mir ganz genau, was sie mochte und was sie jetzt brauchte. Das heizte mich noch mehr an.

Ich leckte sie, bis sie sich unter mir wand, dann nahm ich die Finger zu Hilfe, schob sie langsam und tief in sie. Gott, was für ein Gefühl, sie so zu spüren. Sie endlich wieder zu fühlen und so nahe bei ihr zu sein. Ich konnte es kaum erwarten, mich endlich ganz und gar in ihr zu versenken. Tief und tiefer, im gemeinsamen Rhythmus, bis wir gemeinsam explodieren würden.

»Logan, ich komme gleich, wenn du nicht sofort aufhörst«, keuchte sie.

»Ich höre nicht auf, Kleines. Niemals. Komm für mich, ja ... komm ...« Immer weiter schob ich meine Finger in sie, leckte und saugte an ihr, knabberte an ihrer Klit, bis sie wimmerte und sich schließlich aufbäumte, sich mir entgegendrückte.

»Ich komme, ja, ja ... jaaaaaaa.« Der Anblick ihrer Explosion war unglaublich.

Ihre Brust hob und senkte sich keuchend, und ihre Augen waren geschlossen. Ihre Hände lagen jetzt entspannt über ihrem Kopf. Ich nahm mich ein klein wenig zurück, zog meine Finger langsam raus, entledigte mich in Sekundenschnelle meiner Shorts und kniete mich wieder zwischen ihre Beine. Dann legte ich mich vorsichtig auf sie. Ihren zierlichen Körper unter meinem zu spüren war unglaublich schön.

Ich sah sie an, küsste sie sanft und stupste meine Nase an ihre. »Nimmst du noch die Pille?«

»Ja«, hauchte sie.

Wie von selbst fand mein Schwanz den Weg und drang langsam, ganz langsam in sie ein. Chloe stöhnte erneut, ihre Lider flatterten, dann öffnete sie die Augen und sah mich an. Ich erkannte das Verlangen in ihrem Blick. Aber da war noch etwas anderes. Angst? Ich stoppte.

»Alles okay?«

Fast unmerklich nickte sie, dann schlang sie ihre Arme um meinen Hals und zog mich zu sich. Sie schloss die Augen, als unsere Lippen sich berührten. Und dann küsste sie mich.

Während unsere Zungen miteinander spielten, bewegte ich mich langsam in ihr. Ich wollte den Moment, in dem wir gemeinsam über die Klippe springen würden, so lange es ging hinauszögern. Ihn so lange es ging genießen.

Chloe schien es ähnlich zu gehen, denn sie behielt das langsame Tempo bei. Ihre Beine schlangen sich um meine Hüften, sodass ihre Scham mir noch mehr entgegenkam, ich noch tiefer in sie dringen konnte. Das machte den Akt noch inniger, noch intimer. Wir trieben unaufhaltsam auf den Gipfel zu. Und als wir ihn erreichten, sprangen wir gemeinsam, ohne unsere Blicke loszulassen. Und als ich meinen Saft mit einem lauten Schrei in sie hineinpumpte, sah ich in ihre Augen. Und in diesem Augenblick wusste ich ganz sicher, dass ich nie wieder ohne sie sein wollte.

Chloe King, ich liebe dich.

Chloe

Ich muss dich sehen.

Ich stand hinter der Theke im *King's*. Stunden nachdem ich alleine in meiner Wohnung aufgewacht war, war gerade diese Nachricht auf dem Display meines Handys erschienen. Doch sie war nicht von Logan, wie ich eigentlich gehofft hatte.

Als ich irgendwann heute Mittag die Augen geöffnet hatte, war er schon weg gewesen. Logan hatte sich einfach aus dem Staub gemacht. Wie bei einem bedeutungslosen One-Night-Stand. Das war es, was mich fertigmachte. Er hatte mich einfach allein gelassen. So als hätte es diese Nacht niemals gegeben.

Ich hatte ihm eine Nachricht geschickt, ihm einen guten Morgen gewünscht. Allerdings war seine Reaktion ziemlich eindeutig gewesen: Er hatte nicht geantwortet. Also hatte ich ihn angerufen. Natürlich hatte ich ihn angerufen, schließlich war er immer noch mein Freund. Aber er war nicht rangegangen. Die ganzen zwölf Mal nicht.

»Vergiss es«, murmelte ich und steckte das Handy und somit auch die Nachricht von Kaden wieder in die Hose meiner *King's*-Uniform zurück. Auf eine Antwort konnte er warten, bis er schwarz wurde.

Er hatte tatsächlich die Dreistigkeit, mir eine solche Nachricht zu schicken. Das war nach seinem Auftritt im Club nicht die Art von Bitte, die er meiner Meinung nach vorbringen sollte. Das war eine verdammte Forderung. Das war krank. Das war so was von krank! Nein. Mit Kaden Jenkins war ich fertig! Dieser Typ würde von mir nichts mehr bekommen außer einen Tritt in die Eier. Und Logan ebenso.

»Chloe?« Brian stand neben mir und wedelte mit einem Bon vor meinem Gesicht herum.

»Was?« Scheiße, ich war total abwesend. »Sorry, ich hab gerade an was anderes gedacht«, stammelte ich und wischte mir die Hände an meiner Hose ab.

»Ja, das war nicht zu übersehen.«

»Sorry …« Langsam nahm die Realität um mich herum wieder Gestalt an, ich hörte sogar die Beats, die unaufhörlich im Hintergrund hämmerten. Weil die Bar morgen wegen meines Geburtstags geschlossen war, hatte Jaxon heute spontan die Musik aufgedreht und ein paar Drinks geschmissen, um seine Gäste bei Laune zu halten. Und siehe da – es funktionierte. Die kleine Tanzfläche zwischen dem Tresen und der Tischreihe an der gegenüberliegenden Wand war voll, eng an eng schmiegten sich die Körper der Tanzenden. Die Stimmung war ausgelassen, und es war verdammt viel zu tun. Also riss ich mich zusammen und richtete meine ganze Konzentration auf die Bestellungen.

»Alles okay?« Brian sah mich aufmerksam an.

»Ja, sicher«, gab ich betont locker zurück und griff nach zwei Mason Jars für die bestellten Cocktails.

»Gut.« Er warf mir noch ein zögerliches Lächeln zu, dann drehte er sich um und widmete sich dem Shaker, den er bereits bestückt hatte. Ich drehte mich ebenfalls um, um die Gläser mit Eis zu füllen, und da sah ich ihn durch den riesigen Spiegel, der an der Rückwand des Tresens angebracht war. *Shit!* Hier und jetzt hatte ich nicht mit ihm gerechnet. Ich war nicht vorbereitet und fühlte mich total überrumpelt. Dennoch bemühte ich mich, mir nicht anmerken zu lassen, wie sehr mich Logans plötzliches Erscheinen aus der Fassung brachte. Ich blinzelte, schluckte, und sah erneut hin. Aber kein Zweifel. Das war er.

Mein Herz setzte aus. Eins, zwei, drei … Dann schnappte ich nach Luft, atmete gierig ein, und mein Puls begann zu rasen. Konnte das wahr sein? War er wirklich so abgebrüht? Tauchte er hier einfach so auf, als wäre nichts gewesen? Nachdem er mich den ganzen Tag hatte auflaufen lassen?

Während ich die Drinks mixte, beobachtete ich ihn über den Spiegel. Und dann sah ich, dass er nicht allein war. Das war doch ... Ich spürte, wie Wut meine Hilflosigkeit ablöste. Was fiel ihm ein? Wie konnte er mir das antun? Er war so ein unsensibles Arschloch!

»Hey, Kleines.«

»Du lebst? Das hätte ich nicht vermutet«, erwiderte ich möglichst abgeklärt und warf ihm einen knappen Blick zu. Gott, war ich sauer! Trotzdem schaffte ich es nicht, ihn anzusehen, ohne an letzte Nacht zu denken und dabei rot zu werden. Ich riss mich zusammen, blieb cool und tat beschäftigt, kümmerte mich um die Arbeit, die in Form von Getränken vor mir stand. Ich wollte ihn nicht ansehen, wollte nicht zusehen, wie er und Fay sich womöglich verliebte Blicke zuwarfen, während mein Herz dabei zerbrach. Aber ich musste. Wenn ich nicht wollte, dass er mir meinen Gefühlszustand ansah. Denn zu wissen, was ich fühlte – das hatte er nicht verdient.

Logan schob sich zwischen zwei besetzten Barhockern durch und lehnte sich zu mir rüber. Sein dunkelgraues Hemd, das unter seiner Lederjacke hervorblitzte, lag eng an seinem trainierten Oberkörper an. Seiner Frisur nach hatte er sich, seitdem er mein Bett verlassen hatte, nicht mehr gekämmt. Die dunklen Schatten unter den Augen und die Bartstoppeln, die sich auf seinem Gesicht zeigten, hätten mich glauben lassen können, dass er genauso durch den Wind war wie ich. Aber nein. Im Grunde wirkte er nicht annähernd so durcheinander wie ich. Er sah einfach nur müde aus.

»Wie geht's dir?«, fragte er über die laute Musik hinweg.

»Besser als heute Morgen.« *Bleib cool, Chloe.* Ich lächelte nicht. »Und dir?«

»Was ist los, Chloe?« Ich spürte seinen Blick auf mir ruhen.

Ich verharrte mitten in der Bewegung und hob den Kopf, um ihn anzusehen. »Das fragst du nicht ernsthaft, oder?«

Logan runzelte die Stirn.

»Machst du mir drei Black Mule?« Brian stand neben mir und hantierte mit mehreren Flaschen und Gläsern gleichzeitig.

»Sicher.« Ich war froh um die Unterbrechung. Mit fahrigen Fingern griff ich nach Gläsern aus dem Regal, füllte Eis hinein und mit Bourbon und Bitter Rose auf. Nachdem ich Brian seine Bestellung aufs Tablett gestellt hatte, warf ich einen Blick auf Logan, der mittlerweile einen Barhocker ergattert hatte und jetzt direkt am Tresen saß.

Als unsere Blicke sich trafen, wurde mir ganz mulmig. Die Vertrautheit, die uns immer verbunden hatte, war wie weggeblasen. Zurück blieb – zumindest bei mir – nur Unsicherheit. War ich tatsächlich die Einzige, die mehr in die letzte Nacht hineininterpretiert hatte? Ging es ihm nicht so, dass sich in das freundschaftliche Gefühl noch ein weiteres, aufregenderes gemischt hatte? Gott, ich war so dämlich! Ich fühlte mich auf eine miese Weise benutzt, auch wenn das totaler Quatsch war. Schließlich hatte ich vorher gewusst, dass er vergeben war. Und hatte mich trotzdem auf ihn eingelassen, obwohl er mir nichts versprochen hatte. Und dennoch fühlte ich mich jetzt, als hinge ich in der Luft. Und unter mir war nichts als ein tiefer, tiefer Abgrund.

Schweigen breitete sich über uns aus, und obwohl es höllisch laut in der Bar war, kam es mir vor, als könnte ich eine Stecknadel fallen hören. Die letzte Nacht hatte alles verändert. Und wiederum nichts.

Logan lehnte die Unterarme auf den Tresen und beugte sich zu mir rüber. In seinen Augen spiegelte sich ein Schmerz, wie ich ihn noch nie gesehen hatte. *Fay. Er hat ein schlechtes Gewissen, klar. Und ich bin schuld daran.* Blitze schossen mir von Kopf bis zu den Zehen und verstummten erst in meinem Herzen, das damit völlig überfordert war und haltlos anfing zu rasen. Ich hielt den Atem an, bemühte mich, meinen eigenen Schmerz zu verbergen.

»Chloe ... sollen wir darüber reden?« Mein Kopf flog hoch. »Über ... letzte Nacht ...?«

Hastig verneinte ich. »Nein. Schlechter Zeitpunkt. Schlechter Ort. Nein.« Ich wollte nicht reden, ich wollte nur vergessen.

»Kleines ...«

»Wieso bist du abgehauen? Wieso bist du nicht ans Telefon gegangen? Das habe ich mich den ganzen beschissenen Tag lang gefragt. Und weißt du was? Ich habe es kapiert. Es ist okay. Es ist alles in Ordnung. Ich will nicht weiter darüber reden, vergessen wir das einfach.«

»Es tut mir leid –«

»Nein, mir tut es leid. Das hätte niemals passieren dürfen. Da sind wir uns ja wohl einig.«

Er sagte nichts dazu, sah mich nur stumm an. Logan konnte in mir lesen wie in einem offenen Buch. Aber das änderte nichts. Nicht diesmal. Ich durfte ihm nicht zeigen, wie sehr mich die letzte Nacht gekränkt hatte. Es hatte nichts bedeutet. Es war ein Ausrutscher gewesen. Und ich konnte ihm nicht mal einen Vorwurf deswegen machen. Er hatte seine Gründe dafür. Er war vergeben. Und er war glücklich. Das durfte ich ihm nicht kaputtmachen. Dazu hatte ich kein Recht.

Also mobilisierte ich den Rest meines Selbsterhaltungstriebs und setzte ein gezwungenes Lächeln auf. Auf keinen Fall sollte er erfahren, wie sehr mich das alles schmerzte.

»Chloe, was wir –«

Nein! Es gab kein *Wir*. Zumindest nicht *so ein* Wir. Nicht mehr.

Ich schluckte den gewaltigen Lügenkloß in meinem Hals mühsam herunter. »Zum letzten Mal, Logan: Es gibt nichts zu bereden. Es. Ist. Nichts. Passiert. Und jetzt entschuldige mich, ich habe zu tun. Sorry.« Das war gelogen, und er wusste das.

Wir hatten miteinander geschlafen. Das war etwas anderes als ein One-Night-Stand gewesen. Auch wenn es sich jetzt genauso anfühlte.

Es war Logan gewesen, der mich in der Nacht voller Hingabe geliebt hatte.

Logan.

Mein bester Freund.

Mein Vertrauter.

Der Mann, der nach meinem Bruder den größten Platz in meinem Herzen einnahm.

Der, von dem ich dachte, er würde mich für immer halten.

Doch auch wenn ich wusste, dass es nicht seine Schuld war, war mit der letzten Nacht alles kaputtgegangen. Die Freundschaft, die uns verbunden hatte, war zerbrochen. Es würde nie wieder so sein wie vorher.

Es war vorbei.

Mein Herz stoppte seinen Sprint.

Es zerbarst in ebendiesem Moment in tausend Teile.

Ich hatte mich geirrt.

Nichts würde es wieder kitten können.

Es war zerbrochen und so würde es bleiben.

Sein Blick war durchdringend und kratzte an meiner Selbstbeherrschung. An der dünnen und bröckeligen Mauer, die ich auf die Schnelle um mich herum hatte aufrichten können. Ich sah kurz zur Seite, um mich wieder zu fangen.

Logan atmete tief ein, es sah aus, als wollte er etwas erwidern, ließ es dann aber. Diesen Moment nutzte ich zur Flucht und wandte mich wieder den Bestellbons auf dem Tresen zu. Ich lechzte nach Ablenkung. Und wenige Minuten später war der Platz an der Bar leer. Logan war gegangen. Ich wusste nicht, was schlimmer war. Seine Anwesenheit oder seine Abwesenheit. Beides war beschissen.

Ich riss mich zusammen, arbeitete die nächste halbe Stunde

mit Brian Seite an Seite, und mit der Zeit wurden die Handgriffe wieder etwas leichter, und auch das Lächeln fand wieder in mein Gesicht zurück.

Immer wieder ertappte ich mich, wie ich nach Logan Ausschau hielt. Und tatsächlich entdeckte ich ihn irgendwann in der Menge. Ein Stück vor meinem Revier. Er war also kein zweites Mal vor mir weggelaufen.

Aus dem Augenwinkel heraus beobachtete ich ihn immer wieder. Und mir fiel auf, dass er dasselbe tat. Aber immer, wenn unsere Blicke sich wie zufällig begegneten, sahen wir schnell woandershin. Wie Kinder, die etwas ausgeheckt und Angst hatten, erwischt zu werden. Es war verrückt. Und so was von falsch. Aber ich konnte nicht anders, denn alles andere hätte mich umgebracht.

Und dann sah ich ihn mit Fay.

Sie stand neben ihm, mit dem Rücken zu mir. Seine Hand lag auf ihrer Hüfte und ihre Arme schlangen sich um seinen Hals, ihr Mund legte sich auf seinen. Mein Herz stolperte, als ich zusah, wie die beiden sich küssten. Ich schluckte, doch meine Kehle war so trocken, dass es schmerzhaft in meinem Hals kratzte.

Keiner der beiden bemerkte mich. Ich wich Jaxons besorgtem Blick aus und setzte mein einstudiertes Barkeeperlächeln auf, als Fay sich von Logan löste und auf den Tresen zuhielt. Logan drehte sich nicht mal um.

»Hallo, Chloe! Wie geht's dir?« Gott, wieso war sie nur so freundlich? So konnte ich sie nicht *nicht* mögen.

»Könnte nicht besser sein«, log ich mit einem gezwungenen Lächeln. Ich war die Königin des Tresen-Smalltalks. »Und dir?«

»Könnte so viel besser sein«, antwortete sie mit einem Augenzwinkern. Ihre Augen waren dunkelbraun, kaum geschminkt. Sie war von Natur aus hübsch mit ihren strahlend weißen Zähnen und den vollen Lippen. Kein Wunder, dass

Logan sie gerne küsste. »Zu viel Arbeit, aber deswegen sollte ich mich wohl besser nicht beschweren.« Sie versteckte ein Gähnen hinter dem Handrücken. »Entschuldigung. Ich glaube, ich muss langsam ins Bett. Du hast noch eine lange Nacht vor dir, oder?«

»Ein paar Stunden noch.«

»Halte durch, Chloe. Wiedersehen.« Sie winkte mir noch kurz zu, bevor sie sich zu Logan umdrehte, der jetzt auf uns zukam. Allerdings ohne mich anzusehen.

»Ich bringe dich nach Hause«, hörte ich ihn sagen. Er legte seine Hand auf Fays Rücken, erst als sie sich von mir wegdrehte, sah er mich an. Sein Blick war traurig, aber es schwang auch etwas Endgültiges darin mit. Und als er mir zum Abschied nur stumm zunickte, musste ich mich stark zusammenreißen, ihm nicht hinterherzurennen. Erst als die beiden aus meinem Sichtfeld verschwunden waren, erlaubte ich mir, meine aufrechte Haltung zu lösen und innerlich zusammenzubrechen. Die nächsten zwei Stunden erledigte ich meine Arbeit wie ein Roboter. Mit dem Wissen, gerade meinen besten Freund verloren zu haben.

Chloe

Als ich zwei Stunden später zum Feierabend mein Handy wieder aus meiner Hosentasche herauszog, fielen mir vier Anrufe in Abwesenheit und drei Nachrichten entgegen. Allesamt von Kaden. Durchweg in dem gleichen Tonus: Er musste mich sehen.

»Kommst du?« Jaxon sah mich fragend an. Er stand neben dem Sicherungskasten, neben dem der Hauptlichtschalter für das *King's* zu finden war. Wenn er den herunterdrückte, würde es innerhalb von einer Sekunde stockdunkel werden. Also beeilte ich mich. »Schläfst du hier oder fährst du nach Hause?«

»Ich fahre nach Hause«, antwortete ich. Ich brauchte meine eigenen vier Wände um mich, auch wenn es mir schon ein bisschen davor graute, in meine leere Wohnung zu kommen, in der es bestimmt immer noch nach Sex und nach Logan roch. Krampfartig zog mein Magen sich zusammen. *Shit.*

»Alles klar. Fahr vorsichtig, ich liebe dich.«

»Ich liebe dich auch.« Wir umarmten uns kurz, dann löschte Jaxon das Licht und hielt mir die Hintertür auf. Mein kleiner roter Fiat Spider stand keine zehn Meter entfernt. Doch erst, als ich drin saß und die Zentralverriegelung alle Türen auf einmal automatisch abriegelte, winkte Jaxon mir noch einmal zu und schloss die Tür hinter sich.

Ich war so froh, dass Jaxon nichts gesagt hatte. Nachdem Logan und Fay verschwunden waren, hatte er mir etliche fragende Blicke zugeworfen, die ich allesamt ignoriert hatte. Irgendwann hatte er aufgegeben. Sicher dachte er, Logan und ich hätten Streit miteinander. Sollte er. Ich hatte nicht die Kraft, ihm zu sagen, dass es diesmal um so viel mehr ging.

Ich startete den Motor und schnallte mich an. Das Radio sprang an, und Avril Lavignes Song *When You're Gone* schallte mir entgegen. Wie passend. Ich drehte die Lautstärke runter und bog vorsichtig vom Hof auf die Straße. Und während ich mein Auto durch den nächtlichen Verkehr lenkte, bemühte ich mich, die Tränen zurückzuhalten, die sich schmerzhaft in den Vordergrund drängen wollten. Aber das durfte ich nicht zulassen. Ich wollte dem Schmerz keinen Raum geben, *ihm* keinen Raum geben, mir so wehzutun. Alles, was ich dafür tun musste, war, die Scherben meines Herzens zusammenzufegen und in einem dunklen Raum wegzuschließen. So weit weg, dass sie mich nicht mehr verletzen konnten. Dann wäre es gut. Dann würde es vorbei sein.

Einem Impuls folgend ließ ich mein Handy Kadens Nummer wählen.

Während es die Verbindung aufbaute, versuchte ich herauszufinden, was ich eigentlich wollte. Ich fühlte nur Enttäuschung. Er war ein Arsch. Aber – war ich besser? Ich hatte mit Logan geschlafen. Ich war eine kleine, miese, verlogene Bitch. Vielleicht hatten wir uns gegenseitig verdient.

»Chloe, hey!«, erklang seine Stimme über die Freisprecheinrichtung.

»Kaden, mach es kurz. Ich bin echt kaputt«, sagte ich.

»Wo bist du?«

»Auf dem Weg nach Hause.«

»Gut, dann komm noch bei mir vorbei.«

»Was? Nein! Kaden, ich habe wirklich keine Nerven mehr für eine Diskussion.«

»Ich will nicht diskutieren, Babe«, sagte er, und ich konnte diese sexy Klangfarbe in seiner Stimme nur schwer ignorieren.

»Kaden, bitte ... Du hast dich gestern nicht gerade mit Ruhm bekleckert, und ich kann das einfach nicht vergessen.«

Er schwieg einen Moment, und ich dachte schon, er hätte aufgelegt, weil es so leise am anderen Ende war, aber dann hörte ich ihn tief Luft holen. »Pass auf, Babe. Monogam ist nicht so mein Ding, das hab ich dir gestern schon gesagt. Entweder wir genießen einfach die Zeit, die wir miteinander verbringen, oder wir lassen es ganz. Deine Entscheidung.«

Ich schnappte nach Luft. *Ernsthaft?* Hatte er mir gerade den Schwarzen Peter zugeschoben und mich vor vollendete Tatsachen gestellt? Ich hätte gelacht, wenn ich nicht so wütend gewesen wäre. Denn jetzt kam die Wut, die bisher nur auf kleinster Flamme in meinem Bauch gebrodelt hatte.

»Klar. Gut. Dann lassen wir es jetzt einfach. War echt nett mit dir. Ich wünsch dir noch ein schönes Leben.« In der Leere des Wagens hallten mir meine Worte entgegen, langsam sickerte die Wahrheit durch. Kaden und ich würden niemals eine richtige Beziehung miteinander haben. Wir würden nie das haben, was Logan und Fay hatten – echte Gefühle füreinander. Alles, was wir hatten, basierte auf Sex. Auf verdammt gutem Sex.

»Was stellst du dich denn jetzt so an?«, fragte er abgeklärt. »Hey, ich dachte, wir haben eine Affäre, nichts weiter. Ich konnte doch nicht ahnen, dass du dir mehr davon erhofft.«

Ich war auf hundertachtzig. »Scheiße!«, stieß ich aus und trat volle Wucht auf die Bremse. Es quietschte, aber ich kam noch rechtzeitig vor dem Obdachlosen zum Stehen, der mit seinem vollgepackten Einkaufswagen in Zeitlupenschritten die Straße überquerte. Allein. Mitten in der Nacht. Hilflos. Wehrlos. So wie ich in dieser Sekunde. Ich wusste nicht, ob ich lachen oder weinen sollte. Meine Nerven lagen absolut blank.

»Was ist los?«, hörte ich Kadens Stimme.

»Nichts«, wisperte ich. Mein Herz raste, während ich wartete, bis die Straße wieder frei war. Dann trat ich vorsichtig aufs Gaspedal, während Kadens Stimme aus dem Off weiterhin beteuerte, dass er einfach nicht der Mann für eine monogame Beziehung sei.

»Kaden«, unterbrach ich ihn. Und als er nicht hörte, schrie ich ihn an. »Kaden, verdammt!« Er hielt inne, und ich redete weiter. »Ist ja gut. Es reicht. Du bist ein verdammter Arsch, aber ich habe keine Lust mehr auf diesen Kindergarten. Ich will –«

»Ich will mit dir schlafen.«

»Was?«

»Ich will mit dir schlafen, Babe. Ich will richtig heißen, dreckigen Versöhnungssex.«

»Du spinnst doch!«

»Ich ziehe mir jetzt den Reißverschluss meiner Jeans auf, Babe. Und dann ...« Er stöhnte auf. »Ich nehme ihn in die Hand und stelle mir vor, du würdest ihn halten. Das ist so ... ahhhh ...«

»Kaden ...« Ich schluckte, mein Mund war plötzlich trocken wie die Sonorawüste in Kalifornien. Kein Wunder, denn all meine Körperflüssigkeiten sammelten sich gerade zwischen meinen Beinen. Zweifelsfrei wurde mein Höschen gerade feucht. »Was zum Teufel –«

»Ich will meinen Schwanz in deine feuchte Muschi stecken und es die ganze Nacht mit dir treiben, Babe.« Wieder stöhnte er. Entweder holte er sich tatsächlich gerade einen runter, oder er war ein verdammt guter Schauspieler. Ich tippte auf Ersteres, denn Kaden Jenkins war einfach ein Sexgott, der keine Hemmungen hatte.

»Kaden, ich fahre Auto«, versuchte ich ihm klarzumachen. »Dass ich gerade feucht werde, ist nicht unbedingt förderlich für meine Konzentration.«

»Wenn du wüsstest, wie ich jetzt hier liege, Babe«, sagte er, ohne auf meinen Einwand einzugehen. So ein Arsch! Meine Finger krallten sich um das Lenkrad, mein Atem wurde schneller, mein Unterleib pochte unaufhörlich. »Ich will deine Muschi lecken und dich schmecken«, trieb er es weiter auf die Spitze. »Was hast du an, Babe?«

Ich räusperte mich und schluckte die Erregung runter, die mich jetzt komplett vereinnahmt hatte. »Ich komme gerade aus dem *King's*.«

»Knöpf deine Bluse auf«, befahl er mir.

»Kaden! Ich fahre Auto«, erinnerte ich ihm noch einmal und schüttelte fassungslos den Kopf. Aber ich merkte, wie ich grinste. Der Typ hatte mich im Griff.

»Fahr rechts ran.«

»Ich kann doch nicht –«

»Fahr rechts ran«, wiederholte er, diesmal fordernder. Allein das brachte meinen Unterleib zum Beben. Verdammt, wenn ich nicht sofort tat, was er sagte, würde ich den Orgasmus während der Fahrt bekommen. Und dass ich einen bekommen würde, stand außer Frage. Ich war tatsächlich kurz vorm Durchdrehen. Also sah ich in den Rückspiegel. Hinter mir waren keine Autos, ich befand mich kurz vor der Kennedy Bridge rüber nach Queens. Da vorne kam ein Parkplatz, der für die Brückentouristen gedacht war. Ich setzte den Blinker, und kurz darauf knirschte der Sand unter den Reifen.

»Hast du angehalten?«, fragte Kaden, seine Stimme klang rau.

»Gleich.« Ich fuhr ganz ans hintere Ende, kein weiteres Auto war zu sehen, ich war allein. Als der Motor aus war, schnallte ich mich ab und stellte die Lehne des Fahrersitzes zurück. »Jetzt stehe ich«, sagte ich.

»Hier steht auch was, Babe«, sagte er, und ich konnte mir vorstellen, was er meinte. »Mach deine Bluse auf«, forderte er noch mal.

Ich tat, was er sagte.

»Fass dich an, nimm deine Nippel zwischen die Finger.«

Ich tat es und stöhnte auf, als der süße Schmerz mir durch den Körper schoss.

»Mach deine Hose auf und zieh sie aus.«

Ich schob den Sitz ganz nach hinten, öffnete meine Jeans und schob sie mir über den Hintern runter, sodass sie mir über den Knöcheln hingen. Mein halb nackter Hintern presste sich in den Ledersitz.

»Sag mir, wie nass du bist«, verlangte er.

Meine Finger strichen über meinen Slip. »Klatschnass«, krächzte ich und konnte es kaum erwarten, meine Finger unter den Stoff zu schieben.

»Das ist gut, Babe. Ich bin bei dir, ich stecke meinen Schwanz jetzt in dich, Babe. Spürst du mich? Sag mir, dass du mich spürst.«

Ich zog meine Knie an und hob die Beine an. »Ja, ich spüre dich«, japste ich und schob mir selbst die Finger in die Vagina. Nässe umhüllte sie, und ich keuchte auf. »Gott, ich komme gleich«, flüsterte ich heiser und konnte mich kaum mehr zurückhalten.

»Noch nicht, Babe. Erst werde ich dich jetzt ficken. Sag mir, wie du mich in dir spürst«, wünschte er. Seine Atmung ging immer schneller, so wie meine. Ich fingerte mich schneller und rieb mit der anderen Hand meine Klit. Gott, das war so surreal, aber es riss mich mit sich. »Ich spüre dich hart und tief in mir. Aber das geht noch tiefer. Ich will es hart. Gib's mir!« Jetzt wimmerte ich fast, während ich mit geschlossenen Augen in meinem Auto lag, mich selbst befriedigte und mir vorstellte, Logan würde mich hart ficken. Es war so unglaublich, und als ich wenige Sekunden später endlich explodierte, fühlte ich das Zucken in meiner Vagina und drückte fester dagegen. »Ja, ja, jaaaaaaaaaa«, schrie ich.

»Jaaaa, Babe, Jaaaa! Ich auch, ich komme! Ja, ja, ja.« Kaden hechelte, ich schrie auf, und dann hörte ich über den Lautsprecher, wie auch er sich die Erlösung verschaffte. Wir kamen gleichzeitig. Und in diesem Moment war alles vergessen. Es war mir scheißegal, was er getan oder wie er mich gedemütigt hatte. Ich wollte nur noch zu ihm fahren und mir von ihm Logan aus dem Kopf vögeln lassen. Ein für alle Mal.

Logan

»Bin ich nicht overdressed?«, fragte Fay am nächsten Abend und drehte sich wiederholt vor dem mannshohen Spiegel in ihrem Flur. Wir hatten uns in ihrer kleinen Wohnung im Greenwich Village getroffen, dem weltoffenen und künstlerisch angehauchten Viertel Manhattans, das nur einen Sprung vom *King's Legacy* entfernt lag. Aber eine halbe Weltreise von meinem Loft in der Upper East Side.

»Nein, du siehst toll aus«, antwortete ich. Sie trug ein rotes, knielanges Kleid mit einem tiefen Rückenausschnitt, das ihren schlanken Körper perfekt umhüllte. Ihr Po war klein und apfelförmig, und unter dem Stoff regte er Männerfantasien an, ohne dass sie dafür etwas tun musste. Hohe Schuhe und ein bisschen Schmuck an Hals und Ohren rundeten das Outfit ab. Zudem hatte sie Make-up aufgelegt, einen passenden Lippenstift und Nagellack. »Glaub mir, Fay. Du bist wunderschön.«

»Wenn du das sagst.« Wie konnte eine so taffe und knallharte Geschäftsfrau nur so unsicher sein?

»Wollen wir dann?« Wir mussten wirklich langsam los, wenn wir unseren Tisch nicht verlieren wollten. Ich hatte im Gallow Green, einem Rooftop-Restaurant in der 27nd Street, einen Tisch für ein romantisches Dinner reserviert. Vom Dach des McKittrick Hotels hatte man einen tollen Ausblick auf die West Side von New York, während man inmitten von Pflanzen, kleinen Bäumen und unzähligen Lichterketten sein Abendessen genoss. Das war genau die richtige Location, um zu vergessen, dass heute Chloes Geburtstagsfeier im *King's* stattfand.

Doch das mulmige Gefühl, das sich am Morgen nach unserer gemeinsamen Nacht in meinem Magen festgekrallt hatte, war immer noch zu spüren. Besonders, nachdem ich gestern mit ihr hatte sprechen wollen und gegen eine Wand gelaufen war. Das zerrte an meinen Eingeweiden und ritzte in meine Haut. Schmerzhaft und quälend. Aber vielleicht hatte ich auch einfach nichts anderes verdient. Ich hatte Schmerz verursacht. Und davon jede Menge. Jetzt war ich wohl an der Reihe, ihn zu spüren. Und nur deswegen wollte ich Fay zu einem romantischen Dinner ausführen.

Gott, das war so erbärmlich. Ich war so erbärmlich. Ich musste das mit Fay beenden. Auch wenn es von Anfang an nichts weiter als nur eine lockere Affäre war. Sie war eine tolle Frau, und ich war gerne mit ihr zusammen. Aber das reichte einfach nicht aus. Auch wenn Chloe mich nicht wollte – sie war allgegenwärtig. Sie würde immer zwischen uns stehen.

»Ja, lass uns gehen«, sagte Fay, griff nach ihrem Mantel und setzte sich in Bewegung.

Ich stoppte sie im selben Moment. »Nein. Warte.«

Fay blieb stehen. »Was ist?«

»Ich habe mit Chloe geschlafen.«

Fay rührte sich nicht. Erst nachdem die Erde gefühlt einmal um die Sonne gekreist war, drehte sie sich zu mir um. »Aha.«

»Das ist alles, was du sagst? Aha?«

»Was sollte ich deiner Meinung nach denn sagen? Soll ich heulen? Ausflippen? Applaus klatschen?« Sie kräuselte leicht amüsiert die Lippen.

Bass erstaunt sah ich sie an. »Nein … Doch. Wenn ich ehrlich bin, dann habe ich mit einer anderen Reaktion gerechnet«, gab ich zu.

Ein Seufzen drang aus ihrem Innersten. »Ach, Logan … Warum nur hatte ich so was in der Art schon geahnt? Außerdem … wir haben doch nie gesagt, dass wir exklusiv sind, oder?«

Ich runzelte die Stirn. »Nein …«

»Richtig. Also, meiner Meinung nach haben wir jetzt zwei Möglichkeiten: Wir lassen das Rooftop sausen, wir öffnen uns einen Wein und du erzählst mir die ganze Geschichte, oder«, sie zwinkerte mir zu, »du verrätst mir nur das, was ich wissen muss, und gehst dann doch noch zu Chloes Geburtstagsfeier. Aber für was du dich auch entscheidest – du solltest es auf jeden Fall schnell tun. Sonst wird es zu spät.«

Langsam nickte ich. Erst zögernd, dann entschlossen. Auf Fays Gesicht erschien ein kleines Schmunzeln. Die Art von Lächeln, die einen überkam, wenn man wusste, dass man recht hatte.

»Also? Möchtest du einen Wein?«, fragte sie und strich im Vorbeigehen über meinen Arm.

»Hast du auch etwas Stärkeres?«

»Setz dich. Ich bin gleich wieder da.« Fay streifte ihre Schuhe ab und hängte den Mantel zurück in den Wandschrank im Flur. Ich ging ins Wohnzimmer und setzte mich wie befohlen auf das Sofa. Ich hörte Schranktüren in der Küche klappern, Glas klirren, und wenige Minuten später stand sie mit zwei gefüllten Gläsern vor dem Sofa. Sie reichte mir den Whiskey Tumbler, setzte sich neben mich, und wir prosteten uns zu.

»Erzähl mir von ihr«, bat sie. »Wie habt ihr euch kennengelernt?«

Ich trank einen Schluck Whiskey, lehnte mich an die Rückenlehne und versank für einen kurzen Moment in Erinnerungen.

»Ich kenne Jaxon und somit auch Chloe schon vom College.«

»Aber sie ist jünger als ihr Bruder, oder?«

»Zwei Jahre. Und ein Jahr jünger als ich.« Fay war genauso alt, und doch konnte man die beiden nicht miteinander vergleichen. Sie waren grundverschieden.

»Chloe arbeitete schon damals ab und zu an Jaxons Seite im *King's*. Jaxon ist seit dem College mein bester Freund.«

Fay zog die Augenbrauen nach oben. »Bester Freund, beste Freundin ... mir scheint, du hast ein Faible für beste Freunde.«

Ich schmunzelte. »Ich hätte noch einen mehr anzubieten. Sawyer, ebenfalls mein Freund. Du hast ihn noch nicht kennengelernt.«

»Die drei Musketiere und eine Lady«, spottete sie ein bisschen.

»Genau genommen waren die drei Musketiere zu viert«, warf ich ein. »Athos, Porthos und Aramis und d'Artagnan. Chloe stand immer ihren Mann.« Es war mir wichtig, richtigzustellen, dass Chloe kein Püppchen war.

»Logan, Jaxon, Sawyer und Wildfang Chloe«, zählte sie auf, beugte sich zu mir, und ihr Blick wurde ernst. »Und wie hast du sie gezähmt?«

»Wir kannten uns schon eine ganze Weile. Aber eher flüchtig. Sie war eben die Schwester meines besten Freundes. Wir hatten ab und an miteinander zu tun, aber im Grunde hatte ich sie nie ernst genommen. Schon gar nicht als eine Frau gesehen, für die man Gefühle entwickeln konnte. Wie gesagt: Sie war die Schwester meines besten Freundes. Mehr nicht.«

Ich schmunzelte, als ich mich an die Zeit erinnerte, als wäre es noch nicht über zehn Jahre her.

»Was hat deine Meinung geändert?« Fay wirkte entspannt, sie nippte an ihrem Whiskey, und nichts in ihrer Miene oder ihrer Haltung deutete darauf hin, dass sie sauer auf mich war. Immer stärker wurde mir bewusst, dass Fay und ich das miteinander hatten, was Chloe und mich damals verbunden hatte. Sex und das Bedürfnis, nicht alleine zu sein. Und als ich das begriff, wurde es leichter.

»Es gab da diesen einen Abend. Im *King's*. Es war ein Samstag, ein DJ legte auf und die Stimmung war ausgelassen. Jaxon und Chloe standen hinter der Bar und machten ihren Job. Ich war mit ein paar Kommilitonen eingekehrt, um etwas zu trinken. Dazu muss ich sagen, dass das *King's* mein zweites Zuhause ist, seit Jaxon es von seinem Großvater übernommen hat. Ich war damals eigentlich jeden Abend dort. Nicht, um zu trinken, sondern um meinem Freund beizustehen. Schließlich wird man nicht einfach so mit dreiundzwanzig Barbesitzer. Es war eine verdammt harte Zeit. Für uns alle.« Kurz legte sich die Traurigkeit auf meine Schultern, weil ich das Gefühl von damals erneut durchlebte, als Paul King, Jaxons und Chloes Großvater, gestorben war. Auch wenn er die beiden erst nach dem Tod ihres Vaters zu sich geholt hatte und sie da schon Teenies gewesen waren, hatten sie ihn doch geliebt.

»Möchtest du noch einen?«, fragte ich und zeigte auf ihr Glas. Als sie nickte, stand ich auf und holte die Flasche Whiskey aus der Küche. Als ich uns neu eingeschenkt hatte, wollte sie wissen, wie es mit mir und Chloe dann weitergegangen war.

»An diesem Abend war es, als hätte sich ein Schalter in meinem Kopf umgelegt. Mir fiel auf, dass Chloe eine Frau war. Und was für eine. Sie machte zu der Zeit noch eine ziemlich verrückte Phase durch. Trug ihre Haare lang und schwarz, schminkte sich die Augen dunkel und lief nur in rabenschwarzen Klamotten rum. Sie rauchte damals sogar. Aber wenn sie in der Bar arbeitete, dann sah sie so anders aus, gab sich anders, war wie ein anderer Mensch. Die Uniform stand ihr gut, und sie kam darin verdammt sexy rüber«, gab ich zu und lachte leise. »Außerdem war ich betrunken. Betrunken genug, um sie anzumachen. Ziemlich plump sogar. Jaxon wollte mich aus der Bar werfen, er war kurz davor, mir die Nase zu brechen, weil ich Chloe angebaggert hatte. Aber ich bin glimpflich davongekommen. Bevor ich gegangen war, hatte ich ihr meine Nummer zugesteckt. Und ein paar Tage später rief sie mich tatsächlich an.« Ich erinnerte mich noch an jede einzelne Sekunde, wollte Fay aber die Einzelheiten ersparen. »Wir trafen uns, allerdings ohne Jaxons Wissen. Ein paar Dates, dann landeten wir gemeinsam im Bett.« Ich würde nie vergessen, wie sich unsere erste Nacht angefühlt hatte. »Wir versuchten es eine Zeit lang miteinander, aber wir haben beide sehr schnell gemerkt, dass wir einfach nicht zusammenpassten.«

»Also war sie nur eine Affäre?«

»Ja, das war sie.« Und das war der Punkt, der gelogen war.

»Du sagst das, als hätte sich seitdem etwas verändert.«

Ich wusste nicht, was ich darauf antworten sollte. »Es war damals nicht die Zeit für uns.«

»Aber jetzt?«

Ich sah auf. »Das weiß ich nicht.«

Und das war die Wahrheit. Ich wusste erst seit Kurzem, dass ich mehr für Chloe empfand als nur Freundschaft. Vielleicht war es auch schon immer mehr gewesen, aber ich hatte es nie so gesehen. Es war zu vertraut, zu bequem gewesen, sich über mehr Gedanken zu machen. Wir hatten uns seitdem so gut verstanden – warum hätten wir das riskieren, womöglich kaputtmachen sollen?

Jetzt aber war unsere Freundschaft angeknackst. Seit unserer gemeinsamen Nacht. Damit hatte ich alles aufs Spiel gesetzt. Und jetzt erst begriffen, was Chloe mir eigentlich bedeutete. Was sie mir *wirklich* bedeutete. Und deshalb war ich bereit, das Risiko einzugehen.

Fay legte ihre Hand auf meine. »Du liebst sie.«

»Ja, das tue ich.«

Sie nickte verständnisvoll. »Logan, ich glaube, du solltest das mit Chloe schnellstmöglich in Ordnung bringen.«

»Ja, das sollte ich wohl.«

Ich starrte in den Whiskey, rührte mich nicht. Etwas hielt mich zurück.

Ich wusste, dass ich Chloe liebte und um sie kämpfen musste. Aber auch, dass ich sie verlieren konnte.

Chloe

»Noch mal herzlichen Glückwunsch, meine Schöne.«

Kaden drückte seine Lippen auf die Mulde über meinem Schlüsselbein. Die empfindlichste Stelle an meinem Hals, und ich stöhnte auf, als er in meinen Nacken griff und seinen Mund dann auf meinen presste. Verdammt, dieser Kerl würde noch mein Untergang sein. Zumindest hatte er seinen eigenen Orgasmusrekord von dreimal innerhalb einer Nacht in der letzten erneut gebrochen.

Seit ich mich in der letzten Nacht auf dem Parkplatz selbst befriedigt und mir danach meinen besten Freund von Kaden aus dem Hirn hatte vögeln lassen, war das genau die Bezeichnung, die unser Zusammensein verdiente. Wir trieben es miteinander wie Tiere.

Viermal hatte er mich in der letzten Nacht kommen lassen. Das erste Mal war ich unter seiner Zunge gekommen, zum zweiten Höhepunkt hatte er mich ganz banal gefickt. Den dritten hatte es nach einer kleinen Pause unter der Dusche von hinten gegeben und den vierten im Anschluss im Bett. Wir hatten quasi in meinen Geburtstag reingevögelt. Das war so gut gewesen, dass ich heute Morgen leichte Schwierigkeiten gehabt hatte, zu laufen. Ich fühlte mich, als wäre ich auf rohen Eiern unterwegs. Aber ich liebte es.

Sein Geburtstagsgeschenk für mich war das Versprechen, mich heute »zu ficken, wenn ich es nicht erwartete«. Den Anfang hatte am Mittag ein Quickie im Stehen in der Küche gemacht. Und diese Begrüßung jetzt erinnerte mich an sein Versprechen. Ich erschauderte.

»Du siehst scharf aus. Hast du ein Höschen an?«

Ich zuckte gespielt desinteressiert mit den Achseln und zupfte an meinem kurzen Kleid. »Vielleicht.«

»Ich werde es noch herausfinden, versprochen.« Er küsste mich noch einmal, dann ließ er mich stehen. Zeit, um Luft zu holen. Allerdings nicht lange, denn schon kurz darauf fand ich mich in den Armen der nächsten Gratulanten wieder.

Jaxon hatte die Türen zum *King's* vor einer Stunde geöffnet, und seitdem strömten unablässig meine Gäste durch die Tür. Ich hatte gar nicht so viele enge Freunde, aber viele Bekannte. Allein durch den Job im Fitnessstudio kamen gut zwanzig Leute zusammen. Die Kollegen, mit denen ich mich gut verstand, wollte ich an diesem Abend gerne dabeihaben. Meine letzten Geburtstage hatte ich immer nur im kleinen Kreis gefeiert, sogar meinen Dreißigsten hatte ich nicht zelebrieren wollen. Da war ich einfach weggefahren. Stella und ich hatten uns in den nächstbesten Flieger gesetzt und waren nach San Francisco geflogen. Dort hatten wir eine Woche verbracht. Ich liebte New York, aber die Westküste hatte durchaus ihren Reiz. In San Francisco hatte ich mir auch mein erstes Tattoo stechen lassen.

Stella hatte einige Tätowierungen, und sie war es gewesen, die mich in diesen Laden geschleppt hatte. Und wäre der dunkelhaarige Kerl hinterm Tresen nicht so verdammt charmant gewesen, weiß ich nicht, ob ich geblieben wäre. Aber er hatte mir meine Angst genommen und mir eine Kollegin vorgestellt. Das war alles nicht geplant gewesen und eher aus einer Laune heraus entstanden, aber die Tätowiererin hatte meinen Wunsch sehr gut umgesetzt. Und seitdem trug ich das Unendlichkeitszeichen, eine liegende Acht, verschlungen in einer aufblühenden Rose, auf dem linken Rippenbogen. In ewiger Erinnerung an meine Liebe zu meinem Bruder.

Heute war nun mein fünfunddreißigster Geburtstag, und

ich konnte gar nicht mehr genau sagen, warum ich mein jahrelanges Ritual über den Haufen geworfen hatte. Möglicherweise hatte mir das, was in den letzten Wochen passiert war, die Augen geöffnet. Schätzungsweise hatte es mir gezeigt, dass ich nichts, was geschehen war, ungeschehen machen konnte, sosehr ich es auch versuchte. Vielleicht stieß es mich mit der Nase darauf, die Routine einfach zu durchbrechen und neu anzufangen. Nicht mehr zurückblicken und Vergangenes vorbei sein lassen. Was ich aber auf jeden Fall wollte, war, diesen Abend zu genießen. Es war nicht nur mein Geburtstag, es war ein Neuanfang. Von nun an würde ich nur noch dem Raum in meinem Leben geben, was mir guttat.

Jaxon hatte die Getränkekarte zusammengestrichen, damit er und die Kollegen mitfeiern konnten. Es gab drei verschiedene Cocktails, Bier und eine kleine Auswahl an Wein und Spirituosen. Brian und Brittany hatten sich bereit erklärt, diesen Abend zu arbeiten, und ich war ihnen wirklich sehr dankbar dafür. Eigentlich hatte ich vorgeschlagen, ein Cateringunternehmen zu beauftragen, aber Jaxon wollte niemanden Fremdes hinter seinem heiligen Tresen haben. Das konnte ich nachvollziehen.

Die Bar füllte sich, und die Stimmung war ausgelassen. Ich ging von Runde zu Runde, lächelte breit, nahm unzählige Gratulationen und Geschenke entgegen und unterhielt mich über Gott und die Welt. Kaden sah ich zwischendurch immer mal, er schien mich im Blick zu haben, zu beobachten. Das tat meinem Ego gut.

Wann immer ich in mein Glas schaute, es war voll. Das war Hexerei. Oder Brian. Wie auch immer, ich war dankbar dafür. Der Alkohol vernebelte meine Sinne, und ich war gut im Verdrängen. Zumindest an diesem Abend.

»Ist Logan noch nicht da?« Hope kam zu mir, sie hatte einen dieser bunten Cocktails in der Hand, in denen ein Obstspieß und sogar ein Schirmchen steckten. Brian übertrieb es ein bisschen, aber solange es ihm Spaß machte und meinen Gästen schmeckte, sollte er sich austoben.

»Pass auf, dass du nicht wieder zu viel davon trinkst«, entgegnete ich, ohne auf ihre Frage einzugehen.

Ihre Augenbrauen hoben sich, sie sah auf meinen Drink und zurück in mein Gesicht. »Ich glaube, du solltest aufpassen, dass du deine Feier nicht als Erste verlässt.«

»Gönn mir doch den Spaß«, entgegnete ich mit einem Achselzucken und drückte ihr einen Kuss auf die Wange. »Und was Logan angeht«, flüsterte ich in ihr Ohr, »der kann bleiben, wo er will. Vermutlich steckt er gerade bis zum Anschlag in Fay. Hoffentlich explodiert er da.« Erst Hopes ungläubige Miene hielt mir vor Augen, was ich da von mir gegeben hatte. »Ups. Ich glaube, ich sollte wirklich aufhören zu trinken.«

»Ganz deiner Meinung.« Sie wollte sich mein Glas schnappen, aber ich drehte mich so schnell von ihr weg, dass sie ins Leere griff. Eilig tauchte ich in der Menge unter.

Und prallte unsanft gegen eine harte Brust.

»Ups. Shit! Tut mir leid«, stieß ich aus. Mein Drink hatte sich über das T-Shirt meines Zusammenpralls ergossen.

»Kein Problem«, hörte ich eine tiefe Stimme.

Mein Blick ruckte hoch. »Logan …« Ich wusste nicht, ob ich seinen Namen wirklich ausgesprochen oder nur gedacht hatte. Doch er nickte. Mit einem unbeholfenen Lächeln im Gesicht.

»Happy Birthday, Kleines.« In seinen Augen erkannte ich ein Leuchten. Er sah glücklich aus. Und obwohl ich mich für ihn freuen sollte, fühlte ich nur Schmerz in meiner Brust. Die Art von Schmerz, die mein Herz in tausend Stücke gerissen hatte. Ein Schmerz, der nicht mehr so einfach zu heilen war.

»Danke.«

Er reichte mir ein kleines, in silberne Folie gewickeltes Päckchen. »Ich hoffe, es gefällt dir.«

Ich bemühte mich, das Zittern meiner Finger zu unterdrücken, als ich sein Geschenk entgegennahm. Ich würde es nicht sofort auspacken. Das brachte ich nicht fertig, denn wie ich Logan kannte, war das nicht irgendein einfallsloses Mitbringsel. Nein, zu hundert Prozent war in dieser Geschenkschatulle etwas Persönliches verpackt. Und das würde ich jetzt nicht ertragen.

Mein Hals war wie zugeschnürt, und ich war froh, als Jaxon mich unfreiwillig erlöste. »Hey, Logan«, begrüßte er seinen Freund, und ich nutzte diese Sekunde, um zu flüchten.

»Ich bringe das eben zu den anderen Geschenken«, murmelte ich und drehte mich weg. So schnell ich konnte, brachte ich Abstand zwischen uns.

»Was will der hier?« Kaden packte mich am Handgelenk, als ich dachte, ich wäre weit genug gerannt. Aber heute hatte ich wohl die Wahl zwischen Pest und Cholera.

»Ich habe ihn eingeladen, Kaden.« Dass ich nach dem, was zwischen mir und Logan passiert war, nicht gedacht hätte, dass er wirklich erscheinen würde, verschwieg ich. Kaden wusste nichts von dem Bruch und schon gar nichts von dem Grund dafür. Und das sollte auch so bleiben. Es ging ihn nichts an. Das Geschenk von Logan verbarg ich hinter meinem Rücken.

»Er soll verschwinden.«

»Das wird er sowieso gleich«, gab ich möglichst gleichmütig zurück. Ich hatte nach der Begegnung mit Logan nicht mehr die Kraft, mich mit Kaden zu streiten. Eigentlich wollte ich nur noch meine Ruhe. »Und jetzt lass mich los, du tust mir weh.«

Kaden zog mich am Handgelenk gegen seine Brust, sah mich mit versteinerter Miene an und presste dann seinen Mund auf meinen. Hart und unnachgiebig. »Heute Nacht gehörst du mir, vergiss das nicht«, knurrte er, als er mich wieder freigegeben hatte.

Ich war es leid, mit ihm zu diskutieren, dass ich weder ihm

noch jemand anderem gehörte. Es war müßig, denn es würde nichts ändern. Die unerwartete Begegnung mit Logan hatte mich alle Kraft gekostet, und ich wollte mich einfach nur noch irgendwo verkriechen. In die Dunkelheit, in der auch die Scherben meines Herzens lagen.

Kaden ließ mich los, als ich nichts erwiderte. Seine Miene war undurchdringlich, als er sich an mir vorbeischob, in die Richtung, aus der ich gekommen war. Mir war egal, wohin er ging, solange er mich jetzt nur einfach in Ruhe ließ.

Mit gesenktem Blick ging ich hinter den Tresen und dann in die Küche, wo ich Logans Geschenk zu den anderen auf einen Tisch legte. Es waren viele Geschenke. Große, kleine, bunte, einfarbige, schwere und leichte. Logans war klein, leicht und einfarbig. Als ich es aus der Hand gelegt hatte, ging es mir besser.

Anstatt in die Bar zurückzugehen, öffnete ich die Hintertür und trat an die Luft. Ich brauchte einen Moment für mich allein, um die Emotionen zurück in die Blase zu drücken, aus der sie aufgestiegen waren. Doch dieser Moment war mir offensichtlich nicht gegönnt, denn kaum einmal tief durchgeatmet, hörte ich schon wieder Schritte hinter mir.

Ich musste mich nicht umdrehen, um zu wissen, dass es Logan war, der zu mir kam. Seinen Gang, seinen ganz eigenen Duft hätte ich unter Tausenden von Männern erkannt.

»Können wir reden?«

Ich schnaubte leise. »Jetzt? Es ist mein Geburtstag, Logan.«

»Ich weiß. Und ich möchte ihn dir auch nicht verderben, aber … Ich habe mit Fay Schluss gemacht. Endgültig. Und das … mit uns … wie es zwischen uns ist«, er stoppte und ich hörte, wie er tief durchatmete. Stocksteif wartete ich, bis er weitersprach. »Das macht mich fertig, Chloe.«

Erneut schnaubte ich aus. »Dich macht das fertig? Machst du es dir nicht gerade etwas einfach? Hast du dich mal gefragt, wie es mir dabei geht?« Jetzt drehte ich mich zu ihm um, und als sein Blick meinen fand, schnellte mein Puls in die Höhe. Ich hatte Mühe, mich auf das Wesentliche zu konzentrieren. Zum Schutz verschränkte ich die Arme vor meiner Brust. »Als du gegangen bist, nachdem wir …« Ich stockte, weil ich es einfach nicht über die Lippen brachte. »Ich bin morgens allein aufgewacht. Was glaubst du, was das für ein Gefühl war?«

»Ich weiß, ich –«

»Du weißt gar nichts, Logan!«, fuhr ich ihn an. »Mittlerweile habe ich es echt satt, dass jeder meint, er könnte auf meinen Gefühlen rumtrampeln, als wäre ich nichts wert. Mich benutzen und nach Gebrauch wegwerfen oder fallenlassen.« Es tat gut, das mal rauszulassen.

»Aber … ich wollte doch nicht …«

»Nein, wolltest du nicht. Aber du hast. Und das, ohne mit der Wimper zu zucken. Erinnerst du dich daran, was ich dir gesagt habe, als du mir von dem Betrug an Aubrey erzählt hast?«, fragte ich ihn.

Er schluckte, dann nickte er fast unmerklich. »Du hast gesagt, dass es ist, als zöge dir jemand den Boden unter den Füßen weg. Dass du fällst, und der, von dem du gedacht hast, dass er dich für immer halten würde, nicht mehr da ist«, gab er ziemlich genau meine Worte wieder.

Jetzt nickte ich langsam. Dann sah ich ihm fest in die Augen. »Als du damals unsere kleine Affäre beendet hast, hat das wehgetan. Ich war verliebt in dich. Aber ich war froh, dass wir noch nicht so tief in einer Beziehung steckten und noch die Chance auf eine Freundschaft hatten. Denn ich wollte wenigstens einen Teil von dir behalten, ich wusste, dass ich dich als Freund nicht verlieren wollte. Du bist mir immer wichtig gewesen.« Ich stoppte kurz, weil mir die Erinnerung an diese Zeit immer noch einen Stich versetzte. Ich sah an seiner Miene, dass ihn meine Worte schockierten. Kein Wunder, mich verstörten sie auch, denn ich hatte erst in der Nacht, die wir miteinander verbracht hatten, begriffen, was ich für ihn empfand. »Und als ich vor zwei Nächten aufgewacht bin, Logan, da habe ich an dich geglaubt, an uns geglaubt. Ich war überzeugt, dass du mich halten würdest. Das es jetzt für immer ist. Aber ... du hast mich einfach alleingelassen. Nein, nicht!« Als er einen Schritt auf mich zuging, wich ich zurück. Seine Berührung konnte ich jetzt nicht ertragen.

»Chloe, deswegen bin ich gekommen. Ich und Fay, das –«

»Nein, Logan. Ich will es nicht hören. Es ist egal, was du sagen willst, es ändert nichts daran, dass zwischen uns etwas kaputtgegangen ist. Und ich brauche jetzt Zeit, um das zu verarbeiten. Bitte ... Geh einfach, okay. Geh. Bitte.« Ich kämpfte mit den Tränen, letztlich gewann ich und schaffte es, sie zu verdrängen. Darüber war ich froh, denn nichts wäre jetzt schlimmer gewesen, als vor Logan zu heulen. Es tat so schon weh genug.

Logan öffnete den Mund, aber es kam kein Ton heraus. Unmerklich schüttelte ich den Kopf, und er verstand. Logan senkte den Kopf und nickte langsam. Dann warf er mir noch einen letzten Blick zu. Und ich erkannte, dass auch er traurig war. In seinen Augen spiegelte sich das, was ich fühlte: Verzweiflung. Darüber, dass wir es nicht geschafft hatten, unsere Freundschaft zu retten. Es war vorbei. Zumindest fürs Erste. Ich brauchte jetzt Zeit, um die Wunde zu heilen.

»Wann immer du mich brauchst, bin ich für dich da.« Das waren seine letzten Worte, dann machte er kehrt und verschwand durch die Tür nach drinnen. Kaum war er verschwunden, bahnte sich ein Schluchzen den Weg durch meine Kehle. Ich kniff die Augen zu und unterdrückte es, indem ich in meinen Handrücken biss, bis das Zittern nachließ. Erst dann erlaubte ich mir, die Augen wieder zu öffnen.

Verdammte Scheiße ... Wie gerne hätte ich jetzt eine Zigarette geraucht. Aber ich hatte das Rauchen vor Jahren aufgegeben. Ich wusste, dass Chris rauchte, also ging ich zurück in die Küche, von da zum hinteren Flur und zu ihrem Fach. Vielleicht hatte ich Glück. Tatsächlich fand ich eine angebrochene Schachtel Zigaretten darin und sogar ein Feuerzeug. *Danke!*

Die Utensilien in der Hand ging ich wieder raus in den Hof, lehnte mich versteckt in der Dunkelheit an die Wand, steckte mir die Kippe in den Mund und zündete sie an. Den Rauch inhalierte ich so tief, bis ich glaubte, ersticken zu müssen. Erst dann blies ich ihn langsam wieder aus und genoss das Kratzen in meinem Hals. Ich rauchte langsam und wurde mir mit jedem Zug der Situation bewusster, in der ich gnadenlos feststeckte. Ich vögelte einen Mann, der glaubte, mich zu besitzen, aber mich nicht berührte. Und ich liebte einen Mann, der mich berührte, aber nicht wollte. Und selbst wenn er mich jetzt doch gewollt hätte – ich hätte nicht gekonnt. Denn mein Herz war gesprungen und nicht bereit, sich von ihm kitten zu lassen. Es war zum Kotzen.

Nachdem ich die Zigarette ausgedrückt und über die Mauer geworfen hatte, stieß ich mich von der Wand ab, und gerade, als ich wieder reingehen wollte, hörte ich meinen Namen.

»Du lässt die Finger von Chloe, du Wichser!« Kaden. Er klang aufgebracht. Verdammt, was war da los? Ich hielt inne und lauschte. Dann lachte jemand rau auf. Logan! Er schien genauso wütend zu sein. »Komm her und halt mich davon ab, wenn –« Weiter kam er nicht. Ich hörte es klatschen, dann drangen weitere Kampfgeräusche über die Mauer. Die beiden prügelten sich vor dem Eingang! Wegen mir. Als hätte ich nicht schon genug Probleme.

Ich rannte zurück in die Küche, schubste Brittany beiseite, die gerade mit einem Tablett voller leerer Gläser um die Ecke kam. Es klirrte, aber darauf nahm ich keine Rücksicht. Ich rannte weiter, bis ich völlig außer Atem den Ausgang erreichte, stieß die Tür nach draußen auf, sah nach rechts und links, aber von der Prügelei, die ich gemeint hatte zu hören, war nichts mehr zu sehen. Einzig Kaden stand mit den Händen auf den Oberschenkeln abgestützt mitten in der Gasse vor dem *King's* und hatte den Blick gesenkt.

»Kaden! Was ist hier los? Wo ist Logan?« Meine Stimme gehörte mir nicht, eine gehörige Portion Hysterie hatte sich daruntergemischt.

Ich lief zu ihm, und als er sich umdrehte, sah ich das Blut. Es lief ungehindert aus seiner Nase, tropfte auf sein Hemd und versickerte in dem hellen Stoff. Er machte keine Anstalten, den Fluss zu stoppen.

»Was ist passiert?«, fragte ich noch mal.

»Er wollte mir die Nase brechen«, sagte er. Leise. Und langsam. Und wütend. Sein Blick fand meinen, und das Graublau seiner Augen hatte sich mächtig verdunkelt.

»Komm. Ich kümmere mich darum«, sagte ich und wollte ihn an der Hand nehmen. Aber Kaden schüttelte den Kopf. Langsam, fast unmerklich, ohne dass seine Füße sich sichtbar in Bewegung setzten, kam er auf mich zu. In diesem Moment strahlte er etwas Bedrohliches aus, und ich wünschte wirklich, ich wäre einfach drinnen geblieben. Meine Füße waren wie angewurzelt, meine Beine schwer und unbeweglich. Sein Blick fixierte mich, nagelte mich an Ort und Stelle fest. Ich hatte keine Chance zu fliehen. Auch wenn ich nichts mehr gewollt hätte.

Als er vor mir stand, verdeckte sein Körper die einzige Lichtquelle hinter ihm. Die Straßenlaterne am Ende der Gasse. Sein Gesicht lag im Dunkeln, ich konnte nur erahnen, was in ihm vorging. Beklemmung machte sich in mir breit, und ich musste mich zusammenreißen, um sie ihm nicht zu zeigen. Denn dann hätte er mich in der Hand gehabt. Stattdessen atmete ich tief durch und sah ihm fest in die Augen.

»Hast du etwa Angst vor mir?« Seine Stimme war dunkel, gefährlich und kratzig. Aber auch erotisierend. Ich schluckte und schüttelte ganz leicht den Kopf. »Gut.«

Dann griff er nach meiner Hand. »Komm mit.« Es hörte sich bestimmend und verrucht zugleich an.

»Was ist mit deiner Nase?«, fragte ich, verwirrt, weil meine Reaktion mich irritierte. Hatte ich wirklich gedacht, er würde mir wehtun wollen? Lächerlich!

»Der geht's gut.«

»Mir nicht. Du siehst zum Fürchten aus.«

Er grinste schief, zog ein Taschentuch aus seiner Jeans und wischte sich das Blut vom Gesicht. »Besser?«

Ich half ihm, die letzten Spuren zu beseitigen.

Dann griff er wieder nach meiner Hand.

»Komm jetzt endlich, Babe.« Seine Stimme war noch dunkler geworden, ebenso sein Blick.

»Du willst mich ficken«, stellte ich fest. Dann schüttelte ich den Kopf. »Sorry, aber dafür bin ich gerade echt nicht in Stimmung.« Nach diesem fürchterlichen Gespräch mit Logan war das Letzte, was ich jetzt wollte, ein Ablenkungsfick. Auch nicht mit Sexgott Kaden Jenkins himself.

Kadens Miene verdunkelte sich erneut. »Das habe ich dir versprochen, schon vergessen?« Ohne auf meinen Protest zu achten, zog er mich eng an sich und küsste mich, dass mir die Luft wegblieb. Shit! Ich versuchte mich zu wehren, mich von ihm zu lösen, aber Kaden war stärker. Er fummelte an meinem Kleid herum, zog es hoch und griff mir in den Schritt. Dann spürte ich auch schon seinen Finger in mir. Gott …

»Hm, du trägst tatsächlich keinen Slip …«, raunte er und sein Schwanz drückte sich gegen meinen Bauch. »Ich will dich jetzt. Hier und jetzt.« Das war keine Bitte, das war ein Befehl. Und damit brannte in mir auch die letzte Sicherung durch.

Ja! Ja verdammt! Genau das war es doch, was ich jetzt

brauchte. Ablenkung. Sex. Hemmungslosen Sex. Das war gut, das würde helfen. Hatte es schon mal. Es würde mich vergessen lassen, und das war alles, wonach ich gierte. Scheiß auf Logan, wer brauchte schon einen Freund, der keiner war?

»Ja, fick mich«, murmelte ich in seinen Mund und drängte mich noch enger an ihn. Er zog seine Finger aus mir, umfasste meine Pobacken und hob mich mit einer Leichtigkeit hoch, die mich nicht mehr überraschte. Dann trug er mich zur Wand neben der Bar, ein Stück weit weg vom Eingang, tief in den Schatten, sodass uns keiner auf den ersten Blick entdecken würde. Kurz ließ er mich ab, ich spürte die raue Wand in meinem Rücken. Dann öffnete er seine Hose, ich hörte Folie rascheln. Anschließend hob er mich wieder hoch und stieß mit einer einzigen Bewegung tief in mich.

»Das wollte ich schon, als ich vorhin hier angekommen bin«, stöhnte er. Als Antwort klammerte ich mich nur noch fester an ihn.

»Fick mich«, keuchte ich.

»Wie willst du es?«

»Hart.« Und das war die Wahrheit. Ich brauchte ihn jetzt. Ich brauchte es, dass er mir die wirren Gedanken aus dem Kopf fickte. So hart es ging, damit ich Logan ein für alle Mal aus meinem Innersten bekam.

»Sag mir, wie hart.«

»Härter. Fick mich so hart, wie du kannst.«

Und das tat er.

Kaden fickte mich.

Mein Rücken, mein Hintern, meine Beine, meine Vagina – alles tat mir weh, aber das war nicht genug. Ich brauchte mehr Schmerzen. Ich brauchte diese Qual, um mich besser zu fühlen. Aber ich fühlte mich nicht besser. Ich fühlte mich schlechter. Mit jedem Stoß noch ein bisschen schlechter. Das war meine Bestrafung. Und als Kaden in mir kam, weinte ich still und tränenlos. Denn ich wusste, dass kein Mann, so tief er auch in mir war, jemals die Leere ausfüllen konnte, die Logan Hill in mir hinterlassen hatte.

Logan

»Ich hätte diese Luftpumpe zu Brei schlagen sollen!«

Es fiel mir schwer, mich zu beruhigen, am liebsten wäre ich umgedreht und hätte erneut auf diesen Mistkerl eingeschlagen. Aber Sawyer packte mich an den Schultern und hielt mich unnachgiebig fest.

Es ärgerte mich, dass mein Freund auf uns aufmerksam geworden war und unsere kleine Prügelei gestört hatte. Zwar hatte ich diesen Mistkerl Kaden mehrmals mit der Faust erwischt, aber nicht so stark, wie ich es mir gewünscht hatte. Obwohl ich Kampfkunst beherrschte, war Kaden nicht eingebrochen. Im Gegenteil, er hatte mich zweimal an den Rippen und einmal ordentlich an der Schläfe getroffen. Ich spürte ein Rinnsal aus Blut meine Haut runterlaufen.

»Und dann?« Sawyer warf mir einen leicht genervten Blick zu, während er mich weiter aus der Gasse in Richtung Straße drängte. Selbst wenn ich gewollt hätte, wäre es schwer gewesen, mich aus seinem Griff zu befreien. Sawyer war etwas größer als ich und hatte trotz seines Bürojobs enorme Kraft.

»Dann hätte ich mich besser gefühlt. Dieser Wichser –«

»Es reicht, Logan. Dieser Wichser ist Chloes Typ, und wenn sie ihn bei sich haben will, dann kannst du auch nichts daran ändern.« Er hielt mir ein Taschentuch hin, mit dem ich mir wohl das Blut abwischen sollte. Widerwillig nahm ich es entgegen und setzte zu einer weiteren scharfen Antwort an. Aber nachdem ich Luft geholt hatte, wurde mir klar, dass es nichts bringen würde, sich weiter aufzuregen. Ich benahm mich wie ein durchgeknallter, eifersüchtiger Teenager. Prügelte mich, nur weil … Gott, wie erbärmlich. Wie tief war ich gesunken? Das musste aufhören. Sawyer hatte recht: Ich konnte es nicht ändern.

Also schluckte ich die Worte, die ich schon auf der Zunge gehabt hatte, wieder runter und atmete tief durch. »Ich muss hier weg«, schnaubte ich.

»Wenn du nichts gegen Gesellschaft hast, komme ich mit.«

Ich runzelte die Stirn. »Was ist los?« Sawyer war an diesem Abend ungewöhnlich ruhig, irgendwas stimmte nicht. Und dann fiel es mir ein. »Shit … Klar, Mann, lass uns irgendwo noch ein Bier trinken.« *Oder auch zwei oder drei.* Es war kurz nach Mitternacht, und somit jährte sich der Todestag seines Bruders zum fünften Mal.

Sawyer nickte, und gemeinsam machten wir uns auf den Weg zur Straße, um ein Taxi zu ergattern. Während der Fahrt wischte ich mir endlich das Blut vom Gesicht und warf dann einen Blick auf mein Handy. Aber nichts. Keine Nachricht von Chloe. Verbissen starrte ich durch die beschlagene Scheibe auf die Lichter der Nacht, die wie in Zeitlupe an mir vorüberzogen. Es fühlte sich surreal an. Der Streit mit Chloe, die Prügelei mit Kaden und meine Wut oder Trauer oder was auch da in mir kämpfte. Und doch war es wirklich geschehen. Wieder etwas, was ich rechtfertigen musste.

Wir fuhren am Hudson River entlang nach Süden, runter zum Nancy Whiskey Pub. Zwar gab es in direkter Nähe des *King's* genügend Bars, in die wir hätten einkehren können, aber keiner von uns hatte Lust, auf Bekannte zu treffen. Manchmal brauchte man einfach ein bisschen mehr Abstand. Im Nancy stand der einzige Shuffleboard-Tisch in ganz Manhattan, auf dem jeden Tag gespielt und am Wochenende sogar Turniere ausgetragen wurden. Das machte verdammt viel Spaß, ich hatte es bereits mehrfach ausprobiert. Doch heute war mir nicht danach. Heute brauchte ich einen guten, starken Whiskey und ein Gespräch unter Männern.

Nachdem wir zwei freie Barhocker am alten Holztresen ergattert und vom irischen Barkeeper zwei Whiskey serviert bekommen hatten, stießen wir an. Auf seinen Bruder John und auf das Leben.

»Er hat dich ordentlich erwischt.« Sawyer betrachtete mein Gesicht. Ich zuckte nur mit den Schultern. »Warum hast du Chloes Kerl eine reingehauen? Was war der Grund, dass du so wütend warst?«, hakte Sawyer nach einer Weile nach. Er hatte mich draußen von Kaden weggezogen, ohne Fragen zu stellen. Eine ehrliche Antwort war ich ihm schuldig. Und mir auch.

»Dieser Kaden, ihr Typ ...« Ich konnte ihn nicht als ihren Freund betiteln, denn als den sah ich ihn nicht, »der tut ihr nicht gut. Sie hat sich so verändert, seit sie mit ihm zusammen ist. Sie –« Ich war kurz davor, mich wieder in Rage zu reden, doch Sawyer stoppte mich.

»Wie meinst du das? Wie verändert?«

Ich verdrehte die Augen, kippte den Whiskey runter und orderte zwei neue. Dann wandte ich mich meinem Freund zu. »Sie kichert wie ein Schulmädchen, wenn er in ihrer Nähe ist. Hast du vorher schon mal mitgekriegt, dass Chloe *kichert*?« Er schüttelte den Kopf. »Eben.«

»Aber nur deswegen haust du ihm keine rein«, stellte er fest. »Da ist noch mehr.« Sawyer war nicht umsonst Anwalt geworden.

Langsam nickte ich. Was hatte ich noch zu verlieren? »Ich habe mit ihr geschlafen.«

Sawyer verschluckte sich an seinem Whiskey. Erst als er wieder zu Atem gekommen war, stieß er ein ungläubiges »Wow« aus. »Und ... wann? Wieso? Und ... was hast du dir dabei gedacht?«

Ich grinste gequält. »Ich habe begriffen, dass Chloe mir ... mehr bedeutet, als ich bis dahin geahnt habe. Ich ...« Jetzt raufte ich mir die Haare. Es auszusprechen würde es real machen. Konnte ich damit wirklich umgehen? Jetzt, wo sie mich hatte abblitzen lassen?

»Du was?«

Ich hob den Kopf und sah Sawyer in die Augen. »Ich liebe Chloe. Ich liebe sie. Aber ich habe es vergeigt. Auf ganzer Linie.«

Logan

»Hier sind die gewünschten Akten, Mr Hill.«

Zwei Tage später legte Amber, meine überaus fleißige und loyale Sekretärin, mir einen Ordner auf den Schreibtisch.

»Danke, Amber«, sagte ich und blickte auf die Uhr. »Warum sind Sie noch hier? Es ist längst Feierabend.« Um zwanzig nach sieben am Abend sollte keine Sekretärin mehr für mich arbeiten.

»Ich hatte noch ein bisschen Ablage zu erledigen, aber jetzt bin ich fertig. Wenn Sie mich nicht mehr brauchen, dann …«

»Nein. Machen Sie sich einen schönen Abend«, wünschte ich.

»Danke. Und Sie sollten auch nicht mehr so lange machen.«

»Nur noch das hier«, sagte ich und zeigte auf die Unterlagen, die sie mir gebracht hatte. »Ach, und Amber«, hielt ich sie zurück, als sie sich schon zum Gehen wandte.

»Ja, Mr Hill?«

»Das hier bleibt bitte unter uns. Ich möchte niemanden in Unruhe versetzen.«

Sie nickte, dann lächelte sie fast unmerklich. »Ich weiß gar nicht, wovon Sie reden, Mr Hill«, sagte sie mit einem Augenzwinkern, bevor sie das Büro verließ und leise die Tür hinter sich zuzog.

Ich griff nach der Akte, die ich angefordert hatte, um ein paar Zahlen nachzuschlagen. Als ich sie durchblätterte und mit jeder Seite mehr Bestätigung für meinen Verdacht fand, wurde ich ruhiger. Bisher war es nicht mehr als eine Ahnung gewesen, aber nach Durchsicht dieser Unterlagen konnte ich mir sicher sein: Bei Havering Group ging nicht alles mit rechten Dingen zu. Es verschwanden Gelder. Nicht auf offiziellem Weg, sondern gut verschleiert, sodass man es normalerweise nicht nachvollziehen konnte. Aber mir waren in den Abrechnungen der letzten Monate mehrere kleine Summen aufgefallen, die ich nicht mit Bestimmtheit hatte zuordnen können. Und dann hatte ich zu suchen begonnen.

Ich griff nach meinem Handy und schickte Fay eine Nachricht. *Können wir uns sehen? Jetzt? Es ist wichtig.*

Die Antwort kam prompt. *Logan, ich glaube nicht, dass das eine gute Idee ist.*

Ich seufzte, dann drückte ich auf ihre Nummer und rief sie an.

»Logan …«

»Fay, ich rufe nicht an, weil ich reumütig zurückgekrochen kommen will«, läutete ich das Gespräch ein, bevor sie mich abwimmeln konnte.

»Sondern?«

»Ich habe etwas, das eine Fusion mit Havering Group für euch nicht mehr so interessant machen könnte.«

»Was für …?«

»Nicht am Telefon.«

»Ich bin zu Hause, komm vorbei.«

»Bin gleich bei dir.«

Schnell packte ich meine Sachen und die Unterlagen zusammen und verließ das Büro. Ich grüßte das Reinigungspersonal, das bereits die Großraumbüros putzte, und öffnete die Tür zum Treppenhaus, anstatt auf den Fahrstuhl zu warten. Je zwei Stufen auf einmal nehmend, raste ich die Stockwerke bis ins Erdgeschoss runter.

Wenig später öffnete Fay mir die Wohnungstür ihres Appartements. Es war kleiner als mein Loft, aber die Lage nicht weniger attraktiv.

»Hi, Logan«, begrüßte sie mich, trat zur Seite und hauchte mir einen Kuss auf die Wange, als ich sie kurz umarmte. »Was ist los? Deine Nachricht klang ernst.«

Ich war froh, dass sie mir nichts nachtrug und wir einfach Freunde sein konnten. Sie hatte nicht mein Herz erobert, aber sie war mir wichtig. Was auch der Grund war, warum ich ihr meine Entdeckung mitteilen musste.

»Ich habe da etwas entdeckt, das ich dir nicht vorenthalten möchte«, sagte ich. »Es geht um die Fusion. Ich habe einige Dinge rausgefunden … das wird die Meinung deines Chefs vermutlich ändern.«

Fays Augen wurden größer, sie sah mich fragend an, doch dann schüttelte sie kurz den Kopf und setzte ihr strahlendes Lächeln auf. »Komm erst mal rein, Logan. Ich bin gespannt, was du mir erzählen willst.«

Und ich war gespannt, was sie unternehmen würde.

Chloe

Es tat weh. Immer noch, aber mit jeder Stunde, die verstrich, wurde es erträglicher. Und mit jeder Meile, die wir uns von New York entfernten, wurde die Erinnerung verschwommener.

»Das wird ein gutes Wochenende, Babe.«

Kaden legte seine Hand auf mein Knie und drückte es kurz. Ich lächelte. Auf keinen Fall wollte ich der Spielverderber sein, weil ich meine Laune nicht im Griff hatte.

»Das glaube ich auch.« Ich legte meine Hand auf seinen Oberschenkel. Er nahm sie und führte sie an seine Lippen.

Ich erschauderte. Aber es war nicht dasselbe Schaudern, wie es mir noch vor drei Tagen über den Körper gerannt war. Es war anderes. Weniger prickelnd. Ich schob das auf den Stress und die Aufregung der letzten Zeit. Ich wusste – sobald ich mit Kaden schlafen würde, wäre alles wieder gut. So war es immer.

Mittlerweile schliefen wir seit über drei Wochen miteinander. Das war absoluter Rekord, was meine Beziehungen anging. Keinen Mann hatte ich länger als wenige Tage oder zwei Dates ausgehalten. Entweder waren sie von vornherein geplante One-Night-Stands gewesen oder zu anhänglich oder zu schlecht im Bett. Nichts davon traf auf Kaden zu.

Sex hielt uns zusammen. Er befriedigte mich wie kein anderer. Und das war es, was ich derzeit brauchte. Ich wollte nicht allein sein. Und ich wollte nicht mehr weiter nachdenken.

Deswegen hatte ich kurzfristig Urlaub im Studio genommen und war seiner Einladung gefolgt, ein paar Tage mit ihm auf Rhode Island zu verbringen. Wie er sagte, besaß er ein Strandhaus direkt am Meer.

»Sonne, Wasser, nur wir zwei. Und Sex ohne jegliche Tabus.«
Das war es, was er mir versprochen hatte. Und ich glaubte ihm jedes Wort.

»Die Hälfte haben wir gleich geschafft. Wie wäre es mit einem Kaffee und einem Happen zu essen? In ein paar Minuten kommt ein Diner, in dem es die besten Fritten im gesamten Umkreis gibt.«

»Das hört sich gut an«, sagte ich. Kaffee wäre großartig. Das stete Brummen des Motors machte mich schläfrig.

Kaden fuhr an der nächsten Abfahrt raus und direkt auf ein Diner im typischen Fünfzigerjahre-Style zu. Wir parkten den SUV direkt vor dem Eingang, es schien nicht viel los zu sein, und Kaden hielt mir die Tür auf, während ein Glöckchen über unseren Köpfen unser Eintreten ankündigte.

Eine rundliche, etwas ältere Kellnerin mit rosigem Gesicht und freundlichen Augen stellte sich uns als Rose vor und bot uns die Karten an.

»Kaffee?«, fragte sie dann, und ich nickte eifrig.

»Intravenös am besten«, scherzte ich, und sie lachte.

»Wie wäre es erst mal mit einem großen Becher, Schätzchen?«

»Nehme ich.«

»Und für dich, mein Süßer?«

»Dasselbe. Und zweimal die Fritten und Zwiebelringe.«

»Kommt sofort.« Sie sammelte die Karten wieder ein und verschwand mit ihren rundlichen Hüften hinter dem Tresen. Kurz darauf kam sie mit zwei übergroßen Bechern mit dampfend heißem Kaffee an den Tisch.

»Gerade frisch durchgelaufen. Ihr habt Glück. Euer Essen dauert noch einen Moment, genieß den Kaffee, Herzchen.« Sie zwinkerte mir zu, und ich lächelte zurück.

»Was ist los? Du siehst traurig aus.« Kaden war nicht nur ein Sexgott, sondern hatte dazu auch eine verdammt gute Beobachtungsgabe. »Wie kann ich dich wieder zum Lächeln bringen?« Seine Hände griffen meine, und ich ließ es zu, dass sie sich miteinander verschränkten.

Mein Lächeln war echt. »Danke.«

»Wofür?« Seine Augen verengten sich fragend.

»Dass du für mich da bist.«

»Natürlich.« Jetzt küsste er meinen Finger und saugte kurz daran, ohne mich aus den Augen zu lassen. »Ich werde dich schon auf andere Gedanken bringen.«

Damit erwischte er mich eiskalt. Sofort begann mein Unterleib wie wild zu pochen. Ich unterdrückte den Impuls, ihm meine Hände zu entziehen, mich auf seinen Schoß zu setzen und mir von ihm den Schmerz wegvögeln zu lassen. Stattdessen entzog ich ihm meine Hand und lächelte kokett. »Ich kann es kaum erwarten.«

Kurzzeitig wurde seine Miene ernst. »Du weißt aber, dass dieses Wochenende nichts an unserer ... an unserem Zusammensein ändert, oder?«

Ich schluckte, dann setzte ich das strahlendste Lächeln auf, das ich zustande brachte. »Sicher.«

»So können wir uns einfach nur genießen. Ohne Verpflichtungen und ohne Gedanken an ein Morgen. So liebe ich am liebsten. Oder siehst du das anders?«

Ich fuhr mir mit der Zunge über meine Lippen. »Ich liebe es, mit dir zu schlafen. Deine Berührungen, deine Blicke, deine Art, mich zu befriedigen ... all das ist einzigartig. Ich habe noch nie einen Mann getroffen, der mich so befriedigt hat wie du. Und das ist es, was ich genießen will. Mehr nicht. Aber auch nicht weniger.«

Jetzt grinste er zufrieden. »Dieses Wochenende wirst du so schnell nicht vergessen. Das verspreche ich dir.«

Rose brachte unser Essen, und ich schob die Zwiebelringe gleich von mir fort, als sie wieder weg war.

»Was ist?«, fragte Kaden und sah auf die Portion in der Tischmitte.

»Ich mag keine Zwiebelringe.«

»Warum hast du nichts gesagt?« Sein Blick verdunkelte sich. Ich sah ihn lange an. »Du hast nicht gefragt.«

* * *

Mehr oder weniger schweigend verlief der Rest der Fahrt. Nach einer Stunde erreichten wir das Zentrum von Newport. Es war, als wäre ich in einem anderen Universum gelandet. In New England schien die Zeit stehen geblieben zu sein, und das bestärkte mich in der Entscheidung, mit Kaden hierhergefahren zu sein. Auch wenn ich wusste, dass es mit uns nicht weitergehen würde, so hoffte ich wenigstens, dass die Zeit hier mir die nötige Ruhe verschaffen würde, um mich endgültig von Logan zu lösen. Wir fuhren am Hafen entlang, in dessen Becken unzählige Yachten lagen. Newport war der Spielplatz der Schönen und Reichen, und ich ahnte, dass Kaden hier auch mitspielte. Aber sein Geld interessierte mich nicht.

Kaden fuhr weiter, und nach gut zehn Minuten erreichten wir das Tor eines Anwesens, das direkt am Wasser liegen musste, wenn mich mein Orientierungssinn nicht ganz verlassen hatte.

Er lenkte den SUV einen gepflasterten Weg entlang, der kurvig durch gepflegte Rasenflächen und Blumenbeete verlief. Zwischen den Bäumen konnte ich das Haus erahnen, es schien sehr groß zu sein. Als wir um die letzte Kurve bogen, lag es in seiner ganzen Pracht vor uns. Und verschlug mir die Sprache.

»Gefällt es dir?« Kaden hielt den Wagen an, vermutlich, damit ich das Haus in seiner Gesamtheit auf mich wirken lassen konnte.

»Absolut. Das ist ein Traum.«

»Danke.« Siegessicher grinste er nun, bevor er den Gang wieder einlegte und uns die letzten Meter bis direkt vor das Haus brachte. Kaum hatte er den Motor abgestellt, öffnete sich meine Tür wie von Zauberhand.

»Willkommen in Nautic House, Miss.« Ein Diener oder Portier oder was auch immer hatte mir die Wagentür geöffnet und wartete nun darauf, dass ich ausstieg. Ich warf Kaden einen hilfesuchenden Blick zu, woraufhin er nur mit den Schultern zuckte.

»Wir sind hier in New England. Da ticken die Uhren etwas anders.«

Ich stieg also aus und erwiderte das höfliche Lächeln des farbigen Angestellten. »Vielen Dank.«

Er nickte stumm, dann schloss er die Tür und nahm den Autoschlüssel entgegen, den Kaden ihm reichte. »Kümmer dich bitte um unser Gepäck, James.«

»Sehr wohl, Mr Jenkins.« Er deutete einen Diener an, bevor er wartete, dass Kaden und ich uns dem Haus zuwandten. Erst dann ging er zum Kofferraum und kümmerte sich um unsere Taschen.

Kaden führte mich die vierstufige weiße Treppe hoch, wo sich auch wie von Zauberhand die Tür öffnete und ein weiterer Angestellter uns ebenfalls mit einem angedeuteten Diener begrüßte.

»Komm, ich führ dich rum«, sagte Kaden und zog mich ins Haus. Ich konnte nur sprachlos nicken, als ich eintrat, denn das, was ich hier sah, war unglaublich.

Das ganze Gebäude war in die Höhe gebaut worden, statt in die Breite. Es besaß vier Stockwerke, jedes davon mit einem Balkon oder einer Terrasse Richtung Wasser. »Um die Aussicht auf das Meer genießen zu können«, erklärte Kaden mir.

Wir betraten eine Art Halle, ähnlich eines Foyers. Vor einem

Kamin standen ein paar gemütlich aussehende Sitzmöbel, der Holzboden glänzte so, als wäre er frisch poliert. Was er vermutlich auch war.

»James?«, fragte ich Kaden leise und blickte zurück zum Eingang, wo der Hausangestellte allerdings schon längst wieder verschwunden war. Lautlos, wie er gekommen war. »Heißt er wirklich so?«

»Keine Ahnung. Hier gehen im Jahr so viele Angestellte ein und aus, ich nenne alle James.«

»Oh …« Das überraschte mich. Oder auch nicht, denn ich bekam mit der Zeit einen Eindruck von dem wahren Kaden Jenkins. Und ich wusste nicht, ob mir der auch so gut gefiel. Aber ich wollte ihn nicht verurteilen, also sagte ich nichts, und wir setzten den Rundgang fort.

Im ersten und dritten Stockwerk befanden sich Schlaf- und Badezimmer. Die zweite Etage war so was wie ein Wohnzimmer mit einer offenen Küche, die fast so riesig war wie meine komplette Wohnung in Queens. Im oberen Geschoss hatte Kaden sich ein Büro eingerichtet. »Von hier leite ich meine Firma, wenn ich nicht in Manhattan bin.« Und die Aussicht war einfach gigantisch. Ich trat an die Fensterfront, die sich über die ganze Seite erstreckte, die sich zum Meer wandte, und sah hinaus. Das Wasser glitzerte in der Sonne und schwappte in seichten Wellen an den Strand. Keine Menschenseele weit und breit, das musste also ein Stück privater Strand sein, der vermutlich zum Haus gehörte. Weit draußen konnte ich einige Yachten sehen, aber abgesehen davon waren wir hier ganz alleine.

»Wunderschön«, flüsterte ich ehrfürchtig.

»Du bist wunderschön«, sagte er, und als ich seinen Atem an meinem Nacken spürte, wusste ich, dass er direkt hinter mir stand. Einen Wimpernschlag später hatte er schon mein Kleid hochgeschoben und meinen Slip runtergerissen. Noch bevor ein Laut über meine Lippen dringen konnte, hatte er mich gegen das Glas gepresst und sich in mir versenkt.

»Willkommen auf Rhode Island, meine Schöne.«

* * *

Wir aßen auf dem Balkon des dritten Stocks miteinander zu Abend. Den konnte man direkt von unserem Schlafzimmer aus betreten. James, oder wie immer er wirklich hieß, hatte uns ein Drei-Gänge-Menü mit Fisch als Hauptspeise serviert. Wieder hatte Kaden mich nicht gefragt, ob das überhaupt mein Geschmack war, aber ich war zu müde, um mich deswegen mit ihm anzulegen. Außerdem mochte ich Fisch sehr.

Nachdem er mich im Büro schnell und wild von hinten genommen hatte, hatte er mich ins Schlafzimmer gebracht. Die Fahrt war anstrengend gewesen, und gemeinsam waren wir erst unter die Dusche und dann ins Bett gegangen, um uns etwas auszuruhen. Ich hatte tatsächlich eine gute Stunde geschlafen, als ein Zucken in meinem Unterleib mich geweckt hatte. Kaden lag zwischen meinen Beinen und leckte an mir. Ich kam, noch bevor ich richtig wach war, und ein zweites Mal, als er danach in mich eindrang und mich antrieb.

Ich wusste, das war es noch nicht gewesen. Kaden war hungrig. Er war gierig, und er nahm sich, was er wollte. Und ich hungerte ebenfalls. Und wenn ich Liebe nicht kriegen konnte, nahm ich eben Sex. Und den würde ich an diesem Wochenende haufenweise bekommen.

Nachdem wir den Nachtisch, eine köstliche Schokoladenmousse, genossen hatten, machten wir es uns auf der Lounge, die ebenfalls auf dem Balkon Platz hatte, bequem. Er schenkte unsere Gläser mit dem edlen Wein nach und setzte sich zu mir. Dann sah er mich an.

»Ich sehe es an deiner Nasenspitze. Du bist neugierig. Du

fragst dich, ob das alles mir gehört und warum ich nichts gesagt habe, richtig?«

»Ein bisschen interessiert es mich schon«, gab ich zu.

»Ja, dieses Haus ist mein Eigentum. Ja, ich habe ein paar Millionen auf dem Konto. Ja, ich habe hart dafür gearbeitet. Und nein, ich habe dafür keine Gesetze gebrochen.« Er zwinkerte mir zu und fuhr sich mit der Hand durch seine dunklen Haare. »Ich denke, dass ich dich damit überrascht habe, oder?«

Ich lächelte und schüttelte den Kopf. »Nein, Kaden. Da muss ich dich enttäuschen.« Verdutzt sah er zu mir rüber. »Mir war klar, dass du mit Geld umzugehen weißt, seit ich dich das erste Mal gesehen habe. Dein Auftreten, deine Selbstsicherheit, diese gewisse Arroganz, dein ganzes Wesen strahlt das aus. Ich wusste nur noch nicht genau, in welche Schublade ich dich stecken sollte. Jetzt weiß ich es auch nicht, aber ich ahne es.« Interessiert beugte er sich vor, ich erkannte ein klitzekleines Schmunzeln um seine Mundwinkel herum.

»Da bin ich aber gespannt.«

»Geld hat mich noch nie wirklich interessiert. Aber es beruhigt natürlich ungemein. Und es macht sexy.« Er lachte auf. »Du bist einzigartig, Kaden Jenkins. Aber das sagte ich ja bereits.«

»Ja, das sagtest du. Und das kann ich eigentlich nur zurückgeben. Du bist verdammt scharf, Chloe. Gut, dass wir uns getroffen haben.«

»Ja, darüber bin ich auch froh.« Auch wenn ich ganz sicher wusste, dass diese Woche nichts, aber auch rein gar nichts ändern würde. Denn nichts, was er sagen oder tun würde – nicht mal der fantastische Sex mit ihm –, würde etwas an meinen Gefühlen für Logan ändern. Auch wenn er mich nicht mehr sehen wollte und unsere Freundschaft mittlerweile kaputt war.

Aber ich hatte Kaden Jenkins. Und wenigstens für ein paar Tage konnte ich so tun, als wäre ich glücklich.

Das war ich mir schuldig.

Logan

»Wie war dein Urlaub?«

Smalltalk war kein schlechter Einstieg. Besser, als sich anzuschweigen.

Aubrey saß mir mit einem kleinen Lächeln auf den geschminkten Lippen gegenüber am Tisch und strich gedankenverloren über den Stiel ihres Wasserglases.

»Wunderschön. Paris hätte dir gefallen. Die Stadt der Liebe«, gab sie mit einem genüsslichen Seufzen zurück.

Sie sah tatsächlich glücklich aus. Ihr Teint war frischer als vor ihrer Reise, die Wangen rosiger, die Augen leuchtender. Die blonden Haare waren kürzer, die Nägel manikürt, ihr Lächeln wirkte entspannt. Die zwei Wochen Europa hatten ihr offensichtlich gutgetan.

Gestern Abend waren sie und ihre Familie wieder zurückgekommen, heute Morgen hatte ich eine Nachricht auf meinem Handy erhalten. Mit der Bitte um ein Treffen. Mein erster Impuls war gewesen abzulehnen, aber dann war mir klar geworden, dass ich die Sache ein für alle Mal erledigt haben wollte, und ich hatte zugesagt.

Sie hatte uns einen Tisch im Daniel, einem französischen Restaurant in Manhattan, reserviert, in dem wir in unserer Anfangszeit schon einmal zusammen essen gewesen waren. Wir saßen in einem kleinen Separee, hinter Glas, wie in einem privaten Wohnzimmer. Die Tischdecke war gestärkt, das Silber poliert. Die Portionen waren nichts, wovon man satt wurde. Gedämpfte Musik im Hintergrund, kaum merkliches Klappern von Besteck und leises Stimmengemurmel, dazwischen Kellner in Schwarz-Weiß, die herumliefen wie kleine Pinguine und den Gästen jeden Wunsch erfüllten. Nicht unbedingt nach meinem Geschmack. Hier herrschte ein strenger Dresscode, Essen mit Jackett war Pflicht, Jeans ein No-Go. Somit trug ich einen meiner Anzüge, Aubrey ein schlichtes dunkles Abendkleid, das ihre wenigen Kurven betonte und viel Dekolleté zeigte. Keine Ahnung, was sie mir damit sagen wollte, aber egal, was es war, es juckte mich nicht mehr. Aubrey war, seit ich die Einladung in der Post gefunden hatte, meine Vergangenheit. Und wenn wir an diesem Abend auseinandergehen würden, dann wäre sie nur noch ein Schatten davon.

»Ich kenne Paris«, sagte ich.

Ihre Miene verriet Überraschung. »Das wusste ich nicht.«

Du weißt so vieles nicht.

»Nach meinem Studium bin ich ein halbes Jahr durch Europa gereist«, erklärte ich vage und nahm einen Schluck von meinem Wasser. Sie hatte mir Whiskey bestellen wollen, aber ich brauchte einen klaren Kopf für dieses Gespräch.

»Und wo warst du überall?« Sie beugte sich vor, als wäre sie wirklich interessiert. Das erinnerte mich an unsere Anfangszeit, und wäre es nicht so traurig gewesen, hätte ich gelacht. Stattdessen schnaubte ich leise.

»Aubrey, du hast mich sicher nicht hergebeten, um mich über meine Reisen auszufragen, die stattgefunden haben, bevor wir zusammen waren. Das hat dich während unserer Beziehung nicht interessiert, also sollte es dir jetzt auch egal sein. Wir wollen uns hier nicht kennenlernen, sondern voneinander verabschieden. Also bitte, sag mir was –«

»Ich bin schwanger.«

Etwas in mir zerbarst. Dann war es still. Ohrenbetäubend still. Die Zeit lief weiter, ich blieb stehen. Gefangen in einer Zeitschleife.

Schwanger.
Schwanger.
Schwanger.
»Du bist ... was?«, krächzte ich schließlich.
»Schwanger, Logan. Ich bin schwanger. Fünfzehnte Woche.« Ihre roten Lippen verzogen sich zu einem vorsichtigen Lächeln, in ihren Augen schimmerte es verräterisch. Weinte sie? Dabei legte sie ihre Hand auf ihren Bauch.
Schwanger.
Schwanger.
Schwanger.
Ich sah sie an, beobachtete sie genau. Suchte nach einer Regung in ihrem Gesicht, nach dem noch so kleinsten Hinweis, dass sie log, mich auf den Arm nahm. Um sich zu rächen. Um mir wehzutun. Um mich in den Abgrund zu stoßen. Aber sie verzog keine Miene.

Das versonnene Lächeln schien wie festgetackert. Nein, keine Tränen.

Ich schluckte.

Ich sah an ihr vorbei.

Sah auf meine Hände.

Hob den Blick, sah wieder in ihr Gesicht.

»Sag das noch mal.«

Sie rollte mit den Augen. Ein zögerliches Lächeln. »Ich. Bin. Schwanger«, wiederholte sie. Und dann griff sie nach meiner Hand, drehte sie und ließ ihre Fingernägel über meine Handfläche fahren. Ich zog meine Hand weg.

»Von dir«, setzte sie hinterher. Sie blickte nicht mehr so glücklich drein wie noch vor ein paar Sekunden.

»Bist du sicher?«

Ihre Miene wurde kühl. »Was glaubst du denn? Dass ich wild durch die Gegend vögele?« Sie lachte einen kleinen Tick zu laut. Dann schüttelte sie den Kopf, dass ihre blonden Locken wippten. »Von dir, Logan Hill. Das ist so sicher wie das Amen in der Kirche.«

Und in diesem Moment begann die Welt um mich herum dunkel zu werden.

Logan

»Und jetzt?«

»Frag mich was Leichteres. Ich habe keine Ahnung, verdammt!«

Jaxon und Sawyer sahen mich beide an. Mit großen Augen und Verständnislosigkeit im Blick. Hätte man mir einen Spiegel vorgehalten, würde ich in meiner Miene wohl dasselbe erkennen. Mein Gehirn wollte einfach nicht begreifen, was es mit dem Satz ›Ich bin schwanger‹ auf sich hatte. Es weigerte sich vehement, die Worte zu verarbeiten. Als wäre da eine unsichtbare Wand, gegen die der Satz prallte und nicht durchkam. Ich weigerte mich still, Aubreys letztes Geschenk anzunehmen.

Schweigend tranken wir Whiskey. Die halbe Flasche war schon leer, und ich befürchtete, dass eine weitere würde dran glauben müssen. Das *King's* war heute geschlossen, sodass wir die ganze Bar für uns allein hatten. Niemand störte uns. Niemand wusste, dass wir hier waren. Wir saßen in der hintersten Ecke an einem Tisch, nur eine kleine Lampe in der Nähe brannte und spendete spärliches Licht. Mehr brauchte es nicht.

Ich war froh, nicht allein zu sein. Anstatt zu Chloe zu fahren und zu reden, wie ich es vor ein paar Wochen getan hätte, hatte ich diesmal die Option vorgezogen, mich zu betrinken. Zum einen, weil Chloe keinen Kontakt wollte, zum anderen, weil es mir passender erschien.

Auch wenn ich nicht viel zu der Unterhaltung beizutragen hatte, tat es gut zu wissen, dass meine Freunde bei mir waren und mir den Rücken stärkten, egal, was für sinnlose Sätze aus meinem Mund kommen würden. Sie würden mit mir fluchen, aber auch mit mir trauern. Ich wusste, auf die beiden konnte ich zählen. Das war mehr, als ich verdient hatte.

Sawyer griff sich die Flasche und schenkte eine neue Runde ein. Dann hob er sein Glas, betrachtete die bernsteinfarbene Flüssigkeit darin, als enthielte sie die Weisheit, die ich so dringend benötigte. »Und du glaubst nicht, dass sie das nur sagt, um dich zurückzukriegen?« Sein Blick fixierte mich, und wir starrten uns an. Dann schüttelte ich den Kopf.

»So mies ist nicht mal Aubrey. Das würde rauskommen. Wie soll sie so was vortäuschen?« Nein, an das hatte ich auch im ersten Moment gedacht, aber glaubte nicht mehr daran, seit sie mir ein Ultraschallbild mit ihrem Namen darauf gezeigt hatte.

Zehn Zentimeter, um die siebzig Gramm. Eine kleine Grapefruit. Das sollte mein Kind sein. Ich konnte es immer noch nicht fassen, dass aus einer Nacht ein Mensch entstehen würde.

»Und das Kind ist garantiert von dir?«, fragte Jaxon. Ich warf ihm einen bösen Blick zu. »Was? Ich frag ja nur. Und jetzt sag nicht, daran hättest du nicht auch schon gedacht. Zuzutrauen wäre es ihr.«

Das musste ich leider zugeben. Es war ja nicht so, als wäre das nicht mein erster Gedanke gewesen, nachdem Aubrey mir die Hiobsbotschaft überbracht hatte. Vielleicht war es nicht verkehrt, alle Möglichkeiten in Betracht zu ziehen. »Nehmen wir also an, es wäre so. Wie könnte man sie überführen?« Dabei sah ich Sawyer an.

»Was siehst du mich so an? Ich habe vom Kinderkriegen keine Ahnung.«

»Du bist der Anwalt. Gibt es da nicht irgendwelche Paragraphen?«

»Mann, eine Schwangerschaft ist kein Vergehen, das mit Knast bestraft wird«, konterte er.

»Leider«, gab Jaxon zurück, dann sah er mich an. »Zumindest in dem Fall.«

»Aber ich habe nachgerechnet. Es passt alles. Wenn sie mich betrogen hat, dann hätte ich das doch gemerkt«, überlegte ich.

»Wie denn? Du hast doch die meisten Abende hier in der Bar verbracht. Oder bei Chloe.«

Ich schwieg. Jaxon hatte ja recht.

Schon immer hatte ich mir Kinder gewünscht, ja. Ich war ein Familienmensch, ein Mann, der seine eigene Familie um sich haben wollte. Eine Frau, die ich lieben konnte, so wie sie es verdiente. Und Kinder, die mich Daddy nannten. Am liebsten eine Menge davon. Aber das hier ... das fühlte sich nicht richtig an. Es war falsch. Die Frau war falsch.

Und trotzdem wusste ich tief in meinem Inneren, dass dieser kleine Wurm nichts dafür konnte. Und dass ich für ihn da sein würde, egal, wie Aubrey und ich zueinander standen. Ich selbst war ohne Vater aufgewachsen, weil mein Erzeuger ein feiges Arschloch gewesen war und mich und meine Mom verlassen hatte, kaum dass ich auf der Welt gewesen war.

Ich wusste, wie es war, nur einen Elternteil zu haben.

Wie sich Vater-Sohn-Tage ohne Vater in der Schule anfühlten. Campingausflüge, Lagerfeuer, Messer schärfen, Knoten knüpfen – all diese Dinge hatte ich zwar nicht missen müssen, denn meine Mom war ein toller Ersatz gewesen. Doch gefehlt hatte die Vaterfigur trotzdem. Immer. Ich wusste, wie es war, sich an manchen Tagen einfach allein und ungeliebt zu fühlen. Und sich selbst die Schuld daran zu geben.

Aber das würde meinem Kind nicht so gehen. Denn ich war da. Ich würde meinem Kind all das beibringen. Ich würde immer für ihn oder sie da sein. Schließlich wuchs da ein Teil von mir heran. Ein Kind, das meine Gene in sich trug. Das war ein Wunder. Ein gottverdammtes Wunder. Und ich würde nicht zulassen, dass dieses – mein Wunder – alleine bei Aubrey aufwachsen würde.

Ich hob meinen Kopf und sah meine Freunde an. Beide runzelten die Stirn.

»Ja, ich weiß. Es ist nicht unbedingt der Plan, den ich für mein Leben hatte, aber … Egal, was zwischen Aubrey und mir passiert ist. Wenn es wirklich mein Kind ist, dann werde ich mich darum kümmern.«

Jaxon nickte langsam. Sawyer stimmte mit ein.

»Dann wird es Zeit zu gratulieren, oder?« Jaxon hob sein Glas. Sawyers folgte. Und dann hob auch ich meines in die Luft, auch wenn es sich schwer wie Blei anfühlte.

»Auf Daddy Logan«, sprach Sawyer einen Toast.

»Und auf den kleinen Scheißer«, setzte Jaxon hinterher. »Auf dass sich deine Gene durchsetzen.« Ich sagte nichts.

Wir ließen die Gläser aneinanderklirren und kippten den edlen Tropfen wie Wasser hinunter. Jaxon schenkte nach, wir tranken wieder.

»Weiß Chloe es schon?«, fragte Jaxon. Er wusste, was für ein Missverständnis zu unserer ersten Auseinandersetzung geführt hatte. Aber er wusste offensichtlich noch nichts von dem letzten Streit. Wobei Streit nicht richtig war. Wir hatten miteinander geschlafen. Ich war gegangen. Das hatte alles kaputtgemacht.

Ich schüttelte langsam den Kopf. »Ich glaube nicht, dass sie das gerne hören möchte.«

Jaxon zuckte mit den Schultern. »Du solltest es ihr trotzdem erzählen, sobald sie wieder da ist. Bevor ihr euch wieder streitet, weil –«

»Sie ist nicht da?«, unterbrach ich ihn. Seit unserer gemeinsamen Nacht hatten wir keinen Kontakt mehr miteinander gehabt. Vorher hatte ich immer gewusst, wo sie gesteckt hatte. Jetzt hatte ich keine Ahnung. Aber irgendwas sagte mir, dass mir Jaxons Antwort nicht gefallen würde.

Jaxon knurrte etwas Unverständliches, kippte seinen Rest

Whiskey runter und schnappte sich die Flasche. »Sie ist mit diesem Kaden weg. Für ein paar Tage. Urlaub machen oder so.«

»Seit wann?«

»Gestern.«

»Wie lange?«

»Sagte doch, ein paar Tage. Keine Ahnung. Ich bin ihr Bruder, nicht ihr Vormund. Sie erzählt mir auch nicht mehr alles. Sie hat sich verändert. Ich komme nicht mehr an sie ran.«

»Aber wie konntest du sie mit diesem Arsch wegfahren lassen?«, fuhr ich auf. »Du hast selbst gesagt, dass du ein schlechtes Gefühl bei ihm hast.«

»Soll ich sie einsperren? Als würde sie sich das gefallen lassen.« Er schnaubte, aber dann hielt er inne und sah mich an. Er musterte mich sogar ziemlich intensiv. Dann sah er zu Sawyer rüber, der mich ebenfalls anguckte, als würde er mich zum ersten Mal richtig wahrnehmen.

»Was? Was starrt ihr mich so an?«, rief ich aus und warf die Hände in die Luft. »Ich mache mir nur Sorgen um eine Freundin. Ist das jetzt auch nicht mehr erlaubt?«

»Du liebst sie. Verdammt, warum ist mir das nicht früher aufgefallen?«

»Was?«

»Du liebst sie«, wiederholte er trocken.

»Sie ist meine beste Freundin. Natürlich liebe ich sie. Euch liebe ich auch. Wo ist das Problem?«

Jaxons Mundwinkel verzogen sich ganz langsam zu einem kleinen, fast winzigen Lächeln. Es wirkte gequält. Sawyer saß auf seinem Stuhl, lehnte sich mit verschränkten Armen zurück und nickte unentwegt. Wie ein Wackeldackel.

»Das habe ich schon immer gewusst. Freundschaft zwischen Mann und Frau? Das kann nicht funktionieren.«

»Du hast mit ihr geschlafen, oder?« Jaxon starrte mich an.

»Was? Das ...«

»Japp, du hast mit ihr geschlafen.«

»Alter! Und selbst wenn … Das geht dich einen Scheiß an!«, fuhr ich auf.

»Ach, aber ihr verbieten, mit Kaden wegzufahren – das soll ich?«

»Das ist doch was völlig anderes. Ich mache mir Sorgen …«

»Nein, das ist es nicht. Du bist nicht nur einfach besorgt. Du bist eifersüchtig.«

Ich winkte nur ab, wollte das nicht diskutieren. Er hatte ja recht, was sollte ich dazu noch sagen? Doch Jaxon war noch nicht fertig. »Logan, du hast echt ein Problem.«

»Was soll das, Jax?«, fragte ich. »Warum machst du das jetzt?« Ich verstand nicht, was er von mir wollte. Warum er mir Vorhaltungen machte.

Er nahm einen weiteren Schluck Whiskey, bevor er mir antwortete. »Weil du damit jetzt so richtig tief in der Scheiße sitzt und wir sehen müssen, wie wir dich da wieder rauskriegen.«

Chloe

»Für Freitagabend habe ich ein paar Freunde eingeladen.«

Kaden kam zu mir, als ich am Morgen nackt auf dem Balkon vor unserem Schlafzimmer stand und die Aussicht bei einem Kaffee genoss. Zwei Tage waren wir bereits in Newport. Das Haus war ein Traum und die Ruhe hier einfach himmlisch.

»Oh, okay. Ich dachte …«

»Ja, ich weiß, was ich dir versprochen habe, meine Schöne.« Er hauchte mir einen Kuss auf die Schulter und umarmte mich, ich spürte seinen harten Penis, der gegen meinen Hintern drückte. Seine Finger berührten meine Brüste, deren Nippel sich in diesem Moment nach ihm reckten.

»Aber?«, flüsterte ich, weil mich erneut die Erregung packte. Dabei waren wir erst vor einer halben Stunde aus dem Bett gekrochen, und ich spürte meine Vagina immer noch pochen. Oder schon wieder? Ich wusste es nicht mehr. Noch nie hatte ich in so kurzer Zeit so viel Sex gehabt. Und schon gar nicht aus den völlig falschen Gründen. Doch diesen Selbstvorwurf schob ich beiseite. Damit konnte ich mich quälen, wenn ich wieder zu Hause war. Dann würde ich nämlich etwas Neues brauchen, das mich von meinen wahren Gefühlen ablenkte. Das war armselig, aber jetzt nicht zu ändern. Dafür steckte ich schon viel zu tief drin.

»Es ist mein Geburtstag«, antwortete er mir schließlich.

Ich drehte mich zu ihm um, und seine Hände landeten auf meinem Hintern. Ich spürte, dass er seinen Schwanz bereits mit einem Gummi überzogen hatte. »Du hast Freitag Geburtstag?« Er nickte. »Warum hast du mir nichts gesagt? Dann hätte ich ein Geschenk besorgt.«

Kaden lachte leise. »Du bist das Geschenk, Babe. Dass du hier bist, ist mein Geschenk.« Er küsste mich auf die Wange.

Ich unterdrückte ein Stöhnen, als seine Hand über meinen Hintern, über meine Hüfte und dann zwischen die Beine fuhr. Er sah mir in die Augen, während seine Finger sich tief in mich reinschoben. »Ich war noch nie so scharf auf eine Frau wie auf dich.«

Das Kompliment hätte ich gerne zurückgegeben. Aber das konnte ich nicht. Hatte ich mich anfangs noch auf die Tage mit Kaden gefreut, so holte mich immer mehr der Grund ein, wegen dem ich geflohen war. Die letzten Male, die ich mit Kaden geschlafen hatte, hatte ich mir vorgestellt, es wäre Logan, der mich berührte. Und die Scherben meines Herzens zerbrachen in noch kleinere Teile. Am Ende dieser Woche würde vermutlich nur noch Staub übrig sein, und dann wäre der Schmerz hoffentlich endgültig vorbei. Aber so weit war ich noch nicht. Jetzt merkte ich erst so richtig, wie sehr Logan mir fehlte. Nicht seine Freundschaft, sein Lachen, die Gespräche mit ihm – sondern er. Ich vermisste seinen Körper, seine Küsse, seine Hände auf meiner Haut. Ich vermisste ihn. Und das wurde mir immer klarer.

Und deswegen erwiderte ich nichts, sondern drängte mich ihm einfach nur entgegen. Die Kaffeetasse fiel mir aus der Hand und landete auf dem Boden, als Kaden mich hochhob und gegen das Geländer drückte. Ich schlang meine Arme um seinen Hals und warf den Kopf in den Nacken, als er in mich eindrang. Mit dem Wissen, zehn Meter freien Fall in meinem Rücken zu haben, ließ ich mich von Kaden auf andere Gedanken bringen und konnte Logan wenigstens für einen kurzen Moment vergessen.

* * *

Am Nachmittag fuhren wir nach Newport rein, um uns den Ort anzusehen. Nachdem wir zwei Tage fast ausschließlich im Bett verbracht hatten, war das eine willkommene Abwechslung. Und als Reiseführer war Kaden beinahe so gut wie als Liebhaber.

»Spielst du Tennis?«, hatte er mich gefragt. Ich hatte verneint, Tennis war ein Sport, der mich überhaupt nicht reizte. Aber als wir dann zwei Stunden im Tennisclub verbracht und ich tatsächlich ein paar Bälle über das Netz geschlagen hatte, statt nur dagegen, nahm ich mir vor, das auch zu Hause weiterzuverfolgen. Es hatte mir ehrlich Spaß gemacht. Danach fuhren wir zum Hafen, wo Kaden mich auf eine Yacht entführte.

»Gehört die dir?«, fragte ich und staunte, als er nickte.

»Das ist meine kleine Yacht, die ich gerne mal am Wochenende nutze, wenn ich hier bin.« Wobei klein relativ war, wenn man bedachte, dass dieses Boot drei Etagen besaß und wir mit Personal aufs Wasser hinausfuhren.

»Ich liebe das Meer«, sagte ich, als wir – nachdem wir die Captain's Suite eingeweiht hatten – eingehüllt in eine Decke auf dem Vorderdeck lagen und Champagner genossen. Bis zum Sonnenuntergang würde es nicht mehr lange dauern.

»Ich auch. Ich bin am Meer groß geworden«, erklärte Kaden.

»Hier?«

»Nein. Florida.«

Ich drehte meinen Kopf, um ihn anzusehen. »Du kommst aus Florida? Was hat dich aus der Sonne vertrieben?«, wollte ich wissen, als er nickte.

Sein Blick verdunkelte sich kurzzeitig. »Die Arbeit.«

Ich runzelte die Stirn. Die Antwort war vielleicht nicht gelogen, aber sie war nicht der Grund. Das war mir klar. Vielmehr vermutete ich eine Frau dahinter.

Auch wenn Kaden und ich uns nach dieser Woche vermutlich nicht wiedersehen würden, hatte ich das Gefühl, ihm möglicherweise einen Teil der Last, die auf seinen Schultern lag, abnehmen zu können. »Wenn du reden möchtest, Kaden, bin ich hier.«

Doch sofort blockte er ab. »Lass es, Chloe. Ich habe dich nicht mit hierhergenommen, damit wir Freunde werden.« Er warf mir einen spöttischen Blick zu. »Für solche Gespräche hast du jemand anderen.«

Rums. Da war sie, die Faust, die mir ungebremst in den Magen boxte und mich wieder an Logan denken ließ.

»Ja, das habe ich. Aber was ich noch habe, ist die Schnauze voll«, fuhr ich auf. »Was glaubst du eigentlich, wer du bist, dass du mich so zurechtweisen kannst und mich ständig daran erinnern musst, dass wir nicht mehr als Fickbuddies sind? Ganz ehrlich? Du fickst gut, aber mehr auch nicht. Du bist sensibel wie ein Rohrstock und –«

In diesem Moment packte er meine Handgelenke und brachte sein Gesicht so nahe an meins, dass ich seinen Atem auf meiner Haut spürte.

»Was regst du dich so auf. Es ist doch so. Wir haben verdammt guten Sex. Nicht mehr, nicht weniger. Hören wir auf zu reden oder uns Gedanken um den anderen zu machen. Lass uns einfach weiterhin Spaß miteinander haben.« An seiner verschlossenen Miene erkannte ich, wie ernst es ihm war. Ich hatte auch gar keine Chance zu widersprechen, denn gleich darauf presste er seinen Mund auf meinen. Ich wollte hart sein, mich ihm verweigern. Mir wurde immer mehr bewusst, was für ein unsympathischer Typ Kaden eigentlich war. Umso mehr schämte ich mich, dass er mich so heiß machte, dass ich meinen Mund auf seinen pressen musste und ganz schnell wieder mit ihm alleine sein wollte. Mit einem Stöhnen öffnete ich meinen Mund und wurde wieder zu Wachs in seinen Händen.

Ich vergaß Logan, ich vergaß meine Wut, ich vergaß mich selbst. Und ich gierte danach, weiter zu vergessen.

Logan

»So geht das nicht mehr weiter, Logan!«

Jaxon stellte sich vor mich und warf mir einen entschlossenen Blick zu. »Du hängst seit zwei Abenden hier rum, bläst Trübsal und bemitleidest dich selbst.«

»Na, und wenn schon. Wen interessiert's?« Ich wusste nicht, was er von mir wollte. Und selbst wenn, war es mir egal. Ich war verzweifelt. Seit zwei Tagen zog mich die Spirale immer tiefer abwärts. Ich wurde Vater durch eine Frau, die ich nicht liebte. Und die Frau, die ich liebte, hatte ich mit meinem Verhalten in die Arme eines anderen getrieben. Nichts hatte mehr Bedeutung. Mir war alles egal. Das Einzige, was ich wollte, war, das Gedankenkarussell zu ersäufen.

»Wie lange willst du noch hier rumhängen und Trübsal blasen?«, herrschte er mich an.

»Bis die Bar schließt«, gab ich ebenso schroff zurück und warf einen Blick auf die Uhr. »Also noch genau drei Stunden.«

Jaxon schüttelte den Kopf. »Wenn du dich nicht bald zusammenreißt, erteile ich dir Hausverbot.«

Ich knurrte abfällig. »Glaubst du, das *King's* ist die einzige Bar in New York?«

»Nein. Aber ich bin der einzige Barmann, der deine Launen unkommentiert hinnimmt.«

»Unkommentiert wohl kaum, sonst würdest du mich nicht so blöd von der Seite anmachen.« Vielleicht sollte ich wirklich eine andere Bar aufsuchen. Eine, in der ich nicht vollgequatscht und belehrt wurde. Aber mein Körper war so schwer, ich fühlte mich wie mit Blei vollgepumpt.

»Übertreib es nicht, Logan.«

»Schmeiß mich doch raus, wenn dir mein Gesicht nicht passt.«

»Du legst es wirklich drauf an, oder?«

Gleichgültig zuckte ich mit den Schultern. »Find's doch heraus.«

Beinahe feindselig blickte er mich an, dann drehte er sich um und verschwand in der Küche. Ich kippte den Whiskey runter und signalisierte Brian, dass ich Nachschub brauchte. Und zwar dringend. Er sah nicht besonders zufrieden aus, aber brachte mir kurz darauf einen neuen Drink.

»Danke.«

Er öffnete den Mund, aber nach einem scharfen Blick schloss er ihn wieder, drehte sich um und ließ mich allein.

Allein.

Chloe war nicht da. Sie war immer noch mit diesem Arsch von Herkules zusammen und vertrieb sich die Zeit irgendwo im Nirgendwo. Obwohl ich keine Recht dazu hatte, war ich sauer. Stinksauer, um genau zu sein. Aber ich würde sie nicht anrufen, ihr keine Nachrichten schreiben. Ich musste aufhören, an sie zu denken, aufhören, sie zu wollen. Wir waren kein Paar und würden auch niemals eines werden. Sie liebte mich nicht. Sie hatte einen anderen.

Und da war noch Aubrey.

Und das Baby.

War es denn ein Wunder, dass ich beschissen gelaunt war?

»Brian! Noch einen«, bestellte ich einen weiteren Drink und starrte auf den Rest des Eiswürfels in meinem Glas, der immer weiter schmolz, bis schließlich nichts als eine Pfütze von ihm blieb. Probleme schmelzen lassen. Wenn es nur so einfach wäre.

Gerade war ich bei meinem fünften Drink angelangt, als mich zwei Arme von hinten in den Klammergriff nahmen.

»Verdammt, was …?«

»Halt die Klappe, Logan.« Sawyer zog mich vom Barhocker, dirigierte mich um den Tresen herum, durch die Küche in den Hof. Und da wartete Jaxon.

»Verdammt, Jungs, was soll das?«

Sawyer stieß mich von sich, in Jaxons Richtung. Dank des Whiskeys hatte ich einige Schwierigkeiten, auf den Beinen zu bleiben, meinen Körper aufrecht zu halten. Aber die unangekündigte Dusche brachte Anspannung in meine Muskeln.

»Scheiße!« Ich schnappte nach Luft, doch das Einzige, was ich erwischte, war ein Schwall eiskalten Wassers aus dem Schlauch, den Jaxon ohne Unterbrechung auf mich richtete. Und irgendwann hatte die Dusche mich so durchnässt, dass ich nichts mehr fühlte, außer eine eisige Kälte.

***

»Danke, Jungs.«

Nachdem ich in Jaxons Wohnung eine heiße Dusche genommen hatte und jetzt in einem seiner Shirts und einer Jogginghose auf dem Sofa saß, sah ich ein, wie erbärmlich ich mich benommen hatte. Und dass die Aktion nötig gewesen war, um mich aus meiner grauen Blase zu befreien, in der ich seit Tagen hilflos herumgeschwommen war. Wie ein elender, jammernder Waschlappen. Armselig.

»Keine Ursache.«

»Jederzeit wieder, Mann.« Sawyer grinste und lehnte sich in dem Sessel zurück. Mir fiel auf, dass er keinen Anzug trug, sondern in Jeans und Sweater dasaß. Wieso war er nicht im Büro? Er arbeitete doch sonst rund um die Uhr. »Das war echt spaßig.«

»Schön, dass du Spaß dabei hattest«, fand ich.

Jaxon stellte mir einen Espresso vor die Nase. »Hier, trink. Schnaps ist aus, bis du deine Angelegenheiten geregelt hast.«

Schweigend griff ich nach dem Zuckertopf und kippte mir drei Löffel davon in die kleine Tasse.

Sawyer verzog angewidert das Gesicht. »Alter, das willst du nicht ernsthaft noch trinken?« Ohne Kommentar hob ich die Tasse zum Mund und trank. »Du bist echt krank«, beschloss er, worauf ich nur gleichgültig die Achseln zuckte.

»Hast du schon mit Aubreys Vater gesprochen über die ganze Sache?«, wollte Jaxon wissen.

»Nein. Eigentlich hatte ich vorgehabt, ihn nach dem letzten Whiskey aus dem Bett zu klingeln und ihm meine Meinung zu sagen, aber eure Wasserschlacht hat meine Pläne etwas durchkreuzt. Ich sollte wohl besser nicht in Jogginghosen, die nicht mal meine eigenen sind, bei ihm auftauchen. Oder?« Sawyer stöhnte auf. Ich trank den Rest aus der Tasse und stellte sie wieder auf den Tisch. »Havering ist sowieso auf Geschäftsreise. Man könnte meinen, er geht mir aus dem Weg.« Ein trockenes Lachen entwischte mir. Die Vorstellung, dass Jacob Havering sich vor mir versteckte, war einfach zu absurd. »Wie dem auch sei. Ich werde morgen ins Büro fahren und kündigen. Das kann ich auch bei der Personalabteilung.«

»Was?«, ertönte es stereo. »Wieso?«

»Ich bin vielleicht durch das Kind an Aubrey gebunden, aber ich werde mich nicht weiter ihrem Vater verpflichten und seiner Abscheu mir gegenüber aussetzen, weil ich seine Tochter geschwängert, aber nicht geheiratet habe. Das tue ich mir nicht freiwillig an.«

Sawyer sah mich lange an. »Und was liegt dir sonst noch quer?«

Ich sprang auf und tigerte rastlos durch Jaxons Wohnzimmer. »Die falsche Frau ist schwanger, verdammt. Ich habe meine beste Freundin verloren. Weil ich mit ihr geschlafen habe. Ich habe alles aufs Spiel gesetzt und verloren.« Ich blickte Jaxon an, der mit undurchdringlicher Miene zu mir rübersah. Es sollte mich nicht wundern, wenn er mir eine reinhauen würde. Schließlich sprach ich über seine Schwester. Aber stattdessen packte er nur meine Schultern und schüttelte mich.

»Dann hör auf zu jammern und kämpfe um meine Schwester. Ich könnte mir keinen besseren Mann an ihrer Seite vorstellen. Aber wenn du nicht weißt, was du machen sollst ...«, er ließ mich los, zuckte mit den Schultern und schüttelte dann leicht den Kopf, »dann hast du sie vielleicht wirklich nicht verdient.«

Jaxons Worte und sein fester Griff brachten wieder Klarheit in meinen Kopf. Er hatte recht. Ich hatte nach unserer Nacht einmal versucht, mit Chloe zu reden, aber sie hatte mich abgeblockt. Und danach hatte ich es nicht mehr probiert. Das war nicht genug. Kämpfen hieß, sich auch von Niederlagen nicht abschrecken zu lassen. Aber zuerst musste ich wissen, in welche Richtung meine Zukunft lief. Ich hatte von Anfang an Zweifel gehabt, es wurde Zeit, sie zu bereinigen. Oder zu belegen.

»Sawyer, was für Möglichkeiten habe ich wegen Aubrey?«, fragte ich geradeheraus.

Er sah mich an. »Ich habe es schon mal gesagt, und ich sage es gerne noch mal: Bist du sicher, dass es dein Kind ist?«

»Nein. Bin ich nicht. Ich meine, wäre Aubrey nicht so berechnend gewesen, dann hätte ich keine Zweifel, aber ...« Ich hob den Kopf und sah meine Freunde an. »Wir haben in den letzten Wochen selten miteinander geschlafen«, gab ich zu. »Es könnte gut sein, dass es nicht von mir ist.«

Sawyer nickte bekräftigend. »Du solltest das klären, bevor du irgendwelche Zusagen machst oder dich schon darauf einstellst, Vater zu werden.«

»Und wie zum Teufel soll ich das machen?«

»Gut, dass du einen fähigen Anwalt als Freund hast«, unkte er, wurde aber gleich wieder ernst. »Es gibt ein Verfahren, mit dem sich die Vaterschaft über einen Bluttest ermitteln lässt.«

»Woher soll ich denn jetzt Aubreys Blut herkriegen?«, unterbrach ich ihn.

»Das wird ja wohl irgendwie möglich sein. Lass dir was einfallen.«

Ich überlegte. Irgendwie würde ich das vielleicht hinkriegen. »Aber ich würde mich mies fühlen, das hinter ihrem Rücken testen zu lassen«, warf ich ein.

Jaxon schnaubte. »Sie hat dich hinter deinem Rücken verheiratet. Schon vergessen?«

»Wo er recht hat«, meinte Sawyer. »Ich kann dir das mit dem Test abnehmen, ich kenne da ein paar Leute. Das Ergebnis hättest du dann spätestens in etwa zwei Wochen.«

Zwei Wochen. Das war besser, als neun Monate zu warten. Vielleicht war das eine Option.

»Darüber muss ich nachdenken«, sagte ich schließlich. Das war nichts, was ich mal eben so entscheiden konnte.

Sawyer meldete sich als Erster zu Wort. »Wie auch immer du entscheidest: Wenn wir das mit dem Test durchziehen, muss das echt unter uns bleiben. Das gilt auch für dich, Jaxon. Kein Wort, auch nicht zu Hope! Und solltest du juristischen Beistand brauchen, ich kenne da einen guten Anwalt ...«

»Danke, Kumpel. Ich hoffe allerdings, das wird nicht nötig sein.«

»Ja, das wünsche ich dir auch«, erwiderte er, und die Worte hingen wie übler Gestank in der Luft. Denn eigentlich wussten wir alle, egal, ob ich der Vater war oder nicht, dass es ein frommer Wunsch war, zu glauben, dass ich bei Jacob Havering ungeschoren davonkommen würde.

Chloe

»Und du bist also Chloe.« Ein skurriler Typ in Designerjeans und Sakko mit blondem Haar, einer unnatürlichen Bräune und ebenso gefakten, strahlend weißen Zähnen zwinkerte mir zu und stieß sein Glas ungefragt an meines. »Herzlich willkommen in unserer Runde. Ich bin Malcom.«

»Danke.« Ich prostete ihm widerwillig zu und nahm einen Schluck von dem Gin Tonic, an dem ich bestimmt schon seit einer Stunde nippte.

»Wie ich hörte, bist du Kadens neue Eroberung? Oh, entschuldige den Ausdruck«, sagte er, als ich ungläubig meine Augenbrauen nach oben zog. »Ihr seid also ein Paar?«

»Vielleicht«, gab ich kühl zurück. Das, was zwischen Kaden und mir war, ging diesen Lackaffen ja wohl kaum was an. Allerdings gefiel mir sein Blick nicht, mit dem er mich förmlich auszog.

»Vielleicht heißt …?«

Als er mir dabei seine Hand auf meinen Arm legte, zuckte ich nicht zurück. »Ich glaube nicht, dass das Kaden gefallen würde …«

»Hauptsache, es gefällt dir«, raunte er mir zu.

Ich war kurz davor, ihn zu ohrfeigen. »Lass mich los. Sofort«, zischte ich und entzog mich ihm.

Seine Reaktion darauf war nur ein Lächeln. »Wir sehen uns.« Wieder zwinkerte er mir zu. Anzüglich und wissend, dass wir uns auf jeden Fall noch einmal über den Weg laufen würden. Mir graute davor. Aus leicht glasigen Augen warf er mir einen letzten Blick zu, dann war er im Getümmel verschwunden. Erleichtert atmete ich auf und trat unbemerkt nach draußen auf die Dachterrasse, wo ich mich in die hinterste Ecke verzog, um meine Ruhe zu haben.

Es war noch früh am Abend, seit nicht mal einer Stunde trudelten Kadens Gäste ein. Es schien schick zu sein, zu spät zu kommen. Mir kam es jetzt schon viel zu lang vor.

Malcom war nicht der Erste, der mich angesprochen hatte. Aber er war der Erste, der es auf diese Art, so direkt getan hatte. Mich schüttelte es immer noch, wenn ich an Malcoms Berührung dachte.

Sicher wussten seine Gäste, dass wir kein Liebespaar waren, sondern eine ganz andere Beziehung miteinander hatten. Vermutlich glaubte dieser Malcom deswegen, mich einfach anmachen zu können.

Ich kippte unauffällig den Rest des Gin Tonics in einen der Pflanzentöpfe, die auf der Terrasse standen. Ich hatte genug, auch wenn es mein erster Drink an diesem Abend war. Es schmeckte einfach nicht, also ließ ich es. Das leere Glas stellte ich auf einen der Stehtische und lehnte mich gegen das Geländer des Balkons der obersten Etage. Mit einem tiefen Atemzug sah ich hinaus auf das Meer, das in der Dunkelheit nur schwer zu erkennen war. Selbst das Rauschen der Wellen ging in dem Lärm und der Musik unter, die aus dem Haus nach draußen drangen. Die Geburtstagsfeier hatte sich auf das ganze Gebäude ausgebreitet, in jedem Stockwerk fanden sich Gäste, die sich unterhielten, tranken, feierten oder tanzten. Die Tanzfläche hatte hier oben in Kadens Büro ihren Platz gefunden, ein DJ legte in der Ecke des Raumes auf. Die Musik war ganz okay, eine Mischung aus House, Hip-Hop und Pop. Nur mir fuhr der Beat heute nicht in die Beine. Ich fühlte mich einfach nicht wohl hier. Kadens Freunde waren keine Menschen, mit denen ich mich freiwillig umgeben hätte. Ich konnte gar nicht festmachen, woran genau es lag, aber dass ich in den Augen einiger Männer so was wie Frischfleisch zu sein schien, störte mich enorm. Und Kaden war nicht aufzufinden, um das zu stoppen. Dabei war ich mir sicher, dass das Verhalten mancher Freunde auch nicht in seinem Sinne war. Aber gut, ich war alt genug, mich selbst zur Wehr zu setzen. Wobei ich nicht wirklich daran glaubte, dass mir jemand *so* nahekommen würde. Hunde, die bellten, bissen doch nicht, oder?

»Da bist du ja, meine Schöne.« Wie aus dem Nichts stand Kaden auf einmal hinter mir und hauchte mir einen Kuss auf die rechte Schulter. Zur Feier des Tages hatte er mir ein Geschenk gemacht. In Form eines traumhaften Kleides, das ich natürlich an diesem Abend trug. Es war mitternachtsblau, eng anliegend und endete eine Handbreit über dem Knie. Vorne hochgeschlossen und ärmellos kam es fast züchtig daher, wäre nicht der weite Rückenausschnitt gewesen, der tief genug saß, um den Blick auf den Ansatz meiner Pobacken freizugeben. Es war verdammt sexy, und wäre ich mit Kaden allein gewesen, hätte ich mich auch verrucht und begehrenswert darin gefühlt. Jetzt unter all den Fremden fühlte ich mich damit nur zur Schau gestellt. Aber das hätte ich Kaden gegenüber niemals zugegeben.

»Amüsierst du dich?«

»Sicher.« Selbst seine Fingerspitzen, die sich jetzt den Weg an meiner Wirbelsäule hinunter bahnten, brachten mich nicht in Stimmung. Kaden bemerkte das sofort.

»Was ist los?« Er griff sanft meine Schultern und drehte mich zu sich herum. Dann sah er mich prüfend an. Ich bemühte mich um ein Lächeln.

»Es geht mir gut. Ich brauchte nur ein wenig frische Luft, mein Kopf ...« So weit war es also schon, dass ich lieber Kopfschmerzen vortäuschte, als die Wahrheit zu sagen. *Bravo, Chloe.* Aber ich redete mich selbst damit raus, dass dies ja unser letzter gemeinsamer Abend und zudem Kadens Geburtstag war. Was hätte eine weitere Diskussion jetzt noch für einen Sinn. »Die Party ist toll. Du hast interessante Freunde«, wich ich aus.

»Tatsächlich sind es mehr Geschäftspartner als private Gäste.«

Ich zog fragend meine Augenbrauen hoch. »Aber du sagtest –«

»Das hier ist wichtig, Babe. Ich bin dabei zu expandieren und habe die Chance, mit den ganz Großen mitzumischen. Wenn alles gut läuft. Und du kannst mir dabei eine Hilfe sein.«

»Wie meinst du das?«, fragte ich skeptisch.

Kaden legte mir den Arm um die Schultern. »Ich möchte, dass du dich um jemanden kümmerst. Malcom Tallmore. Er ist Mitinhaber eines der größten Security-Unternehmen in Mexiko. Wir sind so kurz davor, die Verträge für eine Zusammenarbeit zu unterzeichnen«, sagte er leise. »Wenn alles klappt, dann werde ich schon bald auch an der Westküste für Sicherheit sorgen können. Deswegen möchte ich, dass er sich hier rundum wohlfühlt.«

»Du willst, dass ich mich um ihn … kümmere? Was genau schwebt dir da vor?«, hakte ich alarmiert nach.

»Sei einfach nett zu ihm, okay? Mehr nicht. Ich brauche dich heute Nacht noch«, raunte er mir zu und leckte mir kurz über die Ohrmuschel.

»Nett … natürlich.« Kaden nickte zufrieden, ich lächelte schief und hoffte inständig, dass mir dieser Malcom nicht noch einmal über den Weg laufen würde.

»Kaden? Ah, hier bist du. Kommst du mal?« Malcom stand unvermittelt bei uns. Meine stumme Bitte war nicht erhört worden.

»Warum?« Kaden sah sich um, und ich folgte seinem Blick.

»Richard Bellford ist hier«, raunte er ihm zu. Ich hatte keine Ahnung, wer Richard Bellford war, aber dem Aufleuchten von Kadens Gesicht nach zu urteilen, musste es jemand ganz Besonderes sein. Er verabschiedete sich mit einem Kuss auf die Wange.

»Tut mir leid, Babe, aber da muss ich hin. Das ist wichtig für mein Geschäft.« Bedauernd hob er die Schultern, dann beugte er sich zu mir. »Kümmere dich um Malcom«, flüsterte er mir ins Ohr, küsste mich kurz auf den Hals, und schon war er im Inneren des Hauses verschwunden. Doch viel Zeit zum Aufatmen blieb mir nicht.

»Und schon wieder allein …« Malcom war Kaden nicht gefolgt, sondern bei mir geblieben, und hielt mir nun ein frisch gefülltes Champagnerglas vor die Nase. Es würgte mich bei seinen Worten, aber da Kaden mich um einen Gefallen gebeten hatte, wollte ich auch nicht unhöflich sein. Also zwang ich mich zu einem Lächeln und nahm das Glas entgegen.

»Ja, so ist das bei so wichtigen Männern nun mal.«

»Ich würde eine Frau wie dich keine Sekunde aus den Augen lassen.«

Natürlich nicht.

Er hob sein Glas und prostete mir zu. Ich trank einen kleinen Schluck und betete stumm, er würde gleich wieder gehen. Aber stattdessen hielt er weiter Smalltalk, wobei er näher kam und mir immer mehr auf die Pelle rückte. Der aufdringliche Geruch seines Rasierwassers stieg mir in die Nase. Hilfesuchend sah ich mich nach Kaden um, aber der war zu diesem ach so wichtigen Mr Bellford abgezischt.

»Ich werde mal Kaden suchen«, sagte ich zu Malcom, doch der grinste mich nur an.

»Kaden hat gerade eine geschäftliche Besprechung. Da kannst du jetzt nicht stören. Aber ich beschäftige dich gerne …«

Er hatte es wirklich drauf, mich mit Worten festzunageln. Genervt trank ich einen Schluck nach dem anderen. Das Gefasel konnte man nur mit Alkohol aushalten. Und langsam merkte ich, wie der Schampus mir in den Kopf stieg. »Ich muss mal … Nase pudern …«, entschuldigte ich mich und wandte mich ab, wobei ich ins Straucheln geriet und den kleinen Rest

Champagner über mein Kleid schüttete. Malcom fasste meinen Arm und hielt mich fest.

»Ich begleite dich besser«, raunte er mir ins Ohr und legte seine Hand auf meinen Rücken. Ich spürte den Druck, aber es war nicht unangenehm. Außerdem wollte ich vor den anderen Gästen auch keine Welle deswegen machen. Er war ja nur hilfsbereit. Und wie es aussah, brauchte ich Hilfe.

»Danke«, sagte ich also, wandte mich zu ihm um und lächelte ihn an.

»Jederzeit.« Sein Aftershave stieg mir wiederholt in die Nase, so nahe war er mir, als er mich lenkte. An seiner Seite stakste ich auf den Stilettos ins Haus zurück, hielt mich am Geländer der Treppe und mit der anderen Hand an seinem Arm fest und setzte vorsichtig einen Fuß vor den anderen, hinunter ins darunterliegende Geschoss. Als Malcom etwas zu mir sagte, verstand ich ihn nicht. Doch ich kicherte unkontrolliert los und spürte immer mehr, wie sehr mir der Alkohol zusetzte.

Wir passierten die nächste Treppe und wieder die nächste. Bis wir im Erdgeschoss angekommen waren.

»Hier lang«, hörte ich Malcom an meinem Ohr. »Gleich sind wir im Bad. Dann können wir dich ausziehen und sauber machen …«

Wieder kicherte ich. »Du bist ja ein ganz Schlimmer«, tadelte ich ihn.

Malcom lächelte mich an, dann war sein Mund an meinem Ohr. »Wie schlimm, wirst du noch herausfinden«, flüsterte er.

»Ach ja?«

»Ja.«

»Aber was …?« Das Sprechen fiel mir schwerer. Mein Gott, was war in dem Glas drin gewesen?

»Gleich, Chloe, gleich …« Malcoms Griff wurde eiserner, als ich schwankte und mich von ihm lösen wollte. Unnachgiebig hielt er mich fest. Das wurde langsam unangenehm, doch bevor ich noch einen Versuch machen konnte, unterbrach uns eine Frauenstimme, die viel zu laut lachte, und unversehens war der Druck auf meinem Rücken weg. Ich drehte mich langsam herum, Malcom war von einer mir unbekannten Frau abgefangen worden.

Das war meine Chance.

Mit wackeligen Knien bahnte ich mir einen Weg nach draußen. Ich musste weg von ihm. Raus an die Luft. Schnell.

Ich wusste nicht, was dieser Mann von mir wollte, aber er machte mir Angst. Oder besser gesagt – es machte mir Angst, dass ich unfähig war, mich zu wehren. Wieso war ich so betrunken? Von einem Glas Champagner? Es war, als hinge ich an einem Tropf mit Alkohol, der jede Sekunde puren Hochprozentigen in mich hineinpumpte. Mit jedem Schritt fühlte ich mich wackeliger auf den Beinen. Ich tastete mit fahrigen Fingern in meiner kleinen Clutch nach meinem Handy. Mein Blickfeld war schon so verengt, dass ich Mühe hatte, das Display zu erkennen, geschweige denn, die richtigen Tasten zu treffen. Aber irgendjemand schien auf meiner Seite zu sein, denn kurz darauf hatte ich Logans Stimme am Ohr.

»Chloe ...«

»Logan, ich brauche Hilfe«, hörte ich mich krächzen. Mein Mund war so trocken, ich hatte schlagartig höllischen Durst. Meine Zunge füllte den kompletten Mundraum aus, als hätte ich eine Wolldecke im Mund.

Ich stolperte die Treppen hinunter und landete auf dem knirschenden Kies der Auffahrt. Mit wackeligen Schritten ging ich weiter, ich wollte so weit weg wie nur irgend möglich von diesem Malcom, der mir viel zu nahe gewesen war. Lag da am anderen Ende des Gartens nicht ein kleines Gartenhäuschen? Meine Absätze blieben zwischen den Kieseln stecken, also streifte ich mir kurzerhand die Schuhe von den Füßen. Dabei wurde mir leicht schwummerig, und ich hatte das Gefühl, als würde sich mein Blickfeld verengen. Scheiße! Was war denn nur mit mir los? Das Laufen wurde immer schwieriger.

Ich torkelte und stieß mit dem Oberschenkel gegen etwas Hartes.

Der Zaun. Aua.

Etwas riss. Mein Kleid? Egal.

Ich lief weiter.

»Wo bist du?«, hörte ich Logan aufgeregt rufen, während ich mühsam versuchte, das Telefon nicht fallen zu lassen. Wieder und wieder rief er meinen Namen. Ich wollte antworten, doch ich bekam keinen vernünftigen Ton mehr heraus. Verdammt! Was war mit mir los? Da stimmte doch was nicht. Ich hatte doch kaum was getrunken. Konzentriert setzte ich einen Fuß vor den anderen. Ich spürte das nasse Gras unter meinen Fußsohlen, ich fröstelte.

Da war das Gartenhaus. Mit letzter Kraft schleppte ich mich die nächsten Meter in die Dunkelheit. Mit einem Ruck zog ich die Tür auf und schloss sie hinter mir wieder. Gerade noch rechtzeitig konnte ich auf das Sofa fallen, ehe meine Beine unter mir wegknickten und alles schwarz um mich wurde.

Logan

Ich raste die Interstate 95 Richtung Newport in verbotenem Tempo entlang. Dabei konnte ich nur hoffen, dass die Polizei mich nicht anhalten würde.

Sofort, als ich Chloes Standort in der App hatte sehen können, hatte ich die 911 gewählt. Sie hatten versprochen, einen Wagen zu der Adresse zu schicken, um nach dem Rechten zu sehen. Ich hoffte, dass sie Chloe finden und da rausholen würden. Als ich eine halbe Stunde später erneut anrief, wollte man mir nicht sagen, was die Beamten vor Ort erreicht hatten.

Ich war stinksauer deswegen, und mit dieser Wut im Bauch raste ich nur so über die Straßen. Es war Glück, dass um diese Uhrzeit so gut wie nichts los war und ich freie Fahrt hatte. Trotzdem würde es noch fast drei Stunden dauern, bis ich endlich die Einfahrt zu der Adresse erreichte, die Chloes Handy mir gesendet hatte.

Wir hatten die *Find me*-App bisher fast ausschließlich für Notfälle alkoholischer Art genutzt. Chloe hatte mich zweimal abholen müssen, weil ich nicht mehr hatte fahren können und kein Taxi in Sicht gewesen war. Doch diesmal glaubte ich nicht, dass es nur am Alkohol lag, dass Chloe mir die Adresse über diese App gesendet hatte. Zwar hatte sie nicht mehr ganz klar geklungen, aber betrunken klang sie anders. Das wusste ich. Außerdem war sie mit Kaden zusammen, da war Ärger vorprogrammiert. Und sollte dieser Dreckskerl Chloe irgendwas angetan haben – ich würde ihn umbringen!

Ich machte mir verdammte Sorgen und versuchte in regelmäßigen Abständen, sie zu erreichen, aber jeder Anruf lief ins

Leere. Kurz bevor ich in Newport ankam, war das Handy aus und die Mailbox schaltete sich sofort ein. Das machte mich noch nervöser.

Mittlerweile war es halb zwei in der Nacht, aber ich war hellwach. Tausend Szenarien spielten sich seit ihrem Anruf in meinem Kopf ab. Was hatte Kaden ihr angetan? Sie hatte benommen geklungen. Oder hatte sie geweint? War er ihr zu nahe gekommen, hatte er sie womöglich vergewaltigt? Geschlagen? Gott, ich war kaum mehr in der Lage, mich auf die Straße zu konzentrieren, so in Sorge war ich um Chloe.

»Dir darf nichts passiert sein, Kleines«, murmelte ich. »Ich bin da, ich bin gleich da. Ich liebe dich doch ...«

Zuerst hatte ich verhalten reagiert, als ich ihre Nummer auf dem Display gesehen hatte. Ich war nicht sauer auf sie. Das war es nicht. Es war eher so, dass ich nicht gewusst hatte, was ich sagen sollte. Nachdem wir uns ein paar Tage nicht gesehen oder gehört hatten, sie mit Kaden ohne ein Wort weggefahren und ich in ein dunkles Loch gefallen war, hätte ich nicht so weitermachen können wie davor. Dafür war inzwischen einfach zu viel passiert. Vor allem aber hatte ich etwas Grundlegendes begriffen: dass ich um Chloe kämpfen musste. Mit allen Mitteln. Aber vorher wollte ich alles regeln. Damit wir ohne Altlasten neu beginnen konnten. Aber dann hatte ich ihre Angst durch das Telefon hindurch gehört.

Keine Frage – Chloe brauchte Hilfe. Aber die große Frage war: warum?

Ich war auf den letzten Metern, drückte das Gaspedal durch und hatte verdammten Schiss, dass ich zu spät kommen würde.

Ich hörte den Kies unter den Rädern meines Wagens aufspritzen, und es war mir egal, ob die Steine andere Autos trafen. Die Einfahrt stand voll mit glänzenden Ferraris, Porsches oder Teslas. Sah aus, als wäre hier nur die Elite anwesend. Mein Jeep kam in zweiter Reihe vor der Haustür zum Stehen, ich sprang raus und rannte die Treppen zum Eingang hoch. Fragende Gesichter blickten mir entgegen, als ich die massive Tür mit Schwung aufriss. Ich sah nur Abendkleider und Anzüge, sie alle versperrten mir den Weg. Was war das hier für eine Party?

»Wo ist Chloe?«, fragte ich den nächstbesten Anzugträger, der vor Schreck seinen Drink verschüttete, als ich ihn an der Schulter packte. »Kaden? Wo steckt der Mistkerl?«

»Er müsste ganz oben sein«, stammelte er und taumelte zurück, als ich ihn losließ. In Windeseile scannte ich den Raum ab, schob mich zu einer Treppe mit Glasgeländer durch und nahm zwei Stufen auf einmal bis ganz nach oben. Und da sah ich ihn. Kaden.

Er stand mitten im Raum. Schwarzer Anzug, weißes Hemd, falsches Grinsen. Seine Erscheinung stach dominant zwischen all den anderen Leuten hervor. Er war im Gespräch mit einem älteren Mann, beide mit einem Drink in der Hand und entspannt lächelnd. Von Chloe keine Spur.

Ich schob mich durch die paar Partygäste, die mir den Weg versperrten. Mit wenigen Schritten war ich bei ihm, packte ihn an der Schulter und riss ihn zu mir rum.

»Wo ist sie?«

»Was? Wer …?« Überrascht starrte er mich an. Aber dann erkannte er mich. »Ach, Logan. Was willst du hier? Ich erinnere mich nicht, dich …«

Meine Faust krachte in sein Gesicht. Diesmal war er nicht darauf vorbereitet. Etwas knirschte.

»Wo ist Chloe?«, brüllte ich ihn an und packte ihn an seinem weißen Kragen.

»… eingeladen zu haben«, beendete er seinen Satz mit enorm beherrschter Stimme, fegte meine Hand weg und stieß mich von sich. Ich prallte gegen das DJ-Pult, fing mich aber gleich wieder. Kaden strich sich kurz über das lädierte Kinn.

»Also verschwinde aus meinem Haus, bevor ich dich rauswerfen lasse.«

Um uns herum wurde es totenstill. Der DJ hatte die Musik abgedreht, und nur noch leises Stimmengemurmel war zu hören, hier und da ein spitzer Aufschrei.

»Ohne Chloe gehe ich nirgendwohin«, schoss ich zurück, stellte mich wieder direkt vor ihn und blickte ihm geradewegs in die Augen.

Kaden presste die Kiefer aufeinander, sein Blick war schneidend, und ich hätte meinen Arsch darauf verwettet, dass er sich nur wegen seiner Gäste so zusammenriss und nicht auf eine erneute Prügelei einließ. Trotzdem blieb ich achtsam.

Adrenalin pumpte durch meine Adern.

»Sie hat mich angerufen, weil sie Hilfe brauchte. Was hast du Schwein ihr angetan? Wo steckt sie?«

»Sie hat was?« Er wusste nichts davon? Wer's glaubte. Mein Gefühl wurde immer mieser, mein Zorn immer stärker. »Mit dieser Show kannst du vielleicht die Bullen beindrucken, aber nicht mich.«

»Ach, du hast mir die Cops auf den Hals gehetzt? Die sind schon wieder weg. Weil das hier eine stinknormale Party ist.« Das fachte meine Wut nur noch mehr an.

»Wo? Ist? Sie? Ich frage dich das jetzt zum letzten Mal«, knurrte ich und trat einen Schritt auf ihn zu, sodass unsere Körper sich fast berührten.

»Sonst?«, fragte er. Immer wieder huschte sein Blick über meine Schulter hinweg, als wartete er auf jemanden. Vermutlich auf die Security, die ich am Eingang gesehen hatte.

»Ansonsten nehme ich jeden Winkel dieses Hauses auseinander, bis ich sie gefunden habe. Ich weiß nicht, ob deinen Gästen das gefallen wird.«

Kadens Blick wanderte zu seinem Gesprächspartner, der bisher misstrauisch schweigend zugesehen hatte.

»Komm mit«, zischte Kaden schließlich und griff meinen Arm. Er lenkte mich ein paar Meter zur Seite, dann blieb er stehen und ließ mich los. »Verdammte Scheiße, Mann! Chloe liegt im Schlafzimmer und schläft ihren Rausch aus. Zwei Stockwerke unter uns. Kläre, was du zu klären hast, nimm sie mit, und dann verschwindet. Beide.« Er sah an mir vorbei, einmal nach rechts, einmal nach links. Ich sah Security-Schränke, die nur darauf warteten, dass ich mich widersetzte. Den Gefallen würde ich ihnen nicht tun. Chloe zu finden hatte Priorität.

»Wenn ihr irgendwas passiert, bringe ich dich um«, sagte ich ruhig.

»Sie schläft nur«, antwortete er.

»Das werden wir sehen.« Dann wandte ich mich ab und drängte mich suchend durch die Menge. Neugierige Blicke folgten mir, Stimmen wurden lauter, und dann setzte auch die Musik wieder ein. Nach und nach nahmen die Leute ihre Gespräche wieder auf, aber überall sah ich in skeptische Gesichter. Ich rannte die Treppe zwei Stockwerke nach unten, riss die einzige Tür auf und stürzte hinein.

»Chloe?« Es war halbdunkel in dem Raum, nur das Mondlicht schien durch das Fenster auf ein Bett. Und ja, dort lag jemand. Vorsichtig näherte ich mich, und mit jedem Schritt wurde das Bild klarer: Da lag eine Frau, auf dem Bauch, die Arme zur Seite gestreckt, und es schien wirklich, als würde sie ihren Rausch ausschlafen. Ein leises Schnarchen war zu hören. Doch bevor mich die Erleichterung durchströmen konnte, sah ich das entscheidende Detail: Die Frau war blond. Das war nicht Chloe.

Fuck!

Ich verließ das Schlafzimmer und rannte also wieder rauf, öffnete alle Türen, durchsuchte jeden Raum, durchkämmte dann das ganze Haus von oben bis unten, befragte die Gäste, die mir im Weg standen, aber niemand hatte sie in den letzten Stunden gesehen. Chloe war nicht aufzufinden. Fuck, fuck, fuck!

Ich zog mein Handy raus und rief sie erneut an. Wieder sprang nur die Mailbox an. Von wo aus hatte sie mich angerufen?

Der grüne Punkt auf dem Display bewegte sich nicht, ihr Handy war ja auch aus. Ich konnte nur hoffen, dass ich sie an dem Ort finden würde, an dem es ausgestellt worden war. Sie musste hier ganz in der Nähe sein, die Entfernung betrug höchstens ein paar Meter. Aber zu viele, als dass sie hier im Haus sein konnte. Ich rannte die Treppen runter, wieder nach draußen und auf die Auffahrt, überprüfte die Lage erneut. Ich kam näher. Also ging ich weiter. Weiter zum Tor entlang, in die Richtung, aus der ich gekommen war. Und dann stolperte ich, etwas knackte.

»Was …?« Ich hob es auf und hatte einen Schuh in der Hand. Einen mit mörderisch hohem Absatz, der jetzt abgebrochen an nur noch einer Seite hing. Verdammt, gehörte der womöglich Chloe? Ich konnte mich nicht erinnern, dass sie so etwas jemals getragen hätte, aber was wusste ich schon?

Ich sah mich um. Wenn sie die Einfahrt weiter runtergelaufen wäre, hätte ich sie gesehen, als ich gekommen war. Außerdem lag der Punkt auf dem Display eher auf der linken Seite. Also ließ ich meinen Blick in die Richtung schweifen und schlug den Weg am Zaun vorbei ein. Ich rannte weiter über den feuchten Rasen, hielt auf eine Hütte zu, die vor einer Baumgruppe zu sehen war. Ein Blick auf die App sagte mir, ich war da. Also steckte ich das Handy zurück in die Hosentasche und öffnete die Tür.

Nichts als Dunkelheit um mich herum, aber als ich mich einen Augenblick an die Finsternis gewöhnt hatte, sah ich einen Umriss. War hier kein … Meine Finger tasteten nach einem Lichtschalter. Kurz darauf flammte ein kleines Licht an der Decke auf. Eine nackte Glühbirne, die auch schon bessere Tage gesehen hatte, aber wenigstens ein bisschen Licht in der Dunkelheit spendete. Ich ging näher und …

»Chloe?« Zwei große Schritte, und ich fiel vor ihr auf die Knie. Da war sie. Sie lag bäuchlings auf einem Sofa, ein Arm hing auf den Boden, der Kopf war zur Seite gedreht. Sie trug ein viel zu knappes Kleid, das hochgerutscht war und den Ansatz ihrer Pobacken zeigte. Was hatte dieser Dreckskerl ihr angetan? War sie verletzt? Ging es ihr gut?

»Chloe? Hey, Kleines. Ich bin da. Wach auf …« Ich kniete mich vor sie, rüttelte sanft an ihrer Schulter, doch sie regte sich nicht. Ich fühlte ihren Puls, er war noch da. Gott sei Dank! Aber sie war eiskalt. Erst jetzt fiel mir auf, wie kalt es hier in der Hütte war. Schnell zog ich meine Jacke aus und legte sie ihr schützend über. Dabei scannte ich ihren Körper nach Verletzungen ab, konnte aber zum Glück auf den ersten Blick nichts finden.

Vorsichtig hob ich Chloe an, um sie auf die Seite zu drehen. Sie bewegte sich nicht, lag wie tot in meinem Arm. Wenigstens atmete sie. Aber wer wusste schon, was ihr eingeflößt worden war, dass sie so weggetreten war?

Abermals zog ich mein Handy aus der Hosentasche, diesmal rief ich einen Rettungswagen. Dann hob ich Chloe hoch und trug sie aus der Hütte, um den Sanitätern entgegenzugehen.

»Alles wird gut, Kleines. Ich bin da. Alles wird gut …« Immer wieder flüsterte ich dieses Mantra und schwor mir dabei: Egal was passiert war – ich würde es herausfinden, und dann würde er bezahlen.

Chloe

»… Zeit zurückdrehen … Kleines … so verdammt leid … was passiert ist … hätte ich nicht …«

Ich hörte nur Bruchstücke. Wortfetzen, die keinen Zusammenhang ergaben. Vage und wie aus weiter Ferne. Als müssten die Worte sich erst durch eine dicke Schicht zähen Nebels durchkämpfen, bevor sie ungefiltert bei mir ankamen. Ich begriff nicht, warum das Zuhören, das Verstehen so schwer war. Es tat weh. Mein Kopf tat weh. So ungeheuerlich weh.

»… nie alleine fahren lassen dürfen … Idiot …«

Wer sprach da? Wo war ich? Wer war da bei mir? Ich kannte diese Stimme, aber erinnerte mich nicht.

Was ist hier los?

Panik stieg in mir auf. Die Angst schnürte mir die Kehle zu, legte sich schwer wie Blei auf meine Brust, drückte mir die Luft ab.

Dann spürte ich eine Berührung auf meiner Hand. Wärme umschloss sie und umhüllte sanft meine Finger.

»Es tut mir so leid …«

Ich versuchte angestrengt, mich auf die Stimme zu konzentrieren, aber immer wieder rutschten die Worte mir weg, ergaben keinen Sinn.

Atmen. Atmen.

Ich atmete.

Ein.

Aus.

Ein.

Aus.

»Chloe? Chloe, was ist denn?«
Das war doch …
Logan?
»Kleines, was …?«
Alles ist gut, wollte ich sagen, aber kein Ton verließ meine Lippen. Es ging nicht. Die Worte formten sich in meinen Gedanken, aber verließen nicht meinen Mund. Langsam, ganz langsam beruhigte ich mich. Logan war da. Logan.
Logan! Immer lauter wurde sein Name in meinem Kopf, so laut, dass ich das Gefühl hatte, mir die Seele aus dem Leib zu brüllen.
»Alles gut, Kleines … bin da … immer da …«
Ich bin froh, dass du da bist.
»Wieso habe ich nur nicht besser auf dich aufgepasst …«
Aufgepasst?
Auf mich?
Wieso?
Was ist denn überhaupt passiert?
Ich versuchte, die Augen zu öffnen, aber das ging nicht. Wie zugeklebt, verkleistert, verblendet. Jede Bewegung, und sei es nur ein Lidzucken, stach in meinem Kopf wie eine Nadel. Oder eher wie eine Schwertklinge. Ich hörte mein eigenes Aufstöhnen. Mein Mund war trocken, ich hatte solchen Durst.
»Auch wenn du mich nicht hören kannst …«
Ich kann dich hören!, schrie ich in meinem Kopf. Aber es war unmöglich, ihn das wissen zu lassen. Das Gefühl, eine Wolldecke im Mund zu haben, wurde noch stärker.
»… sollst du wissen, dass …«
Was? Mir wurde übel.
»Ich liebe dich, Chloe. Irgendwie habe ich dich schon immer geliebt. Als Jaxons Schwester, als beste Freundin. Aber … Aber damals passte es einfach nicht, es war zu früh für uns. Es war viel zu früh. Und jetzt ist es vielleicht zu spät.«

Nein! Es ist nicht zu spät, Logan!
Und dann spürte ich, wie meine Augen feucht wurden. Ich weinte.

Ich weinte, weil Logan mich liebte.

Weil ich Logan liebte und weil ich es ihm nicht sagen konnte. Gott, ich wollte es in die Welt schreien, aber … Mein Kopf brachte mich um. Mir war so schlecht.

»Ich liebe dich, Chloe. Ich liebe dich so sehr …«

Ich liebe dich auch, Logan. Mehr, als ich in Worte fassen könnte …

Und dann wurde wieder alles schwarz um mich herum.

***

Es war dunkel, als ich behutsam die Augen öffnete. Keine Schmerzen. Zumindest keine so starken. Es war auszuhalten. Vorsichtig bewegte ich den Kopf, aber auch das war möglich. Nur keine ruckartigen Bewegungen.

Irgendwo brannte ein Licht, ich versuchte, es ausfindig zu machen. Wo war ich überhaupt? Mein Schlafzimmer war das hier nicht. Auch nicht Jaxons Gästezimmer, in dem ich gerne mal übernachtete. Die Wände waren hell und kahl, nur ein schmaler Schrank stand dem Bett gegenüber, daneben erahnte ich eine Tür. Wohin ging es da? Ich drehte den Kopf vorsichtig nach rechts, sah dort ebenfalls eine Tür. Sie war geöffnet, gab den Blick auf einen Flur frei. Von da kam auch das Licht. Lag ich in einem Krankenzimmer? War ich im Krankenhaus? Aber warum?

Vorsichtig bewegte ich die Finger und drehte meinen Kopf in die andere Richtung. Da … ein Sessel und …

»Logan …?« Ich beobachtete Logan. Sein Kinn lag auf seiner Brust, sein Brustkorb hob und senkte sich in regelmäßigen Abständen. Er schlief. Wie lange saß er schon da? Hatte ich einen

Unfall gehabt? Hatten *wir* einen Unfall gehabt? Was war mit ihm? Ging es ihm gut? Ich erinnerte mich nicht. Und wieder legte sich die Angst schwer auf meinen Brustkorb. Doch diesmal ließ ich das nicht zu. Logan war da. Er würde mir sagen können, was passiert war. Ich wollte auf keinen Fall wieder ohnmächtig werden wie vorhin.

Vorhin ...

Ich liebe dich ...

Hatte ich das geträumt oder war das real gewesen?

Ich wusste es nicht. Ich wusste gar nichts. Ich fühlte mich, als wäre ich aus einem höllischen Rausch aufgewacht, als hätte ich einen Kater. Noch fieser als der, den ich nach meinem Trinkgelage wegen Logan gehabt hatte.

Das war noch gar nicht lange her, oder? Logan und ich hatten Streit gehabt, weil er sich nicht gemeldet hatte. Aber wir hatten uns wieder vertragen. Dann ... Gott! Wir hatten miteinander geschlafen und ... Nach und nach fiel mir alles wieder ein. Ich war bei Kaden gewesen. Alles war gut gewesen, bis zu dem Zeitpunkt, an dem Kaden mich allein gelassen hatte mit diesem ... Malcom. Er hatte mir Champagner gegeben ... Da begann mein Filmriss. Ab da erinnerte ich mich an nichts mehr.

»Logan.« Woher kam dieses Krächzen? War ich das gewesen? Ich hatte einen fürchterlichen Durst. »Logan ...« Diesmal flüsterte ich. »Logan!«

Seine Lider flatterten. Dann öffnete er die Augen.

»Chloe ...« Er nahm die Brille ab und rieb sich kurz die Augen, dann stand er auf und kam mit zwei Schritten zu mir und griff nach meiner Hand. »Du bist endlich wach.«

»Ja, ich ...«

»Wie geht's dir? Tut dir was weh?« Er schien aufgeregt, ängstlich.

»Nein, ich ... mein Kopf tut weh, aber sonst geht's mir gut. Glaub ich«, krächzte ich.

Logan griff ein Glas vom Nachttisch und füllte es mit Wasser aus der Flasche, die danebenstand. Dann schob er eine Hand unter meinen Kopf und hielt mir das Glas an die Lippen. »Trink was, Kleines.«

Ich sah ihn dankbar an und trank ein paar Schlucke, ohne etwas zu verschütten. »Danke«, flüsterte ich. Meine Stimme hörte sich fremd in meinen Ohren an, und ich räusperte mich. Aber das Kratzen in meinen Hals wurde dadurch nur schlimmer.

»Was ist passiert?«, hörte ich mich sagen.

Logan stellte das Glas ab, zog vorsichtig die Hand unter meinem Kopf raus und setzte sich zu mir ans Bett. Dann nahm er meine Hand und hielt sie fest zwischen seinen.

»Erinnerst du dich nicht?«

Ich war kurz versucht, den Kopf zu schütteln, aber im letzten Moment fiel mir ein, dass das keine gute Idee wäre. »Ich weiß nur, dass ich bei Kaden war. Auf einer Party. Aber dann … Wieso bist du hier? Wo ist Kaden? Und warum bin ich in einem Krankenhaus? Geht es dir gut?«

»Mir fehlt nichts. Aber du …« Kurz erkannte ich so was wie Frustration in Logans Miene, war mir aber nicht sicher. Und als er sprach, hatte er den Kopf gesenkt. »Du … K.-o.-Tropfen …«

»Was?« Ich hatte nur die Hälfte verstanden. »K.-o.-Tropfen?«

»Die Ärzte haben eine Blutprobe genommen, weil du nicht ansprechbar warst. Kaden hat gesagt, dass du nicht viel getrunken …«

»Kaden? Hat er …?«

Logan schüttelte den Kopf, wobei er einmal tief Luft holte. »Am besten fange ich von vorne an.«

»Okay … Was genau ist passiert?« Ich musste wissen, wer mir das angetan hatte.

Logan nickte, dann begann er zu erzählen. Dass ich ihn angerufen und ihm ein SOS geschickt hatte. Davon, dass er die Cops gerufen hatte, aber sie nichts getan hatten. Wie er über drei Stunden Fahrt hinter sich gebracht hatte, ohne durchzudrehen. »Das war das Schwerste. Ich wusste nicht, was los war. Ich hatte so viel Zeit, mir das Schlimmste auszumalen ... Ich hatte solche Angst um dich, Kleines.« Darauf wusste ich nichts zu erwidern. »Als ich endlich angekommen war, hätte ich ... Ich hätte ihn umbringen können, weil er nicht auf dich aufgepasst hat. Weil er nicht bereit gewesen war, alles stehen und liegen zu lassen, um dich zu suchen, aber ...« Wieder schüttelte er den Kopf. »Es war wichtiger, dich zu finden. Und das habe ich dann Gott sei Dank auch. Aber du warst bewusstlos, und ich wusste nicht, was mit dir passiert war, also habe ich einen Krankenwagen gerufen. Sie haben dich mitgenommen und ...« Jetzt grinste er schief, und kurz sah ich den unbeschwerten, humorvollen Logan hinter seiner ernsten Miene aufblitzen. »Wenn jemand fragt, ich bin dein Bruder.«

»Du bist was?«

»Sie hätten mich sonst nicht zu dir gelassen, Kleines. Ich ... Mir fiel so schnell nichts anderes ein. Und Jaxon ...«

»Hast du ihn etwa angerufen?«

»Nein. Nein, das hab ich nicht. Vermutlich wird er mir dafür den Hals umdrehen, aber ich dachte mir, dass du das vielleicht nicht willst, und nachdem feststand, dass es dir so weit gutgeht und dir nichts ... also ich meine ... verdammt!« Er setzte erneut die Brille ab und massierte mit Daumen und Zeigefinger seine Nasenwurzel. Ich hörte ihn schwer atmen. Es ging ihm wirklich nicht gut. Weil ich hier lag.

»Hey, schon gut, Logan. Es ist ja nichts passiert«, hörte ich mich sagen. Ich wollte aufspringen, ihn umarmen, ihn trösten und ... küssen. Ja, ich wollte Logan küssen. Er hatte mir so gefehlt. Aber erst mussten wir das hier hinter uns bringen.

»Aber es hätte! Du warst verdammt lange ohnmächtig. Und wenn du nicht rechtzeitig zu einem Arzt gekommen wärst ... du hättest sterben können, Chloe. Du hättest tot sein können!«

Logan war verzweifelt. Seine Stimme verriet mir, wie aufgebracht, seine Miene, wie hilflos er war. Alles spiegelte sich darin wider.

Die Angst, weil er mich hätte verlieren können.

Die Wut auf Kaden, weil er nichts getan hatte.

Die Hilflosigkeit, weil er nicht bei mir gewesen war, um auf mich aufzupassen.

Und Liebe.

Vor allem Liebe.

Ich liebe dich, Chloe. Seine Worte.

Ich drückte seine Finger und zog sie an mein Gesicht. Sofort umfasste seine Hand meine Wange, und sein Daumen strich vorsichtig über meine Schläfe. Ich schmiegte mich in seine Hand und schloss die Augen, um diesen Moment festzuhalten. Dann sah ich ihn an.

Sah in das Grün seiner Augen und wollte mich darin verlieren. Aber vorher …

»Ich liebe dich, Logan«, flüsterte ich und hielt seinen Blick fest. Seine Augen weiteten sich, dann verengten sie sich ein wenig.

»Was hast du gesagt?«

»Ich liebe dich, Logan«, wiederholte ich und lächelte vorsichtig.

»Aber was ist mit …«

»Kaden?« Ich schüttelte den Kopf, behutsam und langsam. »Kaden und ich, das war nie etwas Ernstes. Ich glaube, wir haben uns nur gefunden, weil wir uns gegenseitig helfen konnten.«

»Helfen? Er hat dir nicht –«

»Logan, bitte«, fiel ich ihm ins Wort. »Ich weiß nicht, was auf der Party passiert ist, aber ich kann mir nicht vorstellen, dass Kaden etwas damit zu tun hat.« Dass er es nicht nötig hatte, mich zu betäuben, um mich willenlos zu machen, behielt ich für mich.

Logan presste die Kiefer aufeinander, ich erkannte, wie sehr ihm das gegen den Strich ging, und schmunzelte.

»Außerdem ist es vorbei.«

Seine Augenbrauen schnellten in die Höhe. »Das will ich hoffen ...«

Wieder drückte ich seine Finger, die jetzt wie leblos in meinen lagen. »Bist du eifersüchtig?«

Er schnappte nach Luft, dann schloss er den Mund wieder, öffnete ihn und sah mich an. Schließlich stieß er ein leises Knurren aus, was einem Ja gleichkam. »Ja, verdammt, das bin ich, Chloe.«

»Als du ... mit Fay ... plötzlich hatte ich Angst. Angst, dich, meinen besten Freund, zu verlieren. Du hast mich nicht mehr miteinbezogen, und ich hatte das Gefühl, dass ich dir nicht mehr wichtig war. Und dann habe ich mich zurückgezogen. Aber als wir ...« Ich schluckte und verdrängte den Kloß in meinem Hals. *Jetzt oder nie, Chloe.* Also sah ich ihn an und sprach aus, was ich empfunden hatte. »Als wir miteinander geschlafen haben, da hat es sich so ... vertraut angefühlt. So gut. Aber dann warst du weg, und ich fiel wieder in das dunkle Loch, von nur einem Gedanken beherrscht: dass du mich nicht willst. Weil du Fay hast und glücklich mit ihr bist. Und deswegen habe ich mich Kaden zugewandt. Weil ich das haben wollte, was du hattest. Ich wollte, dass er die Leere ausfüllte, die du in mir hinterlassen hattest. Aber das konnte er nicht. Niemand kann das. Weil ... weil ich dich liebe.«

Logan schluckte. »Ich liebe dich auch, Chloe King. Ich habe dich schon geliebt, als ich dich das erste Mal gesehen habe. Aber ...« Er schüttelte langsam den Kopf, und noch bevor ich eine Chance hatte, ihn zu küssen oder anders aufzuhalten, hatte er mich losgelassen und war aufgesprungen. Es war, als bräuchte er dringend Abstand von mir. Warum? Irgendwas stimmte nicht. Ich kannte Logan. Ich kannte ihn gut. Und das hier, das machte mir Angst.

Ich setzte mich vorsichtig auf. Das Pochen in meinem Kopf ignorierte ich, so gut es ging, die Übelkeit auch. Erst würde ich das hier zu Ende bringen, dann konnte ich Wunden lecken.

»Was ist los?« Weiter kam ich nicht, denn meine Stimme brach, weil mir die Tränen in die Augen traten.

»Ich möchte diese neue Chance nicht mit einer Lüge beginnen ...«, stammelte er. Seine Augen waren rot und seine Miene leichenblass. Er sah schlecht aus. So schlecht wie die Nachricht, die er mir gleich überbringen würde. Ich ahnte Schlimmes.

»Logan, was ist los?«

»Ich liebe dich so sehr, Kleines. Aber ... vorher muss ich dir etwas sagen.«

»Was? Was willst du mir sagen, Logan?« Ich schrie fast. Meine Angst, dieses miese, schreckliche Gefühl, war in den letzten Sekunden ins Unermessliche gewachsen. Der Druck auf meiner Brust wurde stärker, und wieder drohte er mir die Luft abzuschnüren. Logans Hände zitterten. Meine auch.

»Es ist ... Aubrey ... sie ...«, presste er heraus. Er sah mich an, und ich erkannte, dass das, was auch immer zwischen uns eine Chance gehabt hätte, vorbei war, noch bevor er es ausgesprochen hatte.

»Aubrey ist schwanger.«

Chloe

Ich hatte mir bisher immer eingeredet, nichts und niemand könne meine kleine, heile Welt erschüttern, die ich mir im Laufe der letzten Jahre aufgebaut hatte. Damit hatte ich mich zwar belogen, aber war ganz gut gefahren. Aber dass sie in tausend kleine Scherben gesprengt werden könnte, und das nur durch einen einzigen Satz – damit hatte ich wirklich nicht gerechnet.

Jetzt war es zu spät.

Alles war vorbei.

Noch bevor es angefangen hatte. Bevor wir die zweite Chance hatten nutzen können.

Ich hatte jegliches Zeitgefühl verloren, seit ich wieder zu Hause war, und ich tat kaum etwas anderes, als darüber nachzudenken und mit tränenverhangenen Augen auf das Bild in meinen Händen zu starren.

Logan und ich. Aufgenommen vor fast zehn Jahren. In einem glücklichen Moment. Mit dem Selbstauslöser seiner Kamera hatte er ihn damals eingefangen und mir jetzt, Jahre später, zu meinem Geburtstag geschenkt. Weil er ebenso wie ich nicht vergessen hat, was das für eine unvergessliche Zeit gewesen war. An diesem Tag war ich einfach nur glücklich gewesen.

Logan und ich hatten uns gerade etwas angenähert, aus Spaß, vielleicht auch aus Rebellion begonnen, miteinander zu flirten. Es hatte sich so aufregend und irgendwie auch verboten angefühlt, schließlich war Logan der Freund meines Bruders. Jaxon jedenfalls war nicht begeistert über diese Entwicklung. Ich war seine kleine Schwester, er hatte immer ein Auge auf mich. Aber das war mir zu dem Zeitpunkt egal. Logan Hill übte eine ungeahnte Anziehung auf mich aus, der ich mich nicht entziehen konnte. Und ich wollte es auch gar nicht. Dieses Bild war im *King's* entstanden, an dem Abend vor unserer ersten gemeinsamen Nacht. Die Nacht, in der wir miteinander geschlafen hatten. Die Nacht, die ich niemals vergessen hatte. Noch zwei weitere waren ihr gefolgt, bevor wir beide gemerkt hatten, dass es nicht funktionierte, wir einfach nicht zusammenpassten. Zumindest nicht so innig. Darüber war ich sehr traurig gewesen, denn viel zu sehr hatte ich ihn mittlerweile in mein Herz geschlossen, als dass ich ihn aus meinem Leben hatte rauswerfen wollen. Ich war froh, dass wir es danach geschafft haben, gute Freunde zu bleiben. Ich habe Logan schon immer geliebt. Damals wie heute. Nur verstand ich erst heute, was Liebe wirklich bedeutete.

»I forgot to love you …« Dean Lewis sang *7 Minutes* in Dauerschleife, das war das Einzige, was ich derzeit ertragen konnte. Ich wollte niemanden sehen, niemanden hören. Ich hatte sogar meinen Bruder angeschrien, dass er mich in Ruhe lassen sollte. Seit Logan mir eröffnet hatte, dass er Vater wurde, seit ich beschlossen hatte, ihm aus dem Weg zu gehen, wollte ich niemanden sehen. Es tat so weh. Und ich wollte nicht, dass mich irgendjemand oder irgendwas davon abhielt, mich in diesem Schmerz zu suhlen. Denn nur dann, das wusste ich, würde es irgendwann vorbei sein.

Logan und ich – das hatte schon vor Jahren nicht geklappt. Warum also jetzt? Wir waren schlicht und einfach nicht füreinander bestimmt.

So einfach war das.

Ich würde seinem Kind nicht die Chance auf seinen Vater nehmen. Logan selbst war ohne Vater aufgewachsen, ich wusste, wie er darunter gelitten hatte. Und Jaxon und ich hatten ohne Mutter und irgendwann ebenfalls ohne Vater groß werden müssen. Das war nicht schön gewesen. Und wenn es eine Möglichkeit gab, das für Logan und sein Kind zu verhindern, dann würde ich sie ihm nicht zerstören. Er sollte seine Familie haben. Ich wollte, dass er glücklich wurde. Und wenn er glaubte, dass er das mit Aubrey und dem Baby werden würde, dann war es okay. Es war okay. Absolut okay.

Mein Kopf wusste das, mein Herz wollte nicht darauf hören.

Aber irgendwann würde mein Herz nicht mehr wehtun.

Über kurz oder lang würden die unzähligen Einzelteile zu Staub zerfallen.

Früher oder später würden sie nicht mehr die Hoffnung haben, doch noch gekittet werden zu können.

Es war nur eine Frage der Zeit, bis die Leere in meiner Brust vorbei wäre.

Eines Tages.

Vielleicht, wenn ich tot war.

Logan

»Du willst mit in die Praxis?«

»Was ist daran so ungewöhnlich? Ich bin schließlich der Vater. Oder etwa nicht?«, setzte ich ganz unschuldig hinterher.

Aubrey schnaubte ins Telefon. »Doch, natürlich! Was unterstellst du mir?«

»Gar nichts, Aubrey. Wie könnte ich. Also? Wann ist dein nächster Termin?«

Sie zögerte. »Nächste Woche Montag um neun.«

»So lange noch?« Das war später als gehofft.

»Logan, was soll das? Was willst du wirklich?«

»Ich will nur mit. Also prima. Dann schick mir die Adresse, dann treffen wir uns dort.«

Bevor sie weiteren Smalltalk loslassen konnte, verabschiedete ich mich und legte auf. Dann lehnte ich mich in meinem Bürostuhl zurück und lächelte.

Logan

»Kannst du damit was anfangen?«

Eine Woche später hielt ich Sawyer eine kleine Tüte mit einem blutgefüllten Röhrchen entgegen, kaum, dass ich sein Büro betreten hatte. Rambo, sein schwarzer Rottweilermischling, den er jeden Tag mit ins Büro nahm und der immer in einem Korb neben seinem Schreibtisch lag, sah mich aufmerksam an. Das Knistern der kleinen Tüte schien ihn neugierig zu machen.

Nachdem ich über Sawyers Vorschlag nachgedacht und ihn dann für vertretbar gehalten hatte, musste ich einen Weg finden, an Aubreys Blut zu kommen. Was lag näher, als sie zur Untersuchung zu begleiten? Irgendwie würde sich da schon was ergeben.

Als die Arzthelferin die Proben abgezapft und sich mit Aubrey ins Untersuchungszimmer begeben hatte, hatte ich einen Gang auf die Toilette vorgetäuscht. Dabei hatte ich die Proben noch im Labor liegen sehen und kurzerhand eine davon eingesteckt. Ja, das war Glück gewesen, aber hatte ich das auch nicht einfach mal verdient? Die Untersuchung hatte ich dann wegen eines dringenden Termins verpasst.

»Ja, das ist perfekt. Und deine Probe?« Ich überreichte ihm auch meine Blutprobe, die ich mir beim Arzt hatte abzapfen lassen und die ebenfalls in einem kleinen, durchsichtigen Tütchen verpackt war.

Nachdem ich Chloe im Krankenhaus von dem Baby erzählt hatte, war sie beinahe zusammengebrochen. Dabei hatte ich nur ehrlich sein und unsere zweite Chance nicht mit einer Lüge beginnen wollen. Die Ärzte hatten mich daraufhin gebeten zu gehen. Also hatte ich Jaxon angerufen, ihm alles geschildert und mir von ihm eine Standpauke anhören dürfen, als er vier Stunden später in Newport vor der Klinik angekommen war. Chloe war indes untersucht worden, und nachdem er das Ergebnis von Chloes Untersuchung erfahren hatte, nämlich, dass sie nicht vergewaltigt worden war, war er so fair gewesen, mir das mitzuteilen, und hatte mir damit die größte Angst genommen.

Seit der Sekunde, in der in mir die Zweifel gesät worden waren, dass ich der Vater war, hatte ich ein schlechtes Gefühl. Ja, wir hatten miteinander geschlafen, klar. Aber in den letzten Wochen war das eher unregelmäßig gewesen. Ich hatte die Abende immer öfter im *King's* oder mit Chloe zusammen verbracht, was regelmäßig zu Unfrieden und damit zu Sexentzug geführt hatte.

»Es kann ein, zwei Wochen dauern, bis das Ergebnis kommt, aber dann weißt du Bescheid.« Mein Freund verstaute die Tüten in einem Umschlag, legte ihn auf seinem Schreibtisch ab und bat seine Sekretärin, sich um einen Kurier zu kümmern. Danach sah er mich eindringlich an. »Und was, wenn du der Vater bist?«

»Dann werde ich mich darum kümmern, wie ich es gesagt habe. Okay. Du funkst mich an, wenn das Ergebnis da ist?«

»Ich kann es dir zuschicken lassen.«

»Nein. Lass es hierherschicken. Bitte.«

Er nickte. »Klar.«

»Danke. Bis dann.«

»Bis dann.«

Chloe

»Er hat was?«, fragte ich und sah meine Freundin neugierig an.

Hope saß an diesem Morgen, drei Wochen, nachdem ich aus Newport zurückgekommen war, am Fußende meines Betts.

Die letzten zwanzig Tage hatte ich mich in Sawyers Strandhaus in den Hamptons versteckt. Nach Logans Hiobsbotschaft von Aubreys Schwangerschaft hatte meine Psyche sich noch stärker nach Ruhe und Einsamkeit gesehnt, als es schon nach dem Vorfall auf Rhode Island der Fall gewesen war. Sawyer allerdings hatte mir versprechen müssen, niemandem etwas davon zu sagen. Natürlich hatte er nicht Wort gehalten und sofort meinen Bruder informiert. Aber wenigstens hatte er Logan und den anderen gegenüber dichtgehalten.

Die Zeit für mich hatte gutgetan. Zwar hatte ich die Vorfälle noch nicht ganz verarbeitet, aber immerhin war mir klar geworden, dass ich mich nicht für immer verstecken konnte. Auch wenn ich das liebend gerne weiterhin getan hätte. Drei Wochen hatte ich mich in meinem Leid gesuhlt, mich eingeigelt und alles und jeden abgeblockt, der zu mir hatte durchdringen wollen. Aber jetzt musste Schluss damit sein. Es reichte.

Also war ich zurückgekommen und hatte als Erstes Hope eingeladen, mich zu besuchen. Sie war der erste Besucher seit dem ganzen Drama auf Rhode Island, den ich freiwillig empfing.

Hopes Hände umklammerten einen Becher Tee, als müsste sie sich daran festhalten. »Dad hat uns nach L. A. eingeladen«, wiederholte sie leise. »Er möchte Jaxon kennenlernen. Das tut er nur, weil Mom ihn darum gebeten hat, das weiß ich, aber er lenkt ein. Das hätte er noch vor Monaten, vor meinem ... Unfall nicht getan, glaub mir.«

»Also ist doch noch nicht alle Hoffnung verloren?«

Sie lächelte schwach. »Nein. Wenn er sich nicht zu dämlich aufführt, dann könnte es sein, dass wir bald wieder mehr Kontakt haben. Zumindest würde ich mir das wünschen. Ich vermisse meine Familie.«

»Ja, das verstehe ich. Was sagt Jax dazu?« Ich hatte noch nicht mit meinem Bruder darüber sprechen können.

Jetzt lächelte Hope aufrichtig. »Dein Bruder ist so süß. Er freut sich auf das Treffen und glaubt daran, dass alles wieder ins Reine kommt zwischen meinem Dad und mir.«

Typisch Jaxon. »Das glaube ich auch. Ich wünsche es dir sehr.«

»Danke. Aber ... wie geht es jetzt bei dir weiter? Du hast Schlimmes durchgemacht.« Mit sorgenvoller Miene sah sie mich an. Unablässig. Durchdringend. Ich wollte nicht, dass sie sich solche Sorgen machte. Die Sache mit den K.-o.-Tropfen hatte ich gut überstanden, und sonst hatte ich nur Liebeskummer, der würde vorbeigehen. Zwar dauerte das Ganze bereits länger als vier Wochen – seit dem Morgen, an dem ich ohne Logan aufgewacht war –, und der Schmerz war nicht weniger geworden, aber irgendwann würde er nachlassen. Ich musste nur fest daran glauben. So schwer es mir auch fiel. Und der erste Schritt war, wieder unter Leute zu gehen.

Ausgelaugt musterte ich die vielen rosa und lila Blumen auf meiner Bettwäsche. In der Wäsche hatten wir auch gelegen, als Logan bei mir geschlafen hatte. Mit mir geschlafen hatte ...

Ich räusperte mich. »Gar nicht«, sagte ich entschieden und trank einen Schluck von meinem Kaffee.

»Du hast echt ein Talent, dich selbst zu belügen, Chloe.« Hopes Worte trieften nur so vor Ironie.

Ich sah auf, wollte etwas erwidern. Etwas, das ihr den Wind

aus den Segeln nahm, das ihr sagte: Hey, mir geht's gut, lass mich einfach in Ruhe, ja! Aber daraus wurde nichts. Als ich in ihre Augen blickte, da sah ich nichts als Mitgefühl, Verständnis und den Seelenschmerz, den sie mit mir teilte. Wie konnte ich ihr sagen, sie solle sich um ihren eigenen Scheiß kümmern?

Nein, Hope war meine Freundin, und ich war heilfroh, dass sie für mich da war. Hope würde mich weder verurteilen noch bemitleiden. Sie war neutral wie die Schweiz. Deswegen fiel es mir auch so schwer, ihr nicht alles zu erzählen.

»Ich weiß es nicht«, sagte ich deshalb. Leise, als würde mich das selbst vor der Aussage schützen. Denn in diesen Worten lag immer noch die Hoffnung auf ein Happy End, obwohl es auf der Hand lag, dass es keines geben würde. Jedenfalls nicht für mich.

Seit ich Logan in Newport aus meinem Krankenzimmer geschmissen hatte, herrschte Funkstille zwischen uns. Ich hatte seine Nachrichten und Anrufe seitdem ignoriert. Das war mittlerweile zwanzig Tage her.

Zwanzig Tage, in denen ich über eine Million Mal zum Handy gegriffen hatte, um doch auf seine Anrufe und Nachrichten zu reagieren.

Zwanzig Tage, in denen ich mich mehr als eine Million Mal gefragt hatte, was wäre, wenn …?

Vierhundertachtzig Stunden, in denen ich mehr Tränen vergossen hatte als in meinem bisherigen fünfunddreißigjährigen Leben.

Über achtundzwanzigtausend Minuten waren vergangen, seit Logan mein Herz entzweigerissen hatte. Es so zerstört hatte, dass es niemals wieder zusammenwachsen würde.

»Du musst mit Kaden sprechen. Er ist dafür verantwortlich. Er hat dich in diese Situation gebracht«, brachte Hope auf den Punkt, worüber ich schon die letzten Tage nachgedacht hatte.

Kaden hatte mich sehen wollen, war aber von meinem Bruder abgeblockt worden. Jaxon war kurz davor gewesen, sich mit ihm zu prügeln, aber Kaden war Gott sei Dank vernünftig genug gewesen, sich nicht darauf einzulassen. Logan hingegen nicht. Wie Jaxon mit Genugtuung erzählte, hatte er Kaden ordentlich eine verpasst, bevor er mich gefunden und den Rettungssanitätern übergeben hatte.

Vielleicht hatte Hope recht. Der Einzige, der mir vielleicht sagen konnte, was wirklich an dem Abend passiert war, war nun mal Kaden selbst. Aber konnte ich darauf bauen, dass er mir die Wahrheit sagen würde? War ich schon so weit, ihm wieder gegenüberzustehen? Ich wusste es nicht.

»Aber was ist mit Logan? Du liebst ihn doch, oder?« Hope ließ einfach nicht locker.

Ich bemühte mich, meine Stimme klar zu halten. »Ja, das tue ich, Hope. Aber was nützt es, wenn er zu Aubrey zurückgeht?«

»Glaubst du das wirklich?«, fragte sie ehrlich geschockt. Sie war zusammengezuckt, sodass ihr Tee überschwappte und auf meine Decke kleckerte. »Oh nein ...«

»Kein Problem. Ich muss sie eh waschen«, log ich. Ich würde den Bezug entsorgen. Noch heute.

»Und du glaubst wirklich, er geht zu ihr zurück?«, nahm Hope den Faden wieder auf, wobei sie den Kopf schüttelte. »Ich ... Nein, ich glaube das nicht. Er liebt sie nicht. Er liebt ... dich.«

Ich warf ihr einen vernichtenden Blick zu und schüttelte ebenfalls den Kopf. »Warum sollte er nicht? Immerhin wächst in ihrem Bauch sein Kind. Ich meine, dass Logan Pflichtgefühl hat, das wissen wir beide. Er würde sie nicht sitzen lassen, eher würde er selbst zurückstecken, als dass er jemanden hängen lässt, der sich auf ihn verlässt.« Auch wenn es jemand wie Aubrey war.

Nachdenklich nickte sie. »Mit dem Pflichtgefühl hast du wohl recht. Aber es gibt doch auch die Möglichkeit, dass er sich um das Kind kümmert, aber nicht um Aubrey. Und noch mal«, ließ sie sich nicht aufhalten, »er liebt sie nicht. Er liebt *dich*. Und du ihn. Verdammt, ihr könnt doch nicht so tun, als wäre das nichts wert! Ihr müsst doch einen Weg finden. Gemeinsam.«

Ihre verschiedenfarbigen Augen funkelten mich an, und ihre Atmung hatte sich während ihrer Worte um einiges beschleunigt. Fast so, als ginge es dabei um sie und nicht um mich. Das war so süß von ihr. Und hätte ich in den letzten Tagen nicht schon alle Tränen vergossen, hätte ich jetzt erneut geweint. Aber ich war leer. Da war nichts mehr. Ich fühlte auch nichts mehr außer einer gähnenden Leere in mir. Und das war gut. So tat es wenigstens nicht mehr weh.

Ich beugte mich etwas vor und nahm ihre Hand. »Danke für dein leidenschaftliches Plädoyer, Hope. Aber das wird auch nichts ändern.«

Logan

Seit zwanzig Tagen war Funkstille zwischen uns.

Seit zwanzig Tagen hatte ich Chloes Stimme nicht mehr gehört.

Seit zwanzig Tagen fragte ich Jaxon jeden Tag, wie es ihr ging.

Und seit zwanzig Tagen sagte er mir jeden Tag dasselbe: Sie will dich nicht sehen.

Er hatte mir sogar nicht mal sagen dürfen, dass sie in den Hamptons war. Erst durch Sawyer hatte ich das erfahren. Zufällig. Tolle Freunde hatte ich. Andererseits hatte ich sie ja auch um Verschwiegenheit gebeten. Und sie wussten, wie sehr ich mich zwingen musste, nicht einfach zu Chloe zu fahren und sie in meine Arme zu ziehen und endlich zu küssen. Sie wussten, dass ich erst eine Antwort brauchte. Sie wussten das. Ich *hatte* tolle Freunde.

Aber jeden verdammten Morgen musste ich mich zwingen, überhaupt aufzustehen. Das Einzige, das mich dazu motivierte, war, dass Sawyers Antwort auf meine Frage, ob das Ergebnis da ist, vielleicht an diesem Tag anders ausfallen würde. Doch das tat sie nicht. Nie.

Seit zehn verdammten Tagen.

Mit übelster Laune saß ich in meinem Büro und machte meinen Job wie ein Roboter. Den Kontakt mit Aubrey vermied ich ebenfalls. Zuerst brauchte ich Gewissheit, und die ließ auf sich warten.

Seit zehn verdammten Tagen.

Das Telefon blinkte.

»Was gibt es, Amber?«, fragte ich meine Sekretärin, als ich den Knopf für ihre Leitung betätigt hatte.

»Miss Lopez und Mr Milano sind hier«, hörte ich sie über Lautsprecher ankündigen.

Ich warf einen Blick in meinen Kalender. »Haben wir einen Termin?«

»Nein. Aber Sie wären jetzt frei. Aber falls Sie nicht –«

»Doch, doch. Schicken Sie sie rein, Amber. Danke.«

Ich unterbrach die Verbindung und stand auf. Hastig zog ich mir mein Jackett über und fuhr mir mit den Fingern durch die Haare. Dann öffnete sich die Tür.

»Logan …« Fay kam auf mich zu und begrüßte mich mit einem Kuss auf die Wange. Sie sah gut aus, frisch und erholt. Wir hatten uns seit meinem letzten Besuch bei ihr nicht mehr gesehen, nur E-Mails hin- und hergeschickt. Ich fasste sie an den Schultern und sah sie an.

»Du siehst gut aus, Fay. Wie geht es dir?«

»Danke. Logan, darf ich dir den Chef von Millbank vorstellen? Mr Milano, das ist Logan Hill.«

Ein älterer Mann, vielleicht um die sechzig, mit schneeweißem Haar, grauen Augen und gesunder Hautfarbe kam hinter Fay zum Vorschein und streckte mir die Hand entgegen.

»Schön, Sie endlich kennenzulernen, Mr Hill.« Sein Händedruck war kräftig und fühlte sich ehrlich an. Anders als Jacobs.

Ich wies Amber an, uns Kaffee zu bringen, und bat meine Gäste, am Konferenztisch Platz zu nehmen. Nachdem meine Sekretärin den Raum wieder verlassen hatte, die Tassen gefüllt und der Smalltalk erledigt waren, kam Mr Milano zum Punkt seines Besuchs.

»Danke, Mr Hill. Ich bin wirklich dankbar, dass Sie Fay über die Missstände in Ihrer Bank unterrichtet und uns so vor einem großen Fehler bewahrt haben.« Mr Milano lächelte mich aus seinem rundlichen Gesicht freundlich an.

»Keine Ursache«, entgegnete ich.

Fay hatte ihrem Chef die Informationen zukommen lassen, die ich ihr über Havering Group zugespielt hatte.

»Doch, doch«, widersprach er. »Ohne Sie hätte Jacob Havering unsere Firma geschluckt, und wir hätten zusehen müssen, wie sie zugrunde geht. Und das wäre sie. Als weiteres Abschreibungsobjekt auf seiner unsichtbaren Liste. Unsere kleine Bank war ihm nicht wichtig, nur der Grund, auf dem sie gebaut ist. Ich bin so froh, dass es so weit nicht gekommen ist. Mr Hill ...« Er neigte den Kopf etwas und lächelte offen. »Darf ich fragen, aus welchen Gründen Sie Havering noch verpflichtet sind?«

Ich lächelte müde. »Ich habe hier noch einige Sachen zu klären.« Ich fragte mich selbst jeden Tag, warum ich diesen Gang noch auf mich nahm. Aber ich brauchte auch hier einen vernünftigen Abschluss. Scheiß Pflichtbewusstsein. Jacob war noch nicht wieder im Büro. Ich hatte aber bereits um einen Termin bei ihm gebeten, sobald er wieder im Hause war.

Mr Milano nickte mit einem winzigen Lächeln. Dann sah er mich offen an. »Ich möchte Ihnen ein Angebot machen, Mr Hill.«

Fay lächelte bei den Worten ihres Chefs vielsagend, ich wiederum hatte keine Ahnung, worum es ging.

»Bitte«, bat ich ihn.

»Fay wird uns in zwei Monaten verlassen«, begann er. Mein Blick wanderte zu Fay. Davon hatte sie mir nichts erzählt.

»Ich habe mich während der Verhandlungen mit euch bereits bei anderen großen Banken beworben. Mir war von vornherein klar, dass ich nicht unter Jacob Havering arbeiten wollte. Meine Loyalität gehört Mr Milano. Aber der Gedanke, die Stadt zu verlassen und irgendwo anders neu anzufangen, wurde mit der Zeit immer reizvoller.« Sie lächelte kurz. »Und vor einigen Tagen habe ich eine Zusage aus Washington, D. C. erhalten. Nächstes Wochenende begebe ich mich auf Wohnungssuche, und sobald ich meinen Nachfolger eingearbeitet habe, werde ich umziehen.«

Ich sah zu Mr Milano. »Sie wollen also nicht verkaufen?«

»Nein. Weder an Jacob Havering noch an jemand anderen. Mrs Lopez hat mir klargemacht, dass wir es auch so schaffen können. Wenn ...« Er lächelte erneut. »Wenn wir Sie ins Boot holen können.«

»Mich?« Er nickte, Fay sah mich gespannt an. »Das kommt jetzt sehr überraschend«, sagte ich.

»Das mag sein, aber überleg mal«, warf Fay mit einem Augenzwinkern ein. »Du hast die Chance, es besser zu machen als ich. Ist das nicht ein Anreiz?«

Das brachte mich zum Lachen. »Wenn man es so betrachtet ...«

Mr Milano beugte sich vor und sah mich ernst an. »Wir brauchen Sie, Mr Hill. Ich gehe – nach dem, was Mrs Lopez mir über Ihren Chef und Schwiegervater erzählt hat, verzeihen Sie meine Offenheit – davon aus, dass Ihr Bedürfnis, weiter hier beschäftigt zu sein, nicht sehr groß sein dürfte.«

Ich atmete tief ein und wieder aus, während ich Fay ein Stirnrunzeln zuwarf. So ganz war ich nicht damit einverstanden, dass sie mit meinen privaten Problemen hausieren gegangen war, aber andererseits hatte Mr Milano recht. Ich wusste um die finanziellen Probleme seines Unternehmens, aber ich war mir sicher, dass ich diese mit meiner Erfahrung und den Kontakten, die ich mir in den letzten Jahren aufgebaut hatte, lösen konnte. Es war Zeit für einen Tapetenwechsel. Das war meine Chance.

Ich stand auf und streckte ihm über den Tisch hinweg die Hand entgegen. »Lassen Sie uns die Einzelheiten in den nächsten Tagen klären. Und wenn alles passt, bin ich sehr gerne an Bord.«

***

Eine halbe Stunde später hatte ich Fay und Mr Milano verabschiedet und mich wieder meiner Arbeit gewidmet. Auch wenn es mir stank, weiterhin für Jacob zu arbeiten, erledigte ich meinen Job gewissenhaft. Nachsagen lassen wollte ich mir nichts.

Als Amber sich über den Bürofunk meldete und Sawyer auf Leitung zwei ankündigte, wurde ich nervös.

»Hey, was gibt's?«, begrüßte ich ihn ein paar Sekunden später.

»Das Ergebnis ist da.«

»Wo bist du?«

»Im Büro.«

»Bin gleich da.«

Aufregung packte mich. Ich legte auf, raffte meine Sachen zusammen und stürmte aus meinem Büro.

»Amber! Bitte sagen Sie alle weiteren Termine für heute ab. Ich muss weg. Ein Notfall ...« Glücklicherweise konnte ich mich auf meine Sekretärin verlassen.

Fünf Minuten später verließ ich das Gebäude, lief zu meinem Jeep, den ich am Morgen auf dem Firmenparkplatz abgestellt hatte. Kaum saß ich, gab ich auch schon Gas. Statt einer Stunde brauchte ich fünfundvierzig Minuten. Glücklicherweise waren auf der Strecke gerade keine Cops unterwegs. Ich parkte auf irgendeinem Kundenparkplatz und rannte in das Gebäude, in dem Sawyer seine Kanzlei hatte. Gerne hätte ich den Fahrstuhl ignoriert, der wie immer auf sich warten ließ, aber Sawyers Büro war im obersten Stockwerk, mit Blick über ganz Manhattan. Zu Fuß würde ich länger brauchen. Ungeduldig wartete ich, bis der Aufzug mich nach oben gebracht hatte, und eilte dann über den Flur in seine Anwaltskanzlei. Sawyers Tür war offen, sodass er mich gleich zu sich winkte. Ich warf seiner Sekretärin einen kurzen Gruß zu, dann schloss ich die Tür hinter mir. Rambo hob aufmerksam den Kopf. Als er mich erkannte, legte er sich wieder hin und schlief weiter.

»Und?«, wollte ich wissen.

»Glaubst du, ich mache deine Post auf, oder was?« Kopfschüttelnd öffnete er eine Schublade in seinem Schreibtisch und hielt mir einen weißen Umschlag entgegen.

»Danke«, murmelte ich und ließ mich ihm gegenüber in den Stuhl fallen. Der Umschlag war mäßig dick, vielleicht enthielt er ein oder zwei Papiere. Er trug den Stempel mit dem Namen des Instituts, das solche Tests vornahm. In mir wechselte sich das schlechte Gewissen mit der Angst vor dem Ergebnis ab. In diesem Umschlag steckte meine Zukunft.

»Willst du ... ihn hier aufmachen?«

Ich hob den Blick. »Hast du einen Drink?«

Sawyer sah mich ernst an, dann öffnete er erneut eine Schublade, doch diesmal zog er zwei Gläser und eine Flasche Whiskey heraus. Schweigend schenkte er in beide Gläser ein und schob mir eines rüber. Ich griff es dankbar, und nach einem kurzen Zuprosten kippte ich den Drink runter. Es brannte, aber es tat gut.

Sawyer schenkte uns nach, während ich den Brieföffner von seinem Schreibtisch nahm und den Umschlag aufschlitzte. Doch rausholen konnte ich die Seiten nicht. Ich fühlte mich wie gelähmt. Ich hatte verdammte Angst vor der Gewissheit. Wie ein digitales Fotoalbum zischten die Erinnerungen in meinem Kopf an mir vorbei. Da war Aubrey, als sie lachte, mich umarmte, mich küsste. Doch die Bilder verblassten zu schnell, wurden abgelöst von Chloe, die mich aus ihren wasserblauen Augen fragend, bittend ansah. Der Gedanke daran, sie womöglich für immer verloren zu haben, quälte mich.

»Wie lange willst du den Umschlag noch anstarren, Logan?« Sawyers Stimme zerriss die Stille, die sich wie eine Dunstglocke über mich gelegt hatte. »Dadurch ändert sich nichts. Sieh nach, welche Zukunft dich erwartet, Logan.«

Ohne ihn anzusehen, nickte ich. Dann zog ich die Dokumente

aus dem Umschlag. Es waren zwei, und auf dem Ersten war das Ergebnis in fett gedruckter Schrift abzulesen. Mein Herzschlag setzte für einen Moment aus, und mir wurde schwarz vor Augen, bevor mein Puls sich überschlug.

Das war sie also, meine Zukunft …

Chloe

»Komm rein.« Kaden trat zur Seite und ließ mich hinein. Darauf bedacht, ihm nicht zu nahe zu kommen, ging ich an ihm vorbei. Gut sah er aus, aber das war ja nichts Neues. Wie immer trug er Jeans und ein Hemd, dessen Ärmel bis zu den Ellenbogen aufgekrempelt waren. Allerdings sah er nicht erholt aus, dunkle Ränder lagen unter seinen Augen. Er schien nicht erfreut, mich zu sehen.

Er ging vor, durch den langen Flur in einen lichtdurchfluteten Wohnraum mit hellen, modernen Möbeln.

»Nimm Platz«, sagte er und zeigte auf das Sofa.

»Danke, ich stehe lieber.« Ich hatte nicht vor, lange zu bleiben. Nichts wünschte ich mir mehr, als endlich zur Ruhe zu kommen. Aber das ging nur, wenn ich mit Kaden gesprochen hatte. Jetzt wollte ich auch diese Baustelle in meinem Leben einfach nur hinter mich bringen. Also hatte ich mich nach dem Gespräch mit Hope vor wenigen Stunden bei ihm gemeldet und um ein Gespräch gebeten.

Er nickte stumm, fläzte sich dann auf das Sofa und sah mich an. »Du sagtest, es sei wichtig?«

»Ist es«, sagte ich knapp. Ich brauchte noch einen Moment, mich zu sammeln, es überforderte mich, ihn nach dieser Nacht wiederzusehen. Nachdem Jaxon ihn abgeblockt hatte, hatte er nicht mehr nach meinem Zustand gefragt. Weil es ihn nicht interessierte. Weil ich ihn nicht interessierte. Aber das war es nicht, was mich fertigmachte.

»Ich habe keine Ahnung, was du an dem Abend angestellt hast, aber dass du Malcom anzeigst, wegen nichts –«

»Wegen *nichts*? Was *ich* angestellt habe?«, fuhr ich ihm über den Mund und machte ein paar Schritte auf ihn zu. »Ich dachte, *du* könntest mir erzählen, was genau mir da passiert ist, Kaden«, unterbrach ich ihn. »Was dieser Malcom – dein Kunde, um den ich mich kümmern sollte – mit mir angestellt hat. Ich selber habe nämlich keinen blassen Schimmer. Ich habe einen Filmriss. Typisch nach der Verabreichung von GHB.«

»Was ist das überhaupt, GHB? Deinetwegen ist der Deal geplatzt.«

Fassungslos starrte ich ihn an. »Ernsthaft? GHB sind K.-o.-Tropfen. Und du wirfst mir vor, dass dein Deal geplatzt ist? Malcom hat mich betatscht, immer wieder. Er war einfach widerlich und …« Ich schüttelte mich bei der Erinnerung an Malcoms Berührungen. »Es ist mir scheißegal, was mit deinem Deal ist. Wer mit solchen Typen Geschäfte macht, der hat es nicht anders verdient.« Ich wurde immer lauter, musste mich zusammenreißen, um nicht hysterisch zu werden. Ich war sauer. Sauer, dass er mir jetzt Vorwürfe machte, obwohl er selbst nicht da gewesen war, um das zu verhindern, mich sogar mit seiner Bitte, mich um Malcom zu kümmern, überhaupt in diese Lage gebracht hatte.

Kaden war blass geworden. »Hat er …« Meine Worte und deren Bedeutung schienen endlich zu ihm durchgedrungen zu sein.

»Ich bin nicht vergewaltigt worden, falls du das wissen willst«, antwortete ich auf seine unausgesprochene Frage. »Aber nicht, weil er es nicht wollte, sondern weil ich abhauen und Hilfe rufen konnte.« Es fiel mir schwer, das auszusprechen, weil es mich daran erinnerte, wie knapp das gewesen war. Kaden schien tatsächlich schockiert.

Er griff sich in die Haare, dann legte er seine Hände wieder auf die Knie. »Es tut mir leid, Chloe. Das habe ich nicht gewollt.«

»Sicher?« Ich lachte trocken auf.

Kaden sprang auf. »Natürlich! Was denkst du denn von mir?«

»Das willst du nicht wissen, Kaden. Ich bin fertig mit dir. Die Anklage gegen den Mistkerl läuft, und wenn das vorbei ist, will ich dich nie wiedersehen.«

Sawyer hatte sich um all das gekümmert und mir gesagt, dass Kaden wohl schon als Zeuge vorgeladen worden war und ich Malcom vor Gericht noch einmal würde gegenüberstehen müssen. Er wurde wegen vorsätzlicher Körperverletzung und Betäubungsmittelbesitzes angeklagt. Ihm drohte eine hohe Geld- oder vielleicht sogar eine mehrjährige Haftstrafe. Ich hoffte auf Letzteres.

Es war nicht zu übersehen, dass er sich schlecht fühlte deswegen. Der selbstgefällige Kaden Jenkins wurde mit einem Mal unsicher. Klar, so eine Vorladung vor Gericht machte sich nicht gut auf seiner sauberen Weste. Ich verkniff mir einen Kommentar dazu.

»Kann ich irgendwas tun ...?«

»Vergiss es. Das, was an dem Abend passiert ist, hat nichts mit meiner jetzigen Verfassung zu tun.« Es wurde Zeit, das Thema zu wechseln.

Er runzelte die Stirn. »Wie meinst du das?«

Ich holte tief Luft. Es fiel mir nicht gerade leicht. »Ich bin schwanger.«

»Du bist was?« Kadens Augen wurden groß, sein Kinn schob sich vor, als er mich ungläubig ansah.

»Schwanger.«

»Wie weit?«

»Vierte Woche.«

»So früh kann man schon eine Schwangerschaft feststellen?«

»Man sieht noch nicht viel, aber ich bin definitiv schwanger.«

Es war komisch, aber ich war an dem Morgen aufgewacht und

hatte sofort gewusst, dass sich etwas verändert hatte, als ich in den Spiegel gesehen hatte. Meine Brüste waren schon seit Tagen so empfindlich gewesen und nun auch größer geworden. Als meine Periode ausblieb, war mir klar gewesen, dass ich schwanger sein musste. Die Untersuchung beim Arzt gestern Morgen hatte Gewissheit gebracht.

Kaden rechnete nach, das sah ich ihm an. »Na dann, herzlichen Glückwunsch.« Er runzelte die Stirn, als ich kurz zusammenzuckte. »Ich bin definitiv nicht der Vater. Ich bin sterilisiert.«

»Du bist sterilisiert?« Das hatte ich nicht gewusst. Kaden war mir als erste Option durch den Kopf geschossen, als die Ärztin mir gratuliert hatte. Und jetzt sagte er mir, er könne keine Kinder zeugen? Das war doch ein Witz!

Begleitet von einem Nicken schlich sich ein siegessicheres Grinsen auf sein Gesicht. »Ich habe mich vor Jahren sterilisieren lassen. Ich will keine Kinder, warum also ein unnötiges Risiko eingehen? Also? Da ich es nicht sein kann ... wer ist der Glückliche?«

»Ob ihn das glücklich machen würde, wage ich zu bezweifeln«, murmelte ich mehr für mich als für ihn und kämpfte schon wieder damit, den Kloß in meinem Hals runterzuschlucken.

»Es ist also Logan«, stellte er fest und verschränkte wissend die Arme vor der Brust. »Best Buddie wird Daddy. Sieh mal einer an«, spottete er.

»Das geht dich einen Scheißdreck an«, erwiderte ich nun. Dann zog ich mich langsam von ihm zurück. Schritt für Schritt brachte ich Abstand zwischen uns und versuchte dabei zu begreifen, was er gerade klargestellt hatte.

Kaden war nicht der Vater.

Logan war es.

***

»Hey, Chloe ... Was ist los?«

Hope kam außer Atem angelaufen und setzte sich neben mich auf die Bank. Ich hatte sie gleich nach Verlassen von Kadens Wohnung angerufen und um Hilfe gebeten. Ich musste jetzt mit jemandem reden, sonst würde ich verrückt werden. Wir hatten uns im Highline Park verabredet, wo ich seit einer halben Stunde auf sie wartete.

Ich konnte nichts sagen, der Kloß in meinem Hals war zu dick, als dass ich ihn unbemerkt hätte runterschlucken können. Hope stutzte kurz, dann rutschte sie näher an mich und nahm mich in ihren Arm. Das tat gut, so fühlte ich mich nicht ganz so allein.

»Ich bin schwanger«, brachte ich leise raus. Ich spürte, dass Hope kurz die Luft anhielt. Doch bevor sie in die Verlegenheit kam nachzufragen, antworte ich ihr. »Von Logan.«

»Von ...« Das schien ihr die Sprache zu verschlagen, was ich gut nachvollziehen konnte. Die Minuten verstrichen, während sie mich einfach nur hielt und ich meine Gedanken ziehen ließ, die immer nur um die eine Frage kreisten: Wie sollte es jetzt weitergehen?

»Weiß er es schon?« Hopes Frage holte mich aus meinem Gedankenkarussell. Sofort löste ich mich aus ihrer Umarmung und richtete mich auf. Ernst sah ich sie an.

»Ich möchte nicht, dass er es erfährt.«

Hope schüttelte den Kopf. »Ihr habt denselben Freundeskreis. Das wird schwierig.«

»Er ... muss ja nicht erfahren ... dass es von ihm ist. Ich könnte ... ich meine ... Kaden ...«

Hope runzelte die Stirn, als ich ins Stottern kam. »Nein. Vergiss es, Chloe. Das funktioniert nicht. Du kannst ihn doch darüber nicht im Ungewissen lassen! Ihn belügen, Logan sein Kind vorenthalten und Kaden da mit reinziehen. Nein, tu das nicht, Chloe.«

»Aber wieso nicht?« Ich merkte selbst, wie bockig ich klang. Wie ein kleines, zickiges Mädchen. Hope antwortete mir darauf nicht. Was auch? Ich wusste es doch selbst. Es war eine bescheuerte Idee gewesen. Natürlich konnte ich nicht so tun, als wäre Kaden der Vater, und glauben, damit wären alle Probleme gelöst. Wie alt war ich? Zwölf?

Und obwohl ich fest davon überzeugt gewesen war, keine Tränen mehr in mir zu haben, liefen mir jetzt ein paar wenige über die Wangen.

»Er hat dir sehr wehgetan, oder?«

»Ja, das hat er«, schniefte ich. Sie zog mich erneut in ihre Arme und hielt mich fest. Das tat verdammt gut.

»Du liebst ihn sehr, oder?«

Ich brauchte nicht überlegen. »Ja. Schon immer irgendwie.«

Ein leises Seufzen. Ihre Hand griff meine und drückte sie.

»Mir war gleich klar, als ich euch das erste Mal zusammen gesehen habe, dass da was zwischen euch läuft. Aber dir war es da noch nicht klar. Du wolltest nicht auf dein Herz hören …«

Ich wand mich aus ihrer Umarmung und sah meine Freundin an. »Ich weiß nicht, ob ich es ihm überhaupt erzählen soll, Hope. Ich meine, er …« Wusste sie überhaupt von Aubreys Schwangerschaft? Dass er Vater werden würde?

»Er was?«

»Wir passen nicht zusammen. Es würde niemals gutgehen zwischen uns. Und schon gar nicht mit einem Kind«, wehrte ich ab.

»Du weißt doch von Aubreys Schwangerschaft, oder?«, fragte sie nun. Wortlos nickte ich.

»Chloe, du bist eine tolle Frau. Logan ist ein toller Mann. Er liebt dich, ihr habt es mehr als verdient, glücklich zu sein.«

Ich weinte nicht mehr und war in der Lage, mich langsam zu beruhigen. Hope war sehr sensibel, sie hatte feine Antennen, die so einiges mehr registrierten.

»Vielleicht ist das eine Chance für euch?«

»Vielleicht. Aber ich muss mir erst mal darüber klar werden, wie es unabhängig davon weitergehen soll. Was *ich* will.«

»Du meinst, ob du das Baby …?«, fragte sie traurig, und ohne den Satz zu vollenden, wussten wir beide, was sie sagen wollte.

»Ich muss darüber nachdenken.«

»Bist du sicher?«

Ich sah sie an.

War ich sicher? Ich wusste es nicht. Im Moment wusste ich nur, dass Logan sich sicher gewesen war, als er das mit uns beendet hatte, bevor es nach unserer gemeinsamen Nacht hatte beginnen können.

Ich wusste nur, dass ich ihm nicht hinterherlaufen würde.

Ich wusste nur, dass ich ihm nicht noch einmal sagen würde, wie sehr ich ihn liebte.

Ich wusste nur, dass er mir mein Herz gebrochen und in Stücke gerissen hatte.

Endgültig.

Logan

»Mr Havering hat nun Zeit für Sie, Mr Hill.«

»Danke, Brenda.«

Brenda Shaw, die langjährige Sekretärin von Jacob Havering, saß hinter ihrem Vorzimmerschreibtisch und bedeutete mir mit einem knappen Nicken, dass sie meinen Dank zur Kenntnis genommen hatte. In ihrem klassischen dunkelblauen Kostüm, der gestärkten weißen Bluse und dem streng zurückgekämmten Knoten auf ihrem Kopf wirkte sie mehr als autoritär. Ein Blick über den Rand ihrer Brille traf mich, und unwillkürlich zuckte ich zusammen. In Fachkreisen wurde sie nur »die Bulldogge« genannt, jeder im Haus hatte einen Heidenrespekt vor ihr. Fast mehr als vor Havering selbst.

Wer zum obersten Chef wollte, musste an ihr vorbei. Kein leichtes Unterfangen. Ich hatte Glück, dass ich Jacob privat nahestand, dadurch war mein Weg zu ihm etwas einfacher, auch wenn ich deshalb keinen Sonderstatus bei ihr hatte. Deshalb hatte ich auch erst Stunden nach meiner Anfrage am späten Nachmittag eine Audienz bei ihm bekommen. Aber eigentlich war ihr jeder Besucher, der ihren Chef von der Arbeit abhielt, ein Dorn im Auge. Wäre sie, wie ihr Spitzname sagte, ein Hund, würde sie zähnefletschend vor seinem Büro wachen. So traf mich *nur* ihr missbilligender Blick.

Ich klopfte an die Tür aus dunkelbraunem Holz und wartete zwei Sekunden, bevor ich eintrat. Eine Antwort war von ihm nie zu hören, sein Büro war schalldicht.

Jacob Havering saß an dem imposanten Schreibtisch aus Nussbaumholz, der dem des amerikanischen Präsidenten schon ziemlich nahekam. Hinter ihm schien das wenige Sonnenlicht des Tages durch die Fensterfront, die sich über die ganze Wand erstreckte. Sein Büro war im obersten Stockwerk des dreiundzwanzig Etagen hohen Gebäudes, das in den untersten fünf Geschossen die Hauptfiliale der Bank beherbergte. Hier hatte vor vielen, vielen Jahren alles angefangen.

»Guten Tag, Jacob«, begrüßte ich ihn, als ich eingetreten war und die Tür hinter mir geschlossen hatte. Dann blieb ich stehen und wartete, denn selbst als Schwiegersohn in spe gebot es mein Anstand zu warten, bis er mit seiner Arbeit fertig war, mich registrierte und mir einen Platz anbot. Etwas, das schon mal eine Weile dauern konnte. Auch an diesem Nachmittag harrte ich mehrere Minuten aus, bis er den Kopf hob, mir einen kurzen Blick zuwarf und mich zu sich winkte.

»Nimm Platz, Logan.«

»Danke.« Ich ging zum Schreibtisch und setzte mich in einen der beiden Ledersessel davor, die sehr unbequem waren. Vermutlich, um den Besuchern wortlos klarzumachen, dass sie nicht willkommen waren. Der Platz in der Loungeecke mit den wesentlich gemütlicheren Ledersofas wurde nur den eingeladenen Gästen zuteil.

Während Jacob weiter seine Unterlagen bearbeitete, sinnierte ich darüber, ob und was er bereits wusste. Was hatte seine Tochter ihm erzählt? Auch vorstellbar, dass sie ihm nichts gesagt hatte. Würde er sonst so ruhig an seinem Platz sitzen? Aber vielleicht war das auch nur die Ruhe vor dem Sturm.

Fünf Minuten später klappte Jacob Havering die Mappe zu, faltete die Hände und sah mich aus wässrig blauen Augen durch die Gläser seiner Brille an.

»Logan, was kann ich für dich tun?« Er klang völlig entspannt, und auch seine Miene verriet keine Verärgerung.

»Danke, dass du dir Zeit für mich nimmst, Jacob«, stieg ich ein.

Wohlwollend nickte er. »Für meinen Schwiegersohn immer.« Das war mir neu. »Also? Was ist der Grund für deinen Besuch? Du hast doch hoffentlich keinen Streit mit meiner Tochter?« Ein Augenzwinkern begleitete sein Schmunzeln. Für seine Verhältnisse hatte er ausgesprochen gute Laune. Das würde sich gleich ändern.

»Leider doch«, nahm ich den Ball auf.

Seine Stirn legte sich in Falten wie bei einem Shar-Pei. »Und deswegen raubst du mir meine Zeit? Ich gehe davon aus, dass ihr das alleine geregelt bekommt.« Was genau wusste er? Oder besser – was wusste er nicht?

Kopfschüttelnd wollte er sich wieder seiner Arbeit zuwenden, ein untrügliches Zeichen dafür, dass das Gespräch für ihn beendet war. Sein Blick dabei war fast so missbilligend wie der seiner Bulldogge vor der Tür. Unwillkürlich fragte ich mich, wer da von wem gelernt hatte.

»Das haben wir bereits, Jacob. Ich weiß nicht, inwieweit du informiert bist, aber – wir haben uns getrennt«, ließ ich die Bombe platzen.

Seine Hand, die gerade nach einer weiteren Akte auf seinem Schreibtisch greifen wollte, verharrte mitten in der Bewegung. Dann hob er seinen Kopf ganz langsam und sah mich an, als hätte ich mich ihm gegenüber im Ton vergriffen.

»Hättest du die Freundlichkeit, das noch einmal zu wiederholen? Ich fürchte, ich habe da etwas missverstanden.«

Mit erhobenem Kinn rückte er seine rahmenlose Brille etwas zurecht, ohne mich dabei aus den Augen zu lassen. Dann faltete er die Hände erneut und legte sie auf der Akte vor sich ab. Er saß steif im Sessel und atmete flach. Fast so, als könnte er damit verhindern, sich die Wahrheit anhören zu müssen.

»Aubrey und ich haben uns getrennt. Die Verlobung ist gelöst und die Hochzeit ist abgesagt«, wiederholte ich mit fester Stimme. Wider Erwarten war ich total ruhig. Ich hatte befürchtet, Jacob Havering würde mich einschüchtern und nervös machen, aber das Gegenteil war der Fall. Seine Arroganz bestärkte mich in meinem Entschluss, nicht nur seiner Tochter, sondern auch ihm den Rücken zu kehren. Und das Einzige, was ich dabei fühlte, war eine grenzenlose Erleichterung, dass die Ära Havering, sobald ich dieses Büro verließ, vorbei sein würde. Nachdem ich einen sauberen Abgang hingelegt hatte.

»So ein Blödsinn. Ihr rauft euch wieder zusammen, du kommst wieder zur Vernunft. Es ist alles geplant, die Einladungen verschickt, der Pfarrer bestellt, die –«

»Natürlich. Du wusstest von den Einladungen«, bemerkte ich. Bis eben hatte ich noch geglaubt, Aubrey hätte diese Entscheidung allein getroffen, aber jetzt wurde mir klar, dass sie nichts ohne die Zustimmung ihres Vaters tat.

»Ja, natürlich«, erwiderte er unwirsch. »Es ist ja nicht so, dass meine Tochter das ohne dich entschieden hätte. Ich –« Bevor er weiter lamentieren konnte, stoppte ich ihn.

»*Ich* habe es nicht gewusst. *Ich* war der Letzte, der davon erfahren hat. Hätte ich nicht der Erste sein sollen, der das hätte wissen müssen?«

Kurz stutzte er, aber dann schüttelte er wiederholt den Kopf. »Und wenn du erst vor dem Altar Bescheid gewusst hättest, wäre das ausreichend gewesen. Du hast doch schließlich um ihre Hand angehalten! Soll das etwa der Grund für die Trennung sein?«

In mir brodelte es. Ich war nicht verärgert wegen ihm, nein. Er hatte nur getan, was er immer getan hatte. Nämlich sich dem Willen seiner Tochter gefügt. Ich war wütend auf mich selbst. Wie hatte ich nur so blind sein können?

»Wer hat die Gästeliste erstellt?«, überging ich seine Frage.

»Aubrey, wer sonst«, antwortete er unwirsch und runzelte die Stirn. Ich merkte, wie unangenehm ihm dieses Gespräch allmählich wurde. »Logan, was ist dein Problem?«

»Sie hat leider vergessen, den Termin mit mir abzustimmen. Weiterhin hat sie keinen meiner Freunde zur Hochzeit eingeladen.«

»Und?« Jacob lehnte sich in seinem Sessel nach hinten und zog die Augenbrauen hoch. Im selben Moment wurde mir klar, wie müßig eine Erklärung war. Als ich nichts sagte, winkte er ab. »Regle das mit Aubrey, ich habe für so was keine Zeit. Sind wir jetzt fertig?«

Ich lachte auf, weil ich bis zu dieser Sekunde nicht gewusst hatte, *wie* ignorant ein Mensch tatsächlich sein konnte. »Es gibt nichts mehr zu regeln, denn die Hochzeit wird nicht stattfinden.« Allmählich liefen wir auf den Showdown zu.

Jetzt sprang Jacob auf. Für sein Alter war er topfit. In seinem maßgeschneiderten dunklen Anzug, der sportlichen Bräune und mit dem fast weißen, korrekt geschnittenen Haar machte er einen frischen, agilen Eindruck. »Nein, Logan. Die Hochzeit ist beschlossene Sache, du wirst meine Tochter nicht einfach so verlassen.«

»Dagegen wirst du nichts tun können, Jacob.«

Kalt lächelte er mich an. »Doch, Logan, das kann ich.« Nun beugte er sich vor, stützte sich mit seinen Handflächen auf den Schreibtisch und sah mich mit erhobenem Kinn kaltherzig an. »Glaub mir, du wirst es bitter bereuen.«

Ich nickte langsam, lächelte in gleicher Weise. »So ist das also. Du drohst mir?«

»Nenn es, wie du willst, Logan. Hauptsache ist, du verstehst es richtig.« Sein Blick fixierte meinen.

Ganz ohne Hast stand ich ebenfalls auf, strich die Anzugjacke glatt und sah ihn offen an. Jacob Havering machte mir keine Angst mehr.

»Es tut mir sehr leid, dass du das so siehst, Jacob. Ich hatte gehofft, vernünftig mit dir reden zu können, aber das scheint nicht möglich zu sein.«

»Dieses Gespräch ist für mich –«

Er kam nicht dazu, den Satz zu beenden. Die Tür öffnete sich ohne Vorankündigung, und Aubrey stürmte wie eine Abrissbirne in das Büro ihres Vaters. Wäre die Tür nicht so massiv und schwer gewesen, wäre sie sicher gegen die weiß gestrichene Wand geschlagen. Im Hintergrund hörte ich das Fluchen der Bulldogge, aber gegen den Bulldozer Aubrey war selbst sie machtlos. Und ich erkannte sofort, dass Aubrey alles andere als amüsiert war.

»Wieso hast du meinen Unterhalt gestrichen?«, fuhr sie ihren Vater an, und erst im Verklingen der letzten Silbe wurde ihr bewusst, dass sie nicht alleine waren. Ihre Augen wurden groß, als sie mich sah. »Was willst du hier?«

Ich konnte mir ein Grinsen nicht verkneifen. »Gut, dass du da bist, Aubrey. Dann sind wir jetzt ja alle komplett.«

Ihr Vater ignorierte mich und wandte sich an seine Tochter. »Ist es wahr, dass ihr die Hochzeit absagen wollt?«, fuhr er seine Tochter an.

Aubrey wurde blass. Vergessen war die Frage nach dem Unterhalt, und wie erwartet kehrte sie ihren weinerlichen Lieblingston raus. »Von wollen kann ja wohl keine Rede sein«, spie sie aus. »Logan hat mich sitzen lassen. Und das jetzt?« Sie drückte auf die Tränendrüse und suchte in ihrer Handtasche nach einem Taschentuch. Ja, sie spielte ihre Rolle perfekt, und ich wusste genau, was als Nächstes kommen würde. Und richtig, schon verließen die ersten herausgepressten Krokodilstränen ihre Augen.

»Aubrey, Schätzchen …« Jacob konnte die Tränen seiner Tochter nicht ertragen. Er sprang auf, umrundete den Tisch und hielt auf sie zu. Schützend legte er die Arme um sie und zog sie an sich. Ich hörte sie schniefen.

»Nicht weinen, Schätzchen, das renkt sich alles wieder ein.« Sein eisiger Blick traf mich, aber auch der würde meine Meinung nicht ändern können. Ich wusste, wie gut seine Tochter schauspielern konnte. Und ich wusste, was dieser ganzen Show gleich ein Ende bereiten würde. Im Gegensatz zu ihm.

»Jetzt, wo ich sein Kind erwarte«, hörte ich sie an seiner Brust raunen. In dem Augenblick, in dem ihr Vater Luft holte, um ihr Trost zu spenden, traf mich ein Blick von ihr, der an Kalkül kaum zu überbieten war. Ich war nur eine Figur in ihrem perfiden Spiel.

Alles war geplant.

Die Beziehung.

Die Verlobung.

Die Hochzeit.

Die Schwangerschaft.

Um mich zu halten. Um gut dazustehen.

Diese miese kleine Bitch.

Jacob Havering war ein Vertreter der alten Schule. War seine Tochter schwanger, würde sie das Kind nicht bekommen, bevor sie mit dem Kindsvater verheiratet war. Ich war gespannt, wie er das regeln wollte.

Unter Tränen mit filmreifen Schluchzern wiederholte sie die Worte. »Ich bin schwanger, und er hat mich verlassen. Was soll ich denn jetzt tun? Alle werden mit dem Finger auf mich zeigen«, jammerte sie.

Ihr schauspielerisches Talent nahm ungeahnte Ausmaße an. Hätte ich sie nicht schon durchschaut, wäre ich vielleicht noch einmal darauf reingefallen. So aber erreichten mich ihre gespielten Emotionen nicht. Das Einzige, was ich empfand, war Verachtung.

»Ich würde meine Pflichten und Rechte als Vater wirklich wahrnehmen, da kannst du dir sicher sein. Doch das kann und brauche ich nicht.«

»Was soll das heißen?« Jacobs Tonfall war schneidend.

»Du bist nicht hilflos, Aubrey. Du bist einfach nur ein

schlechter Mensch.« Jacob schnappte nach Luft, aber ich ignorierte ihn. »Du hast mich belogen und hintergangen. Das kann und werde ich dir nicht verzeihen.«

»Du hast mich doch verlassen«, zeterte sie nun und zeigte auf ihren Bauch. »Und das, obwohl darin dein Kind wächst.«

Ich schüttelte den Kopf und zog die Kopie des Ergebnisses aus meiner Jackett-Tasche. Seelenruhig faltete ich sie auseinander. Ein gutes Gefühl durchflutete mich dabei. Weil ich wusste, ich tat das Richtige. »Nein, Aubrey. Das Kind ist nicht von mir. Hier steht es schwarz auf weiß. Ich habe damit überhaupt nichts zu tun.«

»Was?« Jacob kam seiner Tochter zuvor und riss das Papier an sich. Kurz überflog er es, dann sah er abwechselnd von Aubrey zu mir. »Was hat das zu bedeuten?«

»Und ich weiß auch, dass es das Kind von Jeffrey, deinem Tennislehrer, ist«, fuhr ich gnadenlos fort. Es war ein Schuss ins Blaue, aber nachdem ich mich ein bisschen umgehört hatte, lag es auf der Hand, dass Aubrey bereits seit Monaten eine Affäre mit ihrem Tennislehrer hatte.

Sie wurde blass und schnappte nach Luft. »Aber ...«

»Nein, du brauchst es nicht abzustreiten, er hat mir alles erzählt.« Das war gelogen, aber verfehlte seine Wirkung nicht. Aubrey schwieg. Selbst ein Blinder sah ihr die Schuld an.

Ich trat einen Schritt auf Jacob zu. »Du kannst dir sicher sein, dass ich weder deine Tochter heiraten werde noch weiter in dieser Firma beschäftig sein möchte.«

Seine Bräune machte einer wenig vornehmen Blässe Platz. »Was ...?« Schwang da ein Hauch Unsicherheit in seiner Stimme mit?

»Ich kündige.«

»Das kannst du nicht.«

»Oh, und ob ich das kann.«

»Du wirst keinen anderen Job mehr bekommen, wenn du

hier rausgehst. Dafür werde ich sorgen.« Jetzt vergriff er sich im Ton, darauf hatte ich nur gewartet.

»Ja, das habe ich mir gedacht. Aber …« Seine Augenbrauen zuckten, ich setzte ein frostiges Lächeln auf. »Das interessiert mich herzlich wenig. Ich könnte ja in die Immobilienbranche gehen, vielleicht finde ich da einen Job. Was meinst du?« Wenn er mit harten Bandagen kämpfen wollte, bitte. Ich würde nicht kampflos aufgeben. Diesmal nicht.

»Immobilien? Wie kommst du darauf, dass du in der Branche bestehen könntest? Glaub mir, auch da habe ich meine Finger im Spiel.« Hochmut kam vor dem Fall.

»Ja, das ist mir durchaus bekannt. Besonders drüben in Brooklyn, richtig?«

Zuerst stutzte er, Sekunden später verhärtete sich seine Miene. »Was willst du damit sagen?«, fragte er langsam und gefährlich leise. Aubrey zog sich auf eines der Sofas zurück und suhlte sich in ihrem Selbstmitleid.

»East Williamsburg? Klingelt da was?« East Williamsburg war ein Viertel in Brooklyn, das seinen einstigen Glanz verloren hatte und mittlerweile an vielen Stellen verwahrlost war. Als Jacob nichts sagte, sondern mich nur weiter schweigend ansah, wusste ich, dass ich auf dem richtigen Weg war. »Ich habe einige Ungereimtheiten in den Zahlen entdeckt und wollte damit erst zu dir kommen, bevor ich ein paar Köpfe rollen lasse.« Jetzt hatte ich seine uneingeschränkte Aufmerksamkeit.

»Was für Ungereimtheiten?« Er nahm die Brille ab und kniff die Augen zusammen.

Ich überreichte ihm die Akte. »Auf den Konten tauchen Summen auf, die auf keiner Rechnung zu finden sind und – das ist der Hauptgrund, warum ich hier stehe – nirgends verbucht werden. Entweder hat unsere Buchhaltung da geschlampt, oder die Firma hat ein Problem.«

Er blätterte mit gerunzelter Stirn in der Akte herum und

besah sich die Zahlen, die ich markiert hatte. »Was für ein Problem?«

»Steuerhinterziehung.« Ich genoss die Wirkung und Macht dieses einen Wortes.

»Was? Wie kommst du denn darauf?«, fuhr er auf. Schweißperlen bildeten sich auf seiner Stirn, vom Hals an stieg ihm das Blut ins Gesicht. Ganz offensichtlich hatte ich einen Treffer gelandet.

»In den Büchern sind mir einige Immobilien mit Milliardenwerten aufgefallen, denen ich mal auf den Grund gegangen bin. Und diese Gebäude liegen in East Williamsburg. Ich wollte mir ansehen, was die angegebenen Sanierungen in den letzten Monaten gebracht haben, aber ...« Ich kostete jede Sekunde aus, während Jacob immer blasser wurde. »... leider sind diese Gebäude überhaupt nicht saniert worden. Das erschien mir merkwürdig, also habe ich tiefer gegraben und weitere Objekte gefunden, die auf Firmenkosten gekauft und von deinen eigenen Baufirmen angeblich modernisiert wurden. Deswegen bin ich hingefahren, um mir selbst ein Bild zu machen. Tja, was soll ich sagen ... Alle Gebäude sind so verwahrlost, dass da keine umfassende Sanierung stattgefunden haben kann. Zudem stehen die Bauten alle, und ich meine wirklich alle, auf einem Grund, der durch die alten Fabriken so schadstoffbelastet ist, dass sie unverkäuflich sind. Aber die Gelder ...« Ich schüttelte erneut den Kopf. »Die Gelder sind trotzdem geflossen. In deine eigenen Taschen«, schloss ich und bemühte mich, dabei nicht zu fröhlich rüberzukommen.

Jacob wurde von Sekunde zu Sekunde blasser, wenn das überhaupt noch möglich war. Seine Halsader pochte, und die Fingerknöchel traten weiß hervor, als er die Fäuste ballte.

»Wie willst du das –«

»Beweisen? Die Unterlagen da sind Beweis genug. Und bevor du meinst, es leugnen zu können, lass dir gesagt sein, dass ich Belege habe. Nachweise über Konten auf den Caymans sowie in der Schweiz. Und falls du dich jetzt fragst, wie ich daran gekommen bin … Auch ich habe Kontakte. Gute Kontakte.«

Jacob schnappte nach Luft wie ein Fisch auf dem Trockenen. »Das … Das kannst du nicht machen. Es gibt Verträge, die …«

Er schien selbst zu merken, dass er mit seinen haltlosen Drohungen nicht weiterkam. Aubrey saß immer noch zusammengesunken auf dem Sofa, schien das alles gar nicht mitzukriegen. Aber das war mir egal. Ich hatte mit all dem hier abgeschlossen.

Als keiner der beiden mehr einen Ton sagte, setzte ich mich in Bewegung. »Meine Kündigung liegt der Personalabteilung bereits vor, Jacob. Ach, und falls du vorhast, mich anzuschwärzen, mir zu drohen oder sonst wie meine berufliche Existenz zu zerstören – lass es sein. Das ist keine Drohung, sondern ein gut gemeinter Ratschlag.« Ich nickte den beiden noch einmal zu, dann verließ ich das Büro.

Und als ich ins Vorzimmer und an der Bulldogge vorbei auf den Flur trat, fiel die Familie Havering von mir ab wie ein bleischwerer Mantel.

Logan

»Chloe, bitte! Geh endlich ran! Ich muss mit dir reden! Wenn du nicht endlich mit mir sprichst, dann … Es ist wichtig, Kleines. So wichtig. Ich –« Es piepte. Ein Zeichen dafür, dass meine zwei Minuten Gesprächszeit auf ihrer Mailbox erreicht waren. Ich legte auf und wählte gleich darauf erneut. Das wiederholte ich gefühlt zum hundertsten Mal, während ich seit drei Stunden vor ihrer Wohnungstür campierte.

Ihr knallroter Spider stand nicht vor dem Haus. Aber irgendwann musste sie ja nach Hause kommen. Im Studio war ich bereits gewesen, dort hatte man sie schon seit Wochen nicht mehr gesehen, ihren Job dort hatte sie offensichtlich geschmissen. Im *King's* war sie auch nicht, Jaxon hielt sich bedeckt, Hope wusste mit Sicherheit, was los war, aber sagte mir nichts. Es war wie eine Verschwörung, und allmählich war ich kurz davor durchzudrehen.

Es waren mittlerweile drei Wochen seit der Sache in Newport vergangen. Das war eine zu lange Zeit ohne Chloe.

Es war so viel passiert, und heute hatte ich nicht nur das Testergebnis bekommen, sondern durch die Kündigung auch das letzte Havering-Kapitel beendet. Jetzt war es endlich so weit, dass ich Chloe alles erzählen konnte.

Ich musste sie sehen.

Wir mussten reden.

Aber wieder erreichte ich nur die Mailbox. Diesmal sprach ich nicht drauf, sondern legte gleich wieder auf. Ich wusste bald nicht mehr, was ich sagen sollte. Und dann klingelte mein Handy.

»Chloe?«

»Nein, Sawyer.«

Enttäuschung machte sich in mir breit. »Was gibt's?«

»Es ist eigentlich nicht meine Aufgabe, aber ich bin es leid zuzusehen, wie ihr beide in euer Unglück rennt.«

»Was?« Wovon redete er?

»Chloe. Sie ist wieder in meinem Strandhaus in den Hamptons. Sie hat sich vorhin den Schlüssel abgeholt. Fahr zu ihr, regelt das endlich.«

Ich schnappte nach Luft. »Seit wann?«

»Seit ein paar Stunden. Sie hat mich ausdrücklich gebeten, dir nichts zu sagen, aber ich habe die Nase voll von euren … Fahr hin, Logan. Und hol dir dein Mädchen zurück.«

Mir schwirrte der Kopf, und noch während wir sprachen, startete ich den Wagen. »Danke, Mann.«

»Viel Glück, Logan.«

Mein Herz raste. Von Queens waren es gute zwei Stunden Fahrt in die Hamptons. Aber ich war schon viel länger gefahren, um Chloe zu sehen. Also schnallte ich mich an, wendete und gab Gas.

Die Fahrt über versuchte ich noch fünfmal, Chloe über Handy zu erreichen, sie nahm jedoch nicht ab. Aber das beunruhigte mich nicht mehr so sehr wie noch vor Sawyers Anruf.

Über eineinhalb Stunden später erreichte ich East Hampton, fuhr vorbei an den Villen und Herrenhäusern, der Windmühle Old Hook Mill und passierte kurz danach das weiße Tor zur Einfahrt mit den grauen Kieseln, die zu Sawyers Strandhaus führte. Und vor dem Haus sah ich auch Chloes Wagen. Sie war tatsächlich hier.

Mein Herzschlag beschleunigte sich, als ich anhielt und den Motor abstellte. Ich war so froh, sie gefunden zu haben. Jetzt musste ich sie nur noch dazu bringen, mir zuzuhören, und dann würde hoffentlich alles gut werden.

Die wenigen Stufen der Veranda übersprang ich mit zwei Sätzen. Dann klopfte ich an die Tür.

»Chloe! Ich bin's, Logan. Mach auf! Bitte.«

Ich wartete eine ganze Weile, sah durch das Glasfenster der Tür, aber konnte nichts entdecken. Es brannte kein Licht, kein Feuer im Kamin. Gut, es war drei Uhr am Nachmittag, aber kalt. Der Winter bäumte sich noch einmal auf, und die Temperaturen waren gefallen. Ein Feuer im Kamin wäre also ein Muss, wenn sie hier wäre. Sie liebte Kaminfeuer, das wusste ich.

Kurzerhand ging ich zum Auto zurück und holte meine Jacke raus. Dann umrundete ich das Haus, durchquerte den Garten und rannte zum Strand. Wenn sie nicht im Haus war, dann war sie am Meer.

Ich ging über den weichen Sand zum Wasser runter und blickte angestrengt in beide Richtungen. Wo konnte sie sein?

Ich bog nach links. Weit und breit war niemand zu sehen, die Saison fing erst an, noch waren die Hamptons so gut wie ausgestorben. Erst im Sommer würden die meisten Häuser hier zum Leben erweckt werden. Jetzt war es ein guter Platz, um zur Ruhe zu kommen.

Ich ging weiter und weiter, und dann sah ich sie. Chloe. Was vorher nur ein schwarzer, weit entfernter Punkt am Wasser gewesen war, nahm nun Gestalt an. Und je näher ich kam, umso klarer wurde das Bild. Chloe stand barfuß in den Wellen, die Jeans bis zu den Knien aufgekrempelt, den Jackenkragen hochgeklappt, die Mütze weit über die Ohren gezogen. Ihre zierliche Gestalt hätte ich unter Tausenden erkannt. Es waren noch ungefähr zwanzig Meter bis zu ihr, da hielt ich an und zog meine Schuhe ebenfalls aus. Wenn ich zu ihr wollte, musste ich ins Wasser springen. Ins kalte Wasser. Was für eine Ironie.

Ich krempelte meine Jeans hoch, ließ meine Schuhe am Strand liegen und ging mit zusammengebissenen Zähnen zu ihr. Scheiße, war das kalt!

»Hey, Kleines«, begrüßte ich sie gegen das Meeresrauschen an, als ich fast neben ihr stand.

»Hallo, Logan ...«

»Ganz schön weit weg von zu Hause.«

»Ich mache Urlaub.«

Du versteckst dich vor mir.

»Wie geht's dir?«

»Ich komme klar.«

Es geht dir schlecht, ich sehe es doch.

Wir blickten beide aufs Meer hinaus, das wild und ungestüm die Wellen antrieb. Die weiße Gischt hüpfte auf dem Wasser und umspülte unsere Füße, wenn sie an Land getrieben wurde. Der Wind fegte um unsere Köpfe, laut und stürmisch.

Nach einer Weile hörte ich ihre Stimme. »Was willst du hier, Logan? Was willst du von mir?«

Ihre Miene war starr. Ihr Blick weiterhin auf das Wasser gerichtet, als zöge sie daraus die Kraft, mich wegzuschicken. Nichts anderes wollte sie. Aber das funktionierte nicht. Nicht so einfach. Ich würde kämpfen.

»Ich liebe dich, Kleines. Ich liebe dich so sehr, und es tut mir so leid, dass ich dich verletzt habe. Ich war so ein beschissener Idiot. Erst jetzt habe ich gemerkt, was mir fehlt. Du, Chloe. Du fehlst mir. So sehr.«

Chloes Kopf drehte sich zu mir, und das erste Mal seit ich hier war, sah sie mich an. Ihr Blick verengte sich, ich sah die Enttäuschung in ihren Augen. »Aber du bekommst ein Kind mit Aubrey. Und ich will nicht –«

»Chloe, nein!«, unterbrach ich sie. »Nein, das Kind ist nicht von mir!« Ich schrie gegen den Wind an. Gegen das Rauschen in meinem Kopf. Es wirkte. Chloe verstummte. »Ich bin nicht der Vater. Ich bin nicht der Vater«, wiederholte ich.

Ruckartig drehte sie sich zu mir rum. »Was?«, fragte sie. Tonlos, denn das Wort wurde vom Wind fortgetragen.

»Sie hat mich betrogen. Eine Affäre mit ihrem Tennislehrer. Das ging wohl schon ein paar Monate so, aber sie wollte es mir unterschieben. Und ich habe bei Havering gekündigt. Ich habe Jacob seinen Job vor die Füße geschmissen. Und alles andere auch. Ich habe jetzt Fays alten Job, sie ist nach Washington gegangen. Ich bin ein freier Mann. Und wenn du mich noch willst, dann bin ich da.«

Ich sah sie an. Ihr kleines, spitzes Kinn, das sie so gerne vorwitzig vorstreckte, wenn sie sich ihrer Sache so sicher war. Ihre geschwungenen Lippen, die so wundervoll weich waren und so zärtlich küssen konnten. Ihre kleine, süße Stupsnase, die sich kräuselte, wenn sie mit etwas nicht einverstanden war. Ihre langen, dunklen Wimpern, die ihre wasserblauen Augen umrahmten, deren Blicke so tief und unberechenbar sein konnten wie das Meer, in dem wir standen. Ihre glatte Stirn, die sich runzelte, wenn sie etwas nicht verstand, und ihre silbergrauen Haare, die so weich auf meiner Haut gekitzelt hatten, während wir miteinander geschlafen hatten. Wieder raste mein Herz bei der Erinnerung daran, aber ich riss mich zusammen.

»Chloe ... ich liebe dich. Ich liebe dich schon, seit ich dich das erste Mal gesehen habe.« Mir fiel auf, wie ein leichtes Zucken durch Chloes Körper ging, als ich das aussprach. Sie bemühte sich angestrengt, mir nicht zu zeigen, was sie darüber dachte. »Als wir damals zusammen waren, habe ich dich geliebt. Und ich habe mich danach immer wieder gefragt, warum ich dich habe gehen lassen. Warum habe ich nicht gekämpft? Dich einfach verlassen ...«

»Ja? Warum nicht?«, wollte sie wissen. Ihre Stimme war kratzig.

»Weil es zu früh war.«

»Zu früh? Für was?« Sie klang nicht getroffen, eher neugierig.

»Du warst noch nicht bereit, dich fest zu binden, und ich

war nicht der Mann, der dich hätte glücklich machen können. Zumindest nicht zu dem Zeitpunkt.«

»Aber …?«

Ich lächelte zaghaft. »Aber vielleicht ist der Zeitpunkt jetzt da. Kleines, ich …« Ich wollte nichts mehr, als sie in meine Arme zu ziehen und festzuhalten, nie wieder loszulassen. Aber erst mussten wir reden.

Ich sah sie an. Mein Herz schlug bis zum Hals. »Ich bin für dich da, und wenn du willst, dann auch für immer. Wenn du mich noch willst, wenn du Ja sagst, dann *ist* es für immer. Aber wenn du mich nicht mehr willst, weil du zu verletzt bist … dann verstehe ich das und … dann will ich versuchen, dir wenigstens ein Freund zu sein. Weil … ich will, dass du glücklich bist. Weil ich dich liebe, Chloe.« Meine Kehle schnürte sich allmählich zu. Mit jedem Wort, das ich gesprochen hatte, war sie ein bisschen enger geworden. Weil ich wusste, dass es meine letzte Chance war. Wenn sie mich nicht mehr in ihrem Leben haben wollte, hatte ich keine Möglichkeit, das zu ändern. Sie bestimmte in diesem Moment über mein Leben.

Chloe sah mich an. Sie sah mich einfach nur an. Der Wind fegte um uns herum, meine Füße spürte ich nicht mehr, und meine Hosenbeine waren so von Salzwasser durchtränkt, dass ich nass bis zu den Oberschenkeln war. Aber das war mir egal, alles, was ich wollte, war endlich eine Antwort. »Bitte sag doch was …«

»Ich bin schwanger.«

Ihre Worte ließen mich taumeln. Meine Füße bewegten sich, ohne dass ich es merkte, aber Chloes Gesicht entfernte sich ein Stück weit von meinem. »Was hast du gesagt?«

»Ich bin schwanger, Logan.«

Ich ballte meine Fäuste. »Dieses Schwein! Was hat er getan? Hat er dich … Oh Gott, Chloe …« Ich war außer mir. Ich wusste nicht, was ich tun sollte. Allein der Gedanke, dass Chloe doch vergewaltigt worden war, dass irgendein Schwein Vater ihres Kindes werden würde ... »Ich bringe ihn um. Ich werde ihn umbringen, dieses –«

»Logan! Jetzt hör du *mir* mal zu. Niemand hat mir was angetan. Ich bin schwanger von *dir*, du Idiot!«

Was? Was hatte sie gesagt? »Was?«

»Ich bin nicht vergewaltigt worden, niemand hat mich angefasst. Auf der Party ist nichts passiert.«

»Aber ... wie ... Was ist mit ...«

Sie schüttelte unwirsch den Kopf. »Kaden ist sterilisiert. Und der Einzige, mit dem ich noch geschlafen habe in den letzten Wochen, bist du.«

»Ich bin ... du bist ... Wir ...?«

»Ja, du Idiot! Du wirst Vater.« Ihre Augen füllten sich mit Tränen. »Ich bin schwanger ...«

»Chloe ... Ich ...« Mir fehlten die Worte. Das musste ich erst mal verdauen. Als Aubrey mich mit ihren Heiratsplänen und dann mit der Schwangerschaft unter Druck gesetzt hatte, war ich mir sicher gewesen, nicht bereit zu sein. Aber jetzt ... Es war nicht Aubrey. Es war Chloe. Die Frau, die ich liebte. So sehr liebte. Diesmal war ich bereit. Und ich würde kämpfen. Um sie, um das Baby. Um uns. »Ich habe dich im Stich gelassen«, sagte ich und sah sie lange an. Ihr Schmerz war mein Schmerz. Meine Brust tat weh, mein Hals schnürte sich zu. Ich schluckte, dann aber riss ich mich zusammen. Wenn ich eines nicht zulassen durfte, dann dass sich neue Missverständnisse zwischen uns drängen würden. Wir würden von jetzt an offen über alles reden müssen. Bevor wir uns wieder an der Vergangenheit festbissen und denselben Fehler noch einmal machten. Das durfte nicht passieren.

»Lass mich bei dir sein. Ich will bei dir sein. Und ... bei dem Baby. Unserem Baby. Kleines, ich brauche dich. Euch ...«

Kämpfe, Logan. Kämpfe um das, was du liebst.

Chloes Miene entspannte sich etwas. »Bist du dir sicher?«
»Ja! Ja, natürlich bin ich mir sicher.«

Ich verringerte die Entfernung zwischen uns, kämpfte mich durch das Wasser, bis ich so dicht vor ihr stand, dass unsere Gesichter nur noch wenige Zentimeter auseinander waren. »Ich liebe dich und ich will den Rest meines Lebens mit dir verbringen. Mit euch. Wenn du mich noch willst …«

Ihre Augen schimmerten feucht. »Wir werden Eltern«, sagte sie. So leise, dass es fast im Rauschen der Wellen unterging, aber so laut, dass es in meinen Ohren hallte wie ein Echo.

Wir werden Eltern. »Chloe, Kleines …«

Jetzt lächelte sie. Ihre Hände, ihre kleinen kalten Hände legten sich auf meine Wangen. »Ja«, sagte sie, während sie mich ansah. »Ja, ich liebe dich auch. Und ja, ich will dich noch immer. Und ja, für immer.«

Die Nachricht haute mich um. Erst hatte ich gedacht, ich würde Vater werden, dann wieder nicht und jetzt … jetzt wurde ich einer. Das war unbegreiflich. Und doch das Schönste, was mir passieren konnte.

Ich legte meine Hand auf ihre Wange.

»Als wir uns damals getrennt haben … damals habe ich mein Herz an dich verloren, es aber erst jetzt begriffen.« Ich lächelte, wischte ihr die Tränen weg und küsste sie sanft auf den Mund. »Das heißt, dass ich jetzt gleich auf die Knie fallen werde, um dir einen Heiratsantrag zu machen. Und wenn du nicht innerhalb von fünf Sekunden weggelaufen bist, dann bringe ich dich ins Bett. Und da kommst du dann die nächste Woche nicht mehr raus. Also … eins … zwei …«

Ich kam nicht dazu weiterzuzählen. Chloe schlang mir ihre Arme um den Hals und küsste mich, bis mir die Luft wegblieb.

»Ich liebe dich, Logan. Und ja, ich will«, flüsterte sie zwischen zwei Küssen.

»Für immer?«, fragte ich, während das Wasser unsere nackten Füße umspülte.

Sie lächelte. Ihre Augen waren tränengefüllt.

»Ja, Logan Hill. Diesmal ist es für immer.«

ENDE

Danke

Dies ist bereits der zweite Band aus dem *King's Legacy,* und ich hoffe, Logans und Chloes Geschichte hat euch ebenso gut gefesselt und unterhalten wie die von Jaxon und Hope. Eigentlich könnte ich die Danksagung aus dem ersten Band einfach kopieren, denn es sind immer noch dieselben Menschen, die mir zur Seite stehen, mich motivieren, mir mal in den A*** treten und mich unterstützen, aber natürlich macht man so was nicht! Also auf geht's ...

Die Idee zum Plot entstand durch eine liebe Testleserin und Freundin, die mir als Erste nach dem Lesen von Band eins sagte, dass Aubrey eine miese Bitch wäre und Chloe und Logan doch viel, viel, viel besser zusammenpassen würden. Ich muss gestehen – bis dahin hatte ich über diese Konstellation gar nicht nachgedacht. Aber dann tat ich es und begann zu schreiben.
Danke Fuldi, dass du mich auf den richtigen Weg gebracht hast!

Meine Familie. Für eure Unterstützung. Ich liebe euch über alles und werde nie damit aufhören.

Meine Leser. Erst heute durfte ich ein wundervolles Feedback zum ersten *King's*-Band (während ich dieses hier schreibe, ist der noch gar nicht offiziell erschienen) lesen und mir sagen lassen, dass es schön ist, zu merken, wie viel mir an der Meinung meiner Leser*innen liegt, und dass der Austausch mit mir Spaß macht. Daher danke! Denn das kann ich nur zurückgeben.

Meine Skinneedles. Meine Familie. Ich habe euch alle sehr, sehr lieb gewonnen und freue mich schon riesig auf unser Teamtreffen auf der Messe. Da werde ich jeden Einzelnen ganz fest knuddeln!

Meine Lektorin Annika. Ich kann nichts anderes sagen als das, was ich schon im letzten Buch geschrieben habe. Ich danke dir für alles!

Stephan. Tausend Dank für alles! Ich hoffe, der Moonshine schmeckt dir.

Das ganze Team von be-ebooks und Bastei Lübbe. Danke für eure tolle Arbeit und eure Geduld.

Meine Lektorin Clarissa. Ich bin dankbar, dich an meiner Seite zu haben.

Meine liebste Freundin Sina. Danke für das Brainstorming (Braindead). Ich habe dich so lieb!

Meine LTF-Mädels. Danke, dass ihr immer ein offenes Ohr für mich habt. Ich hab euch auch so lieb und freue mich jetzt schon auf unsere Pyjamaparty.

Meine Testleserinnen. Danke für eure Mühen und eure Adleraugen.

Sarah. Mein Drill-Sergeant. Danke für die tiefen Einblicke in die Anatomie … Und die Unterstützung bei den Klimmzügen. Uff.

Kirsten. Danke für deine Hilfe bei diesen ganzen Buchhaltungsdingen. Ohne dich wären an dieser Stelle nur schwarze Balken. Oder leere Seiten …

O'Donnell. Danke an Philip und August, Gründer und Inhaber von O'Donnell. Ohne den Moonshine und die tollen Rezepte wäre das Buch nur halb so lecker (okay, das habe ich jetzt aus Band 1 kopiert …)

Meine Freunde. Ohne Worte.

Wie Tag und Nacht

Amy Baxter
KING'S LEGACY -
HALT MICH FEST
Roman
DEU
ISBN 978-3-404-17966-4

Sawyer Lee ist knallhart – und das muss er auch sein. Als erfolgreicher Anwalt kennt er alle Tricks und gilt als gnadenlos. Er ist ein Kämpfer und absoluter Gewinner, aber als Mensch ist er gebrochen. Er musste einen Schlag zu viel einstecken, einen Verlust zu viel erleiden. Doch dann trifft er auf Alice. Sie ist anders als alle, die er bisher kennengelernt hat. Ein bisschen so, wie er früher war. Wird sie die harte Schale durchbrechen können? Oder ist er für die wahre Liebe für immer verloren?

Londoner Anwältin trifft auf attraktiven Australier – es wird heiß!

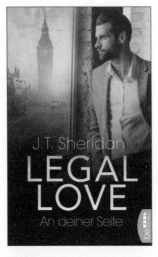

J.T. Sheridan
LEGAL LOVE – AN
DEINER SEITE
DEU
252 Seiten
ISBN 978-3-7413-0153-7

Gerade erst hat Nora den Tod ihres Chefs überwunden, da taucht plötzlich sein Enkel David auf. Er will die Kanzlei übernehmen und alles komplett umkrempeln. Nora ist davon wenig begeistert. Schließlich hat David sich noch nie besonders für die Kanzlei interessiert – und schon gar nicht für seinen schwerkranken Großvater. Nora gibt sich kämpferisch und stellt sich Davids Plänen entgegen. Doch nach kurzer Zeit muss sie sich eingestehen, dass sie sich mehr zu dem australischen Anwalt hingezogen fühlt, als ihr lieb ist ...

be – ein Imprint von Bastei Lübbe

Wenn du weißt, dass sie etwas vor dir verbirgt, und du sie trotzdem willst ...

Amy Baxter
NEVER BEFORE YOU
- JAKE & CARRIE
ISBN 978-3-7413-0032-5

Jake muss weg aus Brooklyn. Weg von der Gang, die ihn immer tiefer in die Kriminalität zieht. Weg von der Frau, die er nicht vergessen kann. Auf der anderen Seite des Kontinents, in San Francisco, will er das Tattoo Studio seines verstorbenen Vaters wiederaufbauen und ein neues Kapitel beginnen. Die kesse und gut organisierte Carrie kommt ihm da gerade recht. Sie hilft ihm mit dem Papierkram, doch pünktlich zum Feierabend verschwindet sie still und heimlich. Aber wohin? Und warum erzählt sie nichts von sich? Obwohl ihn Frauen außerhalb des Schlafzimmers nicht interessieren, geht ihm die kleine Tänzerin nicht mehr aus dem Kopf – und mächtig unter die Haut ...

be – ein Imprint von Bastei Lübbe

Die Community für alle, die Bücher lieben

In der Lesejury kannst du
★ Bücher lesen und rezensieren, die noch nicht erschienen sind

★ Gemeinsam mit anderen buchbegeisterten Menschen in Leserunden diskutieren

★ Autoren persönlich kennenlernen

★ An exklusiven Gewinnspielen und Aktionen teilnehmen

★ Bonuspunkte sammeln und diese gegen tolle Prämien eintauschen

Jetzt kostenlos registrieren: www.lesejury.de

Folge uns auf Instagram & Facebook:
www.instagram.com/lesejury
www.facebook.com/lesejury